Aus Freude am Lesen

Eine Kleinstadt in Wisconsin 1907. Er ist ein nicht mehr ganz junger, vermögender Geschäftsmann, der per Annonce eine »verlässliche Frau« sucht. Sie antwortet, dass sie »einfach und ehrlich« ist. Aber die schöne junge Frau, die Ralph Truitt an einem eisigen, verschneiten Wintertag am Bahnhof abholt, ist alles andere als das. Catherine Land ist eine Frau mit Vergangenheit, und sie hat nur ein Ziel: Wisconsin möglichst schnell als reiche Witwe wieder zu verlassen. Sie ahnt nicht, dass auch der nach außen hin so unnahbare Ralph ein Mann voller unterdrückter Leidenschaften ist, der seine ganz eigenen Pläne verfolgt. Ein tödliches Ränkespiel beginnt. Womit keiner der beiden gerechnet hat, ist die Liebe.
»Eine verlässliche Frau« sorgte in den USA für Furore. Das Romandebüt von Robert Goolrick, erschienen in einem amerikanischen Kleinverlag, begeisterte Kritik und Publikum gleichermaßen und schaffte es an die Spitze der US-Bestsellerlisten. Auch international erregte der Roman Aufsehen und wurde in 15 Länder verkauft.

Robert Goolrick wuchs im Süden der USA auf und war viele Jahre in der Werbung tätig. Heute lebt Goolrick als freier Schriftsteller in Virginia.

Robert Goolrick bei btb
Ein wildes Herz. Roman (Hardcover 75374)

Lesen Sie mehr zu Robert Goolricks neuem Roman am Ende dieses Buches.

Robert Goolrick

Eine verlässliche Frau

Roman

Aus dem Amerikanischen
von Martin Ruben Becker

btb

Die Originalausgabe erschien 2009 unter dem Titel »A Reliable Wife« bei Algonquin Books of Chapel Hill, New York.

FSC
www.fsc.org
MIX
Papier aus verantwortungsvollen Quellen
FSC® C083411

Verlagsgruppe Random House FSC-DEU-0100
Das für dieses Buch verwendete
FSC®-zertifizierte Papier *Lux Cream*
liefert Stora Enso, Finnland.

1. Auflage
Genehmigte Taschenbuchausgabe Oktober 2012,
btb Verlag in der Verlagsgruppe Random House GmbH, München

Umschlaggestaltung: semper smile, München
Umschlagfoto: Sie Productions / Corbis
Druck und Einband: CPI – Clausen & Bosse, Leck
KR · Herstellung: BB
Printed in Germany
ISBN 978-3-442-74047-5

www.btb-verlag.de
Besuchen Sie auch unseren LiteraturBlog www.transatlantik.de.

Für Jeanne Voltz,
die besser zu mir war als ich selbst,
mit größter Liebe und in ewiger Dankbarkeit.
Und für meinen Bruder und meine Schwester,
diese Schätze, B und Lindlay.

Über dem Gemetzel erhob sich eine Stimme prophetisch:
Seid nicht mutlos, Zuneigung soll die Aufgaben der Freiheit lösen,
Jene, die einander lieben, werden unbesiegbar sein.

Walt Whitman, »Grasblätter«

TEIL EINS

WISCONSIN. HERBST. 1907

1. KAPITEL

Es war bitter kalt und die Luft mit all dem aufgeladen, was noch geschehen sollte. Punkt vier Uhr nachmittags war die Welt vollkommen erstarrt. Nirgendwo bewegte sich etwas, nicht ein Körper, nicht ein Vogel. Für den Bruchteil einer Sekunde herrschte völlige Stille, völlige Regungslosigkeit. In einer gefrorenen Welt standen Gestalten wie gefroren da, Männer, Frauen und Kinder.

Wenn Sie da gewesen wären, hätten Sie es gar nicht bemerkt. Sie hätten Ihre eigene Reglosigkeit in dieser dünnen Wabe der Zeit gar nicht bemerkt. Aber wenn Sie da gewesen wären und auf irgendeine unergründliche Weise die Reglosigkeit registriert hätten und ein Negativ davon hätten anfertigen können – so wie die Glasplatte das Licht absorbiert, damit man sie später entwickelt –, dann hätten Sie, als der Gedanke, die Erinnerung schließlich ins Entwicklerbad kamen, gewusst, dass dies der Augenblick war, in dem alles begann. Die Uhr tickte. Die Stunde schlug. Alles regte sich wieder. Der Zug hatte Verspätung.

Noch schneite es nicht, aber bald würde es anfangen, und dem Geruch nach zu urteilen, kam sogar ein Schneesturm auf. Das Land war schon von niedergetrampeltem Schnee bedeckt. Die Landschaft entzog sich den Blicken, verschwand in einer schwarzen Horizontlinie, ohne dem Auge irgendeinen Anhaltspunkt zu bieten. Stoppeln im Schnee, rasiermesserscharf. Krähen, die nach nichts pickten. Schwarzer Fluss, frostiges Öl.

Nirgends steht, dass die Hölle aus Feuer bestehen muss, dachte Ralph Truitt, der in seiner schlichten Kleidung auf dem eisigen Bahnsteig des winzigen Bahnhofs mitten im Nirgendwo stand. Die Hölle konnte auch wie dies hier sein. Es konnte mit jeder Minute dunkler werden. Es konnte so kalt werden, dass es einem die Haut von den Knochen sengte.

Als er so mitten in der Menge stand, war seine Einsamkeit unermesslich. Er hatte das Gefühl, dass jeder in der gefrorenen Weite, in der er lebte – jede Hand war bedürftig, jedes Herz wollte etwas von ihm –, einen Grund hatte, auf der Welt zu sein, und einen Ort, wo er hingehörte. Jeder außer ihm. Für ihn gab es nichts. In der ganzen bitterkalten Welt gab es nicht einen einzigen Ort, an dem er sich niederlassen konnte.

Ralph Truitt sah auf seine silberne Uhr. Ja, der Zug hatte Verspätung. Die Augen um ihn herum starrten ihn schweigend an. Sie wussten es. Er hatte darauf gezählt, dass der Zug an diesem Tag pünktlich sein würde. Auf die Minute, hatte er ihnen gesagt. Er hatte Pünktlichkeit auf die Art bestellt, wie ein anderer Mann vielleicht ein Steak in der von ihm bevorzugten Zubereitung bestellen mag. Nun stand er da wie ein Tölpel, und alle sahen zu. Und er war auch ein Tölpel. Er hatte sogar bei dieser kleinen Sache versagt. Es würde auch daraus nichts werden, aus diesem letzten kleinen Hoffnungsschimmer.

Er war ein Mann, der es gewohnt war, zu bekommen, was er wollte. Seit seinen ersten erschütternden Verlusten vor zwanzig Jahren – dem Verlust seiner Frau, seiner Kinder, seiner tiefsten Hoffnungen und üppigsten Phantasien – hatte er sich angewöhnt, die Unerbittlichkeit seiner Ansprüche als einziges Bollwerk gegen den Schrecken zu betrachten, den er empfand. Die meiste Zeit funktionierte das ziemlich gut. Er war unerbittlich, und die Leute in der Stadt respektierten das, fürchteten es sogar. Und jetzt hatte der Zug Verspätung.

Um ihn herum liefen die Leute aus seiner Stadt auf dem Bahnsteig umher, schauten sich um, warteten und versuchten, das Ganze beiläufig erscheinen zu lassen, als ob ihr Warten auch noch einen anderen Zweck hätte, als Ralph Truitt dabei zu beobachten, wie er auf einen Zug wartete, der Verspätung hatte. Sie machten kleine Scherze. Sie lachten. Sie sprachen leise, aus Respekt vor dem, was sie als Ralph Truitts Scheitern erkannten. Der Zug hatte Verspätung. Sie spürten, dass Schnee in der Luft lag. Sie wussten, dass der Schneesturm bald losbrechen würde. So wie es in jedem Frühling einen Tag gab, an dem die Frauen der Stadt wie auf ein geheimes Signal hin alle gleichzeitig in ihren Sommerkleidern erschienen, bevor man überhaupt die erste Wärme spüren konnte, so gab es auch einen Tag, an dem der Winter seine Krallen zeigte, bevor er das erste Mal richtig zuschlug. Und das war dieser Tag – der 17. Oktober 1907. Vier Uhr nachmittags und beinahe schon dunkel.

Sie alle, jeder Einzelne, behielten mit dem einen Auge das Wetter und mit dem anderen Ralph im Blick. Wartend beobachteten sie den wartenden Ralph und tauschten jedes Mal Blicke, wenn er auf seine silberne Uhr schaute. Der Zug hatte Verspätung.

Geschieht ihm recht, dachten manche, Männer zumeist. Manche, zumeist Frauen, hegten gütigere Gedanken. Vielleicht, dachten sie, nach all den Jahren.

Ralph wusste, dass sie über ihn redeten, er wusste, dass ihre Gefühle für ihn, so kompliziert sie auch waren, ausgesprochen wurden, sobald er an ihnen vorbei war, wobei er mit jener Zivilisiertheit an seinen Hut tippte, die er der Welt Tag für Tag aufs Neue demonstrierte und für die er so hart gekämpft hatte. Er konnte es in ihren Augen sehen. Es begegnete ihm an jedem Tag seines Lebens. Das respektvolle Geschwätz, das unvermeidliche Gekicher über das, was sie alle über seine Vergangenheit wussten. Manchmal war es auch ein gütiges Flüstern, weil Ralph, auch jetzt noch, etwas an sich hatte, das ein mitfühlendes Herz anrühren konnte.

Ralph wusste, der Trick bestand darin, nicht nachzugeben. In der Kälte nicht die Schultern einzuziehen oder mit den Füßen aufzustampfen oder den warmen Atem auf die kalten Handflächen zu hauchen. Der Trick war, sich gelassen der Kälte anheimzugeben, zu akzeptieren, dass sie gekommen war und lange Zeit anhalten würde. Sich ihr anheim zu geben, so wie man sich sonst vielleicht einer warmen Frühlingsbrise überließ. Der Trick war, ein Teil von ihr zu werden, so dass man so einen Tag in der Kälte, der einem durch Mark und Bein ging, nicht mit steifen, schmerzenden Schultern und roten Händen beendete.

Manchen Dingen entkommt man, dachte er. Den meisten aber nicht, und ganz gewiss nicht der Kälte. Man entkommt den Dingen – meist schlechten – nicht, die einem einfach widerfahren. Dem Verlust der Liebe. Der Enttäuschung. Dem schrecklichen Peitschenhieb der Tragödie.

Und so stand Ralph, mit vorgereckter Brust, unnachgiebig da und nahm die Kälte gar nicht wahr, überhörte den Klatsch und hielt den Blick auf die Gleise gerichtet, die sich in der Ferne verloren. Er war voller Hoffnung und gleichzeitig erstaunt darüber, dass er sich noch Hoffnungen machte, und hoffte, dass er passend aussah, nicht zu alt oder zu dümmlich oder gar zu gnadenlos. Hoffte, dass der Aufruhr in seiner

Seele und seine hoffnungslose Einsamkeit unsichtbar blieben, jedenfalls in dieser Stunde, bevor der Schnee fiel und sie alle einschloss.

Er hatte ein guter Mensch sein wollen, und er war kein schlechter Mensch. Er hatte, nachdem er etwas gewollt und es verloren hatte, sich selber beigebracht, nichts mehr zu wollen. Jetzt wollte er wieder etwas, und sein Verlangen erschreckte und erzürnte ihn.

Als er sich zu Hause angekleidet hatte, bevor er zum Bahnhof gegangen war, hatte Ralph in einem der Spiegel kurz einen Blick auf sein Gesicht geworfen. Der Anblick hatte ihn schockiert. Es war schockierend zu sehen, was Kummer und Herablassung aus seinem Gesicht gemacht hatten. All diese Jahre des Hasses, der Wut und der Reue.

Bevor er hierher gekommen war, hatte er zu Hause geschäftig seinen Kragen geknöpft und den Schlips geknotet. Diese Dinge tat er jeden Morgen, knöpfen und den Knoten richten, die strenge Sorgfalt eines anspruchsvollen Mannes. Aber bis er in den Spiegel geschaut und seine eigene ängstliche Hoffnung darin erblickt hatte, hatte er sich nicht vorstellen können – bei keinem einzigen Schritt dieser närrischen Unternehmung –, dass dieser Augenblick tatsächlich kommen würde und er dann nicht in der Lage wäre, ihn wenigstens zu ertragen. Aber das war es, was ihm in den Kopf gekommen war, als er sein eingefallenes Gesicht in dem feinen Spiegelglas erblickt hatte. Er konnte sie nicht ertragen, diese quälende Wiederbelebung. All die Jahre über hatte er den Tod, die grässliche Bloßstellung, ertragen. Er hatte durchgehalten, jeder Faser seines Herzens zum Trotz. Er war jeden Tag wieder aufgestanden und in die Stadt gefahren, hatte gegessen und die Firmen seines Vaters weitergeführt und, was unumgänglich war, die Last der Leben all dieser Menschen auf sich genommen, auch wenn er sich noch so sehr bemühte, das zu vermeiden. Er hatte immer angenommen, dass sein Gesicht eine einzige Botschaft vermittelte: Es ist alles in Ordnung. Alles läuft gut. Es ist nichts passiert.

Aber an diesem Morgen hatte er im Spiegel erkannt, dass dem nicht so war und dass er der Einzige war, der sich je davon hatte täuschen lassen. Und er sah, dass alles ihn mitnahm und ihm alles wichtig war.

Diese Menschen, ihre Kinder, wurden krank. Diese Ehefrauen oder Ehemänner liebten sich nicht mehr oder taten es doch, während Ralph selbst vom Gedanken an den Liebesakt heimgesucht wurde, von ihrem sexuellen Dasein, das verborgen und uferlos unter ihrer Kleidung hauste. Von der Lust der anderen. Sie berührten sich alle. Ihre Kinder starben, manchmal alle auf einmal, ganze Familien, in einem einzigen Monat, an Diphterie, Typhus oder der Grippe. Ihre Männer oder ihre Frauen verloren in einer einzigen Nacht den Verstand, in der Kälte, und fackelten ohne erkennbaren Grund ihre Häuser ab oder erschossen ihre eigenen Verwandten, ihre eigenen Kinder. Sie rissen sich in der Öffentlichkeit die Kleider vom Leibe, urinierten auf die Straße und koteten in die Kirche, kämpften mit Schlangen. Sie töteten völlig gesunde Tiere, brannten ihre Scheunen nieder. Jede Woche stand so etwas in der Zeitung. Jeden Tag gab es eine neue Tragödie, irgendeine neue und unerklärliche Abweichung von der Normalität.

Sie tränkten ihre Kleider mit Benzin und kamen aus Nachlässigkeit zu nahe ans Feuer und gingen in Flammen auf. Sie tranken Gift. Sie gaben sich gegenseitig Gift zu essen. Sie zeugten Töchter mit ihren eigenen Töchtern. Sie gingen gesund zu Bett und wachten umnachtet wieder auf. Rannten weg. Hängten sich auf. Solche Dinge geschahen.

Und bei all dem hatte Ralph gedacht, dass sein Gesicht und sein Körper nichts verrieten, dass er den Menschen, ihren Kümmernissen und Sorgen ein gerechtes und gütiges Auge zugekehrt hatte. Er ging ins Bett und versuchte, nicht daran zu denken, aber an diesem Morgen war er aufgestanden und hatte es auf einmal erkannt: den Tribut, den das alles von ihm gefordert hatte.

Seine Haut war aschfahl. Sein Haar hing kraftloser und dünner herab, als er gedacht hatte. Seine Mundwinkel zogen sich nach unten, seine Blicke waren zu Boden gerichtet, und auf seinem Gesicht lag ein stetiger Ausdruck von Herablassung und Kummer. Von der Anstrengung, auf die Menschen zu achten, die ihm mit ihren Leibern zu nahe kamen und die zu laut redeten, hielt er ständig den Kopf in den Nacken gelegt. Diese Dinge, von der erschreckenden Windstille in seinem Herzen verursacht, waren gut sichtbar. Jeder sah das. Er hatte überhaupt nichts verbergen können. Was für ein Narr er doch gewesen war.

Es hatte Zeiten gegeben, da hatte er sich an jeder Straßenecke verliebt. Da war er schon etwas so Harmlosem wie einem hübschen Hutband gefolgt. Leichte Schritte, das Rascheln eines Rocksaums, eine behandschuhte Hand, die eine Fliege von einer sommersprossigen Nase scheuchte, waren schon genug gewesen, hatten schon ausgereicht, um heftiges Herzklopfen bei ihm auszulösen. Freudiges Herzklopfen. Herzklopfen voller brutaler Erwartung. Er hatte sich so ungestüm verliebt, dass sein ganzer Körper geschmerzt hatte. Aber diese verliebten Aufwallungen hatte er schon lange nicht mehr, und als er in den Spiegel blickte, hatte er mit einem neidvollen Stich an sein jüngeres, sinnlicheres Selbst gedacht.

Er dachte an das erste Mal, als er die nackten Armen einer erwachsenen Frau gesehen hatte. Er erinnerte sich an das erste Mal, als eine Frau für ihn ihre Haare geöffnet hatte, an diesen fast erschreckend dichten Schwall, den Geruch nach Seife und Lavendel. Er erinnerte sich an jedes einzelne Möbelstück in dem Zimmer. Er dachte an seinen ersten Kuss. Er hatte das alles so sehr geliebt. Einst war das alles für ihn gewesen. Der Hunger seines Körpers war für ihn der gesamte Lebensinhalt gewesen.

Man kann mit Hoffnungslosigkeit nur so lange leben, bis man tatsächlich hoffnungslos wird. Er war vierundfünfzig Jahre alt, und die Verzweiflung hatte sich Ralphs wie eine Entzündung bemächtigt, ohne dass er das überhaupt bemerkt hätte. Er konnte den exakten Augenblick nicht benennen, an dem die Hoffnung sein Herz verlassen hatte.

Die Bewohner der Stadt nickten respektvoll, als sie an ihm vorbeieilten. »Abend, Mr. Truitt.« Und sie konnten es sich nicht verkneifen: »Der Zug ist ein bisschen verspätet, Mr. Truitt?« Er wollte sie schlagen, ihnen sagen, dass sie verschwinden, ihn allein lassen sollten. Weil sie es natürlich alle schon wussten. Es hatte Telegramme gegeben, telegraphische Anweisungen, eine Fahrkarte. Sie wussten alles.

Sie kannten die ganze Geschichte seines Lebens, seit er ein Baby gewesen war. Viele von ihnen, ja die meisten von ihnen, arbeiteten auf die eine oder andere Weise für ihn: in der Eisengießerei, fällten Bäume, bauten das Erz ab, kauften oder verkauften, rechneten die Umsätze oder die Einnahmen zusammen. Diejenigen, die nicht für ihn arbeiteten, hatten im Grunde genommen gar keine Arbeit, bis auf die brutale und verzweifelte Schufterei, die die Einfältigen und Faulen in solch rauen Gegenden am Leben erhält.

Manche, das wusste er, waren faul. Manche waren grausam zu ihren Frauen und Kindern, manche ihren langweiligen und grundsoliden Ehemännern untreu. Die Winter waren zu lang, zu hart, und man erwartete von niemandem, dass er das einfach so überstand.

Für einige verwandelte sich das normale Leben in einen Alptraum. Sie verhungerten während der schrecklichen Wintermonate. Sie zogen sich aus der Gesellschaft zurück und hausten allein in baufälligen Hütten in den Wäldern. Man fand sie sabbernd und nackt, und sie wurden in die Irrenanstalt nach Mendota gebracht, wo man sie in eiskalte Laken wickelte und mit Elektroschocks behandelte, bis ihre geistige Gesundheit und ihre Seelenruhe wiederhergestellt waren. Diese Dinge passierten einfach.

Dennoch, es machten jeden Tag mehr Leute weiter als aufgaben. Es blieben mehr Leute da als wegzogen. Diejenigen, die dablieben, ob verrückt oder gesund, hatten alle früher oder später mit Ralph Truitt zu tun. Auch er, Ralph Truitt, machte trotz der Kälte und seiner eigenen ungeheuren Einsamkeit immer weiter.

»Wird mächtig schneien«, sagten sie.

»Schon dunkel«, sagten sie. »Vier Uhr und schon dunkel.«

»Abend, Ralph, Mr. Truitt. Wird wohl ein gewaltiger werden, so wie's aussieht. Heißt es im Kalender.«

All die kleinen Dinge, die sie sich überlegten, um einen kleinen, aber mutigen Versuch zu unternehmen, irgendwie eine Verbindung zu ihm herzustellen. Jedes Gespräch mit ihm wurde zu etwas, das man, lange bevor auch nur ein Wort ausgesprochen war, vorausplante, überdachte, in dieser und jener Weise abwog und das man anschließend in allen Einzelheiten Revue passieren ließ und weiter erzählte, nachdem er fort war.

Hab heute Mr. Truitt getroffen, sagten sie dann vielleicht zu ihren Frauen, weil nur sehr wenige es wagten, anders an seinen Namen zu denken. Er war sehr freundlich, hat nach dir und den Kindern gefragt. Konnte sich an jedes einzelne mit Namen erinnern.

Sie hassten ihn, und sie brauchten ihn, und sie vergaben ihm. Wenn ihre Männer darüber zeterten, was für ein knauseriges Arschloch, was für ein Geizkragen, was für ein arroganter Schweinehund er war, sagten die Frauen: »Na ja … du weißt ja … er hat seinen Kummer gehabt.«

Natürlich wussten sie das. Alle wussten das.

Er schlief allein. Er lag im Dunkeln und sah sie vor sich, all diese Leute. Er träumte ihr Leben im Dunkeln.

Die Männer drehten sich um, sahen ihre Frauen an, und die Lust flammte in ihnen wie eine Explosion auf. Ralph stellte sich ihr Leben vor, ihre Lüste, die von kaum mehr als einem Nachthemd aus Musselin entzündet wurden. Elf Kinder, manche auch dreizehn: neun tot, vier am Leben; sechs am Leben, sieben verstorben.

In Ralph Truitts nächtlichen Vorstellungen – mitten in der Nacht – bildeten die Knoten von Tod und Geburt ein wahnsinniges Band, das die Stadt zusammenhielt. Alle lagen Haut an Haut im Dunkel, direkt unter den schweren peinigenden Kleidungsstücken des Tages. Er sah vor seinem geistigen Auge, wie sich die Männer zwischen die angewärmten Laken stürzten und wieder jung waren, jung und verliebt, und sei es auch nur für fünfzehn Minuten im Dunkeln, wenn sie mit ihren verbrauchten Frauen zusammenlagen, die in diesen wenigen Minuten wieder sie selbst, wieder schöne junge Mädchen waren mit glänzendem geflochtenem Haar und immer zum Lachen aufgelegt. Er dachte nur an Sex dort im Dunkeln.

In den meisten Nächten konnte Ralph es ertragen. Aber in manchen nicht. In diesen Nächten lag er da und erstickte an der Fülle der Lust, die er sich überall vorstellte, des befriedigten Verlangens und der sprachlosen Akte einer körperlichen

Mildtätigkeit, wie sie im Dunkeln selbst zwischen Menschen geschehen können, die sich bei Tageslicht nur mit Abscheu mustern.

In jedem Haus, dachte er fasziniert, herrscht ein anderes Leben. In jedem Bett gibt es Sex. Er ging jeden Tag durch die Straßen seiner Stadt, sah auf jedem Gesicht die simplen Freuden, die sie einander im Dunkeln gewährt hatten, und er redete sich ein, dass er sie als Einziger unter ihnen nicht brauchte, um weiterzumachen.

Er ging zu ihren Hochzeiten und Beerdigungen. Er schlichtete ihre Streitigkeiten, ertrug ihre Tiraden. Er stellte sie ein und feuerte sie wieder, und er vergaß nie das Bild, wie sie sich durch die stumme Dunkelheit zueinander vortasteten, nach Trost suchten und Trost fanden, so dass sie, wenn die Sonne aufging, mit ihrem Leben wieder weitermachen konnten.

An jenem Morgen hatte er sein Gesicht im Spiegel erblickt, und es war ein Gesicht, mit dem er nicht gesehen werden wollte. Sein Hunger, seine habgierige Einsamkeit – sie waren nicht tot. Und die Menschen um ihn herum waren nicht blind. Sie mussten all die Jahre schon so erschrocken gewesen sein wie er an diesem Morgen.

Er trug den Brief in der Tasche, und in dem Brief befand sich das Photo einer schlichten Frau, die er nicht kannte und die er wie ein Paar Stiefel aus Chicago bestellt hatte, und in diesem Photo lag Ralphs ganze Zukunft, und nichts anderes hatte irgendeine Bedeutung mehr. Selbst seine Scham war, während er so in der gaffenden Menge stand und auf den überfälligen Zug wartete, im Vergleich dazu zweitrangig, weil er sich von ganzem Herzen für eine Sache entschieden hatte, bevor er überhaupt wissen konnte, was sie ihm wohl bringen würde. Und weil er unter ihren prüfenden Blicken seine Augen und seinen Sinn nicht mehr von etwas abwenden konnte, das er von ganzem Herzen beschlossen hatte, bevor er überhaupt gewusst hatte, was das für ihn eigentlich bedeutete.

Irgendwann würde der Zug, verspätet oder nicht, ankommen, und dann würde alles, was vor seiner Ankunft geschehen war, eben davor sein, und alles, was danach kam, danach. Es war zu spät, das jetzt noch aufhalten zu wollen. Seine Vergangenheit wäre dann nur noch eine Folge von Ereignissen, die ihn zu dieser Verzweiflungstat geführt hatten.

Er war ein vierundfünfzig Jahre alter Mann, dessen Gesicht ihn schockierte, doch in ein paar Augenblicken würden diese Züge gelöscht sein. Diese Hoffnung gestattete er sich.

Wir wollen doch alle nur die einfachsten Dinge, dachte er. Trotz all der Dinge, die wir vielleicht besitzen mögen, oder der Kinder, die vielleicht sterben, wollen wir die Einfachheit der Liebe. Es war nicht zuviel, um das er bat, wenn er wie die anderen sein wollte, wenn er sich auch etwas für sich wünschte.

Zwanzig Jahre lang hatte nicht ein einziger Mensch »gute Nacht« zu ihm gesagt, wenn er das Licht ausmachte und sich schlafen legte. Nicht ein einziger hatte »guten Morgen« gesagt, wenn er seine Augen öffnete. Zwanzig Jahre lang war er von niemandem mehr geküsst worden, dessen Namen er kannte, und doch erinnerte er sich, selbst jetzt, während der Schnee leicht zu fallen begann, daran, wie sich das anfühlte – die weiche Hingabe der Lippen, der süße Hunger darin.

Die Leute aus der Stadt beobachteten ihn. Nicht, dass es ihm nun noch etwas ausmachte. Wir waren dabei, würden sie ihren Kindern und Nachbarn erzählen. Wir waren dabei. Wir haben gesehen, wie sie das erste Mal aus dem Zug stieg, und sie ist nur dreimal aus dem Zug gestiegen. Wir waren dabei. Wir haben ihn in dem Moment gesehen, als er sie in Augenschein nahm.

Er hielt den Brief in seiner Hand. Er kannte ihn auswendig.

»Ich bin eine einfache, ehrliche Frau. Ich habe auf den Reisen mit meinem Vater viel von der Welt gesehen. Durch meine Missionsarbeit habe ich die Welt kennen gelernt, wie sie ist, und ich mache mir keine Illusionen mehr. Ich habe die Armen gesehen, und ich habe die Reichen gesehen, und ich glaube nicht, dass zwischen sie auch nur ein Blatt passt, denn die Reichen sind genauso hungrig wie die Armen. Sie hungern nach Gott.

Ich habe mehr tödliche Krankheiten gesehen, als man sich vorstellen kann. Ich habe gesehen, was die Welt der Welt antut, und ich kann es nicht länger ertragen, so in der Welt zu sein. Ich weiß, dass ich nichts dagegen tun kann, und Gott kann daran auch nichts ändern.

Ich bin kein Schulmädchen. Ich habe mein Leben damit verbracht, Tochter zu sein, und ich hatte schon lange die Hoffnung aufgegeben, eine Ehefrau zu werden. Ich weiß, dass Sie mir nicht Liebe anbieten, und ich suche sie auch gar nicht, sondern einfach ein Zuhause, und ich werde nehmen, was Sie mir anbieten, weil das alles ist, was ich möchte. Damit möchte ich gar nicht behaupten, dass das wenig wäre. Ich meine im Gegenteil, dass darin alle Freundlichkeit und Güte liegt, die man sich nur wünschen kann. Es ist alles im Vergleich zu der Welt, wie ich sie erlebt habe, und wenn Sie mich haben wollen, werde ich kommen.«

Diesem Brief hatte sie eine Photographie von sich beigelegt, und er konnte mit seinem Daumen die abgegriffene Ecke fühlen. Sein Daumen streichelte ihr Gesicht. Er sah ihre Züge vor sich, die weder hübsch noch elegant waren. Ihre großen, klaren Augen starrten ohne Arglist in das Blitzlicht des Photographen. Sie trug ein schlichtes Kleid mit einem einfachen Baumwollkragen, eine gewöhnliche Frau, die so dringend einen Mann brauchte, dass sie einen gänzlich Fremden heiratete, der zwanzig Jahre älter war als sie.

Er hatte ihr im Gegenzug kein Photo von sich geschickt, und sie hatte auch nicht um eines gebeten. Stattdessen hatte er ihr eine Fahrkarte an das Christliche Wohnheim geschickt, in dem sie mitten im schmutzigen, brodelnden Chicago wohnte, und nun stand er da, ein reicher Mann in einer winzigen Stadt in Wisconsin, im strengen Frost, am Winteranfang des Jahres 1907. Ralph Truitt wartete auf den Zug, der ihm Catherine Land bringen sollte.

Ralph Truitt hatte schon lange darauf gewartet. Er konnte auch noch etwas länger warten.

2. KAPITEL

Catherine Land saß vorm Spiegel und entledigte sich allem, was sie geworden war. Die Jahre hatten sie gnadenlos verhärten lassen.

Ich bin die Art von Frau, die immer wissen will, wie etwas ausgeht, dachte sie und starrte auf ihr Gesicht im schwankenden Spiegel. Ich möchte schon, bevor etwas überhaupt begonnen hat, wissen, wie es enden wird.

Catherine Land mochte die Anfänge. Die reine weiße Möglichkeit des leeren Zimmers, des ersten Kusses, des ersten Diebstahlversuchs. Und die Enden, die Enden mochte sie auch. Das Drama des zerschlagenen Glases, des toten Vogels, des tränenreichen Abschieds, der letzten, scheußlichen Worte, die man nie mehr zurücknehmen, nie mehr vergessen konnte.

Es war das Dazwischen, das ihr zu denken gab. Dies hier, obwohl es ja vorwärtsging, dies hier war so ein Dazwischen. Die Anfänge waren süß, das Ende gewöhnlich bitter, aber das Dazwischen war nur das Seil, über das man balancieren musste, um von dem einen zum anderen zu gelangen. Nicht mehr als das.

Vor ihrem Fenster flog die Landschaft vorüber, rauschte eben und flach und verschneit vorbei. Der Zug ruckelte gerade so stark, dass ihre Ohrringe, obwohl sie den Kopf ganz still hielt, hin und her schwangen und im Licht funkelten.

Er hatte einen privaten Waggon mit einem Salon und einem Schlafzimmer und elektrischem Licht geschickt. Bislang hatte sie keinen einzigen anderen Fahrgast erblickt, obwohl sie wusste, dass in dem Zug auch andere Leute sein mussten. Sie stellte sie sich vor, wie sie gelassen auf ihren Plätzen saßen, blasse Winterhaut auf grauem Rosshaar, während in ihrem Waggon alles roter Samt und Girlanden und Faltensäume war. Wie ein Bordell, dachte sie. Wie ein Bordell auf Rädern.

Sie waren nach Einbruch der Dunkelheit abgefahren und krochen nun durch die Nacht, hielten oft an, weil die Gleise von Schneewehen befreit werden mussten. Der Schaffner hatte ihr ein schweres und schimmerndes Essen gebracht – Roastbeefscheiben und Garnelen auf Eis, kleine Kuchenstückchen mit Glasur –, das sie an einem Klapptisch gegessen hatte. Wein wurde ihr nicht angeboten, und sie verlangte auch nicht danach. Das Silberbesteck aus dem Hotel fühlte sich in ihrer Hand glatt und schwer an, und sie verzehrte alles, was ihr vorgesetzt wurde.

Am Morgen gab es dampfende Eier, Schinken und Brötchen und heißen schwarzen Kaffee, an dem man sich die Zunge verbrannte, und alles wurde ihr von einem stillen schwarzen Schaffner serviert, als würde er einen eleganten Zaubertrick ausführen. Sie aß alles auf. Es gab sonst nichts zu tun, und das Ruckeln des Zuges war sowohl hypnotisierend als auch erregend und steigerte ihren Appetit, während jede vorbeirauschende Sekunde sie der Verwirklichung ihrer lang gehegten und komplizierten Pläne näher brachte.

Wenn sie nicht gerade aß oder unter den gestärkten, makellosen Laken schlief, starrte sie auf ihr Gesicht in dem Spiegel über dem Toilettentisch. Es war ihr einziger echter Besitz, das, worauf sie sich ganz und gar verlassen konnte, das sie nie trügen würde. Und nach vierunddreißig Jahren fand sie es beruhigend, dass es auch weiterhin jeden Morgen im Wesentlichen unverändert blieb, die gleiche verlässliche Schönheit, die gleiche blasse, makellose Haut, faltenlos und frisch. Was immer das Leben ihr schon angetan hatte, ihr Gesicht hatte es noch nicht erreicht.

Dennoch war sie unruhig. Ihre Gedanken rasten, gingen die Möglichkeiten durch, die Pläne, die wirren Erinnerungen an ihre turbulente Vergangenheit und was es wohl letztlich gewesen war, das sie bis hierher geführt hatte, in diesen üppigen Salon auf Rädern, irgendwo in einem Dazwischen.

So viel musste in diesem Dazwischen erst geschehen, und auch wenn sie alles schon so oft in Gedanken erprobt hatte, traute sie diesem Dazwischen doch nicht. Man konnte erwischt werden. Man konnte sein Gleichgewicht verlieren, nur ein Stück vom Weg abweichen, und schon wurde man durchschaut. In diesem Dazwischen passierten immer Dinge, die man nicht eingeplant hatte, und es waren genau diese Dinge, die schiere Möglichkeit solcher Dinge, die sie heimsuchten und beunruhigten, die sich jetzt in die weichen, mauvefarbenen Höhlungen unter ihren dunklen, mandelförmigen Augen gruben.

Liebe und Geld. Sie konnte nicht glauben, dass ihr Leben, so erbärmlich und ziellos es auch gewesen war, ohne Liebe oder Geld enden sollte. Das konnte und wollte sie einfach nicht akzeptieren, denn das jetzt zu akzeptieren, würde auch bedeuten, dass das Ende schon gekommen und bereits verstrichen war.

Sie war entschlossen und kalt wie Stahl. Sie wollte zumindest nicht ohne einen gewissen Anteil an diesen beiden Dingen leben, die als Minimum zum Überleben nötig waren. Sie hatte all die Jahre geglaubt, dass sie sich schon rechtzeitig einstellen würden. Sie hatte geglaubt, dass ein Engel vom Himmel herabkommen würde, der sie mit Reichtümern segnen würde, so wie sie mit Schönheit gesegnet worden war. Sie glaubte an Wunder. Oder jedenfalls hatte sie das, bis sie ein Alter erreichte, in dem sie plötzlich begriff, dass das Leben, das sie führte, ihr *Leben* war. Der Lehm ihres Daseins, der ihr so lange unendlich formbar erschienen war, war nun geformt und gehärtet und zu einem, wie es aussah, festen, unveränderbaren Objekt geworden, einer Muschel, die sie bewohnte. Damals hatte sie das schockiert. Es schockierte sie auch jetzt noch, wie ein Schlag ins Gesicht.

Sie erinnerte sich an einen Augenblick in ihrer Kindheit, an den einen, alles verändernden Augenblick ihrer Vergangenheit. Sie fuhr in einer Kutsche, trug ein schlichtes weißes Kleid und saß neben ihrer Mutter, die noch nicht tot war. Sie war behütet. Sie war in Virginia, wo sie geboren war.

Das goldene Haar ihrer Mutter wurde von dem Widerschein ihres prächtigen lavendelfarbenen Seidenkleids mit seinen ausladenden und verschwenderisch bestickten Röcken beleuchtet. Sie fuhren in einer großen, einfachen Kutsche, und Catherine saß auf dem Vordersitz, zwischen ihrer Mutter und einem Mann in Militäruniform, der nicht ihr Vater war. Wenn er in ihrer Erinnerung auftauchte, konnte sie sein Gesicht nicht erkennen. Hinter ihnen saßen, kerzengerade, drei weitere junge Männer, Kadetten, schmuck gekleidet in strammen Wolluniformen mit Epauletten, Litzen und Winkeln.

Es hatte unterwegs geregnet, ein schneller, kräftiger Schauer, und man hatte das Verdeck der Kutsche zugezogen, und der Regen fiel weiter, obwohl auch die Sonne nicht aufhörte zu scheinen, solch ein dichter Regen, dass sie kaum weiter als bis zu den dampfenden Flanken der Pferde hatte sehen können. Dann, wie durch ein Wunder, hatte der Regen wieder aufgehört und das Verdeck war von einem der jungen Männer wieder zurückgeklappt worden, so dass die süße, kühle Luft um sie herumgeflossen war. Winzige Tropfen sprühten vom Verdeck auf das Haar ihrer Mutter, und ihre Mutter hatte auf ihre bezaubernde Art gelacht. Das war in ihrer Erinnerung ganz deutlich, der Klang ihres Lachens. Das und das Wetter und der heftige Regenschauer selbst waren sehr schön gewesen. Wundervoll und so lange her.

Der junge Soldat hinter ihr hatte Catherine etwas ins Ohr geflüstert und auf den aufschimmernden Regenbogen gezeigt. Sie konnte immer noch, nach all diesen Jahren, den süßen Schweiß seines jungen Körpers in seiner makellosen Uniform riechen. Sie konnte sich besser daran erinnern als an alles andere in ihrer Kindheit, besser als an die Berge Virginias, die jenseits des Regenbogens lagen. Sie konnte fühlen, wie seine Stimme auf den dünnen Knochen ihrer Brust vibrierte, ein tiefes Prickeln unter ihrer Haut. Er flüsterte etwas von einem Topf voller Gold, der ganz sicher da auf sie wartete, am Ende des Regenbogens.

Ein solches Wunder. Die Sonne hatte nie aufgehört zu scheinen und der Regen hatte aufgehört und ein prächtiger Sonnenuntergang war erblüht. Das betörende Licht verlieh jedem Gesicht eine Schönheit, und die Süße und Frische der Luft ließen die Herzen aller leichter werden. Sie saß zwischen ihrer Mutter, die noch nicht tot war, und einem Soldaten, der nicht ihr Vater war, in einem Landstrich, an den sie sich nicht mehr erinnern konnte, auf einer Straße, die sie kaum sah, und sie dachte: Ich bin absolut glücklich.

Es war das letzte Mal in ihrem ganzen Leben, dass sie sich

erinnerte, einen solchen Gedanken gehabt zu haben. Sie hatte keine Ahnung, wer diese Männer waren. Sie konnte sich nicht mehr daran erinnern, wohin sie fuhren oder aus welchem Grunde sie zusammen waren und was mit ihnen allen geschah, als sie ihr Ziel erreicht hatten. Irgendetwas Feierliches, die Bürgerkriegstoten, die zahllosen Jungs und Männer, deren Geister durch das Land zogen, irgendein Denkmal mit flatternden Fahnen, die gehisst wurden, und Trompeten und dem langen, langsamen Klang von Trommeln. Sie wusste nicht, wo ihr Vater an jenem Tag war, der ihre Mutter und sie allein zurückließ, die mit vier gut aussehenden Soldaten durch den Regen und Regenbögen und Sonnenuntergänge fuhren.

Aber jetzt dachte sie an ihre bezaubernde Mutter, die bei der Geburt ihrer Schwester Alice starb, als sie sieben Jahre alt war, und sie fehlte ihr sehr. Sie erinnerte sich an die Männer. Sie erinnerte sich an ihren Geruch, daran, wie ihre jungen Arme die Ärmel der Uniformjacken ausfüllten und wie die weißen steifen Kragen an ihren ausrasierten Nacken schabten, diese Kratzlaute der Männlichkeit, und das war der Anfang gewesen, der Anfang von allem, was danach gekommen war.

Es war, wie sie jetzt begriff, der Anfang des Verlangens. Es waren der Glanz, das Licht und die blutroten Wolken. Es war das Antlitz Jesu. Es war Liebe. Liebe ohne Ziel. Begierde ohne Objekt. Seitdem hatte sie das nie wieder erlebt oder gefühlt.

Das war der Anfang gewesen, und sie war losgezogen, bis ihre Beine müde und ihre Mutter tot und ihr Herz gebrochen waren. Sie hatte weitergemacht ohne Liebe oder Geld, so unmöglich ihr das auch in dem einen oder anderen Augenblick erschienen war, und sich dabei immer gefragt, wann es denn nun beginnen würde, das großartige Ende, das zu dem großartigen Anfang passte.

Sie lebte nicht mehr von der Vergangenheit. Dort warteten keine schönen Erinnerungen, außer diesem einen Regenbogen, dem Topf voller Gold. Sie hatte sich mit Zähnen und Klauen ihren Weg durchs Leben gebahnt, voller Zorn, und erbittert darum gekämpft, dass wieder etwas Gutes geschah. Es war noch nicht geschehen. So dass sie sich an dem Tag, als sie begriff, dass dieses Leben tatsächlich ihr Leben war, fragte, was es überhaupt sein konnte, das sie, Tag für Tag, weitertrieb, welche Ereignisse überhaupt es sein mochten, die die Stunden zwischen Schlaf und erneutem Schlaf ausfüllten. Aber in Augenblicken wie diesen, wenn alles so still war, dass sie das leichte Schwingen ihrer Ohrringe bemerkte, wusste sie zu ihrem Schrecken, dass die Antwort nicht »nicht viel« war, sondern schlicht und ergreifend »nichts«.

Sie wollte und konnte nicht ohne Liebe oder Geld leben.

Sie würde sich immer an jene gesichtslosen jungen Soldaten erinnern. Für immer würden sie jung bleiben. Sie würde den Glanz der Sonne, die durch die Wolken brach, und den Regenbogen hüten. Den Liebreiz ihrer Mutter würde sie nie vergessen. Aber wozu taugte das alles? Was nützte ihr das alles jetzt, während sie in einem Zug, der sie ins Nirgendwo trug, auf dem Seil zwischen dem Anfang und dem Ende balancierend vor einem Spiegel saß?

Es klopfte leise an die Tür. Der Schaffner, der ihr die Mahlzeiten gebracht und ihr das Bett bereitet hatte, schob sein dunkles, hübsches Gesicht in ihr Abteil. »In einer halben Stunde sind wir am Bahnhof, Miss.«

»Danke«, sagte sie leise, wobei sie ihren Blick nicht von dem faszinierenden Spiegel abwandte. Die Tür schloss sich, und sie war wieder allein.

Vor sechs Monaten hatte sie Ralph Truitts Kontaktanzeige entdeckt, als sie sonntags am Tisch mit dem Kaffee und der Zeitung saß:

GESCHÄFTSMANN AUF DEM LAND SUCHT
EINE VERLÄSSLICHE FRAU.
GRÜNDE SIND PRAKTISCHER,
NICHT ROMANTISCHER NATUR.
BITTE PER BRIEF ANTWORTEN.
RALPH TRUITT, TRUITT, WISCONSIN.
DISKRET.

»Verlässliche Frau.« Das war neu, und sie lächelte. In ihrem Leben hatte sie vielleicht schon Tausende solcher Anzeigen gelesen. Das war ein Hobby von ihr, wie Stricken. Von diesen Anzeigen wurde sie gepackt, diese einsamen Männer, die sich aus der endlosen Wildnis dieses Landes zu Wort meldeten. Manchmal wurden diese Anzeigen auch von Frauen in die Zeitung gesetzt, die Stärke suchten, Geduld oder Güte oder schlicht Höflichkeit.

Sie lachte über ihre Geschichten, über ihre Mitleid erregende Tollkühnheit. Sie baten darum und fanden wahrscheinlich auch jemanden, der genauso einsam und verzweifelt war wie sie selbst. Wie konnten sie sich mehr erhoffen? Die Hinkenden und Lahmen, die nach den Blinden und Hoffnungslosen riefen. Catherine fand es einfach zu komisch.

Dennoch nahm sie an, dass sich diese Männer und diese Frauen durch ihre traurigen kleinen Hilferufe nach Trost tatsächlich fanden. Wenn schon nicht Liebe oder Geld, so fanden sie doch wenigstens ein anderes Leben, an das sie sich klammern konnten. Anzeigen wie diese erschienen jede Woche. Diese Leute mochten die Einsamkeit ihres Lebens nicht.

Vielleicht fanden sie schließlich, zumindest einige von ihnen, ein Leben, das ihnen besser gefiel.

Am Abend vorher, kurz vorm Einschlafen, sah sie sich plötzlich von oben, wie sie in ihrem Bett lag, und das Frösteln der Einsamkeit und des Todes umgab sie wie ein Nimbus der Trostlosigkeit. Sie schwebte in der Luft und sah auf sich selbst herab. Sie hatte gefühlt – und fühlte es immer noch –, dass sie sterben würde, wenn nicht jemand Liebenswürdiges kam, der sie voller Zuneigung berührte. Wenn nicht jemand auftauchte, der sie vor den Stürmen ihres grässlichen Lebens beschützte.

Es war Ralph Truitts kurze und knappe Anzeige, die das Versprechen eines Anfangs enthielt, eines nicht allzu großartigen vielleicht, aber eines Neuanfangs. »Ich bin eine einfache, ehrliche Frau«, hatte sie geschrieben, und er hatte postwendend geantwortet. Sie hatten sich den ganzen heißen Sommer lang geschrieben, vorsichtige Beschreibungen ihres Lebens. Seine Handschrift war grobschlächtig und überzeugend, ihre geübt und elegant, wie sie hoffte, und verführerisch. Schließlich hatte sie das Photo geschickt, und er hatte noch ausführlicher geschrieben, als wäre bereits alles beschlossen, ihre ganze Beziehung. Sie hatte sich zögernd gegeben, bis er fordernder wurde und ihr eine Fahrkarte schickte, damit sie den Zug nahm, der sie zu ihm bringen sollte, damit sie seine Frau wurde.

Der junge Soldat, der neben ihr in der Kutsche gesessen hatte, wäre jetzt selbst schon alt. Sie konnte immer noch sehen, wie sein Daumen aus seiner Handfläche ragte, fühlen, wie sein Schenkel ihren Schenkel berührte, als er sich zu ihr vorbeugte. Vielleicht hatte er jetzt eine Frau und eigene Kinder. Vielleicht liebte er sie und behandelte sie voller Güte, Anstand und Zuneigung. Die Welt hatte ihr nicht gerade bewiesen, dass diese Dinge weit verbreitet waren, aber sie hatte ihr Unglück nur ertragen können, weil sie mit Gewissheit wusste, dass irgendwo Menschen lebten, deren Leben nicht so war wie ihr eigenes.

Vielleicht war dieser Ralph Truitt einer von jenen anderen Menschen. Vielleicht wäre dieses Leben, das er ihr bot, irgendwie ein anderes Leben. Die Sonne sank jeden Tag. Es konnte nicht sein, dass sie nur ein einziges Mal in ihrem Leben in einer solchen Pracht sank.

Noch eine halbe Stunde. Sie erhob sich von der Frisierkommode, stieg aus ihren roten Seidenpumps und stellte sie nebeneinander. Schnell begann sie, die bestickte Jacke ihres eleganten Reisekostüms aufzuknöpfen und warf sie hinter sich auf den Boden. Dann zog sie ihre Seidenbluse und den schweren roten Samtrock aus. Sie schnürte die Bänder ihres bestickten Korsetts auf und schüttelte es ab. Plötzlich fühlte sie sich leicht, als würde sie sich vom Boden erheben, roter Samt zu ihren Füßen wie eine Pfütze.

Während sie diese Handgriffe ausführte, beobachtete sie sich selbst im Spiegel. Für einen Moment sah sie das Spiegelbild ihres kopflosen Körpers. Das war nicht unangenehm. Sie genoss ihren Körper, so wie Frauen das manchmal tun, und betrachtete ihn leidenschaftslos, als läge er in einem Schaufenster aus, und erkannte genau das Rohmaterial, mit dem sie, Tausende von Malen, bestimmte Wirkung erzielt hatte. Jeden Tag nahm sie dieses Rohmaterial ihres Körpers und zupfte und presste es zurecht und schmückte es anschließend, damit es zu einer überhöhten Version ihrer selbst wurde, eine Version, die dazu diente, Aufmerksamkeit zu erregen.

Nicht mehr.

Sie beugte sich vor, sammelte ihre Kleidung auf, ihre Seidenschuhe, und band alles zu einem ordentlichen Bündel zusammen. Schnell ging sie ans Abteilfenster, zog es auf und warf ihre teure Kleidung in die Dunkelheit und in das Rattern der Bahnräder. Es hatte jetzt zu schneien begonnen. Bis zum Frühling war es noch lange hin. Bis dahin wären ihre schönen Kleider schwarze Lumpen.

Von der Gepäckablage über ihrem Kopf holte sie einen kleinen ramponierten grauen Koffer herunter. Sie öffnete die Verschlüsse und nahm ein schlichtes schwarzes Wollkleid heraus, eines von drei gleichen. Sie setzte sich wieder an ihre Frisierkommode und riss ein Stück vom Saum auf. Sie nahm ihren Schmuck ab, ein Granatarmband und Ohrringe, Jahrmarktsplunder, und wickelte sie in ein feines Taschentuch ein, das immer noch nach dem herben Eau de Cologne eines Mannes roch. Sie fügte noch einen feinen Diamantring hinzu und stopfte das kleine Päckchen in den Rocksaum.

Mit geschickten Fingern fädelte sie einen Faden in eine Nadel und nähte geschwind ihren Schmuck in den Rocksaum ein. Auch wenn er unbedeutend war, erinnerte er sie doch an das Leben, das sie einst geführt hatte, an ihr altes Leben, das sie nun im Saum eines schlichten Kleides versteckte. Er war ihre Versicherung, ihr kleiner Nippes, ihre Fahrkarte aus der Dunkelheit heraus, wenn die Dunkelheit kam. Er war ihre Unabhängigkeit. Er war ihre Vergangenheit.

Da. Sie stieg in das Kleid und knöpfte die dreizehn Knöpfe zu. Dies waren ihre Kleider, die einzigen, die sie besaß. Sie hatte sie selbst gemacht, so wie ihre Mutter es ihr beigebracht hatte. Ohne Korsett oder Mieder mit Stäbchen fühlte sie sich überraschend leicht. Schnell kleidete sie sich fertig an.

Sie kannte alle Einzelheiten ihres neuen Lebens. Die Einzelheiten waren kein Problem. Sie hatte sie sich stundenlang, ja monatelang eingeschärft. Die Sätze. Die falschen Erinnerungen. Das kleine Musikstück. Sie hatte ein so bescheidenes Eigenleben, so wenig Selbst, dass es ihr leicht fiel, mühelos und überzeugend die Gewohnheiten einer anderen anzunehmen. Ihr neues Selbst war vielleicht auch nicht bewohnter, aber es war auch nicht weniger real.

Sie öffnete ihr Haar, die dunklen Locken, die ihr Gesicht rahmten. Sie zerrte es zurück, bis ihre Augen schmerzten, und band es zu einem hübschen kleinen Knoten in ihrem Nacken zusammen.

Sie rief sich ihre Erinnerungen ins Gedächtnis, während sie in ihre Vergangenheit zurückspulten. Ein Soldat neben ihr auf dem Sitz einer Kutsche. Ihre Mutter, die starb, als ihre Schwester aus ihrem Leib glitt. Der Regenbogen. Sie katalogisierte diese Erinnerungen und nähte sie so sorgfältig zusammen, wie sie ihren Schmuck in ihren Rocksaum eingenäht hatte, denn sie musste die Feinheiten ihrer Herkunft ausradieren, damit sie vielleicht zu der Schlichtheit kommen konnte, die vor ihr lag.

Sie war eine einfache, ehrliche Frau, die in der unerwarteten Pracht eines privaten Eisenbahnwaggons saß. Ein Kind in weißem Leinen, das zwischen ihrer Mutter und einem Mann saß, den sie nicht kannte.

Catherine Land blieb bis zum allerletzten Moment sitzen, in der Schwebe zwischen Anfang und Ende. Der Zug wurde langsamer und hielt dann an. Der Schaffner kam herein und holte ihren Koffer von der Gepäckablage. Sie gab ihm Trinkgeld, viel zu viel, und er lächelte.

Sie starrte immer noch auf ihr Gesicht. Sie konnte und wollte nicht ohne Geld oder Liebe leben. Ralph Truitt hatte in seinem letzten Brief schüchtern versprochen, sein Leben mit ihr zu teilen, und sie würde nehmen, was er zu geben hatte. Sie wusste eine ganze Menge mehr darüber, was geschehen würde, als er.

Sie stand auf, wickelte sich eine schwere schwarze Missionarspelerine um die Schultern und verließ das Abteil, wobei sie die Tür sanft hinter sich schloss. Sie war nicht nervös. Sie bahnte sich ihren Weg den Gang entlang. Sie stieg die Metallstufen herunter, ergriff in dem wogenden Dampf die Hand des Schaffners und betrat schüchtern und anmutig den Perron, um Ralph Truitt kennen zu lernen.

3. KAPITEL

Sie trat in den Schnee hinaus, in einen wirbelnden, böigen Schneesturm, der sie blendete und zugleich auch verblüffte. Er verdunkelte und erleuchtete zugleich die Luft auf dem Bahnsteig und umgab sie mit einer Aura beweglichen Lichts. Fremde eilten hin und her, begrüßten sich, küssten sich, luden sich Kisten und Koffer auf die Schultern, schützten Babys vor dem Sturm. Die Flocken trieben am Boden entlang, bohrten sich in Schwindel erregenden Wirbeln um die hastenden Gestalten, flogen dann rasch aufwärts ins dunkle Nichts. Es schien kein Ende in Sicht.

Sie hatte gedacht, sie würde ihn nicht erkennen, erst, wenn er als Letzter übrig blieb, aber natürlich tat sie es doch. Sein Gesicht war das ungeliebte, er stand ganz losgelöst im tosenden Meer der Menschen um ihn herum. Sie erkannte ihn sofort. Er sah so reich und so einsam aus.

Ganz plötzlich hatte sie Angst. Es war ihr nie in den Sinn gekommen, dass sie sich ja unterhalten müssten. Sie würden natürlich »Hallo« sagen, aber sehr viel weiter war sie nie gekommen. Jetzt schien es sich bis in die Unendlichkeit vor ihr auszudehnen, dieses endlose Gerede, aus dem in ihrer Vorstellung der Alltag von Eheleuten bestand, all diese Kleinigkeiten, was man bekam und wo man zupackte, was man nicht wollte und worauf man sich einließ, all diese Dinge, die Eheleute wohl taten.

Denn sie würde ihn natürlich heiraten. Sie hatte das gesagt, und das würde sie auch tun. Aber was dann? Wie sollte sie die Tage ausfüllen, die endlose Folge von Mahlzeiten, von Pflichten im Haushalt, die endlosen Stunden in dieser strahlenden Blindheit, die jede Möglichkeit zu sprechen aus ihr herauszusaugen schien.

Die Anfänge waren gewöhnlich so bezaubernd, und doch konnte sie angesichts all der kleinen Annehmlichkeiten, die das Dazwischen ausfüllten, nur schreckensstarr dastehen. Sie nahm an, dass er sie pflegen würde, wenn sie krank wurde. Sie würden darüber sprechen, was die Dinge kosteten. Er würde das Geld zusammenhalten, obwohl er teuer gekleidet aussah. Sie würde ihn um Geld bitten und er würde es ihr geben und dann würde sie die Dinge, die sie brauchten, einkaufen und ihm anschließend erzählen, was sie besorgt hatte. Sie würden das beim Abendessen besprechen, bei einem Essen, das sie für ihn zubereitet hatte. Sie würden über das Wetter sprechen und jede Veränderung bemerken oder gemeinsam an den langen Abenden, wenn der Wind draußen heulte, am Kamin oder am Ofen lesen. Sie vermutete, dass sie das tun und sagen würden, was Leute in ihrer Situation normalerweise taten oder sagten, aber jetzt merkte sie, dass sie gar nicht wusste, was das war.

Im Eisenbahnwaggon, auf der langsamen Fahrt von Chicago bis hierher, waren die Dinge klar umrissen gewesen und alles hatte sehr deutlich vor ihr gestanden. Hier im Schnee, in diesem rauen Wetter, verwischte sich alles, die Konturen verloren sich und nur vage, undeutliche Schemen blieben übrig, und sie hatte Angst.

Dennoch gab es keine andere Möglichkeit für sie, für sie

beide, es gab keine andere Möglichkeit, als jetzt weiterzumachen, sich aneinanderzukauern und auf den Frühling zu warten. Sie würde tun, was sie zu tun hatte.

Sie trat auf ihn zu, der seine Hände in die Taschen eines langen schwarzen Mantels gesteckt hatte, auf dessen schwarzem Pelzkragen der Schnee funkelte. Sie konnte kaum sein Gesicht erkennen, als er sich ahnungslos zu ihr umdrehte. Er wirkte ... wie? Traurig? Nett? Er wirkte einsam.

Sie kam sich lächerlich vor, mit ihren billigen schwarzen Wollsachen und ihrem billigen grauen Pappkoffer. Fang einfach an, dachte sie. Mach einfach einen Schritt vorwärts und sag »Hallo«. Der Rest wird sich schon irgendwie von selbst ergeben.

»Mr. Truitt. Ich bin Catherine Land.«

»Das sind Sie nicht. Ich habe ein Photo.«

»Das ist von jemand anderem. Von meiner Cousine India.«

Er konnte spüren, wie die Leute aus der Stadt sie beobachteten, wie ihre Blicke das Ganze hier registrierten, diesen Betrug. Es war einfach zuviel.

»Sie brauchen einen anständigen Mantel. Wir sind hier auf dem Land.«

»Das ist alles, was ich habe. Es tut mir leid. Das Bild. Es tut mir leid, aber ich kann alles erklären.«

Dieser Betrug vor der ganzen Stadt, dass er schon wieder zum Narren gehalten wurde, vor den ganzen Leuten. Sein Herz klopfte wie wild, und seine Beine fühlten sich blutleer an.

»Wir können hier nicht die ganze Nacht stehen bleiben. Wer auch immer Sie sind. Geben Sie mir Ihren Koffer.«

Sie reichte ihm ihr Gepäck, als er seine Hand aus der Manteltasche zog. Für einen Augenblick spürte sie ihre Wärme.

»Das ist alles. Ist das alles?«

»Ich kann das erklären. Ich habe nicht viel. Ich dachte …«

»Wir können hier nicht im Schneesturm stehen bleiben, während alle … wir können hier nicht bleiben.« Er blickte sie an, ohne Wärme, ohne Zuvorkommenheit. »Dies hier beginnt schon mit einer Lüge. Ich möchte, dass Sie wissen, dass ich das weiß.«

Er zog das Photo aus der Manteltasche, ihr Bild, und zeigte es ihr, als ob die Tatsache, dass er es aus der Tasche zog, sie irgendwie dazu bringen konnte, die scheue, häusliche Frau zu werden, die dort abgebildet war. Sie sah es an.

»Wer auch immer Sie sind, diese Frau sind Sie nicht.«

»Ich werde es Ihnen erklären, Mr. Truitt. Ich bin nicht hierher gekommen, um Sie zum Narren zu halten.«

»Nein, das werden Sie auch nicht. Was auch immer Sie sonst noch sein mögen, Sie sind eine Lügnerin.«

Er drehte sich um, und sie folgte ihm über den verlassenen Bahnsteig zu einer Kutsche, die daneben geparkt war. Die nervösen Pferde stampften auf und bliesen große Atemwolken aus ihren Nüstern, während Ralph Truitt ihren Koffer nach hinten brachte und ihn mit dicken Lederriemen festschnallte. Wortlos half er ihr auf ihren Sitz.

Er verschwand im umherwirbelnden Schnee, tauchte wieder auf und kletterte auf seinen Sitz. Er sah sie an, zum ersten Mal sah er ihr direkt ins Gesicht. »Vielleicht haben Sie gedacht, ich bin ein Trottel. Da haben Sie sich geirrt.«

Er knallte mit den Zügeln, und die Pferde trabten flott in die weiße Leere hinaus. Sie fuhren schweigend dahin. Die Lichter aus den Häuserfenstern schimmerten schwach, wie aus weiter Ferne. Sie konnte in dem Schnee nicht ausmachen, wie nah oder weit etwas von der Kutsche entfernt war. Sie konnte nicht erkennen, wie viele Geschäfte oder Häuser dort lagen. Sie erkannte nie eine Abzweigung, bevor sie sie nahmen. Er wusste es. Die Pferde wussten es. Hier war sie eine Fremde.

Der Schnee dämpfte das Geräusch der Räder. Es gab kein Gespräch. Sie schwebte in einer geräuschlosen Leere mitten im Nirgendwo.

»Gibt es hier viele Menschen?«

»Wo?«

»In der Stadt.«

»Zweitausend. Ungefähr. Jedes Jahr etwas mehr oder weniger. Hängt davon ab.«

»Wovon?«

»Davon, ob mehr sterben als geboren werden.«

Mehr sagten sie nicht. Sie glitten durch den Schnee, in der Ferne das Licht aus den Häusern, in jedem lebte eine Familie, in jedem miteinander verwobene Leben, während sie völlig isoliert und einsam dasaßen.

Ralph hatte nichts zu sagen. Er hatte bestimmte Erwartungen gehabt, und jetzt war sie da, wer auch immer sie nun war, und plötzlich war alles ganz anders. In jedem Haus, an dem sie vorbeifuhren, wurden Leben gelebt, die er durch und durch kannte. In diesen Häusern kannten die Menschen einander, und ihn kannten sie auch. Er hatte ihre Babys gehalten, war bei ihren Hochzeiten dabei gewesen und schockiert gewesen von ihren plötzlichen Wahnattacken und Wutausbrüchen. Er war ein Teil von ihrem Leben und war es auch wieder nicht. Er war da und er hatte getan, was von ihm verlangt, was von ihm erwartet wurde.

In der Kälte wurden sie verrückt, sie verstiegen sich ins Innerste ihrer Religion und tauchten als Wahnsinnige wieder auf. Aber selbst das war ihm vertraut. Waren sie gesund, wollten sie glauben, dass sie die Sorte Menschen waren, deren Babys von Ralph Truitt gehalten und geknuddelt worden waren, und er fand es einigermaßen leicht, die Illusion zu nähren, dass solche Dinge eine Bedeutung für ihn hätten. Dennoch waren ihre Leben und ihre Familien in einer Weise miteinander verknüpft, die er sich nicht einmal vorstellen konnte.

Aber diese Frau hatte er nicht erwartet. Er war wütend. Er war verwirrt. Er hatte ihren Brief gelesen, bis er in seinen Händen auseinandergefallen war. Er hatte sich tausend Mal ihr Bild angeschaut. Jetzt war völlig klar, dass sie nicht die Frau auf dem Photo war, und er hatte keine Ahnung, wer sie sein könnte. Seine Beziehung zu jedem Einzelnen in der Stadt basierte auf der Tatsache, dass er alles, was ihm widerfuhr, völlig unter Kontrolle hatte. Und jetzt diese wilde Geschichte. Der verspätete Zug. Der blendende Schnee. Diese Frau.

Es war ein Fehler. Er spürte das in seiner Magengrube, alles war falsch, der Brief, das Photo, seine närrische Hoffnung. Es war ein Fehler gewesen, Wünsche zu haben, Sehnsucht zu empfinden, aber er hatte es nun mal, er hatte sich etwas für sich selbst gewünscht. Jetzt war das Objekt seiner Begierde hier, und es war alles und nichts von dem, was er sich gewünscht hatte.

Er hatte eine einfache, ehrliche Frau gewollt. Ein stilles Leben. Ein Leben, in dem alles behütet werden konnte und niemand verrückt wurde.

Er konnte sie jetzt nicht wegschicken, sie im Schneesturm stehen lassen. Man durfte ihn nicht dabei sehen, wie er sie stehen ließ. Es würde Gerede geben. Er würde als Unmensch erscheinen. Also würde er sie vor dem Sturm beschützen, ihr eine oder zwei Nächte Unterschlupf gewähren, mehr nicht. Ihre Schönheit irritierte ihn am meisten, sie war so unerwartet, die Süße ihrer Stimme, die zarten Knochen ihrer Hand, als er ihr in die Kutsche half. Wer war dann die Frau auf dem

Photo? Es irritierte ihn, so sehr, dass er die Pferde hart rannahm und ihr nicht ins Gesicht sah.

»Ich habe ein Automobil«, sagte er völlig grundlos. »Es ist das einzige in der Stadt.«

Sie wusste nicht, was sie dazu sagen sollte.

»Im Schnee taugt es nichts.«

Ich bin in der Wildnis, dachte sie. Allein unter Barbaren.

Sie verließen jetzt die Stadt, und die Pferde waren im Wind scheu. Er war nie grob zu ihnen, und jetzt spürte er ihre Anspannung. Sie wollten nur einfach ihr Ziel erreichen.

Durch den Schnee sah Catherine die endlosen flachen Felder auf der einen Seite und auf der anderen einen breiten Fluss, der vom Eis blockiert war. So öde und verlassen.

Sie dachte an die Lichter der Stadt, an die endlose Geschäftigkeit, die Bierhallen, die an den verschneiten Abenden erleuchtet waren, an die Musik, an das Gelächter und die Mädchen, die sich ihre Hüte feststeckten und auf der Suche nach einem Abenteuer nach draußen eilten. Die Mädchen würden vor warmen Kaminfeuern mit Männern lachen, die ihnen Liebesbriefe geschrieben hatten. Sie würden Roastbeef essen und Champagner trinken und immer in Eile sein, die Kleider bis zu ihren Knien hochgezogen, während sie durch den Schnee liefen, die lachenden Mädchen, die von der Wärme der Spieltische, der Kamine, der Musik und der Gesellschaft angezogen wurden.

Hier draußen, wo sie die Lichter der Stadt hinter sich gelassen hatten, erklang kein Laut. Da war nichts außer ihnen und ihrer Kutsche, deren Lampenlicht auf der Straße glänzte.

Der Fluss sah hart aus wie Eisen.

Sie sah die Music-Hall-Mädchen vor sich. Die Männer mit den Kartenspielen in der Hosentasche und den Revolvern im Stiefel. Sie stellte sich die Süße der trägen Luft in den Opiumhöhlen vor, die warm war, wenn die Nacht zu kalt war, um sich zu bewegen, und den Chinesen, der einen mit Tee weckte, wenn der Sturm vorüber war oder der Morgen graute oder alles Geld weg war. Die Straßenbahnen fuhren schon und brachten die Menschen, normale Menschen, zur Arbeit. Und die Mädchen lachten dann und wussten, wie kaputt sie aussahen.

Eine Million Kilometer entfernt. In einem anderen Leben, in einer anderen Nacht, eine Million Kilometer an dem schwarz glänzenden Fluss entlang zur hell leuchtenden, lärmenden Stadt. Ihre Freundinnen waren schon für den Abend zurechtgemacht und suchten die Hitze, während die Musik sie und ihre schönen Kleider überströmte, und lachten über ihre Torheit. Sie war für sie schon ein Teil der Vergangenheit. Sie hatten keine Erinnerungen.

Der Hirsch tauchte aus dem Nichts auf, rannte vor, machte einen panischen Satz und war einen Augenblick später wieder verschwunden. Sie sahen nur für eine Sekunde seine erschrockenen Augen, als sein Geweih die Pferde streifte. Plötzlich lag die Welt in einem weißen Chaos.

Die Pferde machten erschrocken einen Satz zurück, stiegen in ihrer Spur auf, zerrten die Kutsche zur Seite und warfen sie beinahe um, richteten sie dann wieder auf, als sie vorwärtsstoben. Catherine hörte ein einzelnes, schrilles Wiehern, wie einen Schrei, und dann rasten sie davon, legten sich ins Zeug, von ihren Mähnen flog knisternd das Eis, und Ralph stand jetzt, stand auf seinem Sitz und zog mit aller Kraft an den Zügeln. Sie spürte die schreckliche Kälte, die grässliche Bedrohung durch diesen Vorfall, mit dem sie nicht gerechnet hatte.

Die Pferde scherten aus und zogen sie von der Straße herunter, und die Räder brachen in den frischen Schnee ein, ein Geräusch wie eine Klinge, die durch einen Knochen fährt.

Die Kutsche brach durch einen dünnen Zaun, und alles war Lärm und Chaos, und Ralph hatte ein Bein oben auf dem Kutschbock und schrie die Namen der Pferde, zerrte sie zurück und fluchte, und die Kälte schien noch durchdringender zu werden, und Catherine, die sich erschrocken und steif vor Angst festklammerte, spürte den krachenden Schlag, als die Kutsche auf eine Furche prallte, auf das gefrorene Bett eines herbstlichen Baches, und Ralph wurde in die Luft geschleudert und die Zügel flogen davon. Sie sah gerade noch, wie ihn der eiserne Beschlag des Kutschenrades am Kopf traf, als er unter die Kutsche geriet, und dann waren sie los, wild ruckend und schlingernd, und die Pferde waren auch wild, hatten die Straße verlassen und steuerten auf den schwarzen Fluss zu.

Catherine griff blind zu. Die Zügel flogen im Wind hin und her, aber sie erwischte sie und nahm sie in die Hände. Die Kutsche schwankte auf dem abgeernteten Feld, aber sie behielt die Zügel in der Hand. Ihr alberner Umhang flatterte im Wind und erstickte sie fast, und sie riss ihn sich vom Hals, und er flog hinter ihr davon, ein jähes Gespenst im wirbelnden Schnee.

Sie wusste immerhin, dass sie die Pferde laufen lassen musste. Sie wusste immerhin, dass sie ihren natürlichen Instinkten vertrauen konnte. Ihre Kräfte konnten der Angst, die sie von den schwarzen Rümpfen der Pferde pulsieren spürte, nichts entgegensetzen. Sie hielt einfach nur fest. Sie tat das Einzige, was sie tun konnte.

Die Pferde rannten wie verrückt weiter. Sie galoppierten an einem schmalen Ufer entlang und glitten auf den zugefrorenen Fluss, wobei die Kutsche einen gefährlichen Bogen beschrieb, so dass die Pferde im Kreis liefen und wirre schwarze Spuren auf dem puderigen Eis hinterließen, und die Tiere waren jetzt richtig in Angst und Schrecken versetzt, weil sie plötzlich merkten, wie weit sie sich schon vom sicheren Boden entfernt hatten. Eines der Pferde glitt aus, verlor den Halt und stürzte aufs Eis, das krachte und aufblitzte, aber hielt. Catherine saß stumm vor Angst da, stellte sich ihren Tod im eiskalten Wasser vor, das Ertrinken, völlig verknäuelt mit den sterbenden Pferden.

Der zugefrorene Fluss hielt. Das war nicht viel, aber es reichte. Während die Pferde darum rangen, wieder Halt zu finden, kletterte sie aufs Geschirr und schmiegte sich an ihre dampfenden Hälse. Als der schwarze Wallach wieder stand, war sie da und flüsterte ihm ins Ohr, und die Worte kamen von irgendwoher und wurden vom Wind verweht, aber sie genügten, als sie sie flüsterte, während sie ihm ihre Hand vorsichtig an den weichsten Teil seiner Kehle legte.

Die Pferde beruhigten sich unter ihren Händen, und ihre Panik verflog. Sie hörten ihre Stimme, die durch den heulenden Wind kaum zu vernehmen war, und standen geduldig da, während sie sich vorsichtig ihren Weg durch das Geschirr bahnte, wobei sie die Hände nie von ihren Leibern löste, sie nie vergessen ließ, dass sie da war, die Übersicht behielt und versprach, sie sicher ans Ziel zu bringen.

Vorsichtig griff sie wieder nach den Zügeln, und sie liefen, jetzt völlig erschöpft, im Schritt los, und in der heulenden Dunkelheit strengte sie ihre Augen an, um die Fahrspuren im Schnee auszumachen, damit sie erkennen konnte, welchen Weg sie genommen hatten, und langsam lenkte sie sie wieder zu der Stelle zurück, wo der Hirsch aus dem Nichts hervorgesprungen war und die Stille in Panik verwandelt hatte.

Als sie wieder auf der Straße waren, standen die Pferde jämmerlich und entkräftet da. Der Wallach knickte beinahe ein, riss sich aber wieder hoch, und gemeinsam zogen die beiden Pferde die Kutsche ins blinde Weiß. Wie durch ein Wunder hatten die Lampen nichts abbekommen, und sie konnte ein kurzes Stück voraussehen.

Sie überfuhren Ralph beinahe, bevor sie ihn entdeckte. Er stand ruhig mitten auf der Straße, schwankte ein wenig, und Blut strömte aus einem Schnitt an seiner Stirn, einem Schnitt, der bis auf den Knochen ging.

Sie sprang aus der Kutsche. Sie war nicht den ganzen Weg gekommen, um ihn jetzt sterben zu lassen. Nicht jetzt. Mit ihrem Saum verfing sie sich am Rand ihres Sitzes und hörte, wie das billige Material sofort zerriss, wobei sie ihm fast in die Arme fiel. Das Blut bedeckte sein Gesicht und vermischte sich mit dem Schnee, der sich im Pelzkragen seines schwarzen Mantels gesammelt hatte. Sie fasste ihn am Ellbogen. Er schüttelte sie ab, aber dann stolperte er, und sie packte noch mal seinen Arm, und diesmal stieß er sie nicht weg, sondern stützte sich auf sie, so dass sie spürte, wie groß und kräftig er war und wie breit seine Brust, und selbst durch seinen schweren Mantel hindurch war die Hitze seines Körpers deutlich zu fühlen. Sie half ihm auf seinen Sitz, während ihm das Blut von der Stirn floss. Sie entdeckte ihren Mantel, ihr albernes dünnes Cape, und legte es ihm über seine zitternden Beine.

»Die Pferde in Ordnung?« Seine Stimme klang mitgenommen.

»Sie können uns ziehen.« Sie kletterte hinauf. »Welche Richtung, Mr. Truitt?«

»Die wissen das schon. Lassen Sie sie einfach laufen.« Die Pferde setzten sich in Bewegung, das eine hinkend und keuchend und beide blind in der Nacht, aber sie kannten ihren Weg genau.

Ralph saß so steif da, wie er konnte, und versuchte, dem brennenden Schmerz nicht nachzugeben, aber es war einfach zuviel. Er spürte, wie er langsam zusammenbrach, wie sich sein verletzter Körper langsam an ihren lehnte. Er fühlte es, während ihr Arm sich um ihn legte und ihn hinunterzog, seinen Kopf an ihre Brust legte, an ihr klopfendes Herz.

4. KAPITEL

Alles war voller Blut. Es war im Stoff ihres Kleides gefroren, steif und schwarz. Es war auf seinem Kopf und auf seinem Gesicht und an seinen Kleidern und unter ihren kalten Fingernägeln. Sie blieb trotzdem immer noch ruhig und war entschlossen, ihn nicht sterben zu lassen. Und dann erblickte sie das Haus und ein Gesicht am Fenster.

Es gab einen Augenblick völliger Stille, in dem sie jede Einzelheit wahrnahm, das Gewicht Ralphs in ihren Armen, das Haus, das Gesicht am Fenster – angsterfüllt –, das Pferd, sein gebrochenes Bein, und jetzt erst begann sie zu begreifen, dass das knackende Geräusch auf dem Eis der Knochen gewesen war und nicht das Eis. Sie sah sich selbst, ihre verwüstete Frisur, ihre Hände, die kalt und rau waren, ihren leichten Rock, aus dessen Saum ihr Schmuck in den Schnee fiel. Sie sah, wie sie im Hof standen, der Schnee reichte bis hoch zu den eisernen Radnaben, die Pferde ließen erschöpft und schmerzerfüllt die Köpfe hängen, und sie sah das Haus. Das Haus.

Es wirkt wie ein sauberes weißes Hemd, dachte sie. Ein sauberes, weißes Hemd, das an der Rückseite einer Tür hängt.

Eine hübsche, mit Säulen versehene Vorderveranda, ein warmes rostbraunes Licht, das durch die zugezogenen Vorhänge fiel, ein umgedrehter Stuhl, der, obwohl der Sommer längst vorüber war, immer noch draußen lag. Einzelheiten. Sie konnte nicht alles erkennen, konnte den Punkt nicht ausmachen, an dem die Wände des Satteldaches aufeinandertrafen. Aber es wirkte warm. Es sah nett aus.

Die Pferde blieben stehen, die braune Stute stampfte mit den Hufen auf, der schwarze Wallach konnte keinen Schritt mehr laufen, er hatte sein rechtes Vorderbein gehoben, und der Huf hing gefährlich herab. Das Licht, das von der Veranda fiel, beleuchtete den Schweiß auf den bebenden Flanken der Tiere und verwandelte den Atem, der aus ihren geweiteten Nüstern strömte, in helle Federbüschel.

Es war schmuck, das Haus, schlicht, ohne dabei streng zu wirken, und es war hell erleuchtet und überhaupt nicht so, wie sie es sich vorgestellt hatte. Es stand robust inmitten eines Rasens, eine Treppe führte zu einer breiten Veranda hoch. Sie hatte sich etwas Verfalleneres vorgestellt, etwas, das durch jahrelange Vernachlässigung schmutzig geworden war. Sie hatte sich ein Haus vorgestellt, das trostlos wirkte, einen ungeliebten Bau in einer öden Gegend. Dies war eine Überraschung, wie eine knisternde Verpackung, lauter weißes Papier mit blauen Schleifen.

Der Augenblick verging, und die Zeit setzte wieder ein, alles ganz plötzlich. Das Gesicht heulte auf, verschwand vom Fenster, und die Tür flog auf. Eine Frau stand sprachlos im Eingang.

Ralph Truitt blutete schlimm und lehnte sich mit seinem ganzen Gewicht an Catherine. Sein Atem ging flach, seine Augen waren geöffnet, starrten aber richtungslos und verschwommen ins Leere, und die Veranda, die glitzernde Tür und ihr Schutz schienen kilometerweit entfernt.

»Truitt?«, der graue Kopf schob sich vor, die Augen spähten in den wirbelnden Schnee hinaus, die Stimme drang an Catherines Ohren. »Sind Sie das, Mr. Truitt?«

»Hilfe! Hier sind wir!« Catherine schrie in den Wind, und plötzlich wurde sie hysterisch. »Bitte kommen Sie! Wir brauchen Hilfe.«

Ein Mann und eine Frau kamen aus dem Haus gerannt, und ihre Haare und Kleider wurden vom Wind gepackt und wild durcheinandergewirbelt. Der Mann lief direkt zu dem taumelnden, stöhnenden Wallach und begann zu untersuchen, wie sehr das Tier verletzt war, wobei er ruhig auf den Wallach einsprach und die Hand an die Flanke des Pferdes legte, während er den Kopf wegen des armen Beins schüttelte. Catherine konnte sehen, wie sich der gebrochene Knochen durch das Fleisch gebohrt hatte, konnte an der Art, wie sein Brustkorb vor Schmerzen schimmerte, die Niederlage des Tieres erkennen.

Die Frau rannte direkt zu Truitt. »Du lieber Gott!«, schrie sie. »Was ist passiert? Was haben Sie gemacht?« Mit ihren spröden, hellen Augen sah sie Catherine an und hielt vorwurfsvoll ihren Blicken stand.

»Die Pferde sind durchgegangen. Ein Hirsch … sie sind durchgegangen und haben ihn aus der Kutsche geschleudert. Ich glaube, er ist mit dem Kopf gegen das Rad gestoßen. Es war nicht meine Schuld«, fügte sie überflüssigerweise hinzu. »Es war ein Hirsch. Es ging alles so schnell.«

»Nach drinnen! Larsen!« Der Kopf des alten Mannes zuckte vom Pferd hoch, das langsam zu Boden sank. »Truitt ist schlimm verletzt. Bringt ihn ins Haus.«

Also trugen sie zu dritt Truitt ins Haus, und jeder packte ihn irgendwo. Er konnte sich jetzt nicht mehr halten, ganz verrückt vor Schmerzen und dem Blutverlust, und sie brauchten zu dritt all ihre Kräfte, um ihn die Verandatreppe hoch und ins Haus zu bugsieren. Sie legten ihn auf ein Samtsofa und schoben ihm ein Kissen unter den Kopf.

Die Frau sagte: »Er wird verbluten.«

»Er braucht einen Arzt. Gewiss …«

Mrs. Larsen, das musste sie sein, wandte sich an Catherine. »Bei diesem Wetter? Nicht mal für Ralph Truitt. In beide Richtungen sind es viele Kilometer, und in jedem Fall ist es zu spät, bis der Arzt kommt. Falls man ihn überhaupt findet. Besoffen. Falls er überhaupt kommt. Besoffen und zu nichts zu gebrauchen.«

»Holen Sie mir meinen Koffer, bitte«, sagte Catherine. Sie war vollkommen ruhig. »Aus der Kutsche. Ein grauer Koffer. Und heißes Wasser. Und Handtücher und Jod, wenn Sie etwas dahaben.«

Das alte Paar starrte sie unsicher an. Truitt lag auf dem Sofa, seine Augen blickten starr geradeaus.

»Hol ihr den Koffer«, sagte die alte Dame. »Und schnapp dir deine Waffe. Für den Wallach.«

Plötzlich bewegte sich Larsen und verließ das Zimmer. Die alte Frau, seine Frau, wie Catherine annahm, bewegte sich ebenfalls. Truitt wurde plötzlich wach, die Augen waren vor Schmerz gerötet, und in der plötzlichen Stille starrten Ralph und Catherine sich an.

»Sie werden nicht sterben«, sagte sie.

»Das hoffe ich auch.«

Als Larsen in die Nacht hinaustrat, wehte ein heftiger Windstoß in die Eingangshalle. Catherine und Truitt warteten. Sie meinte, sie könnte vielleicht seine Hand nehmen, tat es dann aber doch nicht.

Sie hörten den Schuss aus dem Hof. Catherine zuckte zusammen und rannte ans Fenster, zog die schweren Samtvorhänge zur Seite, um zu sehen, dass das riesige Pferd, dessen Kopf nur noch ein Loch voller Blut war, mit einem Schuss niedergestreckt worden war.

Nach langer Zeit kam Larsen aus dem Schnee zurück, trug Catherines Koffer in der einen Hand, an der anderen baumelte die Pistole. Er stellte ihr den Koffer vor die Füße. Hasserfüllt sah er sie an, als wäre das alles ihre Schuld und außerdem unverzeihlich.

Sie ließ die verrosteten billigen Schlösser aufschnappen und öffnete den Koffer und wühlte auf der Suche nach ihrem Nähzeug zwischen ihren schwarzen Kleidern und der schlichten Unterwäsche herum. Als sie sich umdrehte, trat sie auf den Rocksaum und riss ihn noch weiter auf... verdammter Mist, dachte sie, der Schmuck. Sie kniete sich schnell hin und tastete nach dem Saum. Nichts. Mist, verdammter.

Mrs. Larsen kehrte zurück, in den Händen eine Schüssel mit dampfendem Wasser, die Arme voller Handtücher. Sie starrte Catherine an, beäugte ihren Saum.

Catherine erhob sich. »Das ist... das ist nichts. Es ist aufgerissen. Ich habe etwas verloren. Bei dem Unfall.«

»Na ja, dann ist es weg. Weg bis zum Frühling.«

»Es ist nicht wichtig.« Verloren, ja, dachte Catherine. Hab meinen Schmuck verloren und außerdem jede Chance, hier wieder rauszukommen.

Catherine starrte Truitt an. »Das wird wehtun.«

»Es tut jetzt schon weh.« Er brachte ein schwaches Lächeln zustande.

»Ist etwas zu trinken da?«

»Ich rühre keinen Alkohol an.«

»Es wird noch mehr wehtun.«

»Ich weiß.«

»Können Sie sich aufrichten? Ein bisschen?«

Er stöhnte, als sie ihn auf dem Sofa so weit aufrichteten, dass Catherine sich setzen und seinen Kopf in ihren Schoß betten konnte. Das Blut tropfte stetig auf ihren Rock. Sie konnte beinahe sofort spüren, wie ihre Beine feucht wurden.

Während Mrs. Larsen die Schüssel hielt, tunkte Catherine ein Handtuch in das dampfende Wasser und begann vorsichtig, die Wunde zu reinigen. Sie wusste, dass es schmerzte, aber unter ihrer Hand entspannten sich seine Gesichtszüge und sein Atem verlangsamte sich. Er schloss nicht die Augen und gab keinen Laut von sich, obwohl ihm Tränen die Wangen herunterliefen.

»Ich weine«, sagte er. »Wie ein Baby.«

»Das würde ich nicht meinen. Ma'am? Das Jod.« Sie ergriff das Fläschchen, das Mrs. Larsen aus der Schürzentasche holte, kippte es so weit, bis ein schmales Rinnsal entstand, das sie auf die Wunde tropfen ließ, die von der Augenbraue bis zum Haaransatz verlief. Sie tupfte sie ab, und Truitt schloss die Augen, zuckte dann zusammen, als der stechende Schmerz den Knochen erreichte, den Catherine sehen konnte, während der scharfe Geruch jedem von ihnen vermittelte, wie dringend das war, was sie da gerade tat.

Das arme Pferd, dachte sie, zieht uns die ganze Strecke bis hierher, und jetzt liegt es im Schnee. Morgen, vermutete sie, wenn das hier vorbei war, würde Larsen dann das überlebende Pferd nehmen, um das tote außer Sichtweite zu schleifen.

»Mein Nähzeug, und ich brauche Sie, Mrs ...«

»Larsen, Miss.«

»Mrs. Larsen. Ich brauche Ihre Hilfe, bitte drücken Sie ganz vorsichtig die Ränder zusammen, so wie hier.«

Catherine zeigte es ihr, so wie man Teig an den Schüsselrand drückte, wobei ihre Daumen glätteten, die Haut glätteten, bis sich deren Ränder beinahe berührten. Der Schnitt war nicht sauber. Es würde eine Narbe geben, da führte kein Weg dran vorbei.

Catherine wählte den festesten Zwirn, tauchte die Nadel in das Jod und blies dann vorsichtig auf die Nadel und die Wunde, die jetzt stärker blutete.

Sie fädelte das Garn ein. Sie sah, wie sich Larsen abwandte und sich mit etwas anderem beschäftigte, während sie den ersten Stich machte.

»Ich fahr mal die Kutsche weg. Es sei denn …«

»Nein. Wir kommen zurecht.« Die Nadel stieß ins Fleisch und hindurch, und Catherines Hand blieb ungerührt und ruhig. Die Tür öffnete und schloss sich wieder, während Larsen in die Nacht hinausging.

Langsam begann sich die Wunde zu schließen und der Blutfluss sich zu verringern. »Sind Sie Krankenschwester, Miss?«

»Mein Vater war Arzt. Ich habe ihm zugesehen.«

Das war eine Lüge, auch wenn sie das so leichthin sagte. Ihr Vater war ein Säufer und ein Lügner. Er hatte überhaupt keinen Beruf gehabt. Catherine wusste nicht mehr als die schlichte Tatsache, dass sie nicht den ganzen Weg hierhergekommen war, um dabei zuzusehen, wie Ralph Truitt in ihren Armen starb. Wenn man eine Wunde zunähen musste, dachte sie, dann gab es nicht allzu viele Arten, das zu tun.

»Dann haben Sie noch nie …«

»Nein, nie. Aber ich habe ihm oft dabei zugesehen. Es gibt keine andere Möglichkeit.«

An einem bestimmten Punkt merkte sie, wie Truitt ihr entglitt und das Bewusstsein verlor. Seine blassen Augen, starr und weiß vor Schmerz, schlossen sich schließlich, und zum ersten Mal, als sie die Blicke von der Wunde hob, betrachtete sie seine Haut, so nah, als würde sie sie durch ein Vergrößerungsglas mustern. Sein Bartwuchs sah aus wie schwarze Weizenstoppeln auf einem trockenen Feld. Seine Haut war blass, und auch wenn er aus der Entfernung jünger aussah, als er – wie sie wusste – in Wirklichkeit war, konnte sie aus der Nähe die unzähligen kleinen Falten in seiner Haut sehen. Sie konnte die Zukunft ihres eigenen Gesichts darin sehen, und sie konnte noch etwas anderes erkennen, als seine Muskeln erschlafften und seine Haut von den starken großen Knochen sackte. Sie konnte sehen, was für eine Anstrengung es ihn kostete, sein Gesicht so gefasst und hoffnungsvoll erscheinen zu lassen, und sie konnte die Trauer sehen, die unter dieser stählernen Maske lag, und wie leblos er war.

Ihre kleinen Finger arbeiteten geschickt und folgten Mrs. Larsens Händen an der Wunde entlang, und schließlich war sie fertig. Gar nicht schlecht.

Er öffnete die Augen.

»Fertig.« Sie lächelte ihn an, ihre Hände lagen noch auf seinem Gesicht und sein Kopf in ihrem Schoß.

»Danke.«

»Wir müssen Sie ins Bett bringen. Könnten Sie … es wäre besser, wenn Sie noch eine Weile wach blieben. Ihr Kopf ist vielleicht verletzt. So lange, wie Sie können.« Sie streckte schüchtern die Hand aus, um sein Gesicht zu berühren, aber da erschien Larsen, stapfte herbei und unterbrach sie.

»Jetzt übernehmen wir ihn, Miss. Ich bringe ihn nach oben. Gehe mit ihm. Wir brauchen Ihre Hilfe dabei nicht, und Mrs. hält das Essen für Sie bereit. Ich kümmere mich um ihn.«

Larsen fasste ihn unter und zog ihn auf die Füße. Ralph schwankte, hielt sich aber aufrecht, und Catherine blieb sitzen, während sie zusah, wie die beiden nach oben stolperten. Mrs. Larsen folgte ihnen, wobei sie nutzlos herumfuchtelte.

Dann waren sie fort, und zum ersten Mal musterte Catherine das Zimmer, in dem sie saß, und war überrascht. Es war hübsch und überhaupt nicht so, wie sie es sich vorgestellt hatte: sehr schlicht, sehr sauber, ja makellos. Es war ein gewöhnlicher quadratischer Raum, und doch fanden sich hier und da Möbelstücke, die seltsam unpassend wirkten, als stammten sie aus einem anderen Haus an einem anderen Ort. Leuchtende Farben. Teures Material. Elegant und kunstvoll gebaute Möbel, nur ein paar Stücke, die neben den eher banalen Bauernmöbeln standen, dem Porzellanschrank, der schlichten Standuhr aus Kiefer.

Das Sofa, auf dem sie saß, war eines dieser versprengten Möbelstücke, hatte vergoldete Lehnen und geschnitzte Schwäne und einen Damastbezug in den Farben des Sonnenuntergangs, auf dem jetzt Truitts Blutflecken zu sehen waren. Aus ihrer Sicht wirkte es wie eines dieser Zimmer, in denen niemand wusste, wo er sich hinsetzen sollte, ein Raum, der immer perfekt aufgeräumt war, obwohl er nie benutzt wurde.

Einen Sessel gab es, einfache, robuste Eiche, der ganz gewiss der Platz war, an dem Truitt an den Abenden saß und eine Zigarre rauchte. Ein Aschenbecher und ein Humidor standen auf dem niedrigen schlichten Tisch daneben, auf dem außerdem landwirtschaftliche Zeitschriften, Almanache und Hauptbücher lagen. Daneben brannte eine Lampe mit einem bunten gläsernen Lampenschirm in lauter leuchtenden Farben, in Rot und Lila, auf dem Trauben, herbstliche Blätter und kleine Vögel, die aufflatterten, zu sehen waren. Es war die Art von Lampe, die sie nur aus Hotels kannte. Sie hatte sich nie vorstellen können, dass ein normaler Mensch solch eine Lampe besitzen könnte, doch Ralph Truitt besaß eine.

Er muss sehr reich sein, dachte sie. Der Gedanke wärmte

sie und zauberte ein Lächeln auf ihr Gesicht. Er wird nicht sterben. Jetzt fängt es an. Ihr Herz raste, als ob sie gerade drauf und dran wäre, ein Paar Ziegenleder-Handschuhe aus einem Laden zu stehlen.

Sie konnte das schwere Poltern der drei hören, die oben hin und her liefen, einen Stiefel, der zu Boden fiel, dann einen weiteren. Aha, sie ziehen ihn aus, wurde ihr jetzt klar. Sie hatte gedacht, man hätte sie ausgeschlossen, weil sie nicht wollten, dass sie ihn in seiner Schwäche sah, aber in Wirklichkeit wollten sie nicht, dass sie seinen Körper erblickte.

Die Uhr tickte gleichmäßig. Der Wind heulte, ohne nachzulassen. Catherine saß allein da und fragte sich, ob irgendjemand auf dieser Welt wusste, wo sie war, und sich vorstellen konnte, wie sie dasaß, die Hände still in ihrem Schoß, die Finger blutverschmiert, mit ihrem zerrissenen Saum, dem verlorenen Schmuck.

Sie wollte eine Zigarette. Eine Zigarette in ihrer kleinen silbernen Spitze. Und ein Glas Whiskey, ein Glas, um das Frösteln zu verscheuchen. Aber das war in einem anderen Leben an einem anderen Ort, und hier, in Ralph Truitts Haus, saß Catherine einfach nur da, die Hände in ihrem Schoß.

Hier waren sie nun, vier Menschen, und jeder bewegte sich getrennt durch die Zimmer im selben Haus. Sie hatte seinen Kopf in ihrem Schoß gehalten, und ihre Kleider waren feucht von seinem Blut, und doch war sie allein. Allein, wie sie es schon immer gewesen war.

Manchmal saß sie nur da und ließ ihren Kopf ganz leer werden und ihre Blicke ins Nichts gehen, so dass sie das langsame Zucken der Partikel in ihren Pupillen sah. Als Kind hatte sie das erstaunt. Jetzt sah sie darin ein Spiegelbild ihrer eigenen Bewegungen, wie sie träge durch die Welt trieb, gelegentlich auf einen anderen Körper stieß, ohne dass man sich wirklich kennen lernte, und dann wieder weitertrieb, frei und allein.

Sie kannte keine andere Daseinsform. Ihre Pläne, das sah sie jetzt, waren träge Phantasien, oberflächlich ausgedacht und nachlässig ausgeführt und somit wieder und wieder zum Scheitern verurteilt. Sie stand auf und wanderte durch die Zimmer in Truitts Haus. Es gab nicht viele, und sie sahen alle gleich aus, genauso makellos und mit der gleichen merkwürdigen Mischung aus Rustikalem und Erlesenem möbliert. Das Esszimmer war winzig, aber der Tisch war aufwendig für ein Abendessen zu zweit gedeckt. Sie nahm eine verzierte Gabel in die Hand. Sie war fast so lang wie ihr Unterarm und erstaunlich schwer. Sie war glänzend poliert, so dass sich das Licht darin fing, als sie sie umdrehte, um den Herstellernamen zu lesen: Tiffany & Co., New York City. Sie hatte das Gefühl, in ihrem ganzen Leben noch nie etwas so Schönes gesehen zu haben.

»Larsen ist bei ihm.« Catherine legte die Gabel wieder hin, als Mrs. Larsen ins Zimmer kam. »Ich habe Essen gemacht. Es ist vielleicht noch nicht ganz kalt, und Sie können jetzt genauso gut auch essen.« Sie schob die Gabel an ihren Platz, die Catherine wieder abgelegt hatte, so dass sie mit dem übrigen, gleichermaßen massiven Besteck perfekt abgestimmt dalag.

»Ich habe sie mir bloß …«

»Angeschaut. Ich hab's gesehen. Es dauert nur einen kleinen Augenblick. Sie müssen Hunger haben.«

Catherine setzte sich an den Tisch. Sie hatte das Gefühl, als würde sie gleich in Tränen ausbrechen, einfach weil der Weg zurück so weit und sie allein war. Sie versuchte, ihr Haar festzustecken, und ließ es dann bleiben.

Die Suppe war klar und heiß und das Lamm in einer Soße

gekocht, die gleichzeitig köstlich und exotisch schmeckte, und alles war vollendet und auf eine Weise vornehm, die man in jedem Restaurant in jeder Stadt, in der sie je gewesen war, bewundert hätte, und Mrs. Larsen servierte alles mit einer Schlichtheit und Gewandtheit, die sie überraschte und erfreute. Sie hatte gar nicht gedacht, dass sie hungrig war, aber sie aß alles auf, einschließlich des Nachtischs aus leichten Baisers, die in einem glänzenden Pudding schwammen.

Die wunderschönen Teller kamen und gingen, das Besteck wurde benutzt, bis keins mehr dalag, und schließlich stand Mrs. Larsen in der Küchentür, und sie lauschten beide auf das Poltern von den Stiefeln der beiden Männer, während Larsen und Truitt hin und her liefen, hin und her im Schlafzimmer im ersten Stock, erst über einen Teppich und dann über den Fußboden und dann wieder über den Teppich.

»Das war ein köstliches Abendessen.«

»Nun ja, ich hatte es mir ein wenig feierlicher erhofft, aber ...«

Die Schritte wurden fortgesetzt.

»Aber es wird andere Abende geben, denke ich. Miss?«

»Ja?«

»Ich hoffe, Sie werden hier glücklich. Das hoffe ich wirklich. Es war bislang nicht gerade sehr einladend, aber ich, also wir heißen Sie sehr herzlich willkommen.«

Catherine wurde rot vor Verlegenheit. »Sie sind eine wunderbare Köchin.«

»Manche Leute haben diese Gabe, andere jene.« Sie machte eine Geste, als wollte sie nähen. »Also ich konnte nie was mit einer Nadel anfangen. Aber Sie brauchen mich bloß in eine Küche zu stellen, und ich weiß gleich, wo ich bin. Selbst wenn es eine Weile her ist – und es ist eine ganze Weile her –, weiß ich immer noch, was ich zu tun habe.«

Catherine stand auf, und sie blickten sich verlegen an. Plötzlich war Catherine erschöpft. Sie sah zur Decke hoch, zu den polternden Stiefeln.

»Kommen sie zurecht?«

»Larsen wird auf ihn aufpassen. Sie kennen sich, seit sie kleine Jungen waren. Truitt wird schon durchkommen.«

Mrs. Larsen begann abzuräumen.

»Ich werde Ihnen helfen. Ich bin es gewohnt, für mich selbst zu sorgen.«

»Sie sollten sich ausruhen. Gehen Sie ruhig ins Bett, wenn Sie möchten.«

»Wo kann ich denn …?«

»Schlafen? Ich zeig es Ihnen.« Mrs. Larsen wischte sich die Hände an einem Geschirrtuch ab, leckte sich dann die Finger, um die tropfenden Kerzen auszumachen, wobei das Funkeln auf dem Silber erlosch, und führte Catherine aus dem Esszimmer, griff nach ihrem Koffer und ging die Treppe hoch. »Es ist ein schönes Zimmer. Sie können den Fluss sehen, und Sie können zu dem kleinen Haus hinüberschauen, in dem Larsen und ich wohnen.«

Sie öffnete die Tür zu einem anmutigen Schlafzimmer, auf dem schlichten Bett lag gute Leinenbettwäsche, und der Baldachin des feinen Himmelbetts hatte eine Spitzenbordüre.

Sie legte den Koffer aufs Bett, ging zum Toilettentisch und goss Wasser aus einem Krug in eine Porzellanschüssel. Sie lief ins Badezimmer und kam mit einem wunderschönen Kristallglas voll kalten Wassers zurück, das sie vorsichtig neben dem Bett abstellte.

»Die Toilette ist den Flur entlang. Drinnen. Die erste hier im Landkreis. Ich hab versucht, alles nett zu machen. Ich weiß, dass Sie aus der Stadt kommen.«

»Nichts Großartiges.«

»Sie wären überrascht, wie viele Leute absolut keine Ahnung haben, was sie mit all den Gabeln anfangen sollen. Man kann an der Art, wie Leute essen, erkennen, wo sie überall gewesen sind. Sie sind schon an einigen vornehmen Orten gewesen.«

Mrs. Larsen ließ sie allein. Catherine packte ihre Sachen aus, hängte ihre lächerlichen, hässlichen Kleider in einen kleinen Schrank, räumte ihre Unterwäsche in eine Kommode. Das war jetzt ihr Zuhause, dachte sie. Dies sind meine Sachen, und ich räume sie in meinem neuen Zuhause ein. Der letzte Gegenstand in ihrem Koffer war ein kleines, blaues Arzneifläschchen, und lange saß sie auf einem Stuhl am Fenster und musterte es, bevor sie es wieder in ein kleines Seidenfach im Koffer stopfte und das ganze Ding unters Bett schob.

Sie öffnete die schweren Vorhänge und spürte sofort die lastende Kälte der Luft. So müde, wie sie war, war das jetzt ein angenehmes Gefühl, erfrischend. Das spärliche Licht aus dem Haus beleuchtete das anhaltende Wirbeln des Schnees draußen. Sie saß auf einem kleinen blauen Samtsessel und sah dem Sturm zu und fiel in einen leichten Schlaf, aus dem sie immer wieder erwachte, begleitet vom Poltern der Stiefel der Männer in dem Zimmer nebenan. Ihr eigenes Leben kam ihr vor wie das einer Fremden.

Schließlich hörten die Schritte auf. Sie wartete, bis es vollkommen still im Hause war, und dann stand sie auf, stieg aus ihrem ruinierten Rock und knöpfte die dreizehn Knöpfe ihres grässlichen Kleides auf. Sie konnte den strengen Eisengeruch von Truitts Blut an ihren Kleidern und auf ihrer Haut riechen, und sie benutzte ein Leinentuch und das warme Wasser in der Waschschüssel auf dem Nachttisch, um sich, so gut sie konnte, zu waschen.

Sie stieg in das schlichte Nachthemd, das sie sich erst vor

zwei Tagen genäht hatte, und stand da und sah, wie sie es so oft tat, auf ihr Gesicht in dem ovalen Spiegel.

Dies war keine Illusion, hier, in diesem Haus, in diesem Sturm. Dies war kein Spiel. Dies war real. Ihr Herz fühlte plötzlich, dass es brach, und Tränen traten ihr in die Augen.

Es hätte alles anders kommen können, dachte sie. Sie hätte vielleicht die Frau sein können, die ein Kind auf ihrem Knie schaukelte oder Essen zu einem Nachbarn trug, dessen Haus von Krankheit oder einem Brand oder dem Tod heimgesucht worden war. Sie hätte vielleicht Kleider für ihre Töchter nähen und ihnen an einem Abend wie diesem vorlesen können. Von einer Welt der Phantasie und der Wunder an einem Abend, an dem man die eigene Hand nicht vor den Augen sehen konnte. Sie konnte sich die Umstände, unter denen all dies vielleicht geschehen könnte, nicht so recht vorstellen. Aber wie eine Schauspielerin, die dabei zusehen muss, dass eine Rolle, die sie gespielt haben könnte, jemandem mit weniger Talent zufällt, hatte Catherine irgendwie das Gefühl, ihr sei eine Rolle verloren gegangen, die würdevoller und der Landschaft ihres Herzens gemäßer gewesen wäre.

Ihr wahres Herz war allerdings sehr tief in ihr vergraben, unter der breiten Decke ihrer Lügen und Täuschungen und Launen regelrecht verschüttet. Wie ihr Schmuck, der jetzt unter dem Schnee lag, lag es verborgen da, bis es irgendwann vielleicht auftaute. Sie konnte natürlich gar nicht wissen, ob dieses Herz, von dem sie sich vorstellte, dass sie es besäße, tatsächlich existierte. Vielleicht war es wie der abgetrennte Arm des Soldaten, der noch jahrelang schmerzt, oder wie ein einmal gebrochener Knochen, der wehtut, wenn ein Sturm naht. Vielleicht hatte sie dieses Herz, das sie sich nun vorstellte, überhaupt nie besessen. Aber wie machten sie es denn, diese anderen Frauen, die sie auf der Straße sah und die mit ihren bezaubernden oder schlecht gelaunten Kindern in Restaurants und Bahnsteigen und überall um sie herum lachten? Und warum war sie von diesem ganzen sentimentalen Panorama ausgeschlossen, das sich zeitlebens Tag für Tag um sie herum abgespielt hatte?

Einmal in ihrem Leben wollte sie mitten auf der Bühne sein. Deshalb war der Einsatz in diesem Spiel mit Ralph Truitt höher, als sie zunächst gedacht hatte. Denn das, was sie war, als sie vorm Spiegel in dem einsamen Farmhaus stand, war in Wirklichkeit alles, was sie war.

Sie war eine einsame Frau, die auf eine Heiratsannonce in einer Tageszeitung geantwortet hatte, eine Frau, die mit Hilfe des Geldes eines anderen Menschen kilometerweit angereist war. Sie war weder lieb noch sentimental, weder einfach noch ehrlich. Sie war verzweifelt und hoffnungsvoll zugleich. Sie war wie all diese Frauen, deren alberne Träume dazu führten, dass sie und ihre Freundinnen vor hoffnungslosem Spott heulten, nur dass sie jetzt ins Gesicht einer solchen Frau blickte und es überhaupt nicht komisch fand.

Sie drehte das Deckenlicht aus, so dass das Zimmer im Licht einer einzigen Kerze, die auf dem Nachttisch stand, flackerte. Sie zog die schweren Vorhänge gegen den Sturm zu und schlüpfte in das bequeme, damenhafte Bett.

Als sie sich vorbeugte, um die Kerze auszublasen, erklang ein lautes Klopfen. In der pechschwarzen Dunkelheit lief sie schnell über den kalten Fußboden und öffnete die Tür und erblickte das blasse, abgespannte Gesicht von Mrs. Larsen.

»Er ist sehr, sehr heiß«, sagte sie.

5. KAPITEL

In seinem Fieber kamen die Frauen zu ihm. Sie hoben seinen zitternden Körper aus den zerwühlten Laken und legten ihn, immer noch in seinem Nachthemd, in ein lauwarmes Bad. Seine Augen rollten wild, sein Atem ging keuchend und unregelmäßig. Dann kam der Schüttelfrost, und ihre kräftigen Hände hielten ihn.

Nach einer langen Zeit hoben sie ihn wieder heraus, und das abkühlende Wasser floss in breiten Bächen über das Nachthemd, das an seinem Fleisch klebte wie eine zweite Haut. Dann entkleideten sie ihn, trockneten seinen nackten Körper ab, zogen ihn wieder an und verhalfen ihm zu frischen Laken im Bett seines Vaters. Sie hatten seinen Körper gesehen, den seit fast zwanzig Jahren keine Frau mehr erblickt hatte.

Er war keinen Augenblick allein, es gab keinen Augenblick, wo nicht die Hand einer Frau auf seinem Arm, auf seiner Stirn oder seiner zitternden Brust lag. Sie hielten seine Hand. Sie machten ihm kalte Umschläge aus Schnee, legten sie ihm auf den Kopf und warteten darauf, dass das Fieber zurückging.

Sie hielten ihm den Kopf und das Kinn, während sie versuchten, ihm dunkle Brühe in den schlaffen Mund zu löffeln, und er konnte ihre leisen Stimmen hören, aber wie aus weiter Ferne. Er war krank. Er war nicht mehr jung, sein Fleisch nicht länger straff. Die Frauen berührten ihn. Sie sahen seinen Körper. Sie kamen und gingen leise, weit entfernt, aber sie gingen nie gemeinsam weg. Immer war eine Frau an seiner Seite, die Hand einer Frau auf seinem Fleisch.

Er hatte nicht daran gedacht. Falsch. Er hatte niemals *nicht* daran gedacht, nicht eine Minute in all den Jahren, aber die Wucht und Intensität seiner Gedanken hatte zugleich jede Möglichkeit aus seiner Vorstellung verbannt, dass das jemals real werden könnte: diese Berührung und dieses weit entfernte Zischeln der weiblichen Stimmen. Sie waren real, die eine war ihm bekannt, die andere unbekannt, und sie waren in jedem Augenblick da. Im Dunkeln. Im trüben Tageslicht. In jedem Augenblick.

Mrs. Larsen betete für ihn. Die andere tat es nicht.

Ihre Finger berührten ihn. Ihre Finger strichen ihm die Haare aus den Augen, fassten ihn an der Hüfte, wenn er in das Taschentuch hustete, das sie ihm sanft an den Mund gepresst hielten. Sie hörten sein Stöhnen.

Sie hielten ihm Eispackungen an den Kopf, an den Nacken. Sie wickelten seine langen Beine fest in schwere Wolldecken, wickelten seinen ganzen Körper ein, bis er keinen Muskel mehr bewegen konnte.

So lange war er schon in diesem Haus, und in seinem Fieber waren so viele Leben um ihn herum. Seine Mutter und sein Vater. Sein Bruder. Seine Frau – obwohl sie das Haus so sehr gehasst hatte, dass nicht einmal ihr Geist es heimsuchen wollte. Seine Kinder, die in einer Leere verschwunden waren, die tiefer als der Schneesturm reichte.

Es war ein dunkles Haus gewesen, als er ein Kind war, als sein verstorbener Bruder und er auf dem Dachboden gespielt hatten. Er war zwölf Jahre alt, als er schließlich begriff, dass sein Vater reich war, sechzehn, als er den unermesslichen Umfang dieses Reichtums erkannte und wie weit er sich erstreckte, wie viele Leben das Geld seines Vaters fest im Griff hatte.

Dennoch lebten sie weiter auf der Farm, mit der sie begonnen hatten, tauschten nie irgendetwas für einen luxuriöseren Gegenstand ein, ließen das Haus nicht streichen, pflanzten keine Rosen. Sie lebten wie arme Leute. Es war eine Einwanderergegend, und sie lebten wie Einwanderer.

Im Haus wurde dieser Reichtum weder erwähnt noch demonstriert. Es gab nur Gott, den strengen und schrecklichen Gott, von dem seine Mutter Tag und Nacht sprach. Den Gott, der verbrannte. Den Gott, der beschuldigte. Den Gott, der den völlig in Bann geschlagenen Geist seiner Mutter auch noch in Beschlag nahm, wenn sie neben ihrem Ehemann schlief, den sie für nichts Besseres als einen Dämon hielt, der nur an Sex dachte, daran, sie zu berühren, in sie einzudringen und sich dort herumzuwälzen wie ein Boot im flachen Wasser, der nur an Geld dachte und wie er noch mehr und immer noch mehr davon verdienen konnte.

Sie gingen in die Andachten, eine am Morgen, eine am Abend. In verschiedene Kirchen an verschiedenen Sonntagen. Die Gottesdienste dauerten stundenlang. Sein Vater döste. Seine Mutter brannte wie Feuer. Sie sagte, die Seele ihres Mannes sei verloren.

Sie beteten beim Frühstück und bei jeder weiteren Mahlzeit. Sie beteten zusätzlich bei allen möglichen Anlässen, wenn die Kinder leichtsinnig oder frech oder hochmütig gewesen waren, beteten, als läge die Hölle gleich nebenan und nicht weit unten in den Tiefen der Erde.

Sein Vater war nicht gläubig. Sein Vater zwinkerte. Er war

verdammt, auch wenn er das nicht zu wissen oder es ihm zumindest nichts auszumachen schien. Seine Mutter bearbeitete ihn in aller Öffentlichkeit, und heimlich bearbeitete sie ihn noch viel stärker, in der Gewissheit, dass er von seinem ersten Atemzug an schon verloren war.

Eines Tages saß seine Mutter nähend am Küchentisch. »Wie ist es in der Hölle?«, fragte Ralph sie, und sie hielt inne und sagte zu ihm: »Streck deine Hand aus«, und das tat er. Er konnte die Hitze vom Küchenherd her spüren, er konnte die tiefen Kratzer im Küchentisch sehen, von dem seine Mutter Tag für Tag jegliche Spur menschlichen Hungers abschrubbte. Seine Hand zitterte nicht, und sein Vertrauen war grenzenlos. Er war sechs Jahre alt.

»Wie es in der Hölle ist?« Die Hand seiner Mutter schoss durch die stickige Küchenluft, während ihr der Sohn in ihre stechenden Augen blickte. Sie stieß die Nadel tief in das weiche Fleisch seiner Hand, am Ansatz seines Daumens, und der Schmerz drang ihm durch den Arm und ins Gehirn, aber er rührte sich nicht, beobachtete nur den bohrenden und ungerührten Blick seiner Mutter.

Sie drehte die Nadel hin und her. Er konnte fühlen, wie sie am Knochen entlangschabte. Ein Schmerz wie von lauter Brennnesseln fuhr ihm in den Blutkreislauf und durch jede Vene seines Körpers bis in sein Herz.

Ihre Stimme klang geduldig, liebevoll und traurig, ohne Zorn. »So ist es in der Hölle, mein Sohn. Aber so ist es die ganze Zeit. *Für immer.*«

Und ohne auch nur für einen Moment den Blick von ihm abzuwenden, zog sie die Nadel wieder aus seiner Hand und wischte sie an der Schürze ab, die sie immer trug, nur zur Kirche nicht. Ruhig fing sie wieder an zu nähen. Er weinte nicht, und sie sprachen niemals wieder darüber. Er erzählte es nie seinem Vater, seinem Bruder oder sonst irgendjemandem. Und niemals, nicht einen Augenblick lang, vergaß er oder vergab er ihr, was sie getan hatte.

»Der Schmerz der Hölle vergeht nie. Er hört nicht eine Sekunde auf zu brennen. Er hört nie auf.«

Er vergaß es niemals, weil er wusste, dass sie Recht hatte. Was auch immer mit seinem Glauben nach jenem Abend passiert oder nicht passiert war, was auch immer geschah, während sich seine Hand entzündete und anschwoll, bis gelber Eiter aus der Wunde tropfte und sie dann wieder besser wurde, was auch immer geschah, während sich die Narbe von einem tiefen Rot zu einem winzigen kleinen Punkt verkrustete, den nur er sehen konnte, er wusste, dass sie Recht hatte. Und von diesem Augenblick an konnte er keinen Atemzug mehr tun, nicht für einen einzigen Moment, ohne sie zu hassen.

Später, Jahre später, als er das Haus verließ, um aufs College zu gehen, sagte sie zu ihm: »Du bist schon bei der Geburt böse gewesen, so böse, dass ich dich das ganze erste Jahr nicht in den Arm nehmen konnte. Und aus dir wird ein böser Erwachsener werden. Du bist böse geboren. Und wirst böse sterben.« Damit drehte sie sich um und schlug die Tür zu und ließ ihn mit seinem neuen Lederkoffer allein auf der Veranda stehen, und er fragte sich, woher sie das wusste, denn er wusste, dass sie Recht hatte.

Auf der Straße sah er Frauen, und sie waren nicht wie seine Mutter. Ihre anmutigen Hälse ragten aus den hohen Krägen ihrer Kleider wie Fontänen aus Sahne. Ihre Röcke rochen nach Bügeleisen und Talg. Wenn er mit seinem Vater in die Stadt ging, nahmen sie manchmal seine Hand oder berührten sein Kinn, und dann fuhr ein Stromschlag durch ihn hindurch, genauso und doch ganz anders als der Schmerz durch die Nadel seiner Mutter. In diesem anderen Schmerz lag etwas Genüssliches, und obwohl er erst sieben oder acht Jahre alt war, fühlte er sich plötzlich matt und heiß und hilflos vor jeder Frau, und er wusste nicht, woher dieses Gefühl kam, und er wusste auch nicht, was er damit anfangen konnte. Aber er wusste, dass es alles war, was er wollte.

Die jungen Mädchen, die er kannte und mit denen er gelegentlich sprechen durfte, waren anders als diese Frauen. Einmal berührte er mit seinen Fingern die Finger der Tochter eines Nachbarn, die älter war als er, und plötzlich spürte er ein Kribbeln in seinen Lenden und zog schnell die Hand wieder weg. Die Haut dieser jungen Mädchen, der Mädchen in seinem Alter, war wie Milch, nicht wie Sahne, und sie rochen nach Blumen, ohne den metallischen Nachgeschmack, der der Süße eine Schärfe verlieh, die dafür sorgte, dass diese Süße sich ihm ins Herz brannte. Nachts im Bett küsste er die Haut auf seinem eigenen Unterarm und stellte sich dabei vor, eine der Frauen zu küssen, die sein Vater kannte.

In seinen Träumen, so wie jetzt in seinem Fieber, kamen die Frauen zu ihm und hielten ihn in ihren Armen. Er war nie getrennt von ihnen. Wenn er in der Kirche saß oder mit den anderen Jungen über den Schulhof rannte, wusste er in jedem Augenblick, wo sie standen und ob sie ihn beobachteten oder nicht.

Er sprach niemals davon. Er sprach nie darüber mit seinem Bruder oder mit seinem Vater. Er wusste, dass sie es wussten. Er wusste, dass sein Vater und sein Bruder, wenn seine Mutter die langen Passagen aus der Bibel vorlas, die sie jeden Abend und jeden Morgen durchlitten, genauso gut wie er wussten, worum es sich in diesen Geschichten in Wirklichkeit drehte.

Sie handelten davon, dass die Welt schon mit dem Hunger

eines Mannes nach einer Frau begonnen hatte, dass das Gift der Schlange durch die Adern eines jeden Mannes rann, so dass er sich nicht bei der Arbeit oder im Schlaf, sondern nur in den Armen einer Frau verlieren konnte.

Lust. Es ging immer nur um Lust, und die Lust war seine Sünde, und die Hölle würde für immer sein natürliches Zuhause sein. Seine Manieren waren perfekt, sein Verhalten ruhig und würdig, seine Sehnsüchte qualvoller, als er ertragen konnte.

Mit fünfzehn biss er im dunklen und stillen Haus in sein Kissen und schrie seine unterdrückte Lust heraus, bis ihm die Kehle schmerzte. Seine Hände waren müde vom Gefummel, und acht oder zehn Mal am Tag waren seine Hände in seinen Hosen, seine Hosen an seinen Knöcheln, und seine schmalen Hüften stießen in seine Faust. Danach spürte er, häufiger jedenfalls, als es nicht zu spüren, den scharfen Stich der Nadel seiner Mutter. Ein Schmerz, der so heftig kam, dass ihm der Schweiß auf der Stirn ausbrach, ihm die Hände klamm und das Kreuz feucht wurden. Es war ein Schmerz, der von seinen Lenden durch jede Ader in seinem Körper aufstieg, wie der erste Stich der Brennnesseln. Und je häufiger das geschah, desto stärker hasste er Gott.

Nach jenem ersten Mal berührte er kein Mädchen mehr. Er spürte, dass die Gewalt seiner Begierde, die verrottete Niedertracht seiner Lust jede Frau, die er berührte, töten würde. Er glaubte das buchstäblich, und sein Glaube wankte nicht. Er hatte das Gefühl, dass er an einer Krankheit starb, die keine Symptome besaß und die er nicht benennen konnte, aber er wusste, sie würde andere und ihn selbst so sicher wie Typhus töten, so sicher wie ein Messer direkt ins Herz.

Er war von Geburt an böse. Er würde als ein böser Mensch sterben. Manchmal berührte ihn eine Frau durch Zufall, saß zum Beispiel mit ihm zusammen auf einer Treppe, und ihr Oberschenkel streifte seinen Oberschenkel, und er wusste, dass diese Frau sterben würde, und dann bewegte er sein Bein, entfernte sich, bis er sich allein in einem stillen Zimmer wiederfand, die Hose um seine Knöchel, und auf die Lust folgte unweigerlich der Biss der Schlange.

Sein Vater war ein Mann. Sein Vater hatte seine Mutter berührt und war nicht gestorben und hatte nicht getötet. Dennoch, er wusste, was er wusste.

Wo immer er hinsah, entdeckte er Beweise und hörte schreckliche Gerüchte darüber, dass das, was ihm sicher bevorstand, anderen bereits widerfuhr. Frauen rissen sich mit Stricknadeln ihre Eingeweide heraus. Männer spuckten ihren Frauen ins Gesicht und fielen wegen einer Herzattacke tot um. Leute fotografierten ihre toten Babys in ihren Särgen. Die schwarzen Seidenkleider waren so steif wie totes Fleisch. Die Lust war eine Sünde, und die Sünde war der Tod, und er war nicht allein, aber er hatte Schmerzen, immerwährende Schmerzen, und er konnte niemandem davon erzählen.

Er hatte natürlich Unrecht, obwohl er das erst viele Jahre später begriff. Fast jeder hätte ihm erklären können, dass er sich irrte, wenn er eine Möglichkeit gefunden hätte, irgendjemand den Schrecken, den er empfand, beschreiben zu können. Wenn er jemanden gefunden hätte, mit dem er hätte sprechen können. Aber zu jener Zeit hatte er keine Worte dafür, für den unweigerlichen und tödlichen Schlangenbiss.

Er war hoch gewachsen und sah gut aus. Sein Vater war reich, und das erfuhr er nicht von seiner Mutter und seinem Vater, sondern aus den Sticheleien der anderen Jungen auf dem Schulhof. Das lehrte ihn die Tatsache, dass alle Jungen, die er kannte, Väter hatten, die für seinen Vater arbeiteten. So streng die Mütter in der Stadt auch sein mochten, jede Mutter hätte ihre Tochter für einen Dollar an Ralph Truitt verkauft.

Seine Mutter betete für ihn. Sein Vater las ihm aus *Morte D'Arthur* vor, die alten Geschichten von der Tafelrunde und dem Gral, und wollte, dass er in der Stadt zur Schule ging. Sein lieber Bruder hatte weder den Verstand noch den Instinkt fürs Geschäft, und sein Vater verlangte, dass das Imperium, an dem er jeden Tag weiterbaute, über seinen Tod hinaus fortbestünde. Ralph verstand, dass er für die Nachfolge vorgesehen war.

Ralph sehnte sich nicht nach dem Leben seines Vaters. Er sehnte sich nach dem Leben des Lancelot du Lac, der aus dem Schlaf aufwachte und sich von vier Königinnen umgeben sah, die unter ihren vier seidenen Sonnenschirmen auf ihn herabschauten. Lancelots Mutter, die Dame vom See, die ihn in die Welt hinausschickte, damit er ein Ritter wurde, und die ihn gehen ließ, obwohl sie ihn liebte und um seine Seele fürchtete, erklärte ihm den Unterschied zwischen den Tugenden des Herzens und den Tugenden des Leibes. Die Tugenden des Leibes sind für diejenigen reserviert, die ein schönes Gesicht und einen kräftigen Körper besitzen, aber die Tugenden des Herzens – Gutherzigkeit, Güte und Mitleid – sind jedermann zugänglich.

Jungen haben so reine Seelen, dass Ralph diese Worte von ganzem Herzen glaubte, selbst als er glaubte, dass ihm die Tugenden des Herzens für immer versagt bleiben würden und dass er nie groß, gut aussehend oder begehrt sein würde. In seinem Körper fühlte er sich fehl am Platze, heimatlos in seinem Herzen.

Und so verließ Lanzelot seine Mutter und ging hinaus in die Welt, wo er stark und mutig war und absolut hilflos angesichts von Frauen. Seine Reinheit und seine Kraft und Schönheit und sein Mut waren dazu verdammt, in Verfehlung und Zerstörung zu enden. Den Heiligen Gral würde er nie zu Gesicht bekommen. Lanzelots hilflose Lust zerstörte die Welt, nicht seine Kraft, und Ralph verstand all das, während sein Vater ihm vorlas. Ralph spürte heiße Tränen in seinen Augen.

Lust und Luxus. Am Ende kamen die Tugenden des Leibes ganz leicht zu Ralph. Er mochte glauben, was er wollte, aber er war groß und gut aussehend und stark und reich. Die Tugenden des Herzens waren ihm unbekannt, und aufgrund des unaufhörlichen Betens seiner Mutter wusste er, dass er sie, worin auch immer sie nun bestanden, niemals erwerben würde. Sie saß in einer nackten Kirche auf einer schlichten Holzbank und sah den Himmel. Er saß neben ihr und dachte an nichts als an nackte Frauen und prächtige Räumlichkeiten, an Seidensonnenschirme, elegante Kutschen und endlose Vergnügungen.

Seine Liebe zu Frauen und seine Angst vor ihnen, vor seinem Tod und ihrem Tod, entwickelte sich zu einem Hass, der niemals nachließ. Er raubte ihm alle Süße und ließ ihm nur die Schärfe. Seine Kindheit war ein unauflösliches Gemisch aus Begierde und Alptraum.

Zum Studieren ging er nach Chicago. Außerhalb der Reichweite der unermüdlichen Strafpredigten seiner Mutter konnte er seine Tage und Nächte damit verbringen, seinen Vergnügungen nachzugehen. Er lernte schnell. Er war beliebt. Er verachtete sich selbst, wenn er allein war, also war er es nur selten. Er entwickelte Geschmack an Champagner und dem Anblick nackter Frauen in Hotelzimmern. Jede dieser Frauen traf er nur einmal, aus Furcht vor den Krankheiten, die seine Begierde in ihnen säte. Sie hätten ihn mit ihren zynischen, melodischen Stimmen ausgelacht. Wenn sie es nur geahnt hätten. Er führte Leute zum Essen in Restaurants aus. Er kaufte Samtsofas. Er kaufte alte Gemälde von nackten Heiligen, die von Pfeilen durchbohrt wurden. Er hatte seinen eigenen Schneider.

Er war einer dieser Männer, deren gutes Aussehen noch davon überstrahlt wird, dass sie in einer Art von rotwangiger Schüchternheit nichts davon wissen. Er machte Sex, als wollte er sich nicht im Spiegel sehen, ganz Hände und Mund, aber nicht Auge, und die Frauen fanden das liebenswert. Sein Hunger war unersättlich, und sein Mund saugte sich mit seinem Begehren voll wie ein dürstender Mund in der Wüste.

Seine Mutter schrieb ihm nie, und er fuhr nie nach Hause. Er spielte Karten. Er las die Schriften der Philosophen. Er las Huren, die nichts davon begriffen, laut französische Gedichte vor. Er studierte Tabellen und Grafiken, die vorhersagten, wie aus Geld echter Reichtum wurde, und er studierte bei Pferderennen die Informationen seiner Zuträger, die vorhersagten, wie sich aus einem Stammbaum die entscheidende Nasenlänge über der Ziellinie entwickeln konnte.

Sein Vater schickte Geld. Geld, das anscheinend nie zu versiegen schien. Ralph hörte auf, pflichtgemäß an seinen Vater zu schreiben, hörte einmal monatelang auf, überhaupt zur Universität zu gehen, bis er eines Morgens mit dem Nachgeschmack von Champagner im Mund aufwachte und sich nach der Stille eines Gelehrtendaseins sehnte, nach der staubigen Bibliothek, den murmelnden Stimmen der Professoren. Und trotz seines Schweigens wurde ihm jeden Monat die gleiche enorme Summe auf sein Bankkonto überwiesen. Die Bankangestellten schnalzten mit der Zunge und sahen ihn voller Neid und Hass an, aber ihm wurde nie auch nur ein Penny verweigert.

Sein Vater richtete ihn wieder auf und nahm auf diese Weise Rache an seiner griesgrämigen und erbarmungslosen

Frau. Ralph war leichtsinnig und böse geworden, und falls sein Vater davon gehört hatte, so schien es ihn nicht zu stören.

Ralphs Bruder war langweilig und fromm. Andrew blieb zu Hause. Er arbeitete in den Firmen seines Vaters mit, rackerte sich ab, beschwerte sich nie und bewies nie auch nur im Ansatz eine besondere Begabung für irgendeine dieser Tätigkeiten. Kompetenz ja, mehr aber nicht. In der Kirche saß er neben seiner Mutter, und seine Augen strahlten genauso wie ihre. Er heiratete mit achtzehn, und im folgenden Winter war er schon an der Influenza verstorben. Seine Schwiegermutter verlor den Verstand, weil sie nicht glauben konnte, dass ihre Tochter einem Topf voller Gold so nahe gekommen und es dann alles zerronnen war, kein Erbe, kein Unterhalt, nichts als die bittere Gesellschaft von Ralphs Mutter, die natürlich am Ende auch das Mädchen vertrieb. Es schien ihr besser, mit der eigenen gestörten Familie zusammenzuleben als mit der Mutter ihres toten Ehemannes, deren Rechtschaffenheit unerfreulich und erdrückend war.

Ralphs Vater blieb mit seiner Frau in seinem Haus allein zurück. Aus diesem Grunde war er immer seltener und seltener anwesend und ging auf lange Reisen, um seine Minen und seine riesigen Herden zu besuchen und um mit den verschiedenen Anteilseignern zu sprechen, die bei dem Bau einer Eisenbahnstrecke zu gewinnen waren. Und nach ein oder zwei Monaten kam er wieder nach Hause und war noch reicher geworden, war rot vor lauter Einfallsreichtum und geschäftlichem Erfolg, und sein Haus war dunkel und schäbig, seine Frau trug das immergleiche scheußliche Kleid, und immer noch sprach er nicht aus, was er seinem geliebten älteren Sohn sagen wollte: Komm nach Hause.

Ralph war seit fünf Jahren nicht mehr nach Hause gekommen. Er liebte Sex, und er hasste ihn. Er liebte schlechte Frauen, weil er sich bei ihnen keine Gedanken darüber machte, ob er sie zerstörte. In seinem Hunger nach ihnen lag ein Kern von Hass, der niemals verschwand, eine Abneigung, die wie scharfe Zähne zubiss und wie Nadeln stach, und trotzdem konnte er nicht aufhören. Er mietete ein luxuriöses Hotelzimmer, die Betten waren mit Girlanden und Gold verziert, und die Hoteldiener schwiegen, wenn sie den Champagner für Mr. Truitt und Miss Mackenzie oder Miss Irons oder Miss Kenny brachten, für Sängerinnen, Mädchen aus den Tanzhallen, Huren und Aktmodelle.

Er dachte an seinen Bruder, der tot unter der Erde lag, und neidete ihm seine Ruhe. Zumindest der Tod würde diese schreckliche Lust beenden.

Er reiste nach Europa. Sein Vater nannte es ein *Wanderjahr*, unter den jungen Männern seiner Zeit war es weit verbreitet. In Europa lebte er das arrogante Leben der frisch zu Kennern Avancierten, wobei sich seine Kennerschaft vorrangig darauf bezog, dass er Französisch sprach und wusste, wie man ein Hotelzimmer mit einer Frau zusammen mietet, die nicht die eigene Frau ist. Er machte die *Grand Tour*, durch den Nebel von London und die strahlende Klarheit von Paris, durch die Kunstgalerien und Pferderennbahnen und die Salons der mittellosen Aristokratie. Sie fügten sich ihm, sie boten ihm ihre erschrockenen Töchter wie vergoldete Bronzeuhren an, und sobald er ihnen den Rücken zukehrte, lachten sie über ihn. Ralph störte das nicht. Er konnte sich in jedem Restaurant etwas bestellen, und er konnte die Rechnung immer bezahlen.

In Florenz stieß er auf einen Freund aus Chicago, Edward, der sein Talent als Maler erprobte. Edward verbrachte seine Tage in den Uffizien und im Palazzo Pitti, fertigte verkatert seine Zeichnungen an und lebte in einem Stadium derart wollüstiger Auflösung, dass selbst Ralph schockiert war. Ralph mietete eine große Villa und holte Edward zu sich. Gemeinsam tranken sie Champagner aus eisgekühlten Flaschen und lachten, wenn das weiße Kerzenwachs während nächtlicher Kartenspiele und Konzerte und Partys, auf denen niemand irgendwelche Kleider trug, auf den Marmorboden tropfte.

Jeden Morgen knieten junge Hausangestellte auf dem Boden und kratzten das Wachs ab, während Edward und Ralph in ihren kostbaren Betten mit ihren verblühten Huren schliefen. Das Leben besaß die Heiterkeit wissentlicher und endloser Dekadenz.

Gelegentlich, bei seinen eher zufälligen Besuchen der Kirchen mit ihren kunstvollen Fresken, erhaschte Ralph einen Blick auf einen Gott, der, wenn auch vielleicht nicht weniger schrecklich, so doch zumindest prachtvoller als der Gott seiner Kindheit war.

Ralph hatte einen Koch, zwei Gärtner, sechs Pfauen und eine hübsche Kutsche mit einem livrierten Kutscher. Hinten auf der Kutsche fuhr ein zweiter livrierter Diener mit, dessen Funktion ihm unklar war.

Edward kannte Apotheken, in denen verschlagene Männer ihnen jede Droge und jedes Mittel verkauften, die sie wünschten, ein Pulver etwa, das sie achtundvierzig Stunden schlafen ließ, während die Sonne über dem Dom aufging und sank und wieder aufging, oder ein Pulver, mit dessen Hilfe eine Erektion über Stunden anhielt. Ralph und Edward kauften Gifte in dunkelblauen Fläschchen, die, wenn man sie in kleinen Dosen einnahm, eine Euphorie erzeugten, die Ralph noch nie erlebt hatte, eine Ekstase, die sich wie Sex in jeder einzelnen Pore seiner Haut anfühlte.

Sein Geld floss weiterhin, ohne dass irgendwelche Vorwürfe laut wurden. Der Schrecken darüber, was mit seinem Körper geschah, wenn er seine Begierde spürte, hörte nie auf. Sein Herz verhärtete sich nie gegenüber diesem Schmerz, der Hass verlor nie seinen erbarmungslosen Pulsschlag. Dann erblickte er Emilia.

Sie fuhr in einer glänzenden Kutsche an ihm vorbei, ein köstliches sechzehnjähriges Mädchen, das ein weißes Musselinkleid trug und in ihrem schwarzen Haar Glyzinien, die sorgfältig eingeflochten waren. Ralph ging nie wieder zum Apotheker. Er spielte nie wieder Karten, und er ließ Edward und die Huren und die Falschspieler und Trunkenbolde in große, dunkle Zimmer auf der anderen Seite des Flusses umziehen. Er war verliebt.

Es schockierte ihn, dass er jeden Morgen mit klarem Kopf aufwachte, dass er seine Zimmer so ordentlich vorfand, wie er sie am Abend zuvor zurückgelassen hatte, dass er das köstliche toskanische Essen verzehrte, das ihm von ruhigen, dunkeläugigen Dienern serviert wurde. Er trainierte. Er nahm Box-Unterricht. Jeden Tag lernte er mehrere Stunden lang mit einem Studenten Italienisch, nur damit er mit ihr sprechen konnte. Er ritt und jagte und beschloss, die Art von Mann zu werden, die das Herz dieses Mädchens gewinnen konnte, dessen Namen er noch immer nicht kannte.

Seine Kleider waren prächtig, seine Manieren gut, sein Elternhaus konnte man aus dieser Entfernung nicht abschätzen. Amerikaner, das musste reichen, nahm er doch an. Im Haar hatte er Brillantine, er roch nach einem Eau de Toilette von Santa Maria Novella und nach Geld aus Amerika.

Er wurde Emilias Vater vorgestellt, dann ihrer Mutter und den gemächlichen Vergnügungen ihres Salons, in dem jeder Gegenstand von altem Luxus und ebenso alter Kultur zeugte.

Zuletzt wurde ihm auch gestattet, mit Emilia selbst zu sprechen. Ralph war mit Mitte zwanzig sehr viel naiver, als diese Leute es bereits in der Wiege gewesen waren.

Sie waren gewöhnliche Leute, anmaßend und bankrott und ehrgeizig, was ihre schöne Tochter anbelangte, und Ralph sah in ihnen mehr, als sie waren. Er verkannte, dass die meisten italienischen Familien bei Bedarf irgendeinen Titel auf dem Dachboden ausgraben konnten. Er bemerkte nicht, dass sie kein Geld hatten, dass ihre Diener nicht entlohnt und wütende Schneider aus der Hintertür gescheucht wurden, wenn er durch die vordere Tür trat. Er merkte nicht, dass ihre Tochter ihr einziges Gut war, aus dem sie überhaupt noch Kapital schlagen konnten.

Er sah nur eine überwältigende Schönheit vor sich, deren Stimme reine Musik und deren Benehmen reine Poesie waren. Sein Italienisch war, nach all seinen Unterrichtsstunden, bloß die Sprache eines Kindes. Emilia sprach gut Französisch und ein eher komisches Englisch, und sie wurde rot wie der Morgen, als er versuchte, ihr in die Augen zu sehen. Monatelang war sie bloß lieb und charmant und immer gerade außer Reichweite, wie der Pfirsich ganz oben im Baum.

Er flüsterte ihren Namen vor sich hin, während er am Arno spazieren ging. Es bereitete ihm körperliche Schmerzen, von ihr getrennt zu sein, als ob seine Nerven brannten. Ihre Gesellschaft war die einzige Umgebung, in der er seinen Charakter annehmbar fand. Für ihre Liebe zündete er Kerzen an. Er betete für ein Wunder. Dann endlich begriff Ralph, wurde seinem Verständnis nachgeholfen. Emilia stand zum Verkauf.

Sie war entzückend zu ihm und unendlich charmant auf eine musikalische Art, und Ralph, der so wenig von der Liebe verstand, sah das, was er in seinem Herzen fühlte, auch auf ihrem Gesicht widergespiegelt, und glaubte, dass auch sie ihn liebte. Ihr Vater wäre erschüttert, sich von ihr trennen zu müssen, aber er würde es schließlich hinnehmen, weil sie Ralph liebte und weil er für seinen Verlust ja auch hinreichend entschädigt würde.

Dinge zu kaufen, fiel Ralph leicht. Er hatte bereits drei Jahre in den Schatzkammern und Bildergalerien Europas verbracht, und er wusste, dass die Aristokratie jedes Mal zögerte, sich von einem ihrer Schätze zu trennen, aber er wusste auch, dass es am Ende nicht darum ging, sich von etwas zu trennen, sondern nur um den Preis dafür.

Wieder schrieb er an seinen Vater. Er bat um sehr viel Geld. Sein Vater antwortete, dass er Ralph schicken würde, was er verlangte, dass er aber auch wünschte, dass Ralph jetzt nach Hause käme, dass er zurückkäme, um die Firma zu übernehmen. Ein Handel wurde vereinbart. Ralph konnte seine Braut haben, wenn er im Gegenzug die Verantwortung übernahm, vor der er sich so lange hatte drücken dürfen. Für Ralph war dies eine glückliche Lösung. All die Jahre hatte er gewusst, dass er, ganz gleich, wie viel Schnur man ihm gegeben hatte, damit er sich austoben konnte, früher oder später den Stachel des Hakens spüren würde, der in seinem Mund stak und ihn nach Hause zurückholte.

Sein ganzes Leben lang hatte er gehofft, dass er am Ende jemanden so würde lieben dürfen, dass er von seinen Ängsten sprechen und sie auf diese Weise loswerden würde, und so war es jetzt Emilia, der er seine schrecklichen Geheimnisse erzählte, von dem Feuer in seinen Adern, von der grausamen Raserei in seinem Herzen, und sie heilte ihn mit einem Lachen und einem Kuss. Du wirst sehen, sagte sie, das ist albernes Zeug. Niemand wird sterben.

Sie verstand kaum, was er eigentlich sagte. Ihr Englisch

bestand aus Gesten und Poesie und Licht, und sie hatte gar nicht den Wortschatz, um eine solche Dunkelheit zu verstehen. Sie wusste nur, dass sie aufgezogen worden war, um verkauft zu werden, und an Ralph verkauft zu werden, war keineswegs die schlechteste ihrer Optionen.

Während man darauf wartete, dass ihr kostbares Brautkleid aus Paris kam, um dann angepasst und umgenäht zu werden, während die endlosen Verhandlungen über ihren Brautpreis von Emilias Vater mit einem derart grausamen Scharfsinn geführt wurden, dass kein einziger Händler und Geschäftsmann unbezahlt blieb, trafen die Telegramme ein. Dein Vater ist krank, besagte das erste, komm sofort, aber er konnte nicht abreisen. Dein Vater liegt im Sterben, besagte das zweite, und er wartete immer noch darauf, dass Emilias Vorbereitungen abgeschlossen waren.

Dein Vater ist tot, lautete das dritte. Und so heiratete er in aller Eile Emilia und nahm einen Zug und dann ein Schiff und noch einen Zug und reiste, bis er mit seiner Frau eine Farm in Wisconsin erreichte, der verlorene Sohn, der nach Hause kam.

Emilia war schon schwanger, bevor sie sein Zuhause erreicht hatten. Ralph freute sich und fürchtete doch die Geburt. Er erinnerte sich daran, wie er am Grab seines Vaters gekniet hatte, Emilia neben ihm, deren weiter perlmuttgrauer Rock aus Paris in der Sonne schimmerte. Ihr Gesicht, das in Florenz so engelhaft gewirkt hatte, schien hier einfach nur seltsam zu sein, zu exotisch für das flache Land.

Es war alles so lange her. Sie waren alle tot, sein Vater, Emilia, das kleine Mädchen, das sie in jenem ersten Frühling in Wisconsin geboren hatte, sein Bruder. Alle tot, am Ende sogar auch seine erbarmungslose Mutter, die ihm nie vergeben hatte.

Er hatte gedacht, es würde vergehen, aber das tat es nie. Seit zwanzig Jahren hatte ihn niemand mehr voller Zuneigung oder Begierde berührt, und er hatte angenommen, dass sein Drang nachlassen würde, und dann war er, obwohl die Jahre vergingen, jedes Mal überrascht, dass die Lust, die ihn in seiner Jugend gepackt hatte, ihn immer noch packte, mit all ihrer Leidenschaft, mit all ihrer Raserei. Sie war Jahr für Jahr in seinem Herzen härter geworden, und sie hatte ihn nie verlassen.

Dennoch drehte er sich weg von den sanften Stimmen der wenigen Frauen, die mit ihm sprachen, im Wissen, dass er jede von ihnen haben konnte, und nahm keine. Stattdessen wählte er die Einsamkeit oder wurde von ihr erwählt, und sie war schrecklich und unverbrüchlich. Denn immer noch, in jedem Augenblick, jede Nacht und jeden Tag, zuckte sein Fleisch vor Lust, beschäftigte sich sein Geist unaufhörlich mit dem sexuellen Leben der Männer und Frauen um ihn herum, und diese Gedanken führten dazu, dass er andere Menschen gleichermaßen verachtete und pries. Seine Liebe erstarb mit Emilia und dem Kind, aber seine Begierde blühte in der trockenen Erde seines Herzens weiter, und ihr leises Flüstern in seinem Ohr hörte niemals auf.

Jetzt, in seinem Fieber, kamen die Frauen zu ihm. In seinem Fieber berührten sie ihn. Ihre Berührung brannte und kühlte zugleich.

6. KAPITEL

Es schneite drei Tage lang. Catherine langweilte sich derart, dass sie manchmal Angst hatte, den Verstand oder zumindest ihre Fassung zu verlieren. Mitten in dieser Krise durfte sie nicht ihren Plan aus den Augen verlieren. Jeden Abend drehte sie das blaue Fläschchen in ihren Händen und beobachtete durch die Flüssigkeit hindurch den Wirbelsturm. Wie das Bild in einer Schneekugel sah sie, wie es sich vor ihren Augen entfaltete. Jeden Abend betete sie dafür, dass er nicht starb.

Wenn sie Ralph nicht versorgte, durchstöberte sie die Zimmer, sah sich alles an, berührte jeden Gegenstand und jedes Möbelstück. Sie drehte jeden Teller um, nahm jedes Besteckstück hoch, um den Silberstempel zu sehen. Limoges, Frankreich. Tiffany & Co., New York. Wedgewood. Sie berechnete den Preis jedes einzelnen Stücks und wie viel alles zusammen wert war.

Die wenigen Gespräche, die sie mit Mrs. Larsen führte, drehten sich entweder um Ralphs Behandlung oder kamen ihr wie Bruchstücke vor, die man aufschnappt, wenn man eine Fremdsprache nur rudimentär versteht.

»Seine Schuhe stehen nie dort, an der Tür. Seine Schuhe stehen an der Kommode. Er bekommt sie aus New York City.«

»Ich räume sie da weg.«

»Nein. Lassen Sie sie stehen. Ich räume sie weg. Ich weiß, wie er alles am liebsten hat.«

Spät in der Nacht, während sie an seiner Seite saßen: »Schläft jetzt wie ein Baby. Sein Kopf ist so groß wie eine Wassermelone. Er wird nicht sterben.«

Catherine wusste nie, ob von ihr eine Antwort erwartet wurde. Sie wusste nur sehr wenig darüber, wie man mit anderen Menschen redete.

Sie schlief auf einem Sessel in seinem Zimmer. Sie trug ihr schlichtes schwarzes Kleid und hörte draußen den Wind heulen. Sie pflegte Ralph voller Zärtlichkeit und sehr geschickt. Drei Mal am Tag saß sie allein an dem funkelnden Tisch und aß das köstliche Essen, das Mrs. Larsen ihr servierte. Eine klare Suppe in Rubinrot. Ein Baiser mit Kastanien. Ente in Senfsauce. Dinge, die sie noch nie gesehen hatte, Gerichte, die sie mit ihrer Schönheit regelrecht erschreckten. Sie fragte Mrs. Larsen, ob sie und ihr Mann nicht mit ihr essen wollten oder ob sie wollten, dass sie mit ihnen in der Küche aß. Doch das war offenkundig nicht vorgesehen, und so aß sie weiter allein am Kopf der enormen Tafel.

Sie aß mit einem Appetit, der sie erregte und zugleich abstieß. Gehaltvolle Gerichte, die so wenig zu diesem öden Landstrich passten, aber doch Trost vor der Kälte boten. Ihr Hunger wurde noch gesteigert von der Langeweile und der Angst, und er ließ nie nach, ganz gleich, wie viel sie aß.

Nachts stand sie stundenlang am Fenster, sah zu, wie der Schnee fiel, und sehnte sich nach dem, was sie zurückgelassen hatte. Tagsüber war das Weiß so hell, dass sie ihre Augen vor dem grellen Glanz schützen musste. Sie konnte die Vorhänge nicht länger als ein paar Minuten offen lassen.

Sie dachte an die Leute, normale Leute, die durch die Straßen der Städte liefen, und sie staunte über die Gewöhnlichkeit ihres Lebens.

Sie dachte an die Zimmer, die sie hinter sich gelassen hatte, die Zimmer, in denen sie aufwachte und atmete, an die Art, wie sie möbliert waren, daran, wie Stimmen durchs offene Fenster hereindrangen, daran, wie sie durch diese Zimmer lief und weinte. Sie starrte auf die dummen und trägen Leute hinunter, die es irgendwie und auf eine mühelose Weise zu Wege gebracht hatten, all diese kleinen Dinge an sich zu bringen, die ihr entgangen waren.

Sie besaßen Teller. Sie alle hatten Socken. Die Welt war voller Leute, und sie dachte voller Hohn daran, wie außerordentlich wenige davon sie in ihrem Leben kennen gelernt, wirklich kennen gelernt hatte.

Und auch wenn sie noch so sehr über deren leeres Leben die Nase rümpfen mochte, über die Dummheit und die Langeweile, sie war in diesem Haus gelandet, das geräuschlos in dem erbarmungslosen Schnee lag, und sie würde nur zu gern mit jedem von ihnen die Plätze tauschen.

In dem Leben, das hinter ihr lag, hatte sie Zigaretten geraucht, Alkohol getrunken und Drogen genommen und nach allem gegriffen, was sie aus dem Meer von Menschen um sie herum nur hatte herausfischen können. Männer schrieben ihr Briefe. Sie hatten sie im Theater gesehen, weit oben in ihrer Loge, und dann schrieben sie, und sie antwortete ihnen. So feinsinnig. Sie würde für eine Stunde oder einen Sommer oder eine Nacht bei jedem von ihnen, dessen Briefe sie amüsiert hatten, Vergessen finden, bei einem Mann mit blauen, grünen oder braunen Augen. Ihre Gesichter kamen ihr so nahe und bettelten um etwas, das sie sich gar nicht vorstellen konnte, und schließlich war das Herzflattern vorbei, und diese luxuriöse Schönheit verging, und sie sah nur noch die

Dummheit und den üblen Gestank und das Hassenswerte ihres eigenen Herzens, etwas Hassenswertes, das ihr jeden Augenblick sagte, dass das Vergnügen, das diese Menschen offenkundig in diesen schlichten Momenten fanden, ihr für immer versagt bleiben würde. Und dann machte sie sich wieder auf.

Sie sehnte sich nach einer Zigarette. Sie würde sogar durch Schneewehen, die ihr bis an den Kopf reichten, waten, um das Vergessen zu erlangen, das Opium oder Morphium gewährten. Aber von all dem war sie jetzt weit entfernt. Sie würde jetzt nicht einmal ein Glas Sherry trinken. Sie würde ihrem Plan folgen, und ihr Plan würde funktionieren, immer vorausgesetzt natürlich, dass Truitt nicht starb.

»Wie geht es ihm, Miss?«

»Er ist unruhig. Und heiß.«

»Zäher alter Vogel. Machen Sie sich keine Sorgen, der kommt durch.«

Wenn ich sein Geld habe, dachte sie, werde ich weit weg gehen, ich werde in ein Land gehen, in dem ich niemanden kenne und dessen Sprache ich nicht beherrsche, und ich werde niemals wieder mit irgendjemandem sprechen. Aber nein, das war nicht der Plan. Sie musste sich an den Plan erinnern. Wenn sie sein Geld hatte, würde sie ihren nutzlosen und wunderschönen Liebhaber heiraten, und sie würden ein Leben voller außerordentlicher Freuden leben. O ja, das war der Plan.

In jeder Stadt, in der sie durch Zufall gelandet war, und wenn die Angst und die Unzufriedenheit sie überwältigten, wie sie es am Ende immer taten, suchte sie die öffentliche Bibliothek auf, verbrachte dort Stunden und las Beschreibungen und Reiseführer über die Orte, in die es sie vielleicht ziehen könnte. Sie kannte den Stadtplan von Buenos Aires und

Saint Louis. Sie kannte eine Vielzahl von Orten, an denen sie nie gewesen war, bis in die kleinsten Einzelheiten. Wie ein fleißiges Schulmädchen saß sie im schwindenden Licht einer ausgedehnten Leihbibliothek, und sie lernte Dinge.

Sie sah sich in Venedig, sich und ihren unnützen kindischen Liebhaber, wie sie bis in den Nachmittag schliefen, ihre Zimmer im Danieli ein Durcheinander von halb verzehrten Süßigkeiten und leeren Champagnerflaschen und raffinierten Dessous. Sie hatte Italienisch gelernt, und aus den hohen Fenstern der Bibliothek fiel das Licht schräg in den Raum.

Sie sah, wie sie sich träge erhoben, das Morphium bildete einen trüben Film über seinen schwarzen Augen, umgeben von seidenen Stoffen und Zigarettenrauch, wie sie Chianti in einer Gondel tranken, die durch das schwarze Wasser auf die Lichter des Lido zusteuerte, und der Gondoliere würde Lieder von Liebe singen, und jede Tür stünde ihnen offen, und endlose alte Räume voller Luxus, Schönheit und Zauber würden sich öffnen, in denen Aristokraten, Prinzessinnen, Grafen und Könige sie auf die Wangen küssen würden, und sie würden niemals altern und niemals sterben. Nie mehr wäre sie allein. Sie hätte die Schönheit ihres Liebhabers und ihre eigene, und sie hätte Ralphs Geld, und beides zusammen würde sicher genügen. Das zumindest war der Plan.

Sie würde Ralph Truitt heiraten, und dann, eines Tages, beinahe unmerklich, würde er zu altern beginnen und sterben. Und dann wäre er, nicht lange danach, eines Tages einfach tot, und sie hätte alles.

»Mrs. Larsen?«

»Ja, Miss?«

»Wo kommt dieses Essen her?«

Mrs. Larsen lachte und löffelte Soße über eine Entenbrust. »Wo das herkommt? Ich habe es gekocht.«

»Aber …«

»Dachten Sie, wir essen getrocknetes Rindfleisch? Corned Beef und Kohl? Schinken von Oktober bis Mai? Wie Hinterwäldler? Na ja, manche tun das schon. Wir aber nicht. Es gibt ein Kühlhaus, in dem wir das meiste aufbewahren. Manche Sachen lässt er sich aus Chicago kommen. Einiges ist mit demselben Zug gekommen, mit dem Sie auch gekommen sind.«

»Sie kochen wie ein Engel.«

»Das habe ich vor langer Zeit gelernt, als ich noch ein Mädchen war. In dem anderen Haus. Das waren andere Zeiten. Und, das muss ich schon sagen, es ist schön, es wieder tun zu können. Es richtig zu machen.«

»In dem anderen Haus?«

»Ja. Das ist sehr lange her.«

»Wo lag das?«

»Es liegt. Es ist immer noch da.«

»Wo denn?«

»Ganz in der Nähe. Nicht mal zwei Kilometer entfernt. Wir gehen nie dorthin.«

»Wie sieht es denn aus?« Vielleicht war es dieses andere Haus, aus dem all die schönen Dinge mit den Namen auf der Rückseite gekommen waren.

»Das ist doch egal. Wir gehen nie dorthin. Wenn es nicht aufhört zu schneien, ist es mit all dem schönen Essen ohnehin bald vorbei.« Mrs. Larsen ließ sie allein am langen Tisch mit all dem glänzenden Silberbesteck sitzen.

Catherine hatte Ahnung vom Kochen, von der französischen Küche. Sie hatte davon in der Bibliothek gelesen. Sie hatte sie nie selbst zubereitet, aber sie konnte Rezepte für

Saucen auswendig. Sie versuchte, nicht allzu neugierig zu erscheinen. Denn das machte Mrs. Larsen nervös.

Es war erstaunlich, was man in einer Bibliothek alles lernen konnte, einfach, indem man nachschlug. Über Gifte zum Beispiel. Seite für Seite für Seite über Gifte. So einfach wie ein Kochbuch. Wenn man lesen konnte, dann konnte man lernen, wie man einen Menschen auf eine Art und Weise vergiftete, dass es nie jemand herauskriegen würde.

In Ralph Truitts Haus gab es keine Bücher. Es gab ein altes Klavier, das mit einem bestickten spanischen Schultertuch bedeckt war, und zwischen ihren Pflegeeinsätzen und vor jeder Mahlzeit übte sie ihre kleinen Klavierstücke. Die meiste Zeit aber wusste sie nicht, wo sie hier hingehörte, und es gab niemanden, der es ihr sagte. Mrs. Larsen jedenfalls nicht, die nett und ehrlich war und das Gleiche auch von ihr erwartete und neben vielem anderen auch noch erwartete, dass gemütliche Leute es sich auch selbst gemütlich machen konnten. Mrs. Larsen war stattlich und gütig, anders als ihr kleiner, dünner Mann, der jeden Schritt Catherines misstrauisch beäugte und sie mit kaum verhohlener Verachtung behandelte.

»Oh, Larsen«, hörte sie Mrs. Larsen sagen, »jetzt lass mal gut sein. Gib dem armen Mädchen eine Chance.«

Eine Chance, aber wozu eigentlich? Wenn sie es bloß wüssten, dachte sie. Sie fand keinen Sessel, in den sie sich setzen konnte, wusste aber auch nicht, wo sie sich denn hinstellen sollte. Sie blickte auf die gefrorene Landschaft hinaus und konnte ihren Schmuck unter dem Schnee sehen. Sie weinte grundlos.

Eines Tages sagte Mrs. Larsen völlig unvermittelt zu ihr, als sie Truitts schweren Körper auf saubere, weiße Laken hievten: »Ich könnte es nicht ertragen, Miss. Ich könnte es nicht ertragen, wenn man ihn noch einmal so hintergehen würde.«

»Wer hat ihn denn hintergangen?«

»Alle. Es ist sehr lange her. Aber so etwas geht nie vorbei. Es hat fast sein Leben zerstört.«

»Sie machen sich aber viele Gedanken über ihn.«

»Ich respektiere ihn. Diese Art von Kummer muss man respektieren. Ich hätte zu einer Waffe gegriffen. Aber ich sage Ihnen eins, wenn Sie ihm wehtun, dann werde ich Ihnen auch wehtun.«

»Ich werde ihm nicht wehtun.«

»Nein, das machen Sie sicher nicht.«

Catherine log, aber zumindest würde sie ihm jetzt noch nicht wehtun. Er musste erst wieder gesund werden, bevor sie ihn verletzen konnte. Er konnte nicht sterben und sie auf dem Trockenen sitzen lassen, ohne Liebe oder Geld. Das würde sie nicht ertragen, die lange Rückfahrt mit dem Zug, mit leeren Händen.

Sie löffelte ihm das Essen in den Mund. Sie wischte ihm vorsichtig den Schweiß von der Stirn, zog ihm das Nachthemd aus, wenn ihm zu heiß wurde. Sie bat Larsen, den Arzt zu holen, der in der übernächsten Stadt vom Schnee eingeschlossen war. Larsen, der gesehen hatte, wie Catherine seine Wunde genäht hatte, meinte, dass sie im Grunde so gut wie jeder Arzt war, den er auftreiben könnte, und der Schnee lag jeden Tag ohnehin nur noch höher. Es war nutzlos, es auch nur zu versuchen.

Sie gab ihm heißen Tee. Sie wickelte seine Beine fest in schwere Wolldecken ein und saß die ganze Nacht bei ihm. Mrs. Larsen und sie hoben seinen nackten Körper aus der Badewanne.

In der Nacht stand sie auf und beugte sich über Truitt, als

er im Fieber zitternd dalag. Sie legte sich neben ihn und hielt ihn fest, bis sich die Wärme ihres Körpers auch auf seinen übertrug und der Schüttelfrost vorüber war. Ihre Brustwarzen versteiften sich und strahlten ihre Hitze in Truitts fröstelnden Rücken ab.

Das war, überlegte sie, die erotische Ausstrahlung menschlicher Zärtlichkeit. Der Trost der Güte. Sie hatte das ganz vergessen.

Ihre Hände strichen über seinen Körper, wie so viele Hände über ihren Körper gestrichen waren, und er fühlte nicht mehr davon, als sie es getan hatte. Als sein Frösteln vorüber war und er wieder friedlich schlief, saß sie bis zum Morgengrauen in einem Sessel und verspürte zitternd, schweigend ins Dunkel starrend, eine Kälte, von der sie dachte, dass sie nie wieder vergehen würde.

Sie war vierunddreißig Jahre alt. Sie hatte eine Seele, und sie hütete sie wie das Lid das Auge, das nur soviel Licht durchlässt, dass man im Dunkeln nicht stolpert.

In der vierten Nacht ging das Fieber zurück, und es hörte auf zu schneien Er würde überleben. Sie hatte ihm das Leben gerettet.

Catherine stand stundenlang an ihrem Fenster im Dunkeln, und das blaue Fläschchen stand vor ihr auf dem Fensterbrett. Der Schnee bedeckte alles und schimmerte im Mondlicht. Wie die Art von Feenreich, von dem kleine Mädchen träumen.

Der Schnee war ewig und unendlich. Er bedeckte den Hof, lag auf dem Scheunendach, erstreckte sich bis zum glatten, runden Tümpel am Fuß des am weitesten entfernten Ackers. Keine Fußspur, nicht eine einzige Spur oder Hervorhebung war in der ganzen Landschaft zu sehen, nur die silbrige und undurchdringliche Schneedecke. Perfektion.

Du siehst, dachte Catherine, früher oder später gibt es überall die Möglichkeit eines Neuanfangs. Es ist nicht nur möglich. Es geschieht auch.

Sie blieb die ganze Nacht stehen, wunderbar warm, wunderbar entspannt in ihrem schlichten Kleid, und wartete darauf, am Morgen mit Ralph Truitt zu sprechen.

7. KAPITEL

Als die Sonne aufging, erstrahlte der Schnee in einem Kupferton wie ein neues Dach, verblasste dann zu Rosa und wurde plötzlich zu einem strahlenden Weiß. Die Scheune und die Gebäude waren von einem blendenden Licht umflossen, und Catherine musste ihre Augen mit der Hand schützen.

Sie zog sich sorgfältig an und ging in dem stillen Haus nach unten. Sie setzte sich ans Spinett und begann, ein Chopin-Prelude zu spielen, nicht eines von den schwierigeren, und sehr leise, so als wollte sie niemanden aufwecken. Sie konnte schon spüren, dass er hinter ihr in der Tür stand, bevor er dann zu sprechen begann, aber seine Stimme erschreckte sie trotzdem.

»Das war die Lieblingsmusik meiner Frau. Sie hat das Stück wieder und wieder gespielt.« Er sah geschwächt und gebeugt aus, so als müsste er am Stock gehen.

»Das tut mir leid. Ich höre sofort auf.«

»Nein, nein. Ich möchte es hören. Bitte.«

Sie spielte fehlerlos, spielte, wie sie hoffte, melodiös und schlicht, hoffte, dass es weniger kraftvoll, dafür aber umso geübter wirkte, und dann erhob sie sich und setzte sich Ralph gegenüber an den Kamin. Er war schockierend blass und wirkte melancholisch, vielleicht, weil die Trauer um seine Frau von der Musik wieder aufgerührt worden war.

»Mein Vater glaubte, die Musik sei die Stimme Gottes.« Catherine sprach leise, so wie sie vielleicht einen verängstigten Hund beruhigt hätte. »Er war Missionar. Wir sind durch die Welt gereist, Afrika, Indien, China, wohin auch immer man ihn berief, um das Wort Gottes zu verbreiten. Er ist in China gestorben und hat mich und meine Schwester allein zurückgelassen.

Er benutzte die Musik, um zu den Menschen in den Ländern sprechen zu können, in denen man kein Englisch versteht. Er glaubte, Musik sei universell und dass Gott durch die Musik zu den Menschen spricht. Er fand, dass ich gut spiele.«

Sie fuhr fort und beschrieb die Menschen in Afrika und in China, die Heiden, die ihr unbeholfenes Spiel berührt und die Predigten ihres Vaters bewegt und die sich schließlich zum Christentum bekehrt hatten. Ihre Seelen, sagte sie, seien vor der Hölle bewahrt worden.

Natürlich dachte sie sich das alles nur aus, dachte sich das alles mit Hilfe der Bücher aus, die sie in der Bibliothek gelesen hatte, Bücher über die Sitten afrikanischer Stämme, über die strenge und prächtige Kleidung der Frauen am chinesischen Hof, über die winzigen Füße und vogelähnlichen Stimmen, aber sie machte es richtig, bis ins letzte Detail, und er saß da und hörte ihr aufmerksam zu.

Als sie fertig war und alles erzählt hatte, was sie wusste, wobei sie Angst hatte, dass sie den kleinen Vorrat ihres Wissens vielleicht zu schnell aufgebraucht hätte, war er einen Augenblick lang still, dann sagte er: »Wer sind Sie?«

»Ich bin Catherine Land. Ich bin die Frau, die Ihnen die Briefe geschrieben hat, nicht die Frau auf dem Photo, aber ich habe die Briefe geschrieben. Ich bin diese Frau.«

Er zupfte an seiner Hose herum. Er schien unschlüssig darüber, was er jetzt sagen sollte.

»Ich habe Ihnen etwas zu sagen. Wir werden heiraten. Wer auch immer Sie sind und als was auch immer Sie sich entpuppen werden. Sie sollten das wissen.«

»Sie sagten … ich dachte, Sie wären sich nicht sicher. Sie sind misstrauisch. Immer noch.«

»Sie haben mir das Leben gerettet. Das genügt. Ich weiß, was Sie für mich getan haben.« Er sah ihr fest in die Augen. »Alles, was Sie getan haben. Ich war krank, ich wäre beinahe gestorben, aber ich war nicht bewusstlos.«

Sie saß still da, die Hände im Schoß. Sie sah ihm in die blassen Augen.

»Sie sind nicht die, für die Sie sich ausgegeben haben«, sagte er.

»Mein Vater sagte, mein Gesicht sei … mein Gesicht sei die Handschrift des Teufels. Zum Bösen bestimmt. Ich habe das Photo von jemand anderem geschickt, von meiner unscheinbaren Cousine India. Sie wollten ja nicht, oder Sie sagten jedenfalls … mein Vater …« Sie war hilflos.

»Genug. Es ist genug. Ich sagte, wir werden heiraten. Sie sind hier. Wir werden heiraten.«

Sie starrten einander an, starrten ins Feuer.

»Jetzt hören Sie mir zu«, sagte er leise. »Hören Sie sich meine Lebensgeschichte an.«

Lange saß er nur da und blickte ins Feuer.

»Hören Sie sich meine Lebensgeschichte an.«

Er erzählte stundenlang. Er erzählte ihr alles. Seine strenge und bittere Kindheit. Er erzählte ihr von seiner Mutter und der Nadel und der quälenden Seelenpein in der sonntäglichen Messe, während die ganze Zeit die Blicke seiner Mutter auf ihm ruhten. Er hatte seiner Mutter geglaubt, so wie wir alle den Menschen glauben, die wir lieben, wenn sie uns sagen, wer wir sind; ihnen glauben, weil das, was der geliebte

Mensch zu uns sagt, für uns die Wahrheit ist. Das alles erzählte er Catherine. Er erzählte ihr von seinen dunklen und quälenden Begierden, Begierden, die seine Mutter erkannt hatte, bevor er sie fühlte, die sie in ihm schon als Baby geahnt hatte, so dass sie ihn nicht in dem Arm nehmen oder halten wollte, schon damals nicht.

Er erzählte ihr vom Tod seines Bruders, von der Leiche seines Bruders in einer Kiste im Kühlhaus, die darauf wartete, dass der Boden taute, damit man ihn begraben konnte, und er erzählte ihr von den Frauen und von Europa und den wollüstigen Ausflügen in die Paläste und Bordelle.

Er entschuldigte sich nicht. Er neigte nie sentimental den Kopf oder machte eine Pause, damit sie ihre Zustimmung oder ihr Mitgefühl zeigen konnte, und sie wandte nie den Blick von ihm ab, ging kein einziges Mal im Zimmer umher oder scharrte mit den Füßen oder bat um ein Glas Wasser. Sie hörte einfach nur zu. Es war ein ganzes Leben, das er ihr erzählte, umfassend, voller Makel, von Genusssucht und Selbstzerstörung verstümmelt, aber gleichzeitig auch mutig, so schien es ihr, und tapfer.

Er hatte andere verletzt, das war wohl wahr. Wer hatte das nicht? Aber er hatte auch gelitten. Die Bilanz war ausgeglichen.

Er erzählte ihr von Emilia, von dem schockierenden Donnerschlag, mit dem er sich in sie verliebt hatte. Er erzählte Catherine, wie blass ihre Haut war, wie die Blumen in ihrem Haar erzittert waren, wie die Perlen auf ihrer Haut einen rosigen Schimmer erzeugt hatten, wie sie errötet war, wenn er in seinem brüchigen Italienisch sprach. Er erzählte Catherine, dass er Emilia geliebt und wegen der erbarmungslosen Ausschließlichkeit dieser Liebe die Briefe oder Telegramme seines Vaters nicht beantwortet hatte und dass er den Tod seines Vaters verpasst und bei seiner Rückkehr nach Hause nur noch mit seiner schwangeren Frau am Grab seines Vaters hatte niederknien können.

Er erzählte ihr alles. Er hatte nie jemandem von all diesen Dingen erzählt, aber jetzt erzählte er Catherine alles, weil sie seine Frau werden sollte. Er hatte das Gefühl, dass er ihr zumindest ein Album seiner Vergangenheit schuldig war. Er versuchte mit aller Entschlossenheit, sich nicht selbst zu bemitleiden. Er gab niemand anderem die Schuld, sprach sich auch selbst nicht schuldig, aber er entzog sich auch keinen Augenblick der Verantwortung. Er beschrieb ihr den Geruch des Jasmins in der Luft, das Rascheln der Seide in einem florentinischen Palast, den Staub, der aus den alten, zerschlissenen Vorhängen rieselte, aber er poetisierte diese Dinge nicht, sondern beschrieb einfach nur diese Postkarten aus seiner Vergangenheit, und sie sog diese Informationen in sich auf, als würde sie ganz still in einer öffentlichen Bibliothek lesen.

»Ich war kein guter Sohn. Ich war sorglos und auf eine Art ausschweifend, die ich mir jetzt gar nicht mehr vorstellen kann. Und ich war auch kein guter Vater oder Ehemann, obwohl ich es versucht habe.«

Etwas an seiner Aufrichtigkeit löste einen Fluchtimpuls in ihr aus. Sie wollte diese Geschichte gar nicht hören. Sie wollte das Ende gar nicht wissen. Es machte ihn zu real. Sie wollte ihn sich nicht als Mensch vorstellen müssen. Sie wollte seinen Herzschlag nicht hören.

»Meine Frau hasste dieses Haus. Nun ja, Sie können selbst sehen… Es war nicht das, was sie gewohnt war. Und sie hasste meine Mutter, und meine Mutter hasste sie, und sie war schwanger. Ich baute ihr ein anderes Haus.«

Catherine war einen Moment nicht aufmerksam gewesen. Jetzt war sie es wieder.

»Es ist nicht weit von hier. Es hat lange gedauert. Erst holte man einen Architekten aus Italien, der, soweit ich das beurteilen kann, kein Wort Englisch sprach, und dann folgte ihm eine Schiffsladung italienischer Handwerker, und dann wurde unser Kind geboren, Franny.«

Er knetete nervös seine Hände. Einen winzigen Augenblick lang brach seine Stimme, aber dann fuhr er fort.

»Francesca, so nannte meine Frau sie. Sie war so schön wie… nichts Vergleichbares. Wie Wasser. Wie nur irgendetwas auf dieser Welt. Natürlich sind Babys alle so. Sie war wunderschön und winzig. Jeden Tag trug meine Frau sie in einer Trage nach drüben, wo dieses Ding, dieser Palast, gebaut wurde, und sie plauderten alle miteinander auf Italienisch, bis es dunkel wurde, und dann kam Emilia wieder nach Hause, und sie war zumindest ein bisschen glücklich, jedenfalls eine Zeitlang.

Ich habe Schecks ausgeschrieben. So viel Geld, ich könnte es gar nicht mehr zählen. Geld, das für Marmortreppen und kostbares Porzellan – etwas davon haben Sie hier gesehen – und für Besteck und Betten aus Italien, die dem Papst oder irgendeinem König gehört hatten, und für Vorhänge und Gemälde floss. Sie war glücklich. Emilia war glücklich, wie ein kleiner Hund mit einem ganz großen Knochen.

Und dann zogen wir in das Haus ein. Ich wusste nicht, wo ich mich hinsetzen sollte. Ich musste eines der Dienstmädchen fragen, wo ich schlafen sollte. Ich schlief selten neben Emilia, seit wir dort eingezogen waren. Sie hatte ihre eigenen Räume. So ging es zwei Jahre.

Franny bekam Scharlach. Das passiert bei Babys. In dem Winter bekamen es viele Babys. Sie war zwei. Das Fieber hielt fünf Tage an, und als es vorbei war, war Franny auch fort. Jedenfalls war ihr Verstand fort. Ihr Körper erholte sich wieder, aber nicht ihr Verstand. Ich wusste, dass das, wovor ich immer Angst gehabt hatte, wahr geworden war. Die Lust war ein Gift. Die Lust war eine Krankheit, die mein Kind getötet hatte. Sie war lieb und schlicht und schön und leer wie klares Wasser. Sie liebte das bunte Glas in den Fenstern. Sie liebte es, wie die Dienstmädchen sich mit ihr beschäftigten, ihr diese unglaublichen Kleidchen anzogen. Die Näherin kam aus Frankreich und wohnte bei uns im Haus, und vom Sonnenaufgang bis zum Sonnenuntergang tat sie nichts anderes, als diese Kleider für Emilia und mein kleines Mädchen zu nähen.

Das Haus war immer voller fremder Leute. Es machte Emilia glücklich, und sie kamen von überall her. Sie hat keine Minute mehr mit ihrer Tochter verbracht. Ab und zu brachte sie sie mal nach unten, ausstaffiert wie eine Märchenprinzessin, und zeigte sie wie ein Äffchen herum.«

Catherine sah sich selbst, wie sie in den Gängen des Hauses, das er beschrieben hatte, herumlief, ihre Gäste anlächelte, die sich, wenn sie an ihnen vorüberging, verbeugten, Herzöge und Herzoginnen und reiche Leute und Schauspielerinnen, Leute, denen Eisenbahnlinien gehörten und Araberpferde nur zum Reiten, nur zum Vorzeigen, und wie sie jeden Gegenstand auf jedem Tisch im Bewusstsein berührte, dass das alles ihr gehörte.

Und irgendwo im Dunkeln das dumme Kind, und irgendwo im Licht das Klimpern von schöner Klaviermusik.

»Sie ließ einen Klavierlehrer aus Italien kommen, noch einen Italiener. Ich habe nicht einmal nach seinem Namen gefragt. Ich wusste erst, als es zu spät war, dass das der eine zuviel war. Wir hatten noch ein Kind, einen Jungen, Antonio, wie sie ihn nannte, Andy. Er war dunkel wie sie, natürlich, sie alle sind es, und er war wie ein seltener Vogel, für den sie, um ihn zu bekommen, an den Amazonas gereist war. Ein Junge sollte nicht schön sein. So viel schwarzes Haar. So hübsch, schon, als er erst vier war. So haben wir gelebt, in diesem Haus, acht Jahre lang.

Natürlich war sie mit ihm zusammen. War mit ihm zusammengewesen. Mit dem Klavierlehrer. Ich hätte es wissen müssen. Ich dachte, ich wüsste alles, aber das wusste ich nicht. Stellen Sie sich das vor. Das Flüstern und den Klatsch und die Spaziergänge im Garten, immer sprechen sie Italienisch, der Mann sitzt mit uns am Tisch, jeden Abend, isst mit uns zu Abend wie ein Gast, obwohl ich ihm jede Woche einen Scheck ausgeschrieben habe.

Ich habe es nie wahrgenommen. Es nie kommen sehen. Sie war eine Gräfin. Ich sah, dass sie glücklich war, und es kostete mich ein Vermögen. Und doch wurde mein kleines Mädchen, mein süßes kleines Ding, jeden Tag größer, ihre Hände tasteten nach dem Licht wie eine Blinde, sie fand tastend ihren Weg.

Und nach Antonio … nachdem Andy geboren worden war, schlief sie getrennt von mir, meine Frau. Jede Nacht in ihren eigenen Räumen. Sie kam nie zu mir. Ich habe sie nie berührt. Sie blieb die ganze Nacht auf, spielte Karten mit Huren und Narren und lachte mich aus. Manchmal begegnete ich ihr, wenn ich nach unten zum Frühstück ging, wie sie gerade die Treppe hochstieg, noch mit einem Champagnerglas in der Hand. Zigaretten rauchend.

Sechs Jahre lang habe ich das ertragen. Ich habe sie nie berührt. Dann habe ich sie gesehen. Meine Frau. Den Musiklehrer. Ich ging in ihre Wohnung. Ihre Räume. Ich wollte ihr bloß eine Frage stellen. Stellen Sie sich das vor. Sie sahen nicht einmal besonders überrascht aus, und sie sahen auch nicht so aus, als hätten sie besonders viel Spaß, aber sie hatten es zu dem Zeitpunkt schon jahrelang so gehalten. Das hatte schon vor der Geburt meines Sohnes angefangen, verstehen Sie? Es war wie eine alte Gewohnheit. Ich weiß noch, wie er mich in meinem Haus ansah, als wäre ich der Eindringling und als wäre er da, wo er hingehörte, zwischen die nackten Beine meiner Frau. Und alle hatten es gewusst. Alle hatten es gewusst, nur ich nicht.

Ich habe sie geschlagen, und ich habe ihn fast umgebracht, und ich habe sie rausgeworfen. Ich trieb sie aus dem Haus. Mein kleines Mädchen breitete ihre Arme aus und sah, wie ihre Mutter davonging. Ich habe die Diener, die Hausmädchen, die Gärtner und die Kutscher mit ihren bestickten Mänteln rausgeschmissen. Ich habe Mrs. Larsen behalten, die damals noch ein junges Mädchen war. Sie ist nicht so alt, wie sie aussieht, denke ich, aber das alles ist jetzt schon lange her. Ich habe das Haus genauso gelassen, wie es war, weil ich nicht wollte, dass Franny noch etwas verliert, aber es kam niemand mehr, niemand wurde mehr eingeladen, und niemand kam.

Ich hasste Antonio. Er war mein eigener Sohn, aber ich konnte seine Nähe nicht ertragen. Er bevorzugte seine Mutter, und so sehr ich mich auch bemühte, ich sah immer ihr Gesicht und ihre Haut und ihre Augen, und ich sah in ihm nur ein verlogenes, berechnendes Spiegelbild von ihr. Es war nicht fair. Ich weiß. Ich weiß, dass es nicht fair war. Ich schlug ihn und schrie ihn an, bis er mich nur noch hasserfüllt ansah, mit einem Hass, der sich nie mehr veränderte, und nein, ich kann es ihm nicht verdenken.

Nach einer langen Zeit starb mein kleines Mädchen. Sie bekam die Influenza, und ich hielt sie in meinen Armen, und sie starb, und an jenem Tag, an dem sie starb, bin ich durch diese Haustür gegangen und habe sie hinter mir abgeschlossen. Ich habe alles in dem Haus gelassen, diesen ganzen wunderbaren Nippes, den ich aus aller Welt zusammengetragen hatte, nur um meine Frau lächeln zu sehen, und ich bin kein einziges Mal mehr zurückgegangen. Die Kleider hängen immer noch in den Schränken. Ein paar von den Tellern habe ich mitgenommen, Sie haben sie gesehen. Etwas Besteck. Kleine Dinge. Teure Sachen, aber kleine. Bis auf das Sofa. Stellen Sie sich vor. Ich hatte mich daran gewöhnt. Ein gelbes, seidenes Möbelstück. Das Gewicht einer Gabel.

Ich hatte kein Zuhause. Ich kam hierher. Meine Mutter warf einen einzigen Blick darauf und zog nach Kansas zu ihrer Schwester, ich habe sie nie wiedergesehen. Und ich habe in diesem Haus gewohnt und meinen eigenen Jungen geschlagen, bis er blutüberströmt war, und in dem Augenblick, in dem er alt genug war, ist er weggelaufen. Einen Moment war er noch da, so hübsch, inzwischen vierzehn und spielte diese italienischen Stücke auf dem alten Klavier, nur um mich zu ärgern. Ich sehe es noch vor mir, wie er immer dasaß. Ich habe ihm erzählt, seine Mutter wäre tot, bei einem Brand in Chicago ums Leben gekommen. Es war eine Lüge, aber das habe ich ihm erzählt, und ich sagte ihm, dass ich froh wäre, dass ich bei der Nachricht von ihrem Tod zum ersten Mal in sieben Jahren wieder frei hatte atmen können, und am nächsten Abend war er fort.«

Er sah zu Catherine auf, als sei ihm gerade erst aufgegangen, dass sie anwesend war. Als bräuchte er einen Moment, um zu begreifen, wer sie überhaupt war.

»Es tut mir leid. Es gibt keine schonende Art, diese Geschichte zu erzählen. Ich habe das noch keiner einzigen Menschenseele erzählt. Jeder weiß Bescheid, aber von mir wissen sie es nicht. Und ich werde es nur einmal erzählen.«

Sie sah Ralph fest in die Augen, und ihre Hände lagen vollkommen unbewegt in ihrem Schoß. Sie saß da, wie sie es sich selbst vorgenommen hatte, ganz gleich, was er erzählte, sie hatte sich vorgenommen, nicht einmal einen Finger zu rühren, bis er mit seiner Geschichte fertig war. Und dann würde sie eine Entscheidung treffen. Ihr Puls raste. Sie konnte das Klopfen in ihrem Handgelenk spüren.

Sie wusste, dass die Geschichte beinahe zu Ende war.

»Ich suche ihn seit zwölf Jahren. Ich habe Blumen auf das Grab meiner kleinen Tochter gepflanzt. Und jetzt habe ich ihn gefunden.«

Allem, was sie sich vorgenommen hatte, zum Trotz, fuhr sie hoch.

»Wo? Er lebt?«

»Er lebt. In Saint Louis. Er spielt Klavier in irgend so einem Bordell. Sie glauben, dass er es ist. Die Detektive. Sie haben schon bei anderen geglaubt, dass er es wäre, aber da stimmte es nicht. Dieses Mal glaube ich, er ist es. Und ich möchte ihn wiederhaben.«

»Warum?«

»Weil er mein Sohn ist. Er ist alles, was ich habe.«

»Ich meine, warum glauben Sie, dass er es ist?«

»Ich habe gehört, wie Sie dieses Stück gespielt haben, die Musik seiner Mutter. Ich wusste immer, dass eines Tages etwas geschehen würde, das mich veranlassen würde, die ganze Geschichte zu erzählen, und das Erzählen würde sie gerade rücken. Es würde ihn zurückbringen, wenn ich sie erzählte. Ich bin nicht abergläubisch. Aber ich glaube das wirklich.«

Tränen glitzerten in seinen kalten Augen. Er wischte sie nicht weg, schien gar nicht zu bemerken, dass sie da waren. Seine Hände zupften an seiner schwarzen Hose herum und zitterten, er hob sie, um nach etwas Staub zu fassen, der dabei zu nichts zerfiel. Er sah so krank aus. Sie rührte sich nicht.

»Ich habe versucht, ein gutes Leben zu führen. Ich habe versucht, gütig zu sein, ganz gleich, was ich empfand, ganz gleich, wie schwierig es war. Das können Sie nicht wissen. Und ich habe Geld verdient. Er wird Geld brauchen. Mein Sohn hat einen … luxuriösen Geschmack. Ich weiß, dass es so ist. Er ist der Sohn seiner Mutter.«

Sie sah ihn an. Es war nicht Liebe, was sie für ihn empfand, Liebe kannte sie nicht. Aber es war etwas, das ihr genauso fremd war, eine ungetrübte Sehnsucht, die vielleicht vom Anblick seiner Angst ausgelöst worden war. Tränen bei einem Mann. Es war schwer für ihn, das alles zu erzählen, und seine ganze Verlegenheit führte dazu, dass ihre Brüste und ihr Körper von Begierde überschwemmt wurden.

»Sie müssen müde sein.«

»Ich bin nicht so müde, dass ich nicht das zu Ende erzählen kann, was Sie wissen müssen, wenn sie mich heiraten wollen. Sie haben mir das Leben gerettet. Sie haben die Musik gespielt. Die Musik, die meine Frau geliebt hat. Die Musik, die mein Sohn gespielt hat.«

»Es ist ein einfaches Stück. Das kennt jedes Schulmädchen.«

»Sie haben die Musik gespielt. Ich bin nicht naiv. Ich bin sogar nicht einmal besonders nett. Wenn es einen zum Lügner macht, dass man eine Lüge erzählt, dann bin ich auch ein Lügner, weil ich Andy erzählt habe, dass seine Mutter bei einem Brand ums Leben gekommen ist, was gar nicht stimmte, obwohl sie tatsächlich einige Jahre später gestorben ist. Sie werden mich heiraten, das hoffe ich jedenfalls, und wir werden das Haus aufschließen und wieder einziehen, und alles wird erleuchtet sein, und er wird in sein eigenes Zuhause zurückkehren, zu seinem eigenen Vater und einer Mutter, die in jeder Hinsicht weit besser ist als jene Mutter, von der er nie auch nur die geringste Vorstellung hatte.«

Sie konnte es nicht zurückhalten. »Ich muss es Ihnen sagen. Es wäre nicht fair. Ich liebe Sie nicht.«

»Das erwarte ich auch nicht.«

»Es ist schlimmer. Ich meine, Mr. Truitt, dass ich Sie gar nicht lieben kann.«

»Das verlange ich nicht.«

»Woher wissen Sie das? Wenn er es ist, wie war noch mal sein Name?«

»Andy. Antonio.«

»Woher wissen Sie, dass er kommen wird?«

Er sah sie lange an. Das Licht, das durch die Fenster fiel, blendete sie. Sie konnte den Essensduft riechen, das Mittagessen war beinahe fertig. Sie konnte eine Uhr ticken hören. Sie konnte Ralph vor sich sehen, aber unklar wie durch einen Schleier von gleißendem Schnee.

»Weil Sie mit dem Zug nach Saint Louis fahren und ihn holen werden.«

Das Licht, das durch die Fenster fiel, war strahlend weiß. Beinahe blendend.

8. KAPITEL

Er wollte sie berühren. Er wollte die Erschöpfung nach dem Sex in jeder ihrer Gesten sehen. Er wollte in einem warmen Zimmer ihr Haar lösen und ihr das makellose Nachthemd abstreifen, über den Kopf. Er wollte spüren, wie seine Hand zum ersten Mal über ihre weiche, trockene Haut strich.

Er sagte nichts. Er tat nichts.

»Schneit es hier eigentlich ewig? Es kommt mir so vor, als würde es nur noch schneien.«

»Es schneit eben. Wir sind fast in Kanada. Und, natürlich, das Wasser … wenn der Schnee übers Wasser hinwegzieht, wird er noch stärker.«

»Und dann ist es manchmal vollkommen trocken, tagelang.« Sie wandte den Kopf vom Frühstückstisch ab, und das blendende Weiß überzog ihre rosige Haut mit Blässe, und dann wandte sie sich ihm wieder zu. »Manchmal glaubt man, es passiert nie wieder, und dann geschieht es doch. Er ist bloß … er ist bloß *da*. Einfach so.«

»Überrascht Sie das? Wir sind hier im Norden. Auf der anderen Seite des Sees liegt Kanada.«

»Nein. Nein, natürlich nicht. Er ist bloß da, das ist alles.«

Jeder Wortwechsel gab ihm das Gefühl, ein Dummkopf zu

sein, er setzte sich dann kerzengerade hin und fummelte an seinen Haaren herum, und dabei wollte er sie doch nur nackt auf dem Boden liegen sehen. Nicht auf brutale, gemeine Weise, sondern hingerissen. Er wollte sich verlieben, aber er wusste, wenn es um Liebe ging, dann war das etwas, das anderen Menschen widerfuhr.

»Und hört es wieder auf?«

»Im April. Im April oder Mai.«

Narr. Idiot. Und das Schlimmste daran war, dass er, wie er wusste, den Eindruck von Kälte vermittelte. Er wusste, dass sie ihn geschlechtslos fand, zugefroren wie die Landschaft, und er wollte sagen: Das ist nicht wahr, ich würde alles geben, damit ich in diesem Augenblick sehen kann, wie du dich hier vor mir auf dem Boden räkelst, aber er sagte immer noch nichts. Er ließ mit keiner Geste erkennen, dass er sich ihr auf irgendeine noch so vorsichtige Weise nähern wollte.

Er hätte vielleicht irgendetwas sagen können. Er hätte sagen können, dass der Kummer sich derart in ihn eingebrannt hatte, dass seine Sünden zu Asche verwandelt worden waren. Dass seine Mutter, als die Nadel bis auf seinen Knochen drang, zu ihm gesagt hatte, dass der Weg zur Tugendhaftigkeit, der einzige Weg, nur durch Schmerz und Leiden führe. Er hätte ihr sagen können, dass der Kummer ihn zu einem durch und durch guten Menschen gemacht hatte. Aber er sagte gar nichts. Was kümmerten sie sein Kummer oder seine Sünden? Sie hatte die Welt bereist. Eine Missionarin, hatte sie gesagt, und es gab keinen Grund, wenn man sich ihr schüchternes Schweigen, ihre prüde Gefasstheit, die keinen Moment gewankt hatte, vor Augen führte, es gab keinen Grund, daran zu zweifeln. Sie war weit gereist. Sie hatte genug über die Sünde gehört.

»Es gibt hier so wenig zu tun. Ich wünschte, ich hätte etwas zu tun. Als Sie krank waren, gab es einen Grund für mich, hier zu sein. Ich hatte das Gefühl, ich tue etwas, das wirklich hilfreich ist. Damit kenne ich mich aus, und ich war froh, es zu tun.«

Er berührte die violette Narbe auf seiner Stirn.

»Mir geht es schon wieder besser. Sie werden auch zurechtkommen.«

»Ich könnte Mrs. Larsen helfen, aber sie mag das nicht. Ich könnte sauber machen. Ich könnte die Kranken in den Familien besuchen, die für Sie arbeiten. Ich könnte in die Stadt kommen und Ihnen helfen. In Ihrem Büro.«

»Dafür habe ich meine Leute. Machen Sie es sich einfach schön. Genießen Sie die Ruhe. Lesen Sie.«

»Ich liebe es, zu lesen.«

»Dann lesen Sie. Ich bestelle Ihnen alles, was Sie wollen. Romane. Zeitungen. Was immer Sie möchten.«

»Ich mache Ihnen eine Liste. Darf ich das?«

»Natürlich.«

Er spürte, wie ihm die Luft abgeschnürt wurde, wie sein Herz klopfte. »Ich habe Sie nicht den ganzen Weg herkommen lassen, damit Sie sich hier elend fühlen. Ich hatte gehofft, und ich hoffe, Sie werden hier glücklich. Oder Sie fühlen sich zumindest wohl mit dem, was Sie gewählt haben.«

»Sie haben mich aus Gründen hierherkommen lassen, die ganz bei Ihnen liegen.«

»Aber Sie sind gekommen.«

»Ich bereue das nicht. Und ich werde es auch nicht bereuen.«

Er wollte die Laute hören, die aus ihrer Kehle kamen, wenn ihr die Luft ausging, wenn sie vor lauter Begierde atemlos wurde. Er wollte sie besitzen, auf all die Arten, die seine steife und distanzierte Frau ihm verweigert hatte, wahrhaft und durch und durch, wie in seiner Jugend. Er wollte sie wie eine Droge in seinem Blut spüren, den ganzen Tag in seinem Büro sitzen und Geld verdienen und gleichzeitig daran denken, wie der Rausch der Ekstase sein Blut aufschäumen ließ.

Er wollte ihr von seiner Begierde erzählen, seiner Sehnsucht nach ihr, von diesem Begehren, das ihm die Luft abschnürte. Er wollte nackt vor ihr stehen.

Aber er sprach kaum mit ihr. Er berührte sie nie, auch nicht im Vorbeigehen. Er war kein Narr. Er wusste, dass sie nicht die war, die zu sein sie vorgab, und er wusste, dass sich das, was sie wirklich war, direkt unter der Oberfläche ihrer Kleidung verbarg.

Seine Einsamkeit war grenzenlos. Manchmal hatte er das Gefühl, als ob ihm ein bösartiges Wesen an den Haaren zog. Erbarmungslos an den Haaren zog. Er wollte sie berühren, und er tat es doch nicht. Es quälte ihn wie ein Fieberanfall.

Er sah sie, und er wollte sie ausziehen. Er wollte die vielen Knöpfe ihres strengen schwarzen Kleides öffnen und es an ihrem Hals so weit zurückschieben, bis er ihre weißen Schultern sah. Er wollte das Kleid auf den Boden fallen lassen, es um ihre Füße liegen sehen wie eine Pfütze schwarzen Öls. Er wollte sehen, wie sie daraus hervortrat und in ihrem Slip vor ihm stand, eine schlanke Frau in einem dünnen Baumwollhemdchen und dunklen Strümpfen, Baumwollstrümpfen, die er Zentimeter für Zentimeter herunterrollen würde, bis ihre zarten Füße nackt auf dem Fußboden stünden. Das Hemdchen hätte Knöpfe auf dem Rücken, und deshalb würde er sie umdrehen, um jeden einzelnen Perlmuttknopf durch sein Knopfloch schlüpfen zu lassen, und dann würde das ganze dünne Ding auf den Boden fallen, wobei es kaum ihre Hüften streifen würde, wenn es in den dunklen Kleiderhaufen zu ihren Füßen fiele. Und der erste Anblick von ihr, der erste Anblick ihres nackten Körpers, wäre von hinten, und das gekräuselte Haar in ihrem Nacken würde wie Glühfäden im Kerzenlicht eines dunklen, kalten Zimmers aufleuchten. Er wollte die lange Linie ihres weißen Rückgrats, die im hellen Mondlicht aufleuchtete, das der Schnee reflektierte und das zwischen den Vorhängen hindurchfiel, mit seiner Zunge entlang fahren, und sie würde sich nicht rühren wollen und sich nicht aus freien Stücken umdrehen, und so würde er sie an den Schultern fassen und sie zu sich drehen, und dann würde er sie küssen. Die Süße der Haut. Der sanfte Druck seiner Lippen auf ihren. Der Augenblick, bevor es alles begänne. Nur reine und liebevolle Begierde.

Er würde sie ganz leicht küssen, ihre Brustwarzen würden sich an seinem Hemd reiben, und ihre Lippen seine Lippen streifen, die schon so viele Jahre nicht mehr geküsst worden waren, dass er sie gar nicht mehr zählen konnte. Seine Zunge würde ihre Zunge berühren. Er würde ihr Gesicht mit beiden Händen halten, während er sie zärtlich küsste.

Wie hatte er sein Leben ohne all das verbringen können? Wie hatte seine Jugend vergehen und sein Körper altern können, unberührt, unbeachtet, ungeliebt? Sein Körper begann ihn zu verlassen, und er würde nicht mehr zurückkehren. In zehn Jahren war er alt.

Er wollte alles. Er tat nichts.

Eines Abends, eine Woche, nachdem er ihr seine Lebensgeschichte erzählt hatte, sagte er beim Abendessen zu ihr: »Ich dachte, wir heiraten an Thanksgiving. Falls das in Ordnung ist. Falls es passt.«

»Das wäre schön. Wer würde denn kommen?«

»Sollen denn Leute kommen?«

»Ich weiß nicht. Leute tun das. Normalerweise. Sie müssen doch Freunde haben. Leute, die Sie kennen. Ich habe niemanden kennen gelernt.«

»Es kam mir unpassend vor, dass Sie in die Stadt fahren. Die Leute reden so schon genug. Und das Wetter …«

»Ein paar Leute muss es doch wohl geben.«

»Ein paar.«

»Dann werden wir Leute hierher einladen? Es wird ein Essen geben, ein Abendessen vielleicht. Eine Hochzeit.«

Die Frau, die er ausziehen, die er nackt sehen wollte, war eine Fremde. Ihre Art, mit ihm zu sprechen, ihre Bitten waren ihm fremd. Seit so langer Zeit hatte ihn niemand mehr um irgendetwas gebeten.

»Ich bin nicht … ich bin nicht mehr unberührt. Das sollten Sie wissen.«

Er musterte sie schweigend.

»Ich war ein Kind. Ein Freund meines Vaters, ein Missionarsbruder in Afrika. Eines Nachts kam er zu mir, und … ich bin nicht mehr unberührt. Nicht frei von der Sünde des Fleisches. Mein Vater hat ihn umgebracht. Sie sollten das wissen.«

Mitleid rührte sein Herz. Er hielt ihre Hand, nur einen Augenblick lang, zum ersten Mal.

»Dieses Leben ist vergangen. Es ist lange her. Es war nicht Ihr Fehler. Denken Sie nicht mehr daran.«

Sie wirkte so weit weg.

»Mir macht das nichts. Niemand ist rein. Meine Tochter, meine Francesca, war rein, aber sonst niemand.«

Er begegnete ihr in der Diele, sie saßen beim Abendessen zusammen, und sie war wunderschön und undurchschaubar. Er wollte sie an sein Bett führen, an das riesige Kirschbaumbett seines Vaters mit dem mächtigen geschnitzten Kopfbrett und den knisternd frischen und sorgfältig bezogenen Laken. Er wollte die Tagesdecke zurückziehen und sie sanft auf das kühle und makellose Weiß der Leinenlaken legen, der Laken, die die Maschinen in seinen Fabriken jeden Tag von morgens bis abends woben. Er sehnte sich mit ganzem Herzen danach, vor ihr zu stehen, während er seine Hosenträger abstreifte und in Sekundenschnelle die Knöpfe und Schnallen seiner eigenen Kleidung öffnete. Die schwere silberne Uhr seines Vaters würde er auf den Nachttisch legen. Er würde sich in seiner Unterwäsche, die aus einem Stück bestand und von Mrs. Larsen gewaschen und jeden Tag gewechselt wurde, die immer sauber war und die man vom Schritt bis zum Hals zuknöpfte, neben sie legen.

Jedes seiner Kleidungsstücke war immer sauber. Er badete jeden Tag, bevor es hell wurde, das Wasser war kochend heiß und die Luft im Badezimmer wie in einem türkischen Bad, voller duftendem Dampf. Er würde vor ihr stehen und nicht daran denken, wie stark und kompakt sein Körper einst gewesen war. Er würde nicht daran denken, wie er sich mit Huren verausgabt hatte.

Sie hatten immer vor Staunen nach Luft geschnappt, wenn sie ihn nackt sahen. Über die Stärke und Anmut seines Körpers, eine Stärke und Anmut, die sogar er selbst sehen konnte, wenn er sich in einem großen Spiegel nackt musterte. Sie kicherten dann vor Freude und sagten etwas auf Italienisch, das er nicht verstand. Das war sehr lange her.

Er sah Catherine an. Er stellte sie sich im Bett vor. In seinem Bett.

Er wollte ihr Gesicht halten, bis sie schließlich den Blick hob, um ihn anzusehen. Er wollte ihr in die Augen schauen und wissen, wer sie war, wer sie wirklich war, tief in ihrem verborgenen Inneren. Er wollte sie küssen und dabei ihre Wangen zwischen seinen Händen halten. Er wollte, dass sie seinen Kuss mit ihrer gierigen Zunge erwiderte. Er wollte den Augenblick spüren, in dem ihre Hand unter sein Baumwollhemd fuhr und zum ersten Mal seine Brusthaare berührte, die Haut seines Körpers. Er wollte, dass sie all dies auch wollte, und er wollte, dass sie sich zugleich davor fürchtete, aber er wollte, dass sie sich trotzdem hingab.

Manchmal brannte seine Einsamkeit wie Feuer unter seiner Haut. Manchmal hatte er schon daran gedacht, seinen Rasierer zu packen und sich sein eigenes Fleisch aufzuschneiden, die Haut abzuschälen, die nicht aufhören wollte zu brennen.

Aber er wusste, das würde nicht geschehen, ihm nicht widerfahren, niemals.

»Es gibt da etwas, das ich mir wünsche.« Sie starrte ins Feuer. Es war der erste, der einzige Wunsch, den sie äußerte.

»Natürlich.«

»Ich möchte ein Hochzeitskleid. Ich möchte mir aus Chicago etwas Stoff schicken lassen und mir ein Hochzeitskleid nähen. Das ist so ein Mädchentraum. Und ich möchte einen Ring. Nichts Großes oder Teures. Mein Vater hat zu mir gesagt, ich würde nie einen tragen, und aus genau dem Grunde möchte ich einen. Nicht um ihn zu ärgern, aber um mir selbst zu sagen, dass die eigenen kleinen Träume doch manchmal wahr werden, ganz gleich, was die Leute einem erzählen.«

»Ich besorge Ihnen, was Sie möchten. Ich habe es Ihnen doch gesagt.«

»Machen Sie sich keine Sorgen. Ich erwarte nicht viel. Wir haben ein Arrangement, ja? Keine kindische Leidenschaft. Wir haben beide unsere Gründe.« Und dann lächelte sie ihn an, das erste Mal, dass er sie lächeln sah. Ihr Lächeln erweckte in ihm eine Sehnsucht nach etwas, eine Sehnsucht nach der Vergangenheit vielleicht, die ihn beinahe zu Tränen rührte.

»Grau, dachte ich. Seide, falls … ich könnte es weiter tragen. Nach der Hochzeit. Oder ich könnte es eines Tages meiner Tochter geben, sollten wir Kinder haben.«

»Bestellen Sie, was Sie möchten. Schreiben Sie alles auf, und ich telegrafiere gleich morgen wegen der Sachen.«

Er stellte sich vor, wie sie in diesem Haus in einem Hochzeitskleid stand, das sie selbst genäht hatte. Er dachte an die Todsünden, die in seinem Blut zirkulierten. Er dachte, seine Begierde wäre verrottet. Er dachte, seine Begierden würden sie töten. Ja, dachte er, sie würden ein Kind haben, und es würde sich wiederum als ein Monstrum entpuppen.

Er hätte nicht daran gedacht, jene Frau zu begehren, deren Photographie, zusammen mit dem Brief, den Catherine vielleicht geschrieben oder vielleicht auch nicht geschrieben hatte, in seiner Schublade lag. Dagegen begehrte er die Frau, an der er jeden Tag im Flur vorbeiging, die ihm beim Abendessen gegenübersaß, die ihr Essen mit so viel Feinheit und Zauber verzehrte, wobei ihre kleinen Zähne funkelten, und die es niemals versäumte, Mrs. Larsen nach einer Sauce oder einer Zutat zu fragen, die er nicht einmal herausschmeckte.

Er wollte, dass ihre Zähne ihn bissen. Dass sie Spuren auf seinem Rücken und an seinen Beinen hinterließen. Er wollte, dass ihre Haare ihn strangulierten. Er wollte, dass sie ihm sagte, dass seine Berührung sie nicht umbringen würde.

Er wollte sie aufschlitzen und im warmen Blut ihres Körpers liegen.

Er rührte keinen Alkohol an. Er rauchte nicht. Er fuhr nicht, wie viele andere es getan hätten, nach Chicago, um Sex mit Frauen zu haben, die er nicht kannte. Seit langem tat er das nicht mehr. Nichts davon bedeutete ihm etwas. Nichts davon taugte etwas.

Er sehnte sich nach diesem Augenblick, wenn er schließlich nackt an sie gepresst daliegen würde, Brust an Brust, während ihre Hände über seinen Schultern hin und her flatterten wie weiße Vögel in einer kühlen Nacht, ihre zuckenden Finger, die unsichtbares Garn einfädelten. Er wollte Gewissheit haben, dass seine Begierde nichts als der Ausdruck von Leben war, arglos und rein und gesund und ungebrochen. Ausdruck des Lebens und so gut wie bei allen anderen. So rein, wie man es sich nur denken konnte. Absolut gesund.

Etwas so Einfaches, letztendlich.

In seiner Phantasie kam nie der Morgen. Sie wachten nie auf, um einander mit schüchternen oder bitteren Blicken im blendenden Licht zu mustern. Es gab kein Morgen. Es gab nur diesen einen Augenblick, in dem ihre Hand zum ersten Mal zwischen sein Unterhemd und seine Haut fuhr und in dem sein Körper in die intimsten und unberührbarsten Teile eindrang, nicht nur ihres Körpers, sondern ihres ganzen Lebens, so dass sie nicht nur durch ihre Lust aneinandergebunden waren, sondern durch dieses Brennen, diese unauslöschliche Erinnerung an den Geschmack und den Geruch von Fleisch.

Er erinnerte sich an jede Frau, die er jemals berührt hatte. Er hatte gedacht, er würde es vergessen, so wie er die Namen von Leuten oder die Noten, die er an der Universität erhalten hatte, oder die Gesichter der Männer, mit denen er sich betrunken und denen er seine Geheimnisse erzählt hatte, vergessen hatte. Aber die Szenen seines Liebeslebens kehrten immer häufiger in sein Gedächtnis zurück, je länger seine Jahre im Exil wurden, und so erinnerte er sich jetzt an ihre Namen, sah ihre Seidenkleider vor sich und die Diamanten, die an ihren Ohren baumelten. Er konnte sich an die Namen der Juweliere erinnern, bei denen er all den Tand für seine kleinen Betthäschen gekauft hatte.

Er konnte nachts im Bett liegen und sich selbst sehen, als

wäre er eine dritte Person, wie er mit einer Engländerin namens Lady Lucy schlief, während sein Freund und Zimmergenosse von der anderen Zimmerseite aus zusah und zu betrunken war, um sich zu rühren oder auch nur erregt zu sein. Er konnte Lucys Fingernägel sehen. Er konnte ihre Zunge an seinen Füßen spüren. Die Form ihres Mundes sehen, als sie ihn zwischen ihre Lippen nahm.

Er konnte sich daran erinnern, wie er hinter der rothaarigen Sarah an einem Waschbecken stand, während sie einen Waschlappen nahm und sich unter den Armen und zwischen ihren Beinen wusch, in einem Hotelzimmer in Chicago, wobei seine Küsse ihre dünnen und erschöpften Schulterblätter bedeckten.

Er dachte an eine Witwe in einem Nachbarstaat, einem Bundesstaat, in dem er oft Geschäfte machte, eine unscheinbare Frau, die ihn mit in ihr Bett genommen und sich ihm ohne ein weiteres Wort hingegeben hatte, die voller Leidenschaft ihren Rücken bog und ihre Beine spreizte und sich ihm mit jedem Körperteil öffnete, ihm die Zunge in den Mund steckte und ihren Mund auf sein Geschlecht drückte und dann, danach, eng umschlungen mit ihm dalag. Und ihre Trauer um alles, das sie gegeben und verloren hatten, umhüllte ihren kühlenden Schweiß wie eine Decke. Sie zitterten im Dunkeln.

Als er sie verließ, hatte er nicht einmal Gute Nacht gesagt. Und sie hatte nicht einmal den Kopf gehoben, der in ihrer Armbeuge lag, ihre Tränen hatten das zerdrückte Kissen und ihr verfilztes Haar genässt. Er hatte einen roten Schal über der Rückenlehne eines grünen Stuhls hängen lassen.

Er hatte ihn nie geholt. Seine Arbeit hatte ihn nicht wieder in ihre Gegend geführt, oder keiner von den beiden hatte sich vorgestellt, dass es so kommen könnte. Die Liebe war nicht einmal einen Schal wert.

Er erinnerte sich an die wahnsinnigen Touren, die er, nachdem Emilia fort war, in Chicago unternommen hatte, um nach ihr und ihrem Liebhaber zu suchen. Er hatte eigentlich gewusst, dass es nicht Emilia war, die er suchte, dass er sie nicht einmal dann hätte zurückhaben wollen, wenn sie nackt auf der Straße herumgekrochen wäre und darum gebettelt hätte. Er war nur auf der Suche, auf der Suche nach *ihm*, nach dem Schlitz zwischen ihren Beinen, ihren schwarzen Brustwarzen im Dunkeln. Nach ihrer Haut, die wie ölige Erde war.

Er ging in der Diele an Catherine vorbei. Er beobachtete sie aus einem Fenster im ersten Stock, wie sie auf der Straße, die vom Haus wegführte, spazieren ging und mit einem Stock im schmutzigen Schnee herumstocherte, manchmal wütend, manchmal mit der verzweifelten Hoffnungslosigkeit eines Kindes.

»Was machen Sie denn? Wenn Sie draußen spazieren gehen?«

»Ich schaue bloß.«

»Haben Sie etwas verloren?«

»Das spielt keine Rolle. Ich schaue bloß.«

Wer war sie? Worüber dachte sie den ganzen Tag nach, während er im Büro war, in seinem dunklen Büro in der Eisengießerei, und seine Güter im ganzen Land herumschob, tief in der Erde graben ließ, um ihre Reichtümer ans Tageslicht zu zerren? Wohin ging sie, wenn sie sich nach dem Mittagessen vom Haus entfernte? Denn das tat sie, wie er von Mrs. Larsen wusste.

Er wollte sie berühren, ihr die Kleider zerreißen, und er tat es doch nicht. Stattdessen besorgte er ihr alle möglichen

Dinge. Er bestellte Treibhausrosen in Chicago, und es kamen blutrote Rosen in Vasen, Rosen, die alte Namen trugen, benannt nach französischen Dichtern und englischen Herzögen. Die Rosen, die gezwungen waren, hinter Glas Blüten zu treiben, rochen nach nichts.

Er bestellte Schokolade. Er bestellte Marzipan in Form von Tieren und Blumen, Süßigkeiten, denen sie nichts abgewinnen konnte und die Mrs. Larsen heimlich ihrem naschsüchtigen Ehemann zusteckte, bis sie weg waren. Er bestellte Hauben, die sie nirgendwo tragen konnte. Er bestellte Spieldosen und funkelnde Ohrgehänge, die sie nicht trug. Er bestellte Romane, und sie las über die Abenteuer von Lebemännern, die halb so alt waren wie er, las von der Verzweiflung englischer Mädchen, die durchs Moor wanderten und ihre toten Liebhaber suchten. Er besorgte ihr einen winzig kleinen Vogel, der sie in den Schlaf sang und dem sie erlaubte, in ihrem Zimmer frei umherzuflattern, in dem Zimmer, in dem er als Junge geschlafen hatte.

Er erlaubte ihr nicht, sein Grundstück zu verlassen. In die Stadt war sie noch nie gekommen. Und so gab er ihr stattdessen lauter schönes Spielzeug.

Er besaß einen Sinn für das Luxuriöse und Kostbare, den er lange unterdrückt hatte, und er wusste, wie man einen Wein oder eine Brosche oder einen Ballen Seide auswählt. Diese Dinge waren wie eine Erinnerung in sein Fleisch eingebrannt. Das Erstklassige. Das Berauschende. Jeden Tag kam er nach Hause und hatte etwas für sie in der Hand, kleine, teure Geschenke, die sie schüchtern und leicht überrascht annahm. Er wusste, dass sie sie nirgendwo tragen und nirgendwo hinstellen konnte.

Diese Dinge, die Bänder und das ganze Brimborium, waren seine Art, sie zu berühren. Diese Dinge, die nicht in

Mode waren, die unerreichbar, für ganz wenige reserviert waren, für die Reichen und Dekadenten, wanderten jeden Tag von seiner Hand in ihre. »Oh«, sagte sie und holte tief Luft. »Oh, Mr. Truitt, wie wunderschön.«

Er konnte spüren, wie die Einfachheit seines Lebens allmählich dahinschwand, wie bei einem Alkoholiker, der lange trocken war und im nächsten Augenblick wieder seinen ersten Schluck Brandy nehmen wird.

Die Liebe macht die Menschen verrückt. Er sah das jeden Tag. Jede Woche las er davon in der Zeitung. Jede Woche waren die Zeitungen voll von Scheunenbränden, Arsenvergiftungen, Babys, die in Brunnen ertränkt worden waren, damit ihre Namen ein Geheimnis blieben und um ihre Väter von ihnen fernzuhalten, damit sie nicht den Wahnsinn der Liebe kennen lernten. Damit sie in die Heiligkeit Gottes eingingen. Er las Catherine abends diese Geschichten laut vor, nach dem Essen, und sie dachte sich Geschichten über die traurigen Frauen und die gestörten Männer aus. Sie sagte ihre Namen wieder und wieder, bis selbst ihre Namen einen Anklang von Verstörtheit annahmen.

»Warum machen sie das, Mr. Truitt? Warum sind sie so traurig und so getrieben von …«

»Die langen Winter. Die Religion.«

»Wird es uns denn auch so ergehen?«

»Nein.«

Sie wollte so gern in die Stadt, natürlich. Jeder würde das gern, durch die Straßen gehen, sich so eine normale Frau anschauen, die nächste Woche vielleicht schon ihre Kinder ersäufte, oder den lebensmüden Arbeiter, der in einer einzigen Nacht vierzig seiner eigenen Rinder abschlachtete. Er wollte sie nicht in die Stadt gehen lassen, obwohl die Leute schon wussten, dass sie bei ihm wohnte. *Endlich*, dachten sie.

Wenn die Liebe die Menschen in den Wahnsinn trieb, was richtete dann der Mangel an Liebe an? Er würde mich hervorbringen, dachte Ralph. Er hat mich hervorgebracht. Seine Hand glitt in die Tasche, während sie ihre Geschichten spann. Ganz leicht strich er sich über sein Geschlecht.

Aber er berührte sie noch immer nicht. Er spaltete seine Begierde nach ihr, nach irgendeiner und jeder Frau, von ihrem tatsächlichen körperlichen Wesen ab. Er hielt Abstand. Er wusste nicht mehr, wie man liebte, noch, wie man begehrte, in der wirklichen Welt. Er hatte vergessen, wie man um eine Frau wirbt, ein Liebesabenteuer eingeht.

Aber jede Nacht lag er im Bett, seine Laken waren sauber und rochen nach frischen Winternächten, und er dachte an sie, in ihrem Zimmer, den Flur hinab. Wie pornographische Zeichnungen stellte er sich die verborgenen Teile ihres Körpers vor. Er berührte sich nicht selbst. Er konnte es nicht ertragen. Ein erwachsener Mann. Ein Mann, der fast schon alt war, die Dumpfheit, und sie nur ein paar Türen weiter.

Seine Sünde lag nicht in den akrobatischen Vorstellungen vom Eindringen und Unterwerfen. Seine Perversion war sein Schweigen. Sein Schweigen und seine Distanz.

Er lag ausgestreckt und nüchtern in seinem Bett und dachte an Lady Lucy Berridge in Florenz vor dreißig Jahren, an ihre aristokratischen Launen und Erregungen. Früher oder später verwandelten sich im Dunkeln Lucys oder Serafinas oder selbst Emilias Gesichter immer in das von Catherine. Catherine, die ihn anlachte.

Er fragte sich im Dunkeln, spät in der Nacht, ob sie umgekehrt auch an ihn dachte, ein paar Türen weiter, so sauber, so reich, so höflich. Aber das tat sie nicht. Er kam ihr nie in den Sinn.

Sie, Catherine, lag in einem sauberen, schlichten Nachthemd da, ihre Blicke auf den blendenden Mond und den wirbelnden Schnee gerichtet, und sie träumte von Zigaretten. Sie träumte davon, Zigaretten zu rauchen, und von dem Körper eines nichtswürdigen Mannes, der neben einer anderen Frau in irgendeinem anderen Bett lag, in zerwühlten Laken in einer heruntergekommenen Stadt, meilenweit von ihr entfernt.

9. KAPITEL

Er schenkte ihr einen Diamantring. Der Diamant war groß, gelb und umgeben von kleineren Diamanten wie ein funkelndes Gänseblümchen. Er küsste ihr die Hand.

Er schenkte ihr ein goldenes Kreuz an einer feinen Goldkette. Er strich ihr die Haarsträhnen im Nacken weg und legte ihr die Kette an.

Sie dachte an ihren lächerlichen Tand, der unterm Schnee begraben lag, ihre Fahrkarte in die Freiheit. Jetzt kam er ihr unbedeutend vor.

Männer geben einem nur, was sie einem geben, dachte Catherine und starrte nach draußen auf den endlosen und unkontrollierbaren Schnee, wenn sie wissen, dass sie einem das, was man sich wirklich wünscht, nicht geben können.

Was sie sich natürlich in Wirklichkeit wünschte, war eine schnelle Heirat mit Ralph Truitt, gefolgt von seinem schmerzlosen Abgang. Was sie wollte, war beides, Liebe und Geld, und beides konnte sie nicht anders bekommen als durch Ralph, oder besser gesagt, *nach* Ralph. Was sie wollte, war die Kontrolle über ihr Leben, sie wollte ihre unbedeutenden kleinen Schmuckstücke zurück, etwas, das ihr ganz allein gehörte, sie wollte den Glanz ihres eigenen alten Lebens und wieder mit ihrem treulosen, weit entfernten Liebhaber schlafen. Sie hatte schon ein ganzes Leben voller Schmutz und Bosheit und Lust gelebt. Wonach sie sich zu ihrer eigenen Überraschung sehnte, tief in ihrem Herzen, war ein Frühling, der so sinnlich und erotisch war wie dieser Winter keusch und blutleer.

Das Licht schmerzte in ihren Augen und führte zu Kopfschmerzen, die tagelang in ihr wüteten. Sie hatte helle Augen, wie ihr Vater.

»Ich hätte gern eine dunkle Brille gegen die Sonne.«

»Finden Sie nicht, dass das komisch wirkt?«

»Das Licht schmerzt in meinen Augen.«

»Dann schauen Sie nicht aus dem Fenster.«

»Mehr habe ich nicht zu tun.«

Er besorgte ihr eine Rauchglasbrille, und sie trug sie tagsüber im Haus. Wie eine Blinde starrte sie auf die weiße, leere Leinwand hinaus. Sie konnte Kaninchen sehen, die im Schnee erfroren waren. Sie konnte die Krähen beobachten, die sich niederließen, um ihr Fleisch aufzupicken. Sie konnte Larsen sehen, der sie dabei beobachtete, wie sie aus dem Fenster schaute. Mit ihrer Brille konnte sie im Weiß Einzelheiten unterscheiden. Mit der Brille konnte niemand das Glitzern in ihren Augen sehen.

Ihr Paket kam aus Chicago. Zwölf Meter taubengrauer Rohseide. Ein Schnittmuster. Ralph schenkte ihr den kostbaren Diamantring und das Kreuz, das, wie er schwor, nicht von seiner ersten Frau stammte. Ralph schenkte ihr eine Besichtigungstour des Hauses. Des echten Hauses.

Natürlich hatte sie auch schon früher Geschenke erhalten. Jahrmarktsklunker, funkelnde Steinchen, die ihr schmeicheln sollten und die Jungen ihr auch dann geschenkt hatten, wenn sie wussten, dass sie über die Grenzen des Rummelplatzes hinaus keinen Schritt mit ihr gehen würden. Aber das hier, das war etwas anderes. Es war zunächst einmal im eigentlichen Sinne kein Geschenk, denn er schenkte es ihr nicht. Er ließ es sie bloß ansehen. Er ließ sie bloß wissen, dass dies ihr zukünftiges Zuhause sein würde, wenn sie einmal getan haben würde, worum er sie bat, nämlich ihn zu heiraten und seinen verlorenen Sohn zurück nach Hause zu holen.

Und dennoch war es ein Geschenk, vermutete sie, während sie zusah, wie sich das Haus aus der grenzenlosen Gleichmäßigkeit der Landschaft löste, wie es vor ihren Augen Gestalt annahm. Es war all seine Hoffnung, die er ihr schenkte. Es war seine Narrheit und sein schrecklicher Fehler. Es war das Haus, das er in der Hoffnung erbaut hatte, sein Herz würde dort eine Heimat finden, und es hatte nicht geklappt, er war dort beschämt und gedemütigt worden. Und dennoch zeigte er es ihr im Wissen, dass er ihr damit gleichzeitig auch sein Herz zeigte, und das war das eine Geschenk, das ihr noch nie jemand gemacht hatte.

Sie überquerten ein Feld, fuhren durch einen Wald und kamen auf eine lange, gewundene Straße, die bergan führte, und dann tauchte das Haus allmählich vor ihnen auf.

Es war prachtvoll. Da stand es, quadratisch, golden, wuchtig und wunderschön, und Catherines Herz machte einen Sprung, als sie es erblickte. So etwas hatte sie noch nie gesehen, so einzigartig in dieser endlosen Wildnis, so königlich inmitten dieser gewöhnlichen Landschaft.

Es bedurfte ihrer ganzen Kraft, dass sie ruhig blieb, dass sie die Hände auf dem schweren wollenen Überwurf ruhig hielt, dass sie wartete, bis das Pferd stehen geblieben war, bevor sie vom Schlitten abstieg. Aber sie war absolut entzückt, es war das erste ergriffene Staunen, das sie nach so vielen Jahren wieder empfand.

Sie stiegen den breiten Treppenaufgang, der zu den mächtigen Flügeltüren führte, an der einen Seite hoch. Truitt zeigte auf ein Gemälde über der Tür, das, wie sie annahm, die Villa zeigte, wie sie im Sommer ausgesehen hatte, mit ihren Obstgärten und Blumengärten und Wasserbecken und dem breiten Rasen, der hinab zum Teich und zum Fluss jenseits davon führte.

Die Türen wurden aufgeschlossen und schwangen sofort auf, und sie gingen in die große, hohe Eingangshalle. Catherine konnte nicht an sich halten. Sie schnappte hörbar nach Luft. Es war so schön, so schön trotz seiner Pracht und Größe. An der Decke waren Fresken von entzückenden Babys mit Flügeln und Blumen im Haar. Der Raum wurde von zwei Kronleuchtern aus buntem Glas erleuchtet, die an gelben Samtkordeln hingen, und jedes Prisma war selbst ein Juwel, jeder Lichtstrahl besaß eine andere zarte Färbung. Aus Venedig, sagte er. Sie waren für sie herabgesenkt und angezündet worden, entflammt für ihre Ankunft. Es waren Kristallblumen, die in der Luft hingen, Blumen, die Licht spendeten.

Die Wände waren mit rosa Seide bezogen. Porträts, zu viele, um sie zu zählen, blickten auf sie herab. Der Boden war mit Marmor ausgelegt, der ein Muster bildete, und mit schweren alten Teppichen bedeckt. Die Sofas, die an den Hallenwänden standen, waren breit und vergoldet. Gräfinnen waren hier durchspaziert. Herzöge hatten auf den Sofas Gedichte gelesen. Die hohen Fenster tauchten den Raum in blendendes Licht.

Auf jeder Seite lagen noch mehr prächtige Räume. Er zeigte ihr alles mit dem gleichen stumpfen Desinteresse. Es gab einen Ballsaal, ein Musikzimmer, eine Bibliothek, ein Esszimmer, in dem dreißig Leute das Abendessen einnehmen konnten. Es gab einen gläsernen Wintergarten, in dem einst exotische Pflanzen gezüchtet worden waren, Orchideen und Palmen. Es gab Salons in vielen Farben, mit kostbaren alten Möbeln ausgestattet. Ein Raum war ganz in einem hellen Gelb gehalten, wie Butter. Ein anderer in Türkis, ein weiterer in Grün. In einem befanden sich lauter Holzspaliere, auf denen Reben und Blumen aufgemalt waren. Aus den Fenstern sah man nur das immer gleiche grenzenlose Weiß, aber hier drinnen war alles warm und golden.

»Es ist immer geheizt. Mrs. Larsen kommt zum Saubermachen hierher. Ich bin seit Jahren nicht mehr hier gewesen.« Truitt schien nichts zu empfinden. Er war der Reiseleiter, der hier auf ein Gemälde und dort auf einen Tisch zeigte, auf Dinge, die eigentlich auch jetzt noch eine Bedeutung für ihn haben mussten.

Im ersten Stock befanden sich neun riesige Schlafzimmer, jedes war in einer anderen Farbe gehalten, jedes warm und kostbarer als alles, was Catherine jemals gesehen hatte. Die Betten waren verziert und mit Bändern geschmückt, die Laken perfekt aufgezogen, als würden jeden Augenblick wichtige Gäste eintreffen.

»Dies war ihr Zimmer.« Es war in einem üppigen Königsblau gehalten. Ein Wohnzimmer und ein Ankleidezimmer schlossen sich an. Ihr Kamm und ihre Bürste lagen noch immer auf dem Toilettentisch. Eine geschliffene Kristallflasche war noch immer mit einem bernsteinfarbenen Parfüm gefüllt. »Und das hier war Frannys Zimmer.« Er stand in der Tür, ging aber nicht hinein. Sie blieben stehen und betrachteten das winzige Bett, das prunkvoll genug für eine Prinzessin war, und die Kindermöbel und die bunten Vorhänge. Ein Schaukelpferd stand unter einem der hohen Fenster.

»Sie schaukelte stundenlang damit, hin und her. Hin und her und lachte. Mein Gott, sie war so eine Freude.« Ein leichtes Stocken in seiner Stimme war das einzige Zeichen einer Gefühlsregung. »In diesem Bett ist sie gestorben. Ich habe bei ihr gesessen, Tag und Nacht.«

Es war, als würde das Kind im nächsten Augenblick ins Zimmer kommen und eine der Puppen in die Hand nehmen, die ordentlich aneinandergereiht auf dem Bett lagen, jede mit diesem unveränderlichen Ausdruck unschuldigen Glücks auf dem Gesicht. Catherine wollte nach einer der Puppen greifen, aber sie ging nicht hinein. Sie konnte es nicht. Mit dem Duft der Kindheit, der immer noch in der Luft lag, war auch der scharfe Geruch des Todes und des Kummers vermischt, Gerüche, die ihr nur allzu vertraut waren. Der letzte Duft der Kindheit. Das Ende der Reinheit.

Sie besichtigten alles. Antonios Zimmer. Die Gästezimmer, das Dienstbotenzimmer, die Küche mit Dutzenden von Kupfertöpfen, die an den Steinwänden glänzten.

Hinterm Haus lag ein von Mauern umschlossenes Gärtchen, das man aus Emilias Fenster und vom breiten Flur aus sehen konnte.

»Ihr geheimer Garten. Il giardino segreto. Eine italienische Torheit. Dort züchtete sie Pflanzen, Rosen und so weiter. Sie sagte, so etwas gäbe es in jeder italienischen Villa, und sie ließ Gärtner aus Italien kommen, die sich darum kümmerten. Sie züchtete Bäume, die sich umeinanderwanden, weiße Blumen, die in der Nacht wie Parfüm dufteten. Das kleine Häuschen dort, da drin züchtete sie Zitronen und Orangen.

Nur, dass es nie funktionierte. Der Sommer ist zu kurz, und sie konnte einfach nie die richtigen Sachen pflanzen. Die Gärtner waren Idioten, ich nehme an, sie waren ein völlig anderes Klima gewohnt. Die Zitronen verdorrten. Die Blumen sprossen nicht, erfroren in der Erde. Sie ließ Treibhauspflanzen kommen, pflanzte sie in die Erde, wo sie eingingen. Die

Italiener brachten nichts zustande. Unnütz und dämlich. Es war eine Idee. Sie funktionierte nicht.«

Nachdem sie alles besichtigt hatten, wobei Catherine äußerlich so nüchtern und ungerührt wie Truitt selbst blieb, fuhren sie wieder nach Hause. Nach Hause in das kleine gewöhnliche Haus, das mit den phantastischen Resten eines sehr viel phantastischeren Reiches herausgeputzt war.

Catherine träumte von dem Haus. Sie sah sich selbst, wie sie durch seine breiten Flure lief, wie sie in bestickten Kleidern aus Seide und Spitze die breiten Marmorstufen hinunterschwebte. Sie sah sich selbst als Herrin dieses Hauses.

Jeden zweiten Tag begann Catherine nun, dorthin zu gehen. Wenn Mrs. Larsen zum Saubermachen ging, wenn Truitt zur Arbeit fuhr, ging sie hin und setzte sich in jedes Zimmer, spielte auf dem schon lange nicht mehr gestimmten Klavier im Ballsaal und sah in alle Schubladen und Schränke. Sie verbrachte ganze Nachmittage damit und starrte auf das verschlossene Weiß des geheimen Gartens, stellte sich vor, wie er nach Rosen und Lilien duftete, im Sonnenlicht des August auflebte. Es war ein Ort für das heimliche Geflüster von Liebenden. Er war in der Welt, aber gleichzeitig auch vor ihr verborgen, wie das Herz.

Es war so, wie er gesagt hatte. Alles war immer noch da. In Francescas Zimmer öffnete sie den Schrank und starrte auf die winzigen Kleider. Sie berührte eins und fühlte zwischen den Händen die raschelnde Seide.

»Ihre Mutter ließ für jedes Kleid, das sie für sich selbst anfertigen ließ, auch eines für ihr Kind nähen. Sie ließ sogar für die Puppen noch Kopien davon schneidern. Jetzt wirken sie altmodisch, aber man sieht es immer noch. Trotzdem war es töricht.« Mrs. Larsen war empört über diese Dummheit. »Schauen Sie sich das doch mal an. Sind die etwas für ein Kind? Ein Kind, das sich nicht selbst anziehen konnte, ein Kind, das sich nicht selbst spürte, das nichts anderes tun konnte, als mit diesem kleinen Lächeln auf dem Gesicht zu gucken? Schauen Sie sich das doch mal an.«

Vom Kleiderständer nahm sie ein weißes Leinenunterhemd, so schlicht und anmutig. Auf die Vorderseite des Kleidungsstücks waren Worte gestickt, Worte in einer fremden Sprache.

»Sie konnte nicht einmal selbst beten. Also ließ ihre Mutter das hier machen, italienische Gebete, die vorne draufgestickt waren. ›Dann schläft sie mit Gott.‹ Genau das waren ihre Worte. Franny war für ihre Mutter wie eine Puppe, eine geistlose Puppe. Aber sie hatte ein Herz. Sie liebte ihr Schaukelpferd, sie liebte es, wenn man sie im Arm hielt, sie liebte es, eine Männerstimme singen zu hören. Das, was Gott einem Baby an Verstand schenkt, das hatte sie verloren. Aber sie war doch eine Person. Eine vollständige Person. Es brach ihm das Herz, als sie starb. Es brach ihm das Herz, als sie noch lebte. Als wäre es sein Fehler gewesen.«

»Es war nicht sein Fehler. Ganz sicher nicht.«

»Es war diese Frau. Wenn's nach mir ginge, würde ich jedes einzelne Kleid hier rausschmeißen. Ein Feuer machen. Es ist traurig, aber das Kind ist tot. Sie sind alle tot.«

»Nicht der Sohn. Sagt er. Sagt Truitt.«

»Wenn Sie mich fragen, dann ist er auch tot. Antonio. Tot oder unnütz wie seine Mutter. Diese ganzen Nachforschungen werden Truitt auch nicht weiterbringen.«

Catherine erzählte Truitt nicht, dass sie zu dem Haus spazierte. Sie erzählte Truitt nicht, dass sie die Perlen seiner Frau trug, sich Diamantreifen ins Haar steckte. Sie erzählte ihm nicht, dass sie die altmodischen Kleider anprobierte, obwohl sie ihr zu klein waren, mit dem süßen Geraschel von Seidenrüschen über die Teppiche auf dem Boden rauschte. Sie erzählte ihm nicht, dass sie lange Nachmittage in der Bibliothek verbrachte und Liebesromane und Theaterstücke und Gedichte las. Sie nahm an, dass Mrs. Larsen ihr Geheimnis wahrte, denn das Leben ging weiter wie bisher. Weil sie Truitt Glück wünschte.

Sie aßen zu Abend. Er las ihr aus der Zeitung die Berichte über den Wahnsinn und die wahren Verbrechen vor, die von Leuten begangen wurden, die er kannte. Sie las ihm seinen geliebten Walt Whitman vor, anscheinend das Einzige, was er las. Sie las ihm Whitmans ausuferndes, pulsierendes, hoffnungsvolles und verzweifeltes Panorama von Amerika vor, die ungeteilte Leidenschaft für jedes Lebewesen.

»Sei nicht mutlos«, las sie, »Zuneigung soll die Aufgaben der Freiheit lösen,/Jene, die einander lieben, werden unbesiegbar sein.«

Sie liebte Truitt nicht, und jede Nacht wurde das blaue Fläschchen aus ihrem Koffer geholt, Zorn durchströmte sie, während sie es in der Hand hielt. Das blaue Fläschchen bestärkte sie, es war ihr schlichter, ihr einziger Plan. Das Haus würde ihr gehören. Der Perlen, die Bücher und Gemälde, die teuren Teppiche aus Indien und aus dem Fernen Osten, und auch Truitt würde ihr gehören. Aber es würde keine Zuneigung geben, sie würden nicht gemeinsam auf ein schönes, geruhsames Alter zuschlendern. Ein Tropfen. Zwei Tropfen. Das war die Zukunft.

Heimlich durchstreifte sie die Zimmer, spazierte durch den geheimen Garten, bis zu den Knien im Schnee, und die Verwehungen in den Ecken reichten ihr bis über den Kopf, während Mrs. Larsen die Kupfertöpfe reinigte und den Staub aus den schweren Brokatvorhängen schüttelte. Und in der ganzen Zeit vergaß sie es nicht. Ihr Zorn ließ nie nach. Das blaue Fläschchen war ihre Waffe, der Schlüssel zu der endlosen Pracht, der schläfrigen Majestät des Hauses.

Sie nähte ihr graues Seidenkleid nach einem harmlosen Schnittmuster aus einem Handbuch für Damen. Sie kam sich tölpelhaft vor, als sie in den Spiegel schaute, als wüsste sie nicht mehr, wofür sie sich ankleidete. Die Tage krochen vorüber. Nie hörte es auf zu schneien.

Sie wurden von einem Friedensrichter getraut, im Wohnzimmer des Farmhauses. Im Kamin brannte ein mittägliches Feuer. An diesem Tag klarte das Wetter auf, und im Hof standen zwei Kutschen. Zwei Paare sahen schweigend zu, während sie die Worte sagten. Sie unterzeichneten im Buch des Friedensrichters mit ihren Namen als Trauzeugen. Sie aßen mit ihnen zu Mittag und fuhren wieder. Es hätten auch völlig Fremde sein können.

Ralph Truitt sah sie nicht an. Sie war nur der erste Schritt. Sie selbst war unwichtig, unbedeutend für ihn jetzt. Dass sie schön war, war gleichzeitig anziehend und irritierend, ein Aspekt ihrer Nützlichkeit. Er wollte seinen Sohn zurück.

Der Nachmittag war endlos. Sie waren beide verunsichert. Es schien, als wären sie Fremde. Sie sprachen nicht miteinander. Catherine versuchte, etwas Klavier zu spielen, aber sie war so erschöpft, dass sie kaum ihre Finger rühren konnte. Der gelbe Diamant funkelte an ihrem Finger, die erste Beute ihres Diebstahls. Ralph las am Kamin, steif in seinem Hochzeitsanzug. Im Haus war es kalt. Der Schnee reflektierte die Sonne. Truitt starrte in die endlose Landschaft, während das Licht schwächer wurde. Beim Abendessen stocherten sie in dem Essen herum, das von der schweigenden Mrs. Larsen aufgetragen wurde. Dann gingen sie die Treppe hoch und gemeinsam ins Bett.

»Du musst mir helfen. Ich bin nicht …«

Er hörte sie nicht, und er konnte sie nicht hören. Ganz still lag sie im Bett seines Vaters, und er drang in sie ein und glaubte fast, dass sie noch Jungfrau war.

Sie war sein, sie war unendlich, sie war ein ganzes Reich von Düften und Flächen und kleinen Seufzern.

Sie war seine Frau. Er berührte sie mit seinen Händen, er küsste sie mit der Zunge, und sie bewegte sich so geschmeidig wie Wasser unter ihm, so warm wie ein Bad. Die erste Berührung ihrer nackten Haut ließ ihn nach Luft schnappen, weil er sich wieder an alles erinnerte, was er sich so viele Jahre versagt hatte.

Jedes Mal fragte er sie um Erlaubnis, wenn er weitermachen wollte, und sie flüsterte ihm schüchtern ein »Ja« ins Ohr. Er hatte die Tiefe und die Kompliziertheit seiner eigenen Leidenschaft tatsächlich vergessen, und jetzt überflutete sie ihn mit Wärme und Güte.

Catherine kämpfte gegen ihre eigenen Begierden an. Sie vergaß ihre vielen gekonnten Lockmittel. Hier ging es nicht um sie, und das war auf einmal eine Erleichterung. Sie erinnerte sich daran, dass sie eine Rolle spielte, und sie spielte sie gut.

Sie hatte sich daran gewöhnt, die Frau zu sein, die die Männer sich wünschten, und sie wusste, dass Ralph noch einmal von vorn beginnen wollte, mit einer Frau, die naiv und schüchtern war und sich nur in kleinen, vorsichtigen Schritten hingab, und sie machte es so gut, ja, so gut, dass sie an ihre eigene Lüge zu glauben begann. Er war nicht der erste Mann, der wollte, dass seine eigene Begierde im Mittelpunkt stand und dabei wenig an sie dachte, sie nur als ein notwendiges Mittel für sein eigenes blindes Tasten betrachtete. Sie wurde das, was er wollte, und war dann überrascht, dass sie, in gewisser Weise, genau das Gleiche wollte.

Seine Wärme überflutete sie. Seine Meisterschaft in den Wegen und Techniken der Liebe erregte sie. Sie hatte, selbst nach der Geschichte über seine jugendlichen Exzesse, erwartet, sich zu langweilen, sich so zu langweilen, wie sie es immer tat, aber die Landschaft seines Körpers war vielfältig und abwechslungsreich und erregend auf eine Weise, die sie, ohne nachzudenken, sofort empfand. Sie wusste, dass ihn einstweilen ihre Schlichtheit erregte und ihn glauben machte, dass er wieder jung sei und dass ihm all der Zauber und der Charme blinder Zuneigung wieder zur Verfügung stünden.

Er war Sicherheit. Er war Schutz. Er war leidenschaftlicher und liebevoller, als sie gedacht hatte, und sie spürte, dass sie irgendwie ihren Halt verlor, ihre Marschrichtung in dem dunklen Zimmer unter seinen heißen Händen. Sie durfte nicht vergessen. Sie kämpfte gegen das Vergessen. Sie kämpfte gegen die Sehnsucht, seine Hand zu nehmen und sie zu küssen, sein Fleisch mit ihrer Zunge zu liebkosen.

Sie schliefen jede Nacht miteinander. Sie holte nicht länger ihr blaues Fläschchen aus dem Koffer, um es in der Hand zu halten und zuzusehen, wie die dünne Flüssigkeit durch das Kobaltblau schimmerte. Sie vergaß es nicht, sie verschob es nur.

Die Tage schienen endlos, die Abendessen eine Qual aus gutem Benehmen und unterdrücktem Appetit. Mrs. Larsen sah ihnen nicht in die Augen. Nach dem Abendessen gingen sie nach oben, und sie kam nackt aus ihrem Zimmer zu ihm und legte sich neben ihn in das Bett seines Vaters. Jede Nacht erzeugten sie aus nichts als den Zwängen des Fleisches Bewegung und Begehren. Er nahm ihren Mund und küsste sie manchmal so heftig, dass sie nicht mehr wusste, wie sie hieß. Manchmal küsste er sie bloß und wandte dann den Kopf ab und schlief an ihrer Schulter ein.

Er sprach mit ihr nicht mehr über seine Kümmernisse. Er sprach überhaupt kaum, als wären ihre Körper alles, was sie an Konversation brauchten. Sie versuchte, ihm die Geschichte ihrer Kindheit zu erzählen, die sie sich sorgfältig ausgedacht hatte. Sie versuchte, den Schrecken ihres Missbrauchs zu beschreiben, die Details des Missionarslebens auf anderen Kontinenten. Er war verständnisvoll, aber er brachte sie zum Schweigen, indem er ihr sanft die Hand auf den Mund legte.

Er wollte ein Kind. Er sehnte sich nach Enkelkindern, die er auf seinem Knie schaukeln konnte.

Stück für Stück, durch fast unmerkliche Kunstgriffe, wurde sie kundiger und geschickter darin, zu spüren, was ihm gefiel. Manchmal fragte sie sich in der Nacht, wenn Ralph schlief und sie an die Decke starrte, ob sie nicht schon erlangt hatte, was sie sich unbedingt aneignen wollte. Die Liebe und den Reichtum eines Mannes, der sie nicht verletzen würde. Eines Mannes, den sie keineswegs lächerlich zu finden vermochte.

Er liebte sie ganz offensichtlich. Oder er war, falls er sie nicht liebte, völlig vernarrt in sie. Er gewährte ihr alles, was sie wollte. Sie hatte das Gefühl zu schwanken, als ob sich eine neue Landschaft vor ihr auftat, als wäre sie zu erschöpft von den leidenschaftlichen Nächten, um ihre Gedanken auf einen bestimmten Punkt zu lenken. Das blaue Fläschchen lag in ihrem Koffer, und manchmal zwang sie sich zu vergessen, dass es überhaupt da war.

Sie fuhr in die Stadt. Sie war sehr gewöhnlich, eine schlammige Straße, eine kurze Wegstrecke mit Läden voller Kurzwaren und Haushaltswaren und mit Metzgern und Friseuren. Das Fleisch in den schmutzigen Schaufenstern sah traurig und trocken aus. Die Leute nickten ihr neugierig und mit kaum verhohlener Verachtung zu. Sie trug ihr Haar nun anmutiger um ihr Gesicht frisiert. Sie lernte die Swensons, die

Carllsons und die Magnussons kennen. Sie suchte nach dem Wahnsinn, von dem sie in der Zeitung gelesen hatte. Sie fand ihn nicht. Sie suchte nach Schönheit und fand wenig, das sie interessierte, außer in den unberührten Gesichtern der Kinder. Sie suchte nach ausgesuchten Vergnügungen, aber es schien überhaupt nur wenige Vergnügungen zu geben. Dennoch langweilte sie sich nicht. Sie war nicht unruhig. Jeden Tag wartete sie darauf, dass die Zeit verging. Sie wartete darauf, dass Ralph nach Hause kam.

Sie war wie betäubt davon, wie er ohne Kleidung aussah. Sie war hingerissen von der Art, wie er unaufhörlich ihre Wange berührte, während sie miteinander schliefen, dass er sie so streichelte, wie er vielleicht ein wildes Pferd besänftigte.

Sie vergaßen ihre Gespräche. Sie spielte für ihn Klavier, die Stücke, die er mochte, die Stücke, die ihn nie ermüdeten. Sie las ihm Whitman vor, das elektrische, verwundete, fruchtbare Land erstreckte sich vor ihnen, die Dehnbarkeit der Begierde. Alles war ein Vorspiel für das, was im Dunkel geschah, im Kerzenlicht, im Bett von Ralphs Vater.

Am Silvestertag bestieg sie in ihrem grauen Hochzeitskleid und mit ihrer dunklen Brille wieder den Zug. Das blaue Fläschchen war immer noch in ihrem Koffer. Es wartete dort wie eine Schlange. Die Schneeverwehungen ragten so hoch wie die Schultern eines starken Mannes. Ralph Truitt starrte sie durchs Fenster an, suchte nach ihren hinter der Brille verborgenen Augen. Er winkte nicht, als der Zug sich in Bewegung setzte.

TEIL ZWEI

SAINT LOUIS. WINTER. 1908

10. KAPITEL

Die Stadt nahm von ihr Besitz wie Musik, wie eine wilde Symphonie. Der Zug fuhr in die Union Station ein, in dieses riesige, grelle Chateau, und sie stieg aus Truitts Eisenbahnwaggon und betrat den größten Bahnhof der Welt, als ob ihre Haut Feuer gefangen hätte.

Der Bahnhof roch nach Rindfleisch und Druckerschwärze, nach Bier und Eisen. Sie war viel zu lange von dieser Welt fort gewesen. Sie war auf dem wüsten, weißen Land gewesen, und ihr Herz tobte den Abenteuern, den Freunden, dem Essen und Trinken, der Vielzahl der Ereignisse, die die Stadt versprach, entgegen. Die Leute kamen hierher, um schlecht sein zu können. Leute kamen hierher, um Dinge zu tun, die sie zu Hause nicht tun konnten. Um Zigaretten zu rauchen. Um Sex zu haben. Um in der Welt voranzukommen.

Mrs. Larsen hätte eigentlich mit ihr mitkommen sollen, aber Larsen hatte sich am Tag zuvor schlimm seine Hand verbrannt, so dass Catherine allein nach St. Louis fuhr.

Sie traf in Saint Louis ein und hatte ein Akkreditiv bei einer Bank dabei, und ein Zimmer im neuen Planter's Hotel war bereits für sie reserviert. Es war ein schönes Zimmer im sechsten Stock, mit einem schmucklosen Schlafzimmer und einem kleinen Salon, mit Möbeln in dunklen Farben und Mohairbezug, mit kunstvoll gerafften Samtvorhängen und einem kleinen Kamin. Ein schönes Zimmer. Nicht das prächtigste – Truitt hätte das nie getan –, sondern genau passend, und sie stellte sich die Pracht der Suiten in den obersten Stockwerken vor, lauter Velourstapeten, Kronleuchter und große Pflanzen in chinesischen Vasen. Rinderbarone, Ölbarone und Bierkönige. Männer mit Geld, die allein in Hotelzimmern saßen. Männer, die die Frauen in der Stadt auf eine ganz bestimmte Art musterten, die bestimmte unerlaubte Dinge wollten und bereit waren, dafür zu bezahlen, und sie wäre mit ihren paar Sachen in ein etwas schickeres Ambiente gezogen, mit einem Marmorbadezimmer und echten Gemälden, aber sie wollte es zu Ende spielen, es richtig machen, also saß sie in ihrem Zimmer und wartete auf den Besuch von Mr. Malloy und Mr. Fisk, den Pinkerton-Detektiven, die Truitt angeheuert hatte, um seinen zügellosen, verlorenen, widerspenstigen Sohn zu finden.

Sie hatte das Gefühl, selbst beobachtet zu werden und dass vielleicht Berichte an Truitt geschickt wurden darüber, wer diese Catherine Land wirklich war, wenn sie sich aus der weißen Wildnis wieder entfernt hatte. Sie achtete sorgfältig darauf, sich keine Blöße zu geben, obwohl sie nicht wusste, ob ihr nun Blicke folgten oder nicht.

Der Filialleiter der Bank lächelte und gab ihr sofort, was sie verlangte. Er erkundigte sich nach Mr. Truitts Gesundheit. Er bot ihr Tee an. Sie bat nie um zuviel Geld, niemals um eine Summe, die vielleicht Fragen nach sich gezogen hätte. Sie ging einkaufen, damit sie den Damen ein wenig ähnlicher sah, die sie beim Teetrinken und beim leisen Plausch beobachtete, wenn sie wie Vögel zwitschernd in der Hotelhalle saßen. Mit Truitts Geld versehen, ging sie zu Scruggs, Vandervoort and Barney, dem größten und teuersten Geschäft in St. Louis, mit einer Abteilung nach der anderen voller moderner, raffinierter und überflüssiger Dinge, und sie marschierte mit einem Machtgefühl hinein, das sie so noch nie empfunden hatte. Sie konnte sich alles leisten. Sie brauchte bloß die Hand mit ihrem gelben Diamanten auf einen der Verkaufstresen zu legen, und sofort erschien eine unterwürfige Verkäuferin, und jegliche Ware in der Vitrine konnte im nächsten Moment schon ihr gehören. Alles, was ihr gerade in den Sinn kam, und sei es auch nur für den einen Moment. Aber statt ihr Geld zu verschwenden, hielt sie ihre alten Gelüste im Zaum und fragte nur nach den Sachen, die sie brauchte, um eine Rolle zu spielen, die sie noch nie zuvor gespielt hatte.

Sie kaufte Kleider für die Stadt, einfache Kleider, kleine Hüte, hübsch und teuer, aber zurückhaltend. Sie kaufte einen schwarzen Persianermantel mit einem Nerzkragen, auf dem Land sicher extravagant, in Saint Louis aber überall passend und unauffällig. Auf der Straße trug sie schwarze Glacéhandschuhe. In der Hotelhalle trug sie weiße Baumwollhandschuhe zum Tee wie die anderen Damen. Sie beobachtete die Frauen im Speisesalon des Hotels und versuchte, sich so zu kleiden, sich so zu benehmen und so zu lächeln wie sie. Sie waren kühl und glanzvoll.

Sie trug ihre schlichten Kleider und ihren schicken Pelzmantel, während sie am Abend durch die frühe Dunkelheit und den leichten Schneefall ging, am Broadway mit seinem Kranz von Gaslampen entlang, vorbei an dem Bogen, auf dem Porträts von jedem Präsidenten zu sehen waren. Es gab dort Straßenbahnen und Pferde, Waggons mit Bierfässern und so viele Automobile, dass sich Truitts närrischer Stolz auf seinen Wagen in Peinlichkeit verwandelt hätte. In Saint Louis wäre Truitt nur einer von Hunderten von Männern wie er gewesen. Reichen Männern.

Sie ging an den Obstmärkten vorbei, die selbst im Winter mit buntem Gemüse versorgt waren, und die Verkäufer hatten ihre Köpfe gegen die Kälte mit Tüchern umwickelt, ihre Hände steckten in fingerlosen Handschuhen, und sie priesen ihre Waren mit italienischem und deutschem Akzent an und wurden von elenden Kindern unterstützt, die mitten im Winter in abgelegten Baumwollsachen herumliefen. Ohne Mitleid lief sie durch ein Meer von Armut, das sie überflutete.

Auf dem Land gab es den Irrsinn. Es gab Brände, Brandstiftung, Morde und Vergewaltigungen, unvorstellbare Grausamkeiten, die gewöhnlich von Menschen an Menschen, die einander kannten, begangen wurden. Es war wenigstens etwas Persönliches. Hier herrschte das herzlose, gesunde, anonyme Schwirren der trostlosen modernen Maschinerie, der Räder und Zahnräder, des kalten Eisens aus Truitts Gießerei. Hier gab es entsetzliche Armut und Derbheit. Sie gab den Kindern Münzen. Den Müttern konnte sie nicht in die Augen sehen.

Sie spazierte zwischen den Gebäuden und Denkmälern, die noch von der Weltausstellung stammten, hindurch, lief durch das Museum und die japanische Ausstellungshalle, die mit Hunderten von kleinen und zerbrechlichen Gegenständen von unglaublicher Kunstfertigkeit und mit Kimonos gefüllt war, die, schwer und üppig, wie kunstvoll bestickte Morgenmäntel aussahen. Sie ging zum Odeon, zur Musikhalle, und saß, allein und unbeachtet, in einer Loge. Sie kannte die Komponisten nicht, ihr gefiel einfach die süße Majestät des Klangs. Sie schaute gern von oben auf die Menge hinunter. Sie trug keinen Schmuck, hatte keinen Fächer dabei. Sie tat nichts, was Aufmerksamkeit hätte erregen können.

Sie ging abends durch die Straßen, hörte die Musik aus den Bierlokalen, während die Türen auf- und wieder zuschwangen, hörte die lustigen Walzer und Polkas, die auf klapprigen alten Klavieren gespielt wurden, und das Lachen der Männer und Frauen, die zu ihren Vergnügungen kamen oder gingen. Nie ging sie selbst hinein. Sie dachte nie daran, sich andere Kleider zu kaufen, auffälligere, vulgärere, und sich unter die lachende Menge zu mischen, eine der lachenden Frauen zu werden. Sie vermisste ihren bescheidenen Schmuck, den sie vielleicht getragen hätte, um den Hals, die Handgelenke und an den Ohren. Sie hätte vielleicht Parfüm aufgelegt und beim Gehen ihren Duft verbreitet. Sie stellte sich den Geschmack von Bier in ihrer Kehle vor, merkte dann aber, dass sie ihn wirklich nicht vermisste. Sie dachte an Zigaretten, aber der Gedanke schien sehr fern zu sein, ohne einen Sog zu entwickeln. Sie stellte sich vor, mit halb geschlossenen Augen dazusitzen und irgendeinem schäbigen Neger dabei zuzuhören, wie er Klavier spielte und dazu etwas Gemeines und Schmutziges sang. Sie lief so unauffällig durch die kalten Straßen wie jede andere dieser wohlhabenden Frauen, und sie war glücklich in ihrer Anonymität.

Sie aß allein im Speisesalon des Hotels, ertrug anstandslos die demütigende Einsamkeit und las, während sie darauf wartete, dass man sie bediente. Das Essen war köstlich, obwohl nicht so gut wie das von Mrs. Larsen, aber gehaltvoll und schwer, so dass sie anschließend schläfrig und benommen war. Sie aß Austern, Rindfleisch und Gemüse und große, fahle Fische, die frisch aus Chicago oder sogar aus New York kamen. Sie bekam Gerichte mit französischen Namen, die sie weder aussprechen noch verstehen konnte, so dass der Kellner bei ihr stehen bleiben und geduldig erklären musste, wie sie zubereitet wurden.

Am Morgen verbrachte sie viel Zeit damit, sich für den Tag zurechtzumachen, überlegte, welches ihrer neuen Kleider sie tragen sollte, und frisierte ihr Haar in einer Weise, die weder zu streng noch zu auffällig wirkte. Sie war wie eine Schauspielerin, bevor sie die Bühne betritt, und ihr entging nicht das kleinste Detail ihres Auftritts. Sie war es gewohnt, alles im Blick zu behalten, sie musste wissen, was um sie herum vorging, und sie ahmte das Benehmen ihrer Mitreisenden ganz genau nach. Sie zupfte peinlich genau jedes einzelne Haar aus ihrer Haarbürste. Sie sprach leise und freundlich mit den Zimmermädchen, die kamen, um ihr Zimmer zu reinigen und Staub zu wischen, so dass es jeden Tag wieder wie neu aussah.

Und sie dachte an Truitt, an seine Einfachheit und sein Vertrauen. Und sie dachte, seltsam genug, an seinen Körper und an die Nächte, die sie zusammen verbracht hatten. Sein Körper war nicht jung, aber gut gebaut und wohlriechend und irgendwie vertraut. Sein Körper hatte gute Maße, die sie aber nicht bedrohlich fand. Er hatte ihr nie Schmerzen bereitet. Sie war sich nicht sicher, ob die Nächte ihr Lust bereitet hatten, sie war sich nicht sicher, ob sie noch wusste, was Lust war, aber sie wusste, dass sie Truitt etwas bedeutet hatte, ihm eine Art von Befreiung aus seiner privaten Hölle geschenkt hatte, ein Fenster, das geöffnet wurde, nachdem es zu lange geschlossen gewesen war. Eine Heimkehr. Und, wie immer, wenn sie jemandem Vergnügen bereitet hatte, war sie froh, es getan zu haben. Sie wusste, was Trost in dieser Welt kostete. Sie wusste, wie selten man ihn bekam.

Truitt war nur das Tor, durch das sie, auf dem Weg zu ihrem Ziel, gehen musste, aber sie war froh, dass er sich weder als fett noch als abstoßend, weder als grausam noch als tyrannisch, noch als schlichter Dummkopf entpuppt hatte. Eigenschaften, auf die sie bei fast jedem anderen Mann gestoßen war, den sie kennen gelernt hatte.

Sie wusste nicht, was sie eigentlich für ihn empfinden, oder auch nur, was sie jetzt eigentlich tun sollte. Sie war seine Frau, seine ihm angetraute Frau. Er war unvorstellbar reich. Sie kannte das Ende der Geschichte. Sie wusste, dass Truitt darin nicht vorkam. Aber ihr wurde immer unklarer, wie sie dahin gelangen sollte, wie sie ans Ende kommen und ihre reiche und spektakuläre Belohnung erhalten sollte. Manchmal vergaß sie, dass sie ja schon arbeitete. Dass sie einen Plan verfolgte, dessen Einzelheiten ihr allerdings nicht mehr allzu klar zu sein schienen.

Sie hatte beinahe das Gefühl, als würde sie nun endlich das Leben so führen, wie andere es taten, als würde sie sich in einer Art von Nebel von einem Ereignis zum nächsten treiben lassen, die Dinge, wie sie nun einmal waren, auf eine bestimmte Art fraglos hinnehmen. Sie war überrascht darüber, wie leicht ihr das fiel. Sie war auch überrascht darüber, welch eine Erleichterung das war.

Ihre Nachmittage verbrachte sie in der öffentlichen Bibliothek, durch deren hohe Fenster das fahle, schwache winterliche Licht schräg auf die langen Tische fiel, an denen Männer und Frauen, Damen und Herren saßen, Letztere meist jung und gut aussehend mit ihren glänzenden Haaren und roten Wangen, und den Nachmittag damit verbrachten, Romane oder die Zeitung zu lesen oder, mit der Hilfe von Landkarten, Biographien und Wörterbüchern ernsthafte Recherchen anzustellen. Sie mochte diese Menschen. Sie saß dazwischen wie eine von ihnen, eine Fremde für sie, so wie die Leute ja auch Fremde für sie selbst waren, und sie war glücklich.

Sie las Bücher über Pflanzen. Sie las Edith Whartons Essays über das endlose, saftige Grün und die Schönheit der italienischen Gärten und der Villen, zu denen die Gärten gehörten. »Es gibt dennoch viel zu lernen von den alten italienischen Gärten, und die erste Lektion ist, dass man sie, wenn sie eine echte Inspiration sein sollen, kopieren muss, nicht in jeder Einzelheit, aber in ihrer Anmutung.« Sie las über die singenden Brunnen von Gamberaia, über Petraia mit seiner gewaltigen Loggia und den ausgedehnten Rasenflächen und der Tröstlichkeit von I Mansi und I Tati und über die Straßen von Florenz und Lucca. Sie las über Gartenskulpturen, über das Groteske und das Mythische.

Sie stellte sich den geheimen Garten vor, das Haus mit den Zitronen, und in ihrer Phantasie sah sie, wie sie wieder wuchsen und am Abend dufteten und am Tag eine Flut von Farben und Blättern waren. Sie las über die Nieswurz, die mit Blüten durch den späten Winterschnee brach, über den Fingerhut und den Rittersporn und die alten Bourbon-Rosen. Sie las über den Heliotrop und den Amarant und über Lilien. Sie las über die Wirtspflanzen, die im Schatten gediehen, und den japanischen gefleckten Farn, dessen zarte Blätter mit indigofarbenen Pinselstrichen gerändert waren. Sie sagte sich die Namen wieder und wieder vor, katalogisierte sie: Calendula, Coleus, Coreopsis. Sie war entzückt.

Sie las Bücher und Anleitungen darüber, wie man die Gartenerde vorbereitete, wie man einen Garten drei Mal umgrub, bis die Erde so fein und körnig wie Sand war, wie man die Erde mit Dünger und Mulch anreicherte. Das war nicht so poetisch wie die Beschreibungen der Blumen, aber in gewisser Weise fand sie es sogar noch aufregender. Sie liebte die Maschinerie der Dinge, die Technik.

Sie war bloß irgendeine verheiratete Frau, die Bücher über die Gärtnerei las. Ihre schwarzen Glacéhandschuhe und ihre Handtasche lagen neben ihr auf dem langen Eichentisch, und die Seiten reflektierten das helle Licht der Deckenlampe und der Leselampen aus Messing.

Sie ließ sich von den Bibliothekaren Folianten bringen voller botanischer Zeichnungen, handkolorierter Darstellungen, die die Pflanzen zeigten, von denen sie las, und sie prägte sich ein, was sie sah, Staubgefäß und Stempel und Blütenblatt und Blatt. Dabei kam ihr eine Idee. Es war eine Idee, die ihr so tröstlich erschien, so einfach und schlicht und tröstlich, nämlich den eingeschlossenen geheimen Garten zu restaurieren, dabei zuzuschauen, wie alles wuchs, und ihn zu ihrem eigenen zu machen. Zu einem Ort, an dem sie sicher war, aus dem die Welt ausgesperrt war. Il giardino segreto, wiederholte sie wieder und wieder. Sie mochte Geheimnisse.

Ihr Geist hatte sich entzündet, und sie kehrte spätabends in ihr Hotel zurück und lag in ihrem schmalen Bett mit den frischen weißen Laken, und sie konnte ihn vor sich sehen. Sie konnte ganz deutlich sehen, wie er sich entwickeln würde, sobald sie gelernt hatte, ihn sich nicht nur in ihrer Phantasie vorzustellen, sondern mit ihren eigenen Händen in die Tat umzusetzen. Das war das Erste, in das sie sich, so weit, wie sie sich überhaupt erinnern konnte, verliebt hatte.

Das erste Ding, in das sie sich in ihrem ganzen Leben wieder verliebt hatte, seit dem Tag in der Kutsche mit ihrer Mutter und den jungen Soldaten und dem Regenbogen. Endlich hatte sie den Topf mit Gold gesehen, den sie ihr, vor langer Zeit, versprochen hatten, und jetzt würde sie ihn endlich bekommen, was auch immer geschah. Sie hatte Mr. Malloy und Mr. Fisk beinahe schon vergessen.

Und dann tauchten sie auf. Eines Nachmittags, als sie zufällig in ihrem Hotelzimmer war, brachte ein unterwürfiger Portier eine Karte. Und dann saßen Mr. Malloy und Mr. Fisk in ihrem Salon und hielten ihre braunen Hüte in den Händen. Sie waren fast gleich groß und hätten Brüder sein können. Mr. Fisk war rot im Gesicht, und Mr. Malloy war blass wie der Winter, aber beide hatten die gleichen ungerührten blauen Augen, und beide trugen braune Anzüge von unauffälligem Schnitt.

Sie bot ihnen Kaffee an. Sie bot ihnen Tee an. Sie lehnten beides ab. Sie bot ihnen beinahe ein Glas Bier an, was sie vielleicht gemocht hätten – alle in Saint Louis schienen ununterbrochen Bier zu trinken –, aber sie hatte das Gefühl, dass das nicht gut zu ihr gepasst hätte und dass sie das womöglich gleich Truitt melden würden.

Sie schlugen ihre identischen kleinen Notizbücher auf und begannen, die Einzelheiten herunterzuleiern. Er nannte sich Tony Moretti. Ein lächerlich durchsichtiges Pseudonym. Sein echter Name, also der Name seines leiblichen Vaters, war Moretti. Sein Geburtsname, sein rechtmäßiger Name, war Antonio Truitt. Truitt war allerdings mit denkbar größter Wahrscheinlichkeit nicht sein leiblicher Vater. Er hatte den Leuten erzählt, sein Vater sei ein berühmter italienischer Pianist. Schwarzes Haar. Olivbraune Haut. Mehr als einsachtzig groß. Seine Schuhgröße. Was für Hemden er bevorzugte. Sein Musikgeschmack. Seine katastrophale Vorliebe für Frauen – es war ihnen so peinlich, dass sie fast in Schweigen verfielen. Sein Alkoholkonsum. Das Opium. Sein verschwenderischer Umgang mit dem wenigen Geld, das er hatte. Nichts war ihnen entgangen.

Er spielte Klavier in einer Musikhalle, die von den Schönen der Nacht besucht würde, sagten sie, den Damen der Halbwelt und den Spielern, vermutlich eine der Musikhallen, an denen sie vorbeigegangen war. Er spielte einfache klassische und populäre Stücke und sang sentimentale Lieder, die gerade in Mode waren, manche auf Italienisch, eine Sprache, die er nicht zu kennen schien. Er sang nicht gut, sagten sie. Ein Caruso sei er nicht gerade.

Er war herumgekommen. Er war durchs ganze Land gereist, von San Francisco bis nach New York, machte immer das Gleiche, manchmal benutzte er einen anderen Namen, spielte Klavier, verplemperte seine Nächte in irgendwelchen Bordellen und Opiumhöhlen. Und in jeder Stadt hatte man ihn satt, in jeder Stadt hatte man schließlich genug von Tony Moretti, und er zog weiter.

Deshalb war es so schwer gewesen, ihn zu finden. Deshalb hatten sie mehrmals den falschen Mann gefunden. Jedes Mal fanden sie heraus, dass Mr. Moretti gerade das Zimmer verlassen und nur einen Schatten dagelassen hatte, der ihm ähnlich sah.

»Wie lange suchen Sie schon nach ihm? Sind Sie ihm von Stadt zu Stadt gefolgt?«

»Nur zwei Monate und nur in Saint Louis. Ich spreche für Mr. Fisk und mich selbst. Andere Detekteien und Detektive waren in anderen Städten tätig.«

»Sie« hieß in diesem Falle unscheinbare Männer wie Mr. Malloy und Mr. Fisk. Der Mann, den sie gefunden hatten, war vielleicht der Mann, den andere in San Francisco oder in New York oder in Austin aufgespürt hatten oder auch nicht. Sie hatten die jeweilige Information immer an ihre Zentralstelle geschickt, die sie an Mr. Truitt weiterleitete.

»Er ist kein guter Mensch, Mrs. Truitt.« Mr. Fisk hielt sein Notizbuch offen in der Hand, als hätte er die Stichworte für das Gespräch notiert, damit er sich ganz klar ausdrücken konnte, wie ein Telegramm, und kein Wort zuviel sagte. »Er ist nicht freundlich oder gut oder besonders talentiert. Er ist faul. Er ist ausschweifend. Er ist ein Bastard.«

»Vielleicht sind Ihre moralischen Maßstäbe für den Charakter eines Menschen etwas zu hoch. Moderne Menschen haben sicher …«

»Ich fürchte, das ist nicht der Fall, nicht in dieser Angelegenheit.« Mr. Malloy sah sie mit einer Ernsthaftigkeit an, der jede Art von Humor abging. »Er ist so wertlos wie eine Marionette. Wie ein exotisches Spielzeug.«

Sie achtete darauf, nur äußerst vorsichtig zu reagieren und sich angesichts dieser Litanei über das schmutzige Leben von Truitts Sohn nicht überrascht zu zeigen.

»Er ist der Sohn meines Mannes.«

»*Falls* er es ist, wollten Sie sagen, Mrs. Truitt. Eher unwahrscheinlich.« Als wäre sie selbst irgendwie nicht ganz standesgemäß. Sie starrte ihn mit, wie sie hoffte, völliger Verachtung an. Mr. Fisk sah erneut auf sein Notizbuch.

Mr. Malloy machte eine lange Pause, bevor er wieder zu sprechen begann. »Manchmal, Mrs. Truitt, arbeiten wir sehr hart an einer Sache, wir arbeiten bis zur Erschöpfung, um etwas zu Ende zu bringen, das uns wichtig erscheint.« Sorgfältig wählte er seine Worte. »Wir hoffen das Beste zum Wohl aller. Und manchmal stoßen wir dann darauf und stellen fest, dass es die ganze Mühe absolut nicht wert gewesen ist.«

»Mr. Malloy. Das haben nicht wir zu entscheiden. Es ist der Wunsch meines Mannes. Es handelt sich um den Sohn meines Mannes. Sind Sie sicher?«

Mr. Fisk machte für Mr. Malloy reinen Tisch. »Er ist es. Tony Moretti ist zumindest der Sohn von Ralph Truitts Frau. Wir haben ihn gefunden, Mrs. Truitt.«

»Ich möchte ihn sehen.«

»Das werden Sie auch. Wir werden seine Unterkunft aufsuchen.«

»Ich möchte ihn sehen, bevor er mich sieht. Ich will ihn heimlich beobachten, von der anderen Seite eines Zimmers aus oder auf der Straße. Ich will den Sohn mit dem Vater vergleichen.«

»Der Ort, an dem er seine Musik spielt, diese Musikhalle, wäre nicht passend.«

Sie hatte das nicht in Betracht gezogen. So weit hatte sie nicht gedacht. »Das ist mir schon klar.«

»Es gibt da ein Restaurant. Es wird von anständigen Leuten frequentiert. Dort bräuchten Sie sich nicht zu schämen. Sich nicht unwohl zu fühlen. Er kommt abends dorthin, bevor er zur Arbeit geht, falls man das so nennen kann, um Austern zu essen und Champagner zu trinken. Das ist anscheinend alles, was er überhaupt zu sich nimmt.«

»Dann werden wir dorthin gehen.«

Mr. Malloy und Mr. Fisk warteten, als gäbe es noch etwas zu sagen. Es gab nicht ein einziges Staubkorn im Zimmer. Es war ein schönes Zimmer, nicht das beste, aber schön. Es war die Art von Zimmer, in dem sie vielleicht Kaffee oder Tee angeboten, sich fürs Abendessen oder das Theater umgezogen, vielleicht einen Kanarienvogel gehalten hätte, wenn sie dort gewohnt hätte, aber sie wohnte dort nicht, und kein Vogel sang.

Mr. Fisk und Mr. Malloy warteten.

»Morgen Abend gehen wir dorthin.«

11. KAPITEL

Es gab Hyazinthen, die nur kurz blühten und einen schweren pfeffrigen Duft verströmten. Jonquillen. Glockenblumen. Nelken. Es gab Lauch, die französische Zwiebel mit ihrer unglaublich schweren violetten Blüte, und Flieder, dessen Duft in der Luft schwebte, und Veilchen, die jungen Mädchen von ihren Verehrern als Gebinde überreicht wurden. Und die Zierkräuter, Rosmarin und Salbei.

Es gab Tulpen, die einst die Menschen mit ihrer Schönheit in den Wahnsinn getrieben hatten. So zart, so selten und so kurzlebig. Sie las über den Sultan in Istanbul, der mehr als hunderttausend Tulpen gezüchtet hatte, die als Geschenk aus den wilden Steppen des Ostens zu ihm gelangt waren. In jedem Frühjahr feierte er ein abendliches Fest, um sie zur Schau zu stellen. Tulpen, las sie – das heißt, solche, die duften –, geben ihren Duft nur am Abend und in der Nacht ab. Man befestigte Kerzen auf Schildkrötenpanzern, und die Schildkröten krochen zwischen den Blumen umher, während die Hofleute in ihren juwelenbesetzten Gewändern im Park flanierten und angesichts all der Schönheit und des unglaublich zarten Dufts, dieses hauchfeinen Dufts aus dem Osten, nur flüstern konnten. Catherine konnte ihren Schmuck, ihre Diademe und ihre Kleidung aus feinster Seide vor sich sehen, konnte das entzückte Gemurmel und den leisen Singsang ihrer Stimmen hören, während sie sich inmitten der vom flackernden Licht erhellten Schönheit treiben ließen und kühle, frisch gepresste Obstsäfte tranken.

Es dauert sieben Jahre, bis aus einem Samenkorn eine Tulpenzwiebel wird. Sie fragte sich, ob die Schildkröten, die die Kerzen trugen, dadurch verletzt wurden.

Es gab Hortensien, die man in Italien in gewaltigen Terrakottatöpfen züchtete, Hortensien, die je nach Beschaffenheit der Blumenerde ihre Farbe wechselten. Ein saurer Boden brachte preußischblaue Blüten hervor. In basischer Erde blühten sie rosa, in einem Rosa, das den absurden Farbextremen eines Sonnenuntergangs entsprach.

Jeder kann lernen. Jeder kann lesen und lernen. Das Schwierige ist, dann auch etwas zu tun, tatsächlich zu handeln – Französisch zu sprechen, nach Afrika zu gehen, einen Feind zu vergiften oder einen Garten anzupflanzen. Catherine verbrachte ihre Zeit damit zu lernen, auf Mr. Malloy und Mr. Fisk zu warten, ihr Wissen zu vertiefen und ihren Plan zu vervollkommnen, obwohl sie kaum noch wusste, was genau ihr Plan war. Ein Sohn. Der Sohn. Offenkundig der Sohn einer Dirne und eines Klavierlehrers. Und Truitt, sie war sich sicher, wusste das, wusste es von Anfang an. Was für ein ungewöhnlicher Wunsch Truitts, ihn nach Hause zu holen und ihn zum Erben all dessen zu machen, was Truitt besaß. So viel. Was, wenn er wirklich kam? Ja, ihr blaues Fläschchen mit seiner subtilen, geheimen Medizin war tief in ihrem Gepäck vergraben, leuchtete in ihren Gedanken mit seinem intensiven, klaren Kobaltblau. Aber eine solche Tat unter den Augen eines anderen zu begehen, eines Sohnes, wäre ein zu großes Risiko. Sie konnte nicht alles erben, wenn da noch ein Sohn beteiligt war. Allmählich begann sie zu denken, dass sie mit so kleinem Aufwand gar nichts erben würde. Es würde schwieriger sein. Es würde ihr nicht so leicht in den Schoß fallen. Catherine war noch nie in ihrem Leben verwirrt gewesen. Jetzt saß sie da und wartete darauf, dass ihr der Plan wieder klar vor Augen stand, deutlich und verheißungsvoll.

Sie trug einen steifen schwarzen Rock und eine kurze schwarze Jacke. Sie trug einen Hut mit einem Schleier. Obwohl es keinen Grund gab, unerkannt herumzulaufen, wollte sie einen Schutzschirm zwischen sich und dem Mann haben, auf den sie so geduldig gewartet hatte. Sie verspürte eine tiefe und komplexe Angst, denn sie war hin und her gerissen zwischen ihren eigenen Wünschen und dem Bedürfnis Truitts, einen Traum weiterzuträumen, der doch nie mehr in Erfüllung gehen könnte, ganz gleich, was auch geschah. Bevor Fisk und Malloy eintreffen sollten, um sie abzuholen, bestellte sie sich einen Sherry, trank ihn schnell aus und fühlte, wie sich die Wärme und Ruhe in ihrem Körper auszubreiten begann. Sie verspürte eine fast erotische Erregung, den vertrauten Geschmack, die Wärme, und sie wollte noch einen, noch einen und noch einen, aber sie spülte das Glas und auch ihren Mund sorgfältig aus, bis keine Spur des Alkohols mehr übrig war, und wartete auf den Sonnenuntergang.

Sie waren unerklärlich spät dran. Sie lief durch ihre Zimmer, sie probierte ihren Hut an und prüfte den Stoff ihrer feinen Kleider. Was sie zwischen ihren Fingern spürte, gab ihr Halt, die Dinge, die sie fühlen konnte, würden sie nicht im Stich lassen. Sie saß da und wartete. Ihre Gartenbücher, die von den Buchhändlern in braunem Packpapier ins Hotel geliefert worden waren, lagen aufgeschlagen auf einem Tisch vor dem Fenster. Die Illustrationen beruhigten sie, dieser Traum von Italien.

Sie trafen mit der Dunkelheit ein, waren linkisch und wirkten zugleich alarmiert. Sie setzte ihren Hut auf und ging mit ihren beiden Aufpassern durch die Straßen von Saint Louis, bis sie zu einem Restaurant kamen, das mit Rindfleisch und frischen Austern warb und drinnen von warmem Gaslicht erleuchtet war, die Art von Restaurant, in dem Sägespäne auf dem Boden ausgestreut waren und beleibte Kellner bedienten, die bodenlange weiße Schürzen um die Hüften trugen. Sie nahmen Platz und bestellten kleine Steaks. Mr. Malloy und Mr. Fisk wollten nichts trinken und legten ihre Notizbücher auf den Tisch.

Er kam um sieben Uhr herein, war vornehm gekleidet, frisch rasiert, wirkte makellos, hatte einen Spazierstock bei sich und strahlte etwas Unverschämtes und Wissendes aus. Alles an ihm wirkte sehr sauber. Etwas Besitzergreifendes ging von ihm aus, das sie sehr beeindruckte. Er setzte sich, ohne dass man ihm einen Tisch hätte zuweisen müssen, und die Kellner brachten ihm schon Austern und Champagner, bevor er richtig Platz genommen hatte.

Er aß die Austern, als wäre jede einzelne ein unvergleichliches Erlebnis. Sein Gesicht und sein langes schwarzes Haar waren purer Luxus, dafür gab es kein anderes Wort, und Catherine spähte durch den Vorhang ihres Schleiers zu ihm hinüber und registrierte jedes Detail: wie sein Haar über den Kragen floss, wenn er den Kopf in den Nacken legte, um eine Auster zu essen, wie er sich ein wenig zu seinem Champagner herunterbeugte, wie sich seine Augen schlossen, als er den Alkohol herunterspülte, und seine unglaublich langen Wimpern, die wie die einer Frau wirkten. Eine Locke fiel ihm in die Augen, und er warf seinen Kopf zurück. Sein Hemd funkelte, seine Krawatte war aus kostbarer dunkler Seide, und er sah gleichzeitig wie ein Künstler und ein altertümlicher

Beau aus. Er war schön, schön auf eine Weise, die Malloy und Fisk niemals in ihren kleinen Notizbüchern hätten vermerken können, schön auf eine Weise, bei der eine Frau nach Luft schnappen musste. Er war schön, ohne auch nur einen Moment lang feminin zu wirken, und seine langen, kräftigen Hände schwebten wie aufgeregte große Vögel über seinem Essen.

Es gab keine Ähnlichkeit zwischen dem Sohn und dem Vater. Aber natürlich, jetzt fiel es ihr wieder ein, Truitt war mit größter Wahrscheinlichkeit gar nicht sein Vater. Truitt war ganz und gar Amerikaner, gut aussehend, ohne extrem oder beunruhigend zu wirken, stämmig und gewöhnlich und stark. Der Sohn war Europäer, mit dieser Adlernase, den hohen Wangenknochen, dem dunklen Bart, den bläulich schimmernden hohlen Wangen, seinen scharfen glitzernden Zähnen, den halb geschlossenen, beinahe geölt aussehenden Lidern. Er war schlank.

Seine Augen waren schwarz wie das Eis auf dem Wisconsin River und genauso kalt. Er existierte – oder zumindest schien es so – nur für sich selbst, für diesen Augenblick, in dem er seine Austern aß und seinen Champagner trank, wobei ihm bewusst war, dass jede Frau ihn anstarrte. Frauen, die jede Einzelheit seines Gesichts und seines Körpers in sich aufsogen, so wie er seinen Champagner hinunterschlürfte: mit ungetrübtem Genuss. Die Männer sahen ihn voller Herablassung an, als wäre er ein Spielzeug, eine Puppe für ein Kind. Er war keine Person. Er war ein schöner Gegenstand, und nur aus diesem Grunde existierte er, und er existierte nur um seiner selbst willen.

Er aß drei Dutzend Austern. Als er fertig war, ging einer der beleibten Kellner zu ihm hin und flüsterte ihm etwas ins Ohr. Tony Moretti lächelte und nickte. Langsam und träge erhob er sich, wie eine Katze in der Sonne, und ging zu einem Klavier am Ende des Saales. Er sagte nichts und drehte sich auch nicht um, sondern setzte sich einfach nur ans Klavier und starrte auf die Tasten. Im Raum wurde es still. Die Damen legten ihre Gabeln weg. Durch Catherines Hutschleier betrachtet, war er nur noch ein Schemen aus weißer Haut und schwarzem Haar, wie eine Photographie, ein körniger Schatten und helles Licht. Schließlich hob er die Hände und begann zu spielen.

Er spielte ein beliebtes Lied, aber er spielte es so langsam und traurig, als wäre es noch nie zuvor erklungen. Die Töne, sonst eher leicht und harmlos, bekamen etwas Bedeutungsschweres und hallten in einer Weise nach, die ganz neu war und ganz von ihm stammte. In seinem Spiel lag etwas zugleich Beiläufiges und Wunderbares, es war ein kleines Juwel. Er spielte, als könnte man jeden einzelnen Ton berühren und wie Quecksilber in die Hand nehmen, ihn berühren und doch nicht berühren, als wäre er in gewisser Weise ein Wunder.

Als er fertig war, gab es Applaus, aber er nahm ihn nicht entgegen, sondern griff einfach nur nach seinem Spazierstock und stand auf, das Traurige der Musik zeichnete sich auf seinem Gesicht ab, in einem etwas unsicher wirkenden Ausdruck, den er vermutlich tausend Mal vor dem Spiegel geübt hatte.

Er fasste nach seiner Krawatte, sah hinunter und suchte mit den Blicken den Boden des Lokals ab. Er begann, mit gesenktem Blick langsam auf die Tür zuzugehen. Man wandte sich wieder dem Essen zu, und die Frauen warfen ihm über ihre Schultern bewundernde Blicke zu. Offensichtlich musste Tony Moretti keine Rechnung begleichen. Entweder ließ er anschreiben oder die kurze Musikeinlage war genug. Als er auf der Höhe von Catherines Tisch war, blieb er stehen, kauerte sich auf den Boden und stocherte mit der silbernen Stockspitze im Sägemehl herum.

Catherine war in Panik. Malloy und Fisk guckten bemüht in die andere Richtung und ließen verstohlen ihre Notizbücher in die Taschen gleiten. Tony Moretti sah auf und starrte Catherine mit seinen feuchten Augen an.

»Kann ich Ihnen helfen?« Sie bekam keine Luft, hatte keine Luft in den Lungen, um diese Worte herauszubringen, aber sie tat es doch, mit kurzen, leisen Atemstößen.

»Ich habe meine Krawattennadel verloren. Von dieser Krawatte hier. Eine diamantene Krawattennadel, die ich von einer Geliebten geschenkt bekommen habe. Ich dachte, ich hätte sie hier auf dem Boden entdeckt. Haben Sie sie vielleicht gesehen?«

»Nein, ich habe nichts gesehen.«

»Na gut, dann eben nicht. Dann ist sie eben weg. Tragen Sie Trauer?«

Sie war erstaunt über seine Dreistigkeit. Sie blickte kurz und nervös zu Malloy und Fisk hinüber. Die starrten auf ihre Hände.

»Nein, keineswegs. Ich habe im Gegenteil erst kürzlich geheiratet.«

»Ich hoffe, Sie sind glücklich. Sie sahen aus, als hätten Sie jemanden verloren, so wie ich meine Krawattennadel verloren habe. Ich bin froh, dass das bei Ihnen nicht der Fall ist.«

»Es tut mir leid, dass Sie Ihre Krawattennadel verloren haben.«

»Es ist nicht so wichtig. Absolut nicht wichtig. Ein Mädchen hat sie mir geschenkt. Sie bedeutet mir nichts mehr. Ich hasse es bloß, Dinge zu verlieren.«

Er stand auf, verbeugte sich leicht und verließ das Lokal.

Er war eine Calla, rein und weiß, für die Einsamkeit und den Tod geschaffen. Sie wandte sich an Malloy und Fisk. »Ich wäre nie auf den Gedanken gekommen, dass er Truitts Sohn sein könnte.«

»Irren Sie sich da mal nicht. Er ist genau der Mann, den Truitt sucht.«

»Er ist immer schon Truitts Sohn gewesen. In San Francisco. In New York. Er ist ein Lügner und ein Nichtsnutz, aber er ist Truitts Sohn, beziehungsweise der Mann, den Truitt seinen Sohn nennt, und jetzt haben wir ihn.«

Fisk sah sie traurig an. »Er ist nicht zu retten.«

Malloy stimmte in diese traurige Diagnose ein. »Und er will nicht nach Hause. Mr. Truitt hat einen Haufen Geld für nichts und wieder nichts ausgegeben.«

»Woher wissen Sie das?«

»Es gäbe einfach zu viele Vergnügungen, die er verpassen könnte. Er ist ganz und gar das Geschöpf seiner Mutter. Völlig überzüchtet. Auf jede nur denkbare Art amoralisch. Ein hübsches Nichts. Truitt würde ihn nicht mögen. Würde ihn keine fünf Minuten um sich haben wollen. Sie haben sich nicht das Geringste zu sagen, sprechen überhaupt keine gemeinsame Sprache.«

»In Wirklichkeit würde niemand ihn mögen.«

»Dennoch …« Ihr Herz klopfte. Sie konnte die Musik in ihren Adern fühlen, die ihr das Blut wärmte wie Alkohol.

»Genau. Dennoch.«

»Mein Mann vermisst die Musik. Er vermisst seinen Sohn. Er hat eine Idee, einen Traum. Wir sind hier, um dafür zu sorgen, dass dieser Traum wahr wird.« Sie achtete darauf, dass sie nicht zu erregt wirkte. Sie war eine Frau, die gebeten worden war, eine komplizierte Angelegenheit zu regeln, mehr nicht.

»Und das werden wir auch.«

»Wie sollen wir mit ihm sprechen? Es ist wichtig, dass wir ihn nicht abschrecken. Er muss sich die Bitte seines Vaters ruhig anhören können. Da ist viel mehr für ihn drin, als er vielleicht glaubt. Als er vielleicht anfangs glaubt.«

»Wir werden Sonntag zu ihm gehen.«

12. KAPITEL

Sie lief in ihren Räumen auf und ab. Sie ging nicht in die Bücherei. Sie vergaß ihre Gärten und ihr damenhaftes Benehmen. Sie dachte an Tony Moretti und stellte sich seinen Körper im Bett vor, sie stellte sich vor, mit Tony Moretti ins Bett zu gehen, und die Intensität, mit der sie ihn begehrte, floss wie eine Droge durch ihre Adern. Er war jünger als sie, er wäre das letzte Abenteuer ihrer Jugend. Bei der Vorstellung von Tony Moretti, der im Restaurant vor seinen Austern saß, seinen feuchten Augen, seinen langen Fingern, die die traurige, banale Melodie gespielt hatten, seinem Blick, als er ihr in die Augen gesehen und nach seiner lächerlichen Krawattennadel gefragt hatte, wurde ihr ganz heiß. Sie versuchte, sich irgendwo hinzusetzen und ein Buch zu lesen, aber wo immer sie sich niederließ, fühlte sie sich unwohl. Im Speisesalon des Hotels, wo sie ihr Buch nutzlos und ungeöffnet in der Hand hielt, hatte sie das Gefühl, alle würden sie mustern, als würden sie nicht ihre gefasste Haltung und ihre passende Kleidung, sondern allein ihre Lust wahrnehmen. Immer lag sie nackt und voller Wollust neben Tony Moretti, dem Sohn ihres Mannes.

Als sie ihn erblickte, hatte sie gespürt, wie der sexuelle Pulsschlag der Stadt zu erwachen begann. Bis dahin hatte sie ihn nicht bemerkt. Nun fragte sie sich, immerzu bei Tag und bei Nacht, wie viele Leute wohl genau in diesem Augenblick miteinander schliefen. Hinter jedem Fenster wurde andauernd der Geschlechtsakt vollzogen. Von den Armen mit ihrem ekstatischen, tierhaften Gegrunze, von den Reichen mit ihrem unvorstellbaren Raffinement und ihren ausgeklügelten Perversionen.

Sie konnte nicht schlafen. Sie spürte, dass Truitt sie beobachtete, dass Truitt die ganze Zeit schon gewusst hatte, dass dies geschehen würde.

Schließlich kam der Sonntag. Er war strahlend, strahlend und hart und kalt, und in der Luft lag Schnee. Sie hatten gesagt, um zwei Uhr. Er wäre dann wach, er wäre dann nüchtern, er wäre dann vielleicht allein. Sie war bereit. Sie trug ihr graues Seidenkleid, ihr Hochzeitskleid, ihren Verlobungsring mit dem Diamanten und den langen Pelzmantel, den sie gekauft hatte. Als könnten diese Dinge sie schützen. Sie hatte das Gefühl, als gebe sie vor, eine züchtige Matrone zu sein, die einem entfernten Verwandten einen Besuch abstattet.

Mr. Malloy und Mr. Fisk führten sie schweigend durch helle, glatte, glänzende Straßen, die vom Hotel wegführten, von allem Neuen und Modernen, und dann durch Straßen, die nicht mehr schön und ruhig am Sonntag waren. Sie entfernten sich von den schönen Geschäften und den Straßen, die nachts hell erleuchtet waren, bis sie in eine Gegend mit kleinen Reihenhäusern aus Sandstein kamen, Häusern, die in keinem guten Zustand waren. Sie hatten keine Vorgärten, nicht einmal Blumenkästen, bloß schäbige Marmorveranden. Catherine konnte sich die Zimmer hinter den schmierigen Fenstern vorstellen, Zimmer, in denen sie selbst gewohnt hatte, niedrig, vollgestopft und von jahrelanger Vernachlässigung verschmutzt. Die Möbel wären ebenfalls alt und unbequem, die Böden nicht gefegt, es würde nach gebratenen Zwiebeln und billigen Zigarren riechen, nach immer geschlossenen Fenstern, es gäbe ein Hinterzimmer, in dem die Mutter und der Vater schliefen, ein anderes für die Kinder, ganz gleich wie viele, und einen Gegenstand oder auch zwei, die man vom Land mitgebracht hatte und nun hütete. Es war ein trauriges, hartes Leben ohne Liebe, ohne irgendetwas anderes als die Gegenwart, und die war nicht kostbar, sondern wurde nur ertragen. Der ganze Rhythmus ihres Lebens bestand allein aus dem Stampfen der Maschinen in den Fabriken, in denen sie arbeiteten, und in den Nächten träumten sie von den Kleinstädten, aus denen sie gekommen waren, von den Sonnenauf- und Sonnenuntergängen, vom Wechsel der Jahreszeiten, vom Getreide, das sie gesät, gehegt und geerntet hatten.

Wenn sie erwachten, konnten sie sich nicht mehr an diese Träume erinnern, aber während sie Tag für Tag vor ihren erbarmungslosen Maschinen standen, grämten sie sich in ihrem Herzen nach etwas, für das sie keinen Namen hatten.

Ihre Gesichter waren verschlissen wie die Möbel, ungeliebt und verhärmt. Ab und zu, an den Abenden, huschte über die Gesichter der Frauen ein wehmütiger, sehnsüchtiger Ausdruck, und dann hatten sie für eines der Mädchen eine liebevolle Geste oder ein gütiges Wort. Die Väter waren betrunken oder schwermütig oder beides, und manchmal gewalttätig, die Kinder begriffsstutzig, faul, ungebildet und vernachlässigt, außer in diesen wenigen, kurzen, sinnlosen Augenblicken, in denen die Mütter ihr hartes Leben einmal vergessen konnten. Dies waren nicht die Straßen des fortschrittlichen, ehrgeizigen, muskulösen Amerikas, sondern die des erschöpften, verlorenen und schmutzigen.

Catherine fühlte sich in ihrem warmen Pelzmantel und ihrem grauen Seidenkleid, das im Schnee schleifte, ganz gleich, wie sehr sie es auch mit ihren behandschuhten Händen anhob, meilenweit von all dem entfernt. Auf dem Land war der Schnee so sauber wie ein frisches Bettlaken. Hier war er dreckig. Die Kälte drang ihr in die Stiefel und kroch ihr trotz ihrer Wollstrümpfe an den Beinen hoch. Sie hatte das Gefühl, als sei sie diesen Häusern, diesen Gewohnheiten und diesem Leben entkommen. Sie war immer schon ein Chamäleon gewesen, hatte sich den Akzenten und Gewohnheiten der jeweiligen Umgebung angepasst, aber jetzt hatte sie das Gefühl, sich in etwas Neues verwandelt zu haben, aus dem sie sich nicht mehr zurückverwandeln konnte.

Ihr Puls raste. Das Blut pochte ihr in den Ohren. Catherine würde sich Tony Moretti nun zu erkennen geben.

Sie bogen von diesen Straßen in andere Straßen ab, die noch deprimierender waren. Hier gab es keine Bürgersteige und keine Pflastersteine, sondern bloß noch Schotterwege zwischen Holzhäusern, die meist keinen Anstrich hatten, einige hatten zerbrochene Fenster und alle zerschlissene, dreckige Vorhänge, die in grellem Licht schlaff herabhingen. Lindenstraße und kein Baum zu sehen.

Gelegentlich blickten Malloy und Fisk sie an, als wollten sie sich entschuldigen, aber sie starrte nur stur geradeaus, ohne den Blick der beiden zu erwidern. Sie verlor sich jetzt in Gedanken an ihre eigene Vergangenheit. Mit jedem Schritt enthüllte sich ihr diese Vergangenheit mehr.

Vor einem der dreistöckigen Häuser, das in einem trüben Rot gestrichen war, als hätte sich jemand vor langer Zeit einmal die Mühe gegeben, es ansehnlicher und schicker erscheinen zu lassen, blieben sie stehen. Malloy schaute in sein Notizbuch. »Nummer 18. Das hier ist es.«

Sie fröstelte und zog sich den Kragen fest um ihren Hals.

Mr. Fisk und Mr. Malloy zögerten, nun waren sie schon so weit mit all den Informationen gekommen, die ihnen zur Verfügung standen, und wussten jetzt doch nicht, was sie tun sollten.

»Also gut. Mir ist kalt. Gehen wir hinein.« Es war Catherine, die das Schweigen brach. »Jetzt sind wir hier. Es wird Zeit, dass wir Klarheit bekommen. Lassen Sie es uns hinter uns bringen.« Sie stieg die Treppe hoch und machte sich an der Tür zu schaffen, und Malloy und Fisk folgten ihr. Die Tür war unverschlossen und führte in ein dunkles Treppenhaus.

»Dritter Stock, Mrs. Truitt. Es ist dunkel. Entschuldigen Sie.«

»Dafür können Sie doch nichts.« Sie trat beiseite und folgte den beiden Männern die Treppe hoch. Und dann klopften sie an die Tür, und dann, nach Schlägen, die einer nach dem anderen ihre Nerven strapazierten, öffnete sich die Tür, und vor ihnen stand Antonio Moretti.

Er sah schwer gezeichnet aus. Er sah rein aus. Er leuchtete wie ein Heiliger. Er stand da in einem roten, seidenen Morgenmantel mit Paisleymuster, der vorn kaum geschlossen war. Offensichtlich trug er nichts darunter, und offensichtlich war es ihm völlig egal.

»Mr. Moretti. Hier ist eine Dame.«

»Ach, tatsächlich. Ich sehe schon. Eine Dame bitte ich immer herein.«

Malloy holte sein Notizbuch heraus, als würde ihnen das helfen, auf den Punkt zu kommen. »Mr. Moretti … Mr. Truitt, wir sind gekommen, um Sie nach Hause zu bringen. Ihr Vater …«

Ein Schauer lief ihm über die Stirn, flüchtig, nur für einen winzigen Augenblick. »Wie war noch der Name? Ich kenne so jemanden nicht. Ich heiße Moretti. Tony Moretti.«

»Mr. Ralph Truitt. In Wisconsin, wo Sie geboren sind.«

»Wollen Sie nicht hereinkommen? Ich habe Brandy da. Draußen ist es kalt.«

Sie wollten eigentlich nicht, aber etwas Machtvolles in seinen Blicken und das Weiß seiner Haut zogen sie irgendwie weiter und in sein Wohnzimmer. Es war elegant ausgestattet – das vollkommene Gegenteil des Hauses selbst – mit feinen französischen und italienischen Möbeln, die offenbar wertvoll waren. Die Zimmerdecke war wie ein Zelt mit oranger Seide abgehängt, und marokkanische Laternen hingen herab, in denen die Kerzen flackerten. Sie brannten vermutlich immer noch von der letzten Nacht. Dahinter konnten sie das Chaos eines zeltartigen und mit Brokat geschmückten Schlafzimmers erblicken, das wie ein Palast wirkte, der kurz vor einer Revolution fluchtartig verlassen worden war.

Überall im Zimmer lag Kleidung verstreut, und nachlässig hob er ein paar Sachen auf, als wollte er ihnen Platz zum Hinsetzen verschaffen. Keiner setzte sich. Er wandte sich an Catherine und lächelte.

»Wie war noch dieser Name?«

Wieder raubte die Atemlosigkeit ihrer Stimme die Kraft. »Truitt. Mr. Ralph Truitt.«

»Und Sie sind dann …?«

»Mrs. Truitt. Die neue Mrs. Truitt.«

»Ich hoffe, Sie werden sehr glücklich.«

»Danke.«

»Den Namen kenne ich aber nicht.«

Malloy räusperte sich. »Er ist Ihr Vater.«

Moretti lachte und zeigte seine Alabasterkehle, seine Wangen, die vom gestrigen Bartwuchs dunkel waren.

»Mein Vater ist Pietro Moretti. Meine Mutter heißt Angelina. Er spielte Akkordeon in Neapel, wo ich geboren wurde.

Als ich drei war, sind meine Mutter und er nach Amerika ausgewandert, nach Philadelphia, in das italienische Viertel Philadelphias, wo er in einem der zahllosen italienischen Restaurants nach dem anderen Akkordeon gespielt hat. Schließlich gehörte ihm selber eins, und es gehört ihm immer noch, und mein Cousin Vittorio kocht, er kocht übrigens sehr gut, mein Vater spielt weiterhin Akkordeon, und meine Mutter sitzt an der Kasse.«

Malloy unterbrach ihn. »Sie sind in Wisconsin geboren. Ihr Vater ist Ralph Truitt.«

»Und wer sind Sie?«, fragte Antonio.

Fisk mischte sich ein. »Wir sind von Ihrem Vater bezahlt worden, um Sie zu finden.«

»Sie haben mich beobachtet?«

»Seit mehreren Monaten. Ja.«

»Das macht mich sehr unglücklich.«

Malloy und Fisk sahen auf ihre Hände. Antonio wandte seinen Blick ab und sprach Catherine an.

»Ich bin in Philadelphia aufs Konservatorium gegangen, als eines dieser jämmerlichen, rotznasigen Kinder aus der Unterschicht, die solche Schulen besuchen dürfen, weil die wohlhabende Öffentlichkeit feststellt, dass es sie nichts kostet und sie so nachts besser schlafen kann. Nun ja, ich war irgendwie ein bisschen begabt. Seitdem spiele ich in Restaurants Klavier. Also, *Restaurants* ist eigentlich ein zu schönes Wort dafür. Ich war für Solokonzerte nicht begabt genug, aber zu begabt, um bloß Unterricht zu geben. Außerdem hasse ich Kinder. Ich bin lieber in Gesellschaft von Erwachsenen. Oder zumindest in der der meisten Erwachsenen. Hier bin ich nun. Ich kenne keinen Mr. Truitt. Ich bin noch nie in Wisconsin gewesen, auch wenn es dort vielleicht sogar hübsch sein mag. Es ist sehr weit weg.«

»Das ist alles bloß ausgedacht. Wir haben die Fakten.«

»Sie können das nachprüfen. Moretti. Ich habe Unterlagen, Dokumente, ein Sparbuch von der Bank. Nicht viel Geld, aber Sie können es sich ansehen. Mein Vater wohnt immer noch in Philadelphia. Meine Mutter heißt immer noch Angelina, und sie sitzt immer noch an der Kasse. Brandy?« Er schenkte sich selbst ein und schwenkte das Glas im trüben Licht.

»Ihre Mutter war die Contessa Emilia Truitt. Ihr Vater war Andrea Moretti, ein Klavierlehrer, den der Ehemann Ihrer Mutter, Mr. Truitt, angestellt hatte.«

»Eine echte Gräfin. Wie bezaubernd. So gern ich auch das Restaurantleben für einen Adelstitel eintauschen würde, ich fürchte doch, dass das nicht stimmt. Kein Wort mehr davon. Ich könnte Ihnen die Briefe meiner Mutter vorlesen. Sie fleht mich an, nach Hause zu kommen und mir ein nettes Mädchen zu suchen. Ein nettes Mädchen wie die neue Mrs. Truitt, ohne Zweifel. Warum will Mr. Truitt mich denn sehen, wenn er nicht mein Vater ist?«

»Er fühlt sich schlecht.«

»Weil seine Frau eine treulose Hure war?«

Malloy warf Catherine einen Seitenblick zu.

»Weil er sehr … wegen der Lebensumstände, weil er das Gefühl hat, sehr lieblos zu Ihnen gewesen zu sein, und weil er es wiedergutmachen will.«

»Indem er mich dazu bewegt, Saint Louis zu verlassen und nach Wisconsin zu kommen? Das hört sich nicht gerade nach einem tollen Geburtsrecht an.«

»Er ist Ihr Vater. Er hat sich wie Ihr Vater verhalten, seit Sie auf die Welt gekommen sind.«

Ein wütender Ausdruck huschte über Morettis Gesicht. »Mein Vater hat sich wie mein Vater verhalten, seit ich auf der Welt bin. Würden Sie gern ein paar Photographien sehen? Ich habe keine. Meine Babysachen? Sie sind in Philadelphia. Es ist leicht zu beweisen, wer man ist. Es ist schwer zu beweisen, dass man nicht jemand anders ist. Ich bin nicht der Sohn dieses Mannes, so sehr er sich das auch wünschen mag. Es tut mir sehr leid, dass Mr. Truitt sich so schlecht fühlt. Im Allgemeinen bin ich sehr hilfsbereit. Ich wünschte, ich könnte ihm behilflich sein. Ich wünschte, ich könnte Ihnen behilflich sein, aber unter diesen Umständen ist meine Gastfreundschaft sehr eingeschränkt, ich habe nur Brandy anzubieten, und Sie wollen keinen Brandy, und jetzt möchte ich, dass Sie gehen.«

Catherine setzte sich auf einen Stuhl, der von Kleidungsstücken frei geräumt worden war, zwischen denen sie auch die dunklen Strümpfe einer Frau registrierte.

»Mr. Moretti«, sagte sie leise.

»Sie waren die Dame, nicht? Die Dame in Schwarz im Restaurant. Die Dame in Trauer.«

»Ja.« Ihre Hand zitterte, als sie sprach. »Ich bin aber nicht in Trauer, wie ich schon gesagt habe. Sie spielen wunderschön.«

Sie stellte sich ihn im Bett vor. Sie stellte sich ihn nackt vor, erregt, wie er sich gegen ein Seidenkissen lehnte und wartete. Wie er auf sie wartete. Er roch nach dem Parfüm von letzter Nacht und nach seinem warmen Bett. Sie konnte es alles vor sich sehen. Sie wusste, wo er gewesen war und was er getan hatte. Sie roch die Frau, die erst vor kurzem gegangen war.

Sie sprach klar und direkt zu ihm, und er lauschte ihren Worten äußerst aufmerksam. »Sie haben gelitten. Er weiß das. Er weiß, dass Sie wütend sein müssen. Er hat auch gelitten. Sein Herz blutet von all den Nächten, die er mit diesem Kummer verbracht hat. Er weiß, dass er Sie verletzt hat. Er weiß, dass er Sie schlecht behandelt hat. Jetzt möchte er es wiedergutmachen. Er möchte Sie nach Hause holen, in das Haus, in dem Sie geboren worden sind, in das große Haus, und er möchte es wieder zum Leben erwecken. Ich kann nicht sagen, dass er Sie liebt. Noch nicht. Er möchte Sie lieben. Er möchte gut zu Ihnen sein. Er möchte, dass Sie ihm vergeben … alles. Bitte. Ich weiß nicht …«

»Und was würden Sie, liebe neue Mrs. Truitt, was würden *Sie* tun, damit diese lächerliche Phantasie wahr wird?«

»Ich habe es ihm versprochen. Ich sage es Ihnen ja gerade. Er ist reich. Ich würde alles tun.«

»Geben Sie mir Ihren Ring.«

»Wie bitte?«

»Ich habe meine Krawattennadel verloren, erinnern Sie sich? Ich mag Diamanten. Geben Sie ihn mir. Vielleicht schenke ich ihn einer Freundin. Vielleicht trage ich ihn auch selbst, einer meiner extravaganten Ticks. Ich könnte mir auch eine neue Krawattennadel daraus machen lassen. Sie würde schon auffallen, wenn ich spiele, meinen Sie nicht? Im Licht? Vielleicht werfe ich ihn auch in den Mississippi. Oder ich verschlucke ihn. Geben Sie ihn mir.«

»Mrs. Truitt«, sagte Mr. Fisk, der jetzt aufgeschreckt war.

Sie zögerte lange, dann zog sie ihren gelben Diamantring ab und legte ihn Tony in seine ausgestreckte Hand.

»Da. Er hat mir gesagt, ich solle alles tun. Ich sagte, das würde ich. Behalten Sie ihn ruhig. Nur kommen Sie nach Hause.«

»Wenn das mein Zuhause wäre, wenn es irgendeine Verbindung zu mir gäbe, würde ich es auf der Stelle tun, für Sie, und hätte es nicht nötig, einen Ring von Ihrer wunderbaren Hand zu nehmen.« Er streifte ihn über seinen kleinen Finger. »Klein, aber hübsch.« Er glänzte im Licht der Kerzen über ihnen, die allmählich verloschen.

»Jetzt möchte ich aber, dass Sie verschwinden. Lassen Sie mich in Frieden. Glauben Sie, dass mein Leben so schön ist? Das ist es nicht. Glauben Sie, ich bin umgeben von lauter Liebe? Bin ich nicht. Aber es ist genug da, so dass ich diese kleine Posse nicht mitmachen muss.« Er gab Catherine den Ring zurück. »Oder Ihren kleinen Diamantring vom Land bräuchte. Hauen Sie ab, alle.«

Malloy war noch nicht fertig. »Mr. Truitt, wir machen keine Fehler.«

Moretti verlor jetzt die Fassung. »Nennen Sie mich kein einziges Mal mehr bei diesem Namen, ich warne Sie. Ich heiße Moretti. Heute ist mein freier Tag. Die Stunde, in der ich nett zu Fremden bin, ist vorüber. Gehen Sie mit Ihrer wahnwitzigen Geschichte zurück zu diesem Bauerntrampel, wer auch immer das sein mag, und erzählen Sie ihm, dass Sie sich komplett geirrt haben. Nein, noch besser, nehmen Sie den Zug nach Philadelphia. Fragen Sie irgendjemanden. Sie werden Ihnen erklären, wo Moretti ist, und fragen Sie sie nach ihrem Sohn. Sie mögen das nicht, was ich tue. Sie finden, dass Klavierspielen etwas für Mädchen ist. Sie wollen auch, dass ich nach Hause komme. Ich würde viel lieber in ein Zuhause zurückkehren, in dem ich die Menschen wenigstens kenne. Aber mein Zuhause ist hier. Und jetzt sind Sie hier. Verschwinden Sie.«

Er schraubte die Flasche auf und goss sich noch ein großes Glas Brandy ein. Catherine konnte spüren, wie dessen Wärme wie Feuer durch ihre Adern strömte.

»Wir werden wiederkommen.« Fisk sprach leise. In seiner Stimme lag fast keine Drohung. Nur eine Andeutung.

»Ich glaube nicht. Ich wüsste nicht, warum.« Antonio setzte sich auf einen blauen Samtsessel, und sein scharlachroter Morgenmantel öffnete sich über seiner Brust. Catherine konnte seinen langen Oberkörper bis zum Bauchnabel sehen.

Es gab nichts mehr zu tun. Sie gingen, und sie konnten ihn lachen hören, während sie im Halbdunkel die Treppe hinunterstolperten. Die beiden Pinkertons waren gedemütigt worden. Catherine, die sich den Ring wieder auf den Finger schob, lächelte. Irgendwie fühlte sie sich in Hochstimmung versetzt.

Auf dem Weg zurück, über den Sonntagsmarkt, zwischen billigen Kleidern, dünnen Mänteln, Messingringen, gefrorenem Kohl und kupfernen Kochtöpfen hindurch, kam sie an einem Mann vorbei, der Singvögel verkaufte. Gelbe, blaue und rote Kanarienvögel. Sie sahen in der Kälte halb tot aus, aber sie kaufte einen und dazu einen kunstvollen Käfig und trug beides durch die gefrorenen sonntäglichen Straßen von Saint Louis zurück, wobei sie den Vogel in ihrer behandschuhten Hand hielt und ihren warmen Atem auf seinen zitternden Körper blies.

13. KAPITEL

Sie wartete fünf Tage lang. Ihr Herz war entbrannt, aber sie wartete. Doch dann konnte sie nicht länger warten. Nicht eine einzige Stunde mehr.

Während sie wartete, schrieb sie an Truitt. Bevor sie ihm von Antonio berichtete, erzählte sie ihm von ihren Plänen für den Garten. Sie erzählte ihm von ihrer Lektüre, von den langen Nachmittagen in der Bibliothek, an denen sie die Bücher studiert hatte. Sie erzählte ihm von den hohen Fenstern, den langen, stillen Tischen und dem schräg einfallenden Licht. Sie erzählte ihm von den Aussichten für den Garten, darüber, wie sie ihn wieder zum Blühen bringen könnte. Sie war sogar zärtlich, aber nicht mehr, als sie sein musste. Schließlich kannte sie ihn ja kaum.

Sie fragte, ob sie vielleicht ein paar Pflanzensamen kaufen und ein paar Pflanzen für den Frühling bestellen könnte, um Antonio willkommen zu heißen. Sie wusste schon, wie seine Antwort lauten würde, nämlich dass sie haben könnte, was immer sie sich wünschte, und sie lächelte, weil sie wusste, dass das stimmte.

Stundenlang stand sie im Missouri Botanical Garden und betrachtete die unglaublichen Orchideen, diese weißen und eleganten Blumen mit ihren außergewöhnlich zarten und wunderschönen Blüten. Sie könnten vielleicht in dem Wintergarten wachsen. Sie wartete an den Verkaufstheken, während die Angestellten eine Liste der Pflanzen für sie erstellten, die in dem Klima, das sie beschrieb, gedeihen oder nicht gedeihen würden. Wie lange dauerte der Frühling? Wie heiß war der Sommer? Sie wusste es nicht. Sie stellte sich vor, was wohl zutreffen und was nicht zutreffen mochte, und sie kaufte vorsichtig, aber voller Hoffnung ein. Sie bezahlte in bar und ging zur Bank, um noch mehr Geld zu holen. Sie vereinbarte ein Lieferdatum. Sie kaufte einen kleinen silbernen Stift und ein Notizbuch mit florentinischem Vorsatzpapier in Rot und Weiß, und sorgfältig notierte sie die Namen und Eigenschaften aller Pflanzen, die sie bestellt hatte.

Sie dachte an ihren Garten. Sie dachte an ihr Leben, an den Flickenteppich ihres Lebens, das aus Fetzen von diesem und jenem zusammengestoppelt war, aus Fetzen von Erfahrung, Wissen und Intuition. Nichts davon ergab für sie irgendeinen Sinn.

Sie wusste nicht, was gut war. Sie hatte kein Herz und deshalb auch keinen Sinn für das Gute oder das Richtige, und sie hatte auch kein Schlachtfeld, auf dem sie den Kampf austragen konnte, der sich tatsächlich in ihr abspielte.

Ein Garten hatte zumindest eine Ordnung. Ein Garten *verlieh* einer ungezähmten Wildnis Ordnung. Auf all das hoffte sie. Während der Vogel auf ihrem Finger saß, hoffte sie auf Ordnung an ihrer geheimen, eingezäunten Stelle, hoffte darauf, dass ihr klar wurde, was jetzt das Richtige sein könnte. Zu warten, war nicht gut für sie, das wusste sie. Bloß zu denken, war nicht gut. Dann musste sie an ihre Vergangenheit denken, und die Vergangenheit war ein Ort, an dem sie nicht sein wollte.

Tony Moretti war so wie sie. Er war wie ein geheimer Garten. Er glaubte an die Lügen, die er erzählte. Er hatte keinen Augenblick lang gestockt, keinen Augenblick geschwankt. Und er hatte gewonnen.

Wieder schrieb sie an Truitt und schlug vor, Moretti allein zu besuchen, ohne die brüske Aufdringlichkeit von Malloy und Fisk. Sie schrieb, dass eine etwas vorsichtigere Annäherung bei Moretti vielleicht mehr Erfolg haben könnte. Sie sei überzeugt, schrieb sie, dass die Pinkertons Recht hätten: Der Mann, der sich Moretti nannte, wäre sein Sohn. Sein Sohn in einer Maskerade. Da war so ein Gefühl, schrieb sie, so ein Zucken in seinen Augen, ein Kräuseln seiner Lippen, das ihr verriet, dass er log. Er empfand tiefe Verbitterung, ganz sicher, und auch Reue, fügte sie für alle Fälle hinzu, aber er verbarg die Wahrheit hinter seinem herablassenden Charme und seiner Unverschämtheit, und er verbarg sie nicht sehr gut.

Sie berichtete Truitt von Morettis trägem, verschwenderischem Dasein, von seinen Samtmöbeln und seinem seidenen Morgenmantel. Sie berichtete ihm von seinem Klavierspiel. Sie berichtete ihm von der dunklen Wohnung, von den Zimmern, die von so viel exotischer Eleganz zeugten, von einem so sicheren Geschmack.

Sie fragte Truitt, ob er wirklich wollte, dass sein unwilliger Sohn unter dem gleichen Dach wohnte wie er. Sie wusste, dass es Phasen der Vergangenheit gab, die man hinter sich lassen musste, bestimmte Gegenden, die unwiederbringlich verloren waren, traurigerweise, aber doch für immer verloren. Sie schrieb, dass sie auf seine Antwort warten wollte, bevor sie weitere Schritte unternahm.

Er antwortete, dass er nichts anderes wollte. Er wollte seinen Sohn, das war sein einziger Wunsch. Sie sollte tun, was auch immer sie für notwendig hielt. Sie sollte ihn in seiner

Wohnung aufsuchen. Sie sollte ihm auf der Straße auf Schritt und Tritt folgen. Sie sollte ihm Geld geben oder um was auch immer er bat.

Catherine selbst war nur ein Mittel zu diesem Zweck. Er sagte das nicht, aber sie wusste es. Das war ihr klar gewesen, seit er ihr das erste Mal gesagt hatte, dass sie nach Saint Louis fahren sollte. Sie war sowohl der Lockvogel als auch das Instrument, um Truitts tiefen Wunsch zu erfüllen. So närrisch, wie er war.

Von nun an bestand für sie kein Zweifel mehr, dass Truitt ein sentimentaler Narr war und dass er nie auf die Idee kommen würde, dass Catherine eigene Wünsche hegen könnte, wenn sie plötzlich mit etwas derart Phantastischem konfrontiert wäre.

Na also. Zumindest hatte sie sich bedeckt gehalten. Zumindest könnte niemand ihr Benehmen in Frage stellen. Selbst wenn Malloy und Fisk ihr folgten, gäbe es für sie nichts zu berichten.

Sie war über die Maßen entzückt und erstaunt über ihre eigene Schlauheit. Es gab keinen Plan, den sie nicht durchschaut hätte. Es gab kein Ergebnis, das sie nicht zu ihrem eigenen Vorteil gestalten konnte. Indem sie Truitt zu ihrem Komplizen machte, machte sie sich selbst zur Heldin ihres eigenen Komplotts, und sie verspürte eine Freiheit und eine Gier, wie sie sie noch nie empfunden hatte. Zunächst war sie noch unsicher gewesen, inwieweit sie sich auf Truitt verlassen konnte. Jetzt wusste sie, dass sie ihn im Griff hatte.

In der Abenddämmerung ging sie durch die Straßen, ihren Persianermantel hatte sie am Hals fest zugezogen, und ein Schleier verbarg ihr Gesicht. Sie sah sich prüfend um, um sicher zu sein, dass sie nicht verfolgt wurde, obwohl es jetzt kaum noch von Bedeutung war. Sie ging an den Reihenhäusern vorbei, bog in die Straße mit den schäbigen Bretterbuden ein und stand vor seinem roten Haus.

Er würde sich gerade ankleiden. Er würde noch warm vom Baden sein, und seine Kleider lägen ausgebreitet auf dem Bett. Er würde das Klopfen an der Tür hören und schnell die Opiumpfeife oder die Spritze weglegen oder was auch immer er gerade brauchte, um sich zu betäuben, seine Phantasie anzuregen und seine Musik machen zu können und was nie sehr weit außer Reichweite war. Er würde das Klopfen hören, und er wäre schon bereit für sie. Er würde schon wissen, wer da war, bevor er überhaupt die Tür öffnete.

Sie klopfte. Er öffnete. Er starrte sie lange an, und dann war seine Zunge in ihrem Mund, so feucht und salzig wie eine Auster. Er zog sie hinein, stieß die Tür mit dem Fuß zu und küsste sie mit einer Wildheit, die ihr vertraut war.

Er schob seinen Finger unter ihren Mantel und unter den Kragen ihres Kleides und berührte die pulsierende Ader an ihrer Kehle. Sie zerrte an seiner Kleidung, die schon lose hing und aufgeknöpft war, weil sie unbedingt die weiche, weiße Haut seiner Brust berühren wollte und seinen festen, flachen Bauch, der sich unter ihrer Hand seidig anfühlen würde. Seine Haut fühlte sich brandneu an, als wäre sie noch nie berührt worden.

Die ganze Zeit über küsste er sie, presste seine Lippen auf ihre, hatte seine Zunge in ihrem Mund und an ihren Zähnen, und ihre Zunge war in seinem Mund, glitt über seinen Mund, spürte seinen Gaumen, schmeckte die Ausschweifungen der vergangenen Nacht, den Champagner, die Zigarren und den schalen Atem, schmeckte ihn, und ihr Verstand setzte aus, ihre Haut begann zu brennen, und sie war verloren, wieder verloren, im Glanz dessen verloren, wer und was er war, in der Gewalt seiner Seele. Nichts war von Bedeutung. Es gab keine Zeit mehr. Es gab keine Hitze oder Kälte oder Vergangenheit oder Zukunft mehr. Es gab nur dies, ihre Hand auf seiner Haut, ihren Finger in seinem Nabel, ihre Hand unter seinem Gürtel, seinen Finger an ihrer pulsierenden Ader.

Ihr Blut war nur noch Wasser. Ihre Augen waren blind. Sie war nicht mehr Catherine. Sie war überhaupt niemand mehr. Niemand wusste, wo sie war. Niemand würde je erfahren, wo sie gewesen war. Sie befand sich jetzt im Königreich der Berührungen, und für sie war es die reine Ekstase.

Sie liebten sich, als würde jemand dabei zusehen. Ohne Decke und sich ihrer eigenen Bewegungen immer bewusst, ihrer eigenen Zärtlichkeiten, als täten sie das alles vor den Blicken eines anderen, als wäre es eine Demonstration der Mühelosigkeit, mit der man die Freuden des Körpers zelebrieren konnte. Sie war auf seinem Bett, ihre Kleider lagen unordentlich auf dem Fußboden, und auch er war nackt, sie lag seitlich auf dem Bett, als hätte sie keine Knochen, und er bewegte sich über und auf und an ihr, und seine Zunge brachte sie so schnell und so heftig zum Orgasmus, dass sie immer noch ganz von Wärme und Lust erfüllt war, als er in sie eindrang und selbst zum Orgasmus kam und einen Schrei ausstieß, als er so weit war, seinen einzigen Laut. Es war seine eigene Männlichkeit, mit der er schlief und die ihn weitertrieb, während er sich in ihr bewegte, die Verzückung über seine eigene Technik, über seine eigene Lust, die Zärtlichkeit und Wildheit, als er sie durchpflügte, als wäre es das erste Mal.

Er liebte sie, bis ihre Lippen vom Küssen ganz geschwollen und ihre Haut voller Bissspuren waren, ihr Inneres schmerzte und wund war. Sie war wieder vollständig. Wieder ganz.

»Truitt«, sagte sie mit einer Stimme, die ihr selbst fremd war.

Sie hatte so viele Männer gekannt. Sie konnte sich an ihre Gesichter nicht mehr erinnern. Moretti hatte so viele Frauen gekannt. Ihre Namen lagen ihm auf der Zunge, das wusste sie. Es war kaum von Bedeutung, dass sie hier war oder dass sie diejenige war, und das hatte auch keinerlei Bedeutung.

Mit ihm zu schlafen, war nicht wie Essen. Es war nicht wie Nahrungsaufnahme. Es war wie Feuer. Und als es vorüber war, hatte sie sich in Asche aufgelöst.

Hinterher döste sie, völlig preisgegeben. Sie trieb im warmen Wasser eines fremden Meeres, kannte ihren eigenen Namen nicht mehr, kümmerte sich um nichts, erinnerte sich an nichts mehr.

»Mein kleiner Liebling.« Seine Stimme kam aus weiter Ferne, ein Windzug, der sie vom Regenwald her erreichte. »Mein Vögelchen. Meine Schokolade.«

Sie lachte leise. Sie schmiegte sich an ihn und spürte jede Stelle, an der seine Haut ihre Haut berührte. Sie würde nie jemand anderen so lieben wie ihn, so verloren, so verwirrt, so hilflos. Ihre Abwehr, routiniert und perfektioniert, funktionierte jetzt überhaupt nicht. Ihr Verstand und ihre Sprache würden ihr jetzt nicht helfen. Sie war nur Empfindung, und Hunger nach noch mehr Empfindung.

»Meine Musik. Rede mit mir.«

Sie öffnete die Augen. Sie war in dem französischen Schlafzimmer, das sie so gut kannte, mit himmelblauer Seide abgehängt, mit einem französischen Kronleuchter, in den Armen genau des Liebhabers, der ihre Träume beherrschte, der für sie all das ausmachte, was sie unter Liebe verstand. Wie schäbig, dachte sie. Wie traurig.

»Ja. Was? Was?«

Er sah sie mit einem Ausdruck an, in dem sich Trauer und Selbstsucht vermischten.

»Warum ist er nicht tot?« Seine Stimme war wie Eis auf ihrer Haut, und seine Augen starrten auf ihre Nacktheit. Sie bedeckte sich mit einem Schultertuch, das nachlässig aufs Bett geworfen war, ihr wunderschönes, schwarzes besticktes Schultertuch, das sie zurückgelassen hatte, als sie nach Norden fuhr, als sie sich für Ralph Truitt verwandelte.

»Das ging noch nicht. Es gab keine … wann hätte ich das tun sollen? Wie? Was willst du?«

»Du weißt, was ich will. Du weißt, was wir vereinbart haben. Ich will alles. Ich will es mit dir teilen.«

»Und du wirst es auch bekommen.« Sie setzte sich auf. »Woher sollte ich wissen, dass er um dich bitten würde? Wie hätte ich so etwas einplanen können? Dass er dich jemals finden würde? Und selbst jetzt kann er nicht gleich sterben, das weißt du. Es muss weitergehen. Es muss zum richtigen Zeitpunkt kommen. Er muss krank werden und dann schwach, und dann muss er sterben, und das wird er auch, aber nicht sofort.«

Er legte ihre Hand auf sein Geschlecht und hielt sie da fest. Sie fühlte, wie es sich unter ihrer Hand regte, es war nicht weich, war biegsam wie ein Fisch, dehnte sich und sank wieder, wie der Atem. »Schwöre es.«

»Ich verspreche es dir.«

Er stand auf, griff nach einem Handtuch und begann, sich zu säubern. Wo er gelegen hatte, war ein feuchter Fleck im Bett. Er kam nie in ihr drinnen. Er hatte schreckliche Angst vor Kindern.

Er begann, seine Kleidung aufzusammeln und sie in eine Ecke zu schmeißen, holte aus einem Kleiderschrank andere, genauso perfekte Sachen. »Als ob das Versprechen einer Hure irgendeine Bedeutung hätte. Ich muss jetzt zur Arbeit.«

Sie weinte. Bis zu diesem Moment hatte er sie noch nie

eine Hure genannt, und diese plötzliche Grausamkeit hatte eine schreckliche Schärfe. Sie hatte sich geschworen, niemals vor ihm zu weinen, niemand hatte sie je weinen gesehen, aber jetzt konnte sie es nicht verhindern. Sie konnte nicht aufhören.

»Was *willst* du?«

»Ich will, dass er tot ist. Ich will sein Geld. Ich will, dass er tot ist, und ich will sein Gesicht nicht mehr sehen. Ich will hören, wie sein Gesicht aussieht, wenn er stirbt, aber ich will es nicht mehr sehen. Ich will, dass sich sein Magen in Eis verwandelt. Ich will, dass ihm die Zähne im Gesicht verfaulen. Ich will im Haus meiner Mutter wohnen und schöne Dinge haben. Du *weißt*, was ich will.«

»Und du wirst es haben. Du wirst das alles haben. Aber du wirst es erst in einiger Zeit haben. Du wirst es so bekommen, dass niemand jemals erfahren wird, dass wir getan haben, was wir getan haben.« Sie sprach leise. »Genauso funktioniert Arsen. Es ist langsam und unsichtbar. Darin liegt seine Schönheit.«

Es war so entzückend, ihm dabei zuzusehen, wie er sich anzog, wie sein jungenhafter Körper langsam, Schicht für Schicht, in seiner wunderschönen Kleidung verschwand, wie elegant und sinnlich er seine Kleider anlegte – wie eine Frau –, und das war ihr heimliches Wissen, ihr einziger Besitz, selbst wenn eine andere ihn erst letzte Nacht gesehen und gehalten hatte, während sie in ihrem keuschen Bett im Planter's Hotel geschlafen hatte. Niemand kannte ihn so wie sie, und er liebte niemanden außer ihr, selbst wenn er das nie sagte, selbst wenn er sie nur liebte, weil sie der Schlüssel zu all dem war, auf das er sein ganzes Leben lang gewartet hatte.

Er war an niemanden gebunden außer an sie, weil niemand sonst ihm das verschaffen konnte, was er wollte. Sie hatten es sich gemeinsam ausgedacht, wie die verschwörerische Handlung eines Melodrams, einen schockierenden Plan, aber einen, der durchaus aufgehen könnte, wenn sie es schlau anstellte. Und an ihrer Schlauheit hatte sie nie einen Zweifel gehegt.

»Es wird so kommen. Das weißt du. Ganz sicher.«

»Erzähl mir, wie. Erzähl es mir noch mal.«

»Er wird etwas Angenehmes verspüren. Er wird eine köstliche Sehnsucht nach etwas empfinden, an das er sich nicht mehr erinnern kann. Die Sehnsucht wird sich in ein Gift verwandeln, das seinen Verstand benebelt, und er wird Alpträume bekommen. Sein Blut wird dünner werden, und er wird die ganze Zeit frieren. Keine noch so große Zahl von Decken wird ihn wärmen können. Sein Haar wird ausfallen. Und dann wird er krank werden und sterben.« Er lauschte wie ein Kind vorm Einschlafen.

»Interessiert es dich überhaupt nicht, wer er ist? Alles, was ich gesagt habe, ist wahr. Er möchte, dass du nach Hause kommst. Er möchte dir ein Zuhause verschaffen, das viel schöner ist als alles, was du … jemals gesehen hast. Aber, ich habe ganz vergessen, du kennst es ja schon.«

»Ich kann mich an jede Einzelheit erinnern. Er taucht nicht auf.«

»Er liebt dich, das heißt, er möchte dich lieben.«

Er drehte sich plötzlich um und kniete sich mit einem Knie auf das Bett. Er packte sie an den Schultern und schüttelte sie wie eine Puppe. Sie konnte sehen, wie seine Kleidung verrutschte. Sie konnte seine weiße Haut sehen, seine heiße Berührung spüren, selbst in dieser gewaltsamen Geste.

»Er hat mich geschlagen. Er hat meine Mutter getötet.«

»Er …«

»Er hat meine wunderschöne Mutter gepackt und sie geschlagen, bis ihre Zähne blutig auf den Boden fielen. Ich habe das selbst gesehen. Er hat mich bis nach Chicago mitgenommen, damit ich das sehe. Er ist stark. Er war es zumindest einmal. Er hat sie gepackt und ihr seine hässlichen Hände um den Hals gelegt und sie gewürgt, bis sie tot war. Ich habe das selbst gesehen. Ich war dreizehn Jahre alt und habe das gesehen.« Er warf sie auf das Bett zurück. »Warum sollte ich seine Liebe wollen? Ich will, dass er tot ist.«

Sie hatte es hundert, ja tausend Mal gehört, und sie hatte es nie wirklich geglaubt, nicht ein einziges Mal. Zwischen ihnen wurde so getan, als sei das die Wahrheit, es war der entscheidende Grund für das, was geschah, und sie versuchte – sie versuchte, weil sie ihn liebte –, das zu glauben, aber sie tat es nicht. Und nun, da sie Truitt kannte, nun, da sie seine Frau war, glaubte sie Antonio erst recht nicht mehr.

Sie wusste, dass solche Dinge geschahen. Sie konnte sie sich in den winzigen Reihenhäusern und dreckigen Wohnungen vorstellen. Sie konnte sich vorstellen, dass sie anderen Menschen widerfuhren. Sie konnte sich nicht vorstellen, dass ein so schrecklicher Wutanfall, ein so schrecklicher Kontrollverlust, ein solcher Aussetzer, Ralph Truitt widerfuhr. Sie hatte versucht, es sich vorzustellen. Sie hatte versucht, Antonio vor sich zu sehen, wie er mit dem ersten Schatten eines Bartwuchses auf der Wange dabei zuschauen musste, aber das Bild wollte sich nicht einstellen.

Solche Dinge waren ihr passiert, waren mit ihr passiert, solche plötzlichen Wutausbrüche, aber sie würden Ralph Truitt nicht passieren, Truitt, der am Tag, als die Augen seiner Tochter leer wurden, den Alkohol gegen das Gebet eingetauscht hatte, Truitt, der seine Frau dabei ertappt hatte, wie sie mit einem Klavierlehrer schlief, und die Tür wieder zugemacht und nicht sein Gewehr geholt hatte.

Antonio gab ihr einen Kuss auf die Wange, und seine trockenen Lippen fühlten sich auf ihrer Haut wie Vogelfedern an. »Es ist unsere Zukunft. Unsere Zukunft.«

Wütend erhob sie sich vom Bett.

»Und du musst überhaupt nichts tun? Keinen einzigen Beitrag. Du säufst und hurst herum und gehst in die Opiumhöhlen und verschwendest jeden Penny für deine Schneider, die dir endlos Kredit geben, weil es Werbung für ihre Kleider ist, wenn du sie trägst, und alles bleibt an mir hängen.«

»Ich herumhuren? Seltsam, so etwas aus deinem Mund zu hören.«

»Ich liebe dich. Ich würde alles für dich tun.«

»Und du glaubst allen Ernstes, dass das etwas Kostbares und Schönes ist. Du wirst dafür bezahlt.«

»Es ist alles, was ich geben kann.«

»Nein. Das ist es nicht. Du kannst mir meinen Vater geben, mich mit dem Tod meines Vaters überraschen, und dann wird deine Liebe plötzlich einen ganz neuen Wert bekommen.«

»Das werde ich tun. Ich sagte das schon. Ich werde es tun.«

»Na gut, aber dann warte nicht zu lang damit.«

Er hatte sich angekleidet. Er hatte sie jetzt völlig losgelassen, und sie lag nackt und fröstelnd in dem kalten, feuchten Bett. Als er sie losließ, war ihr, als müsste sie sterben.

Er wandte sich zu ihr um, und in seinen Augen standen Tränen. »Ich wünschte, du hättest sie sehen können. Meine Mutter. Sie war so hübsch, ihre Stimme war so weich, ihre Hände so klein. Sie nahm mich auf den Schoß, wenn sie Klavier spielte, und sang die alten italienischen Lieder. Sie war immer noch ein junges Mädchen.«

Er saß im Sessel am Fenster, hinter dem es dunkel wurde. »Nachdem sie weg war, nachdem er meine Mutter verjagt hatte, nach dem Tod meiner Schwester, habe ich mich zum alten Haus, zur Villa, hinübergeschlichen, bin die Treppe hochgestiegen und in ihr Zimmer gegangen. Ich stand in ihrer Kleiderkammer, habe meine Nase in ihre Kleider gesteckt und meine Mutter gerochen. Sie roch nach einem anderen Land, einem Land, in dem es immer Musik und Tanz gab. Nach einem Land im Kerzenlicht.

Sie war doch noch ein Mädchen. Sie hatte sich verliebt. Menschen passiert so etwas unentwegt. Vielleicht ist Truitt mein Vater. Vielleicht auch nicht. Niemand wird das je so genau sagen können. Aber er wird den Preis für das zahlen, was er ihr angetan hat, und auch für das, was er mir angetan hat, nachdem sie gegangen war.

Ich bin mit dem Hass auf ihn groß geworden, er begleitet mich schon mein ganzes Leben lang. Ich bin es leid. Ich werde erst ein richtiges Leben führen können, wenn er fort ist. Tu es für mich, diese eine Sache.

Du hast mich an sie erinnert, vom ersten Augenblick an. Du hast mich auf deine Art geliebt. Du öffnest, Stück für Stück, mein hartes Herz. Tu es für mich.

Die Leute denken, ich bin ein schlechter Mensch. Ein nutzloser Verschwender. Und vielleicht bin ich das auch. Aber ich glaube das nicht. Ich bin bloß ein zehnjähriger Junge, der im Dunkel der Ankleide seiner Mutter steht und an ihren Kleidern riecht. Ich könnte schlecht sein. Aber ich könnte auch gut sein. Ich werde es wissen, wenn ich ihn in seinem Grab liegen sehe.«

Er stand auf. Es war beinahe dunkel. Die Tür öffnete sich, und dann war er fort.

Sie wanderte durch die Zimmer. Sie öffnete den Schrank und erblickte ihre schönen Kleider, die Perlen und Federn, und ihre Hüte, herabstoßende Vögel und Schmuck, und ihre zarten Schuhe, rotes, grünes und goldenes marokkanisches

Leder, mit hübschen hohen Absätzen und glitzernden Knöpfen und Schnallen, und plötzlich wollte sie alles wieder von vorn beginnen. Der Stoff und der Geruch ihrer Kleider, ihrer parfümierten Kleider, rief ihr alles wieder ins Gedächtnis, und sie wollte wieder bis mittags im Bett liegen, sie wollte das Gelächter und die schmutzigen Witze, die schlüpfrigen Lieder und den Sex mit Männern, die sie anschließend nie wiedersah, das Klimpern der Münzen in ihrer seidenen Geldbörse, den Kitzel des Champagners, die klebrige Süße, nachdem die Kohlensäure weg war, den grässlichen Geschmack im Mund am nächsten Morgen, Opium und Champagner. Die Nächte im ersten Stock mit den anderen Frauen, in ihrer Unterwäsche mit den seidenen Bändern, wenn sie sich gegenseitig träge streichelten und die ganze Nacht gelassen und leichthin über die Dinge redeten, die noch geschehen würden, und weniger gelassen und leichthin über die Dinge, die schon geschehen waren, und irgendwie war alles völlig in Ordnung so. Sie wollte an einem Sonntagmorgen im Bett liegen und über die Bekanntschaftsanzeigen lachen und nicht die erblicken, die Ralph Truitt aufgegeben hatte, und dann den Namen erkennen und ihn laut Antonio Moretti vorlesen und das Glitzern in seinen Augen erkennen, als er sich die Zeitung schnappte. Sie wünschte, nicht den Tag damit verbracht zu haben, dass sie laut darüber nachdachte, was sie wohl mit dieser traurigen Information anfangen könnte. Ralph Truitt. Bloß ein Name, das Ende einer alten Geschichte.

Sie konnte nicht mehr zurück. Und wenn sie es könnte, wohin zurück sollte sie gehen? Zurück in eine Kutsche mit ihrer eigenen lieben Mutter in einem sommerlichen Gewitter mit Kadetten? Zurück zu den lieben Augen ihrer eigenen kleinen Schwester? Zurück zu den Augenblicken, bevor irgendetwas von all diesen Dingen geschehen war?

Sie schloss den Schrank. Sie wusch sich sorgfältig mit dem Wasser aus dem Steingutkrug, und sie dachte nicht mehr nach. Sie wusch sein Geschlecht von ihrer wunden Haut ab, schwelgte in allem und bereute nichts.

Sorgfältig legte sie ihre damenhafte Verkleidung wieder an, ging ohne Furcht durch die dunklen Straßen in den Gegenden von Saint Louis, durch die niemand ohne Not ging, und schlief wie ein unschuldiges Mädchen in ihrem schmalen Bett im Planter's Hotel, und das Zwitschern ihres Vogels begleitete sie zu den Engeln.

14. KAPITEL

Sie konnte sich nicht bremsen. Es war wie eine Droge, von der sie sich zu lange ferngehalten hatte. Sie schrieb an Truitt. Sie sagte ihm, dass sie Fortschritte mache, aber dass es nur langsam vorangehe. Sie versprach ihm, dass Andy, wie sie ihn in ihren Briefen nannte, nach Hause kommen würde.

Jeden Tag ging sie zu Antonio. Sie hatte keine Angst mehr vor Fisk und Malloy. Sie entdeckte sie nie. Sie nahm an, dass sie irgendwo im Dunkel herumlungerten, aber sie war schon zu weit gegangen, als dass es sie jetzt noch kümmerte.

Sie schlief mit Antonio, manchmal zehn heftige Minuten lang und manchmal, bis sich die Dunkelheit wieder in Helligkeit verwandelte und wieder in Dunkelheit, und dann holte sie ein Kleid aus dem Schrank, und sie gingen aus. Sie aßen Austern und tranken Champagner.

Abgesehen von seiner speziellen Obsession für Truitt, hatte er einen kindlichen und unverwüstlichen Charme. Er gab ihr das Gefühl, wieder ein Mädchen zu sein, in einer Zeit, als alles noch frisch und möglich erschien. Wieder und wieder erzählte er die Geschichte seiner Irrfahrten, erzählte von den komischen Eigenheiten der Leute, die er dabei kennen gelernt hatte, und immer wirkte alles neu und unschuldig, die endlosen Abenteuer eines Jungen, der nie erwachsen wurde.

Sein Gelächter war wie klares Wasser, das im Sonnenlicht funkelte und im Wald im Frühling über die Felsen sprudelte.

Er brachte sie zum Lachen. Mit Truitt lachte sie nie. Truitt war vieles, solide und gut, aber nie hatte sie gelacht.

Weil er ihr manchmal in der Nacht davon erzählte, wenn sein Schutzpanzer fiel, wenn er nackt und schmal und schließlich verletzlich in ihren Armen lag, wusste sie auch, dass es in Wirklichkeit meist ein langer und einsamer Kampf um den nächsten Dollar oder die nächste Frau gewesen war – ein junger Mann ohne einen Penny, allein auf der Welt, ohne Mutter oder Vater, ohne ein Zuhause, in das er zurückkehren konnte –, aber wenn er mit ihr zusammen bei Austern und Champagner saß, dann war es so, als wäre sein Leben immer voller Sonnenschein und sauberer Laken gewesen.

Er sagte ihr, wie schön sie sei und dass er ihrer nie überdrüssig werden würde, und sie glaubte ihm.

Sie kam mit in die primitive Bierhalle, in der er Klavier spielte, und sie flirtete mit anderen Männern direkt vor seinen Augen, denn sie wusste, er würde nichts unternehmen. Manchmal gab es Schlägereien, Arbeiter im Sonntagsstaat, die in Wut gerieten, und sie entfernte sich nicht mal von ihrem Tisch.

Hinterher gingen sie in die Opiumhöhlen, wo Chinesinnen sie entkleideten, sie in Seide hüllten, ihre nackten Körper mit warmem Duftöl massierten und sie mit schwarzen, gummiartigen Opiumkügelchen fütterten. Im Morgengrauen gingen sie nach Hause, und sie zog wieder ihre andere Kleidung an, die Kleidung, die sie getragen hatte, um zu ihm zu kommen, und ging zurück ins Planter's Hotel. Manchmal bekam sie den Schlüssel nicht ins Schloss, ein schläfriger Hoteldiener musste ihr helfen. Sie schlief bis mittags und wachte vom Lärm eines Vogels auf, der sang.

Sie trank starken schwarzen Kaffee und aß beinahe nichts, nur goldgelben Toast mit süßer Marmelade. Sie schlief kaum, nur die paar Stunden zwischen Morgengrauen und Mittag. Manchmal, am Nachmittag in der Bibliothek, fiel sie fast in Ohnmacht vor Hunger, während ihre Glacéhandschuhe neben dem Bücherstapel lagen.

Sie studierte das Züchten von Rosen. Sie konnte schon spüren, wie die Dornen ihr in die Haut stachen, konnte beinahe das Blut auf ihrem Handrücken riechen. Sie war nicht diejenige, als die sie sich Ralph Truitt gegenüber ausgab, aber sie war auch nicht diejenige, als die sie sich Antonio Moretti gegenüber ausgab, und sie hörte nie auf, sich zu fragen, welches denn nun ihr wahres und welches ihr falsches Selbst war.

Sie traf viele ihrer alten Freunde wieder. Hattie Reno, Annie McCrae und Margaret und Louise und Hope, Joe L'Amour, Teddy Klondike. Sie suchte überall und in jedem Zimmer nach ihrer Schwester Alice. Alice, die irgendwo in dieser riesigen Stadt wohnte, die sich in diesen Kreisen bewegte, wenn es ihr gut ging, Alice, die sie immer mit in den Zirkus und in die Oper genommen hatte. Aber Alice war unsichtbar, und niemand wusste, wo sie war.

Sie hatte für Alice Bücher gekauft, die sie niemals las. Sie hatte ihr Schmuck gekauft, den sie verlor oder verschenkte. Sie hatte versucht, mit allen Mitteln, wenigstens eine Sache zu retten, dafür zu sorgen, dass es ihrer Schwester gut ging, ihre Freundin zu sein, und selbst dabei hatte sie versagt.

Catherine wollte Alice finden und mit nach Wisconsin nehmen, sie in die weiße Gaze der tiefsten Provinz einwickeln, bis sie geheilt und wieder ganz war. Sie wollte sie in Emilias Pracht kleiden und zusehen, wie sie über die lange Treppe in der Villa in die hohe Eingangshalle mit den Fresken hinunterschwebte. Sie wäre wie ein Kind in einem Meisterwerk, Catherines Meisterwerk. Sie glaubte immer noch, sie könnte sie retten.

»Vergiss sie«, sagte Hattie Reno. »Seit Monaten hat keiner sie mehr gesehen. Und das letzte Mal, als jemand sie gesehen hat, sah sie schrecklich aus. Niemand hat mit ihr gesprochen, und ihr war es völlig egal. Ich habe mich für sie geschämt.«

»Sie ist meine Schwester.«

»Und sie ist böse, verhärtet und krank. Sie ist die Art von Mädchen, die kein Dach über dem Kopf will. Völlig außer Rand und Band. Selbst die Männer mögen sie nicht mehr.«

»Sie hatte nie ein echtes Dach über dem Kopf.«

»Und du willst ihr eins geben. Bevor sie tot ist. Du und wer noch? Wer will denn für dieses Dach bezahlen?« Catherine erzählte nie von Ralph Truitt. Ihre Abwesenheit wurde nicht näher erklärt. Sie sei in Chicago gewesen, nahmen sie an. Sie glaubten, den Grund zu kennen. Frisches Blut. Neue Männer mit frischem Geld.

»Ja. Bevor sie tot ist.«

Sie wusste, dass Antonio sie auf eine Weise brauchte, für die es keine Worte gab, und sie nahm das als Zeichen seiner tiefen Zuneigung. Aber das war es nicht. Es war Bedürfnis und Gewohnheit, es war eine Sucht, aber keine Liebe, ganz gleich, wie oft er das auch behaupten mochte.

Manchmal, wenn sie am frühen Nachmittag noch im Nachthemd in ihrem stillen Hotelzimmer saß und der scharlachrote Vogel auf ihrem Finger hockte und nach den kleinen Brosamen eines Brötchens pickte, das sie ihm hinhielt, dann wusste sie dies mit einer Klarheit, die ihr wie ein Messer ins Herz stieß. Aber er war anders.

Für Antonio war Catherine die *eine* Frau, die nie aufhörte, erregend zu sein, weil ihr Bedürfnis nach ihm so gewaltig war, weil es sie verletzlich, willig und auf eine Weise ungeschützt erscheinen ließ, die andere Frauen nicht hatten. Antonio war viele Jahre jünger als Catherine. Für sie war er der letzte Griff nach einer Jugend, die sie allmählich verließ.

Er konnte tun, was er wollte, sie lieben, sie schlagen oder ihre Füße küssen, und sie tat alles, worum er sie bat. Sie war älter. Sie verlor ihre Jugend, und sogar das war zum Teil von Reiz für ihn, wie die Neige aus einer Weinflasche zu trinken. Und sie würde seinen Vater töten und ihm alles verschaffen. Sie würde alles für ihn tun. Dies eine würde sie für ihn tun. Der Tod seines Vaters war die entscheidende Aufgabe geworden, das unwahrscheinliche und unschlagbare Blatt beim Poker. Er war bereit, noch zu warten, aber nicht mehr lange.

Er schlief ein, und seine Finger steckten noch in ihr, und er leckte den Moschus ab, wenn er wieder aufwachte. Er hatte Sex mit ihr, wenn sie blutete, er hatte Sex mit ihr, wenn sie betrunken war, er hatte Sex mit ihr, wenn sie schlief. Sein Appetit und ihr Verlangen nach Lust waren endlos. Er fand es aufregend, wenn sie in ihren schlichten, züchtigen Sachen zu ihm kam, wie Sex mit einer Fremden, mit jemandem, der ihm gänzlich unbekannt war.

Sie lebte in einem Traum. Sie konnte sich nur schwer darauf besinnen, wo sie eigentlich war.

Jeden Tag schrieb sie an Truitt. Sie erfand ein ganzes Leben, und sie schrieb ihm jedes erfundene Detail. Sie wollte nicht, dass er vergaß, welche Macht sie über ihn hatte, die Macht, seine Einsamkeit zu beenden, seinen Sohn nach Hause zu bringen, seinen Garten wieder zum Blühen zu bringen.

»Erzähl mir von ihm«, sagte Antonio einmal nach dem Sex. Sein Kopf lag auf ihren Brüsten, sein dunkles Haar kitzelte sie, kitzelte sie in eine Art Benommenheit hinein. Sie schloss ihre Augen und versuchte, sich sein Gesicht vorzustellen. Sie sah nichts, obwohl sie die Gesichter von Leuten, die sie kaum kannte, mit absoluter Klarheit vor ihrem inneren Auge aufrufen konnte.

»Ich will alles wissen. Erzähl es mir noch mal.«

»Er ist groß. Er ist dick.«

»Fett?«

»Überhaupt nicht. Kraftvoll.« Jetzt war sie vorsichtig. Sie wollte Vergnügen bereiten. Das war ihr Beruf. Sie wollte ihm nur erzählen, was er hören wollte. »Er hat eine Menge Geld, glaube ich. Weiß ich. Er betreibt eine Vielzahl von Unternehmen. Meistens geht es um Eisen, für die Bahnlinien, für Maschinen, für alles. Alle arbeiten für ihn. Eine Menge Geld. Ich weiß nicht, wie viel. Er hat seinen eigenen Eisenbahnwaggon. Er hält es für etwas Besonderes, ein Automobil zu haben. Und dann gibt es das Haus, aber das kennst du ja. Er schweigt immer. Er liest Gedichte. Abends habe ich ihm vorgelesen. Er ist sehr traurig. Er ist in seinem Innersten traurig, in seinem Herzen.

Stell dir vor, wenn wir in dem Haus wohnen. Stell dir die Partys vor.« Er konnte die Partys vor sich sehen, sie musste sie gar nicht beschreiben. Sie waren wie sein jetziges Leben, nur mit mehr Leuten und mehr Geld und mehr Champagner und mehr von allem, das ihm, wie auch immer, Vergnügen bereitete. Es würde Frauen geben, die sich um ihn kümmerten, seine schmutzige Kleidung aufsammelten und reinigten. Da war das Grab seines Vaters, neben dem seiner Schwester. Er würde darauf spucken.

Woher würden die Leute kommen? Sie würden sie im Eisenbahnwaggon anreisen lassen, aus Chicago, aus Saint Louis, eine endlose Schlange von Leuten, die alles für ihn tun würden, weil er alles für sie tun konnte, wenn ihm gerade danach war. Er würde Sex mit jemand anderem haben, während Catherine zusah. Er würde sich vor einem vergoldeten Spiegel aus Frankreich rasieren. In dem goldenen Bett schlafen, das seine Mutter aus Italien mitgebracht hatte. Sie würden Drogen aus Chicago nehmen, in der Stadt mitten auf der Straße gehen und ohne Grund lachen, und niemand könnte ihnen irgendetwas anhaben. Und das Geld würde ihnen nie ausgehen. Dieses Luxusleben würde nie ein Ende haben.

»Dein Spielzeug ist immer noch da. Die Kleider deiner Schwester hängen in den Schränken. Auch die deiner Mutter. Sie sind wunderschön.«

»Du wirst sie tragen.«

»Ich habe es versucht. Sie sind zu klein. Sie würden Alice passen. Sie sind hoffnungslos aus der Mode, wie aus einem Museum. In ihrer Frisierkommode ist eine Schmuckschachtel. Perlen und Smaragde und Rubine. Reife aus Diamanten, die man im Haar trägt. Eine Uhr mit Diamanten. Dinge, die sie vergessen hat oder nicht mitnehmen konnte, als sie fortging.«

»Er hat meine wunderbare Mutter geschlagen. Er hat sie geschlagen, bis sie blutete. Sie wusste doch kaum, was sie tat. Sie ist nur mit den Sachen, die sie gerade am Leib trug, fortgegangen, sonst hat sie nichts mitgenommen.«

»Es ist alles immer noch da.«

»Und Alice will ich nicht. Nicht in meiner Nähe, nirgendwo.«

Es ermüdete sie, die Geschichte zu erzählen. Es ermüdete sie, ihn zu trösten. Er war immer noch ein Junge, ein kleiner Junge, der in seiner Kindheit stehen geblieben war und der diese Kindheit niemals wiederbekommen würde. Sie wusste das. Sie wusste, dass der Tod des Vaters, die mit Diamanten besetzten Haarreifen und sein ganzer gefühlloser, lüsterner

Überdruss ihm nie wieder das würde zurückgeben können, was er verloren hatte, denn was er verloren hatte, war die Zeit, und was er noch besaß, war die Wut.

Er wusste das auch. Er versuchte, sich zu erinnern. Er versuchte, sich an seine Schwester und an seine Mutter zu erinnern, und nichts fiel ihm ein. Seine Wut war der heiße ruhende Pol, auf dem sein ganzes Leben fußte.

»Er vermisst dich aus ganzem Herzen. Es tut ihm leid, was er getan hat. Der Schmerz darüber geht nie vorbei.«

»Glaubst du, mein Schmerz geht vorbei? Glaubst du, mir gefällt dies hier, dies Leben?«

Sie musste bei jedem Schritt vorsichtig sein, wie eine Seiltänzerin im Zirkus.

Nachts konnte er nicht schlafen. Sein Herz klopfte, und das Blut in seinen Schläfen raste. Er verspürte einen inneren Druck und warf sich hin und her, bis es draußen zu hell war, um im Bett zu bleiben. Wenn er es nicht länger aushalten konnte, wählte er die Bewusstlosigkeit, das Morphium, das Opium, den Wein, aber er wachte wieder auf und fühlte sich nicht ausgeruht.

Er fühlte, dass seine Seele, seine Wut, sich auf seinem Gesicht abzeichnete. Er stellte sich vor, wie seine Gesichtshaut aufplatzte und der Eiter seiner Wut an seinen feinen hohen Wangenknochen herunterlief.

Er aß nur gerade genug, um am Leben zu bleiben, und dann nur höchst exquisite Sachen. Austern und Champagner. Wachteln und Kaviar. Melonen, die außerhalb der Saison aus Südamerika herbeigeschifft wurden. Parmaschinken. Dinge, die wie die Zärtlichkeit einer lange verstorbenen Frau wirkten, einer Frau, von der er glaubte, dass sie ihn als Kind geliebt hatte.

Er hatte Sex, weil er schön war. Es war die Last der Schönheit, sie zur Verfügung zu stellen. Er hatte Sex, weil es während des Geschlechtsaktes einen Moment gab, in dem er vergaß, wer er war, in dem er alles vergaß, seinen Vater, seine Mutter und seine kleine Idiotenschwester, in dem er die Schläge und Flüche vergaß, die Ralph gegen sein eigenes Fleisch und Blut geschleudert hatte. Ralph, kalt und nüchtern, nüchtern und kalt, wieder und wieder, der ihn in die Hölle verwünschte, und er ein Kind von acht Jahren, als es begann. Beim Sex hörte er auf zu denken und war nur noch Dasein, Bewegung, Lust und Können. Er lebte in einem sexuellen Rausch, weil er manchmal hinterher ein oder zwei Stunden schlafen konnte.

»Erzähl mir nicht mehr davon. Rede nicht mehr von ihm.«

»Was immer du willst.«

Catherine war eine Ausnahme, die Frau, zu der er immer und immer wieder zurückkehrte. Die Frau, die alles verkörperte, was er von Liebe wusste. Sie war vom Leben verwüstet worden, und ihr Gesicht war immer noch schön und ihr Körper von Krankheiten unberührt. Sie wusste, worauf sie sich einließ. Sie konnte in seine Seele schauen und wurde nicht vom Feuer versengt.

Alice war eine andere Ausnahme. Eines Abends hatte er sich betrunken, als Catherine fort war, um seinen Vater zu heiraten, und er hatte Alice entdeckt, als er im Morgengrauen nach Hause gestolpert war. Sie stand da, stand da wie eingefroren an der Ecke einer dunklen Straße, und er hatte sich ihr genähert und zwei Worte zu ihr gesagt. Sie hatten schneller Sex miteinander, als es dauern würde, den ersten Satz der Mondscheinsonate zu spielen. Sie hatten kein einziges Wort gesagt, so als wäre er einfach zu gelangweilt und Alice schlicht und ergreifend stumm.

»Ich weiß, wo sie ist.«

»Wo?«

»Alice. Sie ist in Wild Cat Chute.«

Catherine wandte sich ab und bedeckte das Gesicht mit ihren Händen. Tony Moretti lächelte.

15. KAPITEL

Alice.

Als Catherine Land acht Jahre alt war, nachdem ihre Mutter an der Influenza gestorben und Alice gerade alt genug war, um laufen zu lernen, verlor ihr Vater den Verstand. Er konnte das Sonnenlicht nicht mehr ertragen, konnte das Gefühl von Kleidung auf seiner Haut nicht mehr ertragen, konnte den Geschmack von Speichel in seinem Mund nicht mehr ertragen, wenn er nicht mit billigem Fusel versetzt war. Er verlor seine Arbeit und seine Freunde.

Eines Tages hatten sie kein Geld mehr. Eines Tages hatten sie kein Haus mehr. Ihre Möbel, die Möbel ihrer Mutter, lagen in einem Haufen Schnee auf der Straße.

Und dann starb er, das auch noch. Es dauerte sechs Jahre. Catherine ging nicht mehr zur Schule, weil sie nirgendwo lange genug blieben, um zur Schule zu gehen, und weil niemand auf das Baby aufpassen konnte.

Ihr Vater starb natürlich an seiner Trunksucht. Er trank sich zu Tode, aber Catherine wusste insgeheim, dass er an gebrochenem Herzen starb. So etwas geschieht. Sie wusste es, und sie beobachtete es, und es war nicht schön oder romantisch oder traurig. Es war erbärmlich und dumpf und hart, wie Pferde, die einen Karren durch den Dreck ziehen.

Und dann hatten sie niemanden mehr. Dann hatten sie keinen Ort, wo sie hinkonnten. Catherine war erst vierzehn, Alice sieben.

Sie gingen zum Armenhaus. Catherine führte sie durch den Hafen, bis sie zu dem düsteren Lagerhaus kamen, in dem sich die Ärmsten vor den Augen der weniger Armen verbargen. Alice ging in eine kleine Schule, eine wohltätige Einrichtung innerhalb einer wohltätigen Einrichtung, und sie brachte Catherine das Lesen bei. Catherine erledigte alle Arbeiten, die man ihr auftrug, sie wusch oder wischte die Böden auf Händen und Knien. Sie begann, kleine Näharbeiten zu erledigen, und sie wurde zu einer echten Könnerin, es war das Erste, was sie voller Stolz erledigen konnte.

Während Alice in der Schule war, saß Catherine in einem kleinen Park in der Nähe des Hafens und sah zu, wie das Wasser im schwachen Sonnenlicht funkelte, und sie saß da und starrte bloß, bis eines Tages ein Mann kam und sich neben sie setzte, ihre Hand berührte und sie in sein billiges Hotelzimmer mitnahm, und sie entdeckte, was sie mit ihrem Leben anfangen, was aus ihr werden sollte und wie sie Alice retten konnte.

Sie wusste nicht, was sie da eigentlich tat. Sie wusste nicht, warum er gefragt hatte oder warum sie tat, worum er sie gebeten hatte. Es bedeutete ihr nichts.

Sie begriff, dass ihr Körper ihre Bank war, er war alles Geld, das sie hatte. Er war alles, was sie je brauchen würde.

Sie arbeitete, sie lernte lesen, und abends, bevor sie die Türen verschlossen, wanderte sie im Hafen herum und machte ein bisschen Geld auf die einzige Art, die ihr zur Verfügung stand, Sex in Hauseingängen, in riesigen Schiffskisten, auf einem Haufen Mäntel im Hinterzimmer einer Bar.

Manchmal blieb Catherine die ganze Nacht weg, ging von

Mann zu Mann, während die Stunden erbarmungslos vergingen, und kehrte erst am Morgen zurück, wenn sie die großen Doppeltüren aufsperrten. Ihr Körper schmerzte, als hätte sie die ganze Nacht Böden geschrubbt.

Während Alice ihre Buchstaben und Zahlen lernte, erkannte Catherine ihre Macht im Hunger der Männer. Macht über sie, über ihre Lust, die Macht, ihre Schwester zu retten. Sie wusste jetzt, dass sie Alice in Sicherheit bringen konnte, sie von den Ratten und Läusen und den schwachköpfigen Kindern mit ihren kleinen Mündern fernhalten konnte, die ebenfalls verwahrlost waren. Zumindest waren Alice und sie einmal geliebt worden, an einem Ort, der ihr wie ein Traumland erschien.

Sie lag in fremden Betten und stellte sich das Haus vor, in dem Alice und sie wohnen würden, wenn sie Geld hätten. Und dort wären sie dann rundum glücklich und sich selbst genug. Das Haus wäre die ganze Zeit blitzsauber, und selbst im Winter würde das Sonnenlicht durch die Fenster hereinströmen.

Sie war sechzehn. Als sie genug Geld hatten, brachte sie sie nach Philadelphia. Sie zog in ein Zimmer in einer Baracke am Schuylkill. Catherine kam immer spätabends nach Hause und schlief im selben Bett wie Alice. Morgens war sie immer da, um sie mit einem Kuss aufzuwecken. Sie waren seit ihren Tagen in Baltimore nicht einen Schritt weitergekommen, aber Alice ging in eine anständige Schule, in eine gemeinnützige katholische Schule mit strengen Regeln und schmutzigen Fenstern. Alice hasste sie, aber Catherine half ihr jeden Abend, bevor sie ausging, mit den Schularbeiten, und so begann auch Catherine, kleine Brocken über Kleinigkeiten zu lernen.

Alice zog richtige Sachen an, die Catherine für sie nähte.

Im Winter hatte sie einen warmen Mantel, und Catherine ging zum Markt und wanderte zwischen den Stoffballen herum und fasste jeden an. Sie nähte, und sie entdeckte die große Bibliothek. Sie erinnerte sich daran, dass ihre Mutter ihr erzählt hatte, dass die Bibliothek alles enthielt, was sie je wissen müsste, über Geschichte, Kunst und Wissenschaft.

Zuerst machte sie ihr Angst. Bei ihren anfänglichen Besuchen konnte sie nur starren, wusste nicht, wonach sie fragen sollte oder wen. Schließlich bat sie um ein Buch, ein Buch übers Nähen, und sie las es, saß an den langen Tischen und machte sich Notizen mit einem Bleistift, den sie an einem der Marktstände gestohlen hatte.

Das Lernen gefiel ihr. Sie liebte den Geruch der Bücher in den Regalen, das Druckbild auf den Seiten, das Gefühl, dass die Welt ein unendlicher, aber dem Wissen zugänglicher Ort war. Jedes Faktum, das sie lernte, schien eine neue Frage nach sich zu ziehen, und für jede Frage gab es ein anderes Buch. Sie lernte, den Katalog zu benutzen. Sie lernte nie mehr, als sie wissen musste.

Sie las Liebesromane, und sie stellte sich vor, die Männer und Frauen an den Lesetischen um sie herum seien die Figuren in diesen Büchern. Führten ein glückliches und leidenschaftliches Leben, was für andere, wie es schien, so einfach war. Sie las Jane Austen, Thackeray, Dickens. Bücher, in denen sich das Leben der zerlumpten Armen am Ende in ein glückliches verwandelte.

Sie las über die Hauptstädte der Welt, über die Kathedralen und Minarette, über breite Avenuen und die unbeständige und stetig expandierende Welt der Wissenschaften.

Als sie achtzehn war, wurde sie die Geliebte eines verheirateten Mannes. Sie war erwachsen. Alice war immer noch ein Kind. Sie wohnte in der Nähe vom Rittenhouse Square, in richtigen Zimmern an einer richtigen Straße. Dies waren die Zimmer, von denen sie in den Hotels geträumt hatte. Sie erlernte die Kunst, einen Mann zu erfreuen, ohne mit ihm Sex zu haben, saß auf seinem Schoß, plauderte mit ihm, schnitt ihm die Zigarre an. Sie begriff, dass sie intelligent war. Aus der Bibliothek kannte sie viele Themen, über die sie leicht und charmant reden konnte. Die Männer genossen diese Dinge. Sie war wie die Geishas, über die sie in der Bibliothek gelesen hatte, wie die Kurtisanen, die Geliebten der Mächtigen. Sie kleidete sich wunderschön, in Seidenkleider, die sie sich selbst nach Musterbüchern nähte, in Kleider aus Paris, die er für sie kaufte, aus Kartons von den schicken Läden an der Broad Street, die mit Seidenbändern verknotet waren. Sie unterhielt seine Freunde, wenn er sie zum Kartenspielen einlud, erzählte ihnen lustige Geschichten, goss ihnen Wein ein, lachte über ihre derben Witze.

Sie war erstaunt darüber, wie einfach das war. Er kam sonntagnachmittags, und er brachte immer ein kleines Geschenk mit, ein Zeichen seiner Dankbarkeit, dass so ein wundervolles junges Mädchen ihm gestattete, es zu berühren, ihre Brüste anzufassen. Dann fuhr er nach Hause zu seiner Frau und seinen eigenen Kindern, in andere Räume, die sie nie zu sehen bekommen sollte.

Alice hatte keine Geduld oder Fähigkeit zum Lernen. Sie war ein bitteres Kind, bitter und aufsässig und selbstsüchtig, und es gab überhaupt keinen Grund dafür. Für sie wurde alles getan. Catherine hatte sehr viel Zeit, und sie brachte Stunden damit zu, gemeinsam mit Alice deren Schulaufgaben zu erledigen. Alice war nur Gefühl, ein Dasein ohne Vernunft oder Intellekt. Schließlich weigerte sie sich, überhaupt noch zur Schule zu gehen. Sie liebte hübsche Kleider und liebte es, in der Öffentlichkeit in den prachtvollen Kleidern spazieren zu gehen, die Catherines Beschützer ihnen gekauft hatten, und sie liebte ihn, den soliden, rotgesichtigen Onkel Skip, wie sie ihn nannte. Nach einem Jahr erwischte Catherine sie im Bett zusammen. Alice war zwölf.

Es war kein Schock. Es überraschte sie nicht, dass Onkel Skip, der zwei Frauen gekauft hatte, auch zwei Frauen genießen wollte, aber ihre Wut war unbezähmbar. Sie stahl und verkaufte alles, was sie nur konnte, aus ihren schönen Zimmern, und Catherine und Alice nahmen ein zweites Mal den Zug und fuhren nach New York.

Es war eine neue Stadt, riesig und voller Möglichkeiten, eine leere Leinwand. Aber es war dieselbe Geschichte. Catherine nähte und hurte herum und verbrachte ihre Tage in der Bibliothek. Alice sah wie eine kleine Prinzessin aus und sehnte sich nach der Freiheit. Sie genoss es, die Männer dazu zu bringen, sich nach ihr umzudrehen und sich dann mit einem verächtlichen Lachen abzuwenden.

Alice sagte zu Catherine, dass sie sie hasse. Sie sagte, sie habe ihr ganzes Leben in einem Gefängnis verbracht. Catherine war nicht überrascht. Alice sagte, dass sie, sobald sie wüsste, wohin, Catherine verlassen und nie zurückschauen würde. Catherine war zweiundzwanzig, und sie hatte das Gefühl, als sei sie schon seit hundert Jahren auf diesem Planeten.

Dann war Alice fort. Catherine entdeckte sie im Gramercy Park, wie sie einen kleinen weißen Hund ausführte, ein fünfzehnjähriges Mädchen am Arm eines vierzigjährigen Mannes, und Catherine gab auf. Es gab nichts mehr, was sie tun konnte.

Jetzt war Alice genau das geworden, vor dem Catherine sie hatte bewahren wollen. Sie war Catherine geworden, nur schlimmer, denn für Alice gab es keinen Grund. Es war nicht etwas, das sie tun musste, es war das, was sie tun wollte. Die leere Aufmerksamkeit von dummen, einsamen Männern. Es war nicht auszuhalten.

Catherine verließ New York und fuhr nach Chicago, wo sie Jahre verbrachte, ohne ein einziges Wort über Alice zu verlieren.

Dann las sie 1901 in den Zeitungen über die Weltausstellung, die in Saint Louis veranstaltet werden sollte, und beschloss, dorthin zu fahren, weil sie wusste, dass es dort eine Menge Männer geben würde, Arbeiter aus Italien und Deutschland, die ihre Familien zurückgelassen hatten und nach Saint Louis gekommen waren, um Geld zu verdienen. In ihrem Herzen hatte sie nicht ein Gran Güte mehr übrig.

Und dann sah sie eines Tages Alice.

Sie näherte sich ihr vorsichtig.

»Alice. Schwester.«

Alice drehte sich um. Der Schock des Wiedersehens verwandelte sich augenblicklich in Bitterkeit.

»Was machst du …?«

»Das Gleiche wie du. Die Ausstellung. Die Männer. Das Geld.« Alice lachte.

»Was ist aus New York geworden? Aus Gramercy Park?«

»Der Hund ist gestorben. William hat mich geschlagen. Ich bin hierhergekommen. Ist schon lange her, ich weiß nicht mehr, wie lange. Der Goldene Westen.«

»Ich …«

Dann hatte ihr Alice ins Gesicht geschlagen. Hatte auf ihrer Wange einen Striemen hinterlassen und war lachend die Straße entlanggerannt.

Catherine sah sie niemals wieder, hatte nicht versucht, sie zu finden. Jetzt brannte es in ihr wie Feuer. Sie hatte Geld. Sie hatte einen Ort, wo sie Alice hinbringen konnte. Sie wollte ihre Schwester retten. Es war nicht Güte. Es war die verzweifelte, harte, unbezwingbare Notwendigkeit, etwas Ordnung in das Chaos ihrer Vergangenheit zu bringen. Alice könnte im weißen Wisconsin vielleicht etwas Frieden finden. Der blendend reine Schnee könnte vielleicht ihre Bitterkeit, ihre Grausamkeit und ihre seelische Verhärtung abwaschen.

Wild Cat Chute war ein schlimmer Ort. Es war der Ort, an den man ging, wenn man keinen anderen Ort mehr hatte, wo sie einen reinließen. Er quoll über von Ratten und Müll und Krankheiten und Kranken. Es war bloß ein Ort auf dem Weg zum Fluss, eine Rampe, die man einst benutzt hatte, um die Ladung in die Stadt zu schaffen, aber jetzt stand sie voller Hütten, war voller Leute, die nicht einmal Hütten hatten, Leute, die nicht mehr länger drinnen schlafen konnten. Leute, die Stimmen hörten. Leute, die starben.

Doch als Catherine um die dunkle Ecke auf den Lehmpfad einbog, konnte sie bloß Kinder sehen. Sie waren sie selbst. Sie waren ihre Kindheit und ihre Vergangenheit und der Hunger und die Angst und der Verlust, und kein Mantel hätte sie vor dieser Kälte schützen können. Sie hatten keine Namen. Sie hatten kein Licht in ihren Gesichtern. Sie hatten niemanden, der auf sie wartete, und keinen Ort, wo sie hätten hingehen können.

Alice war nirgendwo.

Einige sagten, dass sie sich an ein Mädchen wie sie erinnerten, an ein Mädchen, das mit einem Bootsmann weggegangen sei. Manche sagten, sie erinnerten sich an ein Mädchen, das ins Krankenhaus gekommen wäre, das man um sich tretend und schreiend dorthin gebracht hätte, in die Klapsmühle, vielleicht auch in ein Krankenhaus, aus dem man gesünder wieder herauskam. Catherine suchte in allen Krankenhäusern und Anstalten nach ihr und fand sie nicht. Wenn man bis zu einem bestimmten Punkt herabgesunken ist, hat man keinen Namen mehr. Man hat keine Geschichte, keine besonderen Eigenschaften oder Freunde mehr, und Alice hatte die Chute erreicht, das Ende der Fahnenstange, das Ende der Hoffnung, das Ende dessen, was einen Menschen zu etwas Besonderem in dieser Welt macht, was es auch sein mag.

»Wo ist sie, Tony?« Sie flehte ihn an. Er musste es doch wissen. Er hatte gesagt, er wisse es.

»Die Dinge ändern sich. Die Leute sind immer in Bewegung. Hier unten sind sie immer in Bewegung, schlafen bei anderen im Bett, verprügeln ihre Kinder. Sie ist dort. Du musst nur weitersuchen. Tu dir ruhig weh, wenn du das willst.«

Er stand nackt vor ihr, die sinkende Sonne leuchtete auf seinen Schulterblättern, während er sich wusch und seine feine Kleidung auf einem Sessel bereitlag. Er schmiss das Handtuch auf den Boden und drehte sich um, plötzlich voll wütendem Überdruss. »Was kümmert es dich denn? Menschen verlieren Dinge, Catherine. So etwas geschieht. Menschen verlieren unentwegt das, was sie lieben.«

»Sie ist mir eben wichtig.«

»Dir ist überhaupt nichts wichtig. Du willst nur etwas wiederhaben, was du verloren hast. Wie einen Schirm in einer Straßenbahn. Wie ein Medaillon auf der Straße. Das ist alles. Aber ich will dir mal was sagen: Sie ist nicht mehr das Ding, das du einst verloren hast. Sie ist eine alte Hexe, sie ist *nichts*. Sie hat kein Gesicht, keinen Namen, kein Obdach. Und dieser jämmerliche Versuch, deine Schwester zu finden, wird gar nichts ändern. Du wirst dennoch meinen Vater töten, du wirst dennoch mit mir und all dem Geld in diesem Palast wohnen.«

Seine schönen Sachen. Sein schönes Haar, seine Hände,

die eine silberne Haarbürste hielten, sein hübsches Gesicht in dem Silberspiegel mit dem Sprung. Die Art, wie er sich gleichzeitig um sie sorgte und es überhaupt nicht tat.

»Deine Grausamkeit ist erstaunlich. Alice …«

»War süß, niedlich, jung und nicht sehr helle, aber sie konnte auf dem Schoß sitzen, bloß auf dem Schoß sitzen, und einen bloß dadurch dazu bringen, dass man kam. Sogar dann hatte sie keinen Funken von Seele. Und sie stirbt, weil sie nicht so gerissen, vorsichtig und schlau ist wie ihre große Schwester, und sie will es so. Du ekelst sie an. Dein Name bringt sie in Rage. Du glaubst, sie ist nicht dort? Du hast deinen Namen bei jedem Säufer am Ort hinterlassen, und trotzdem ist sie nicht da. Weil das der Ort ist, an den man geht, wenn man nicht gefunden werden will. Niemals. Es gibt nur einen Weg hinein und einen Weg wieder hinaus, also lass sie in Frieden. Geh einfach weg. Fahr zurück nach Wisconsin. Vergiss Alice. Tu, was du versprochen hast. Dafür bist du geboren worden.«

Aber sie konnte Alice nicht vergessen, und am Ende fand sie sie doch. Sie stand in ihrem neuen Pelzmantel an eine Wand gelehnt da und heulte wie der Wind. Ein ernstes kleines Mädchen nahm sie bei der Hand und führte sie zum Ende der Straße.

Alice war gerade dabei, um Mitternacht unter einer Straßenlampe im Schnee einem betrunkenen Seemann einen zu blasen, während Leute vorbeigingen und Pennys und Nickel auf die Pflastersteine warfen. Als sie fertig war, spuckte sie auf die Straße, auf die Schuhe des Seemanns, und sie stolperte weiter, ohne ihm auch nur die Hose zuzumachen. Alice sah auf und erblickte Catherine, beugte sich dann ruhig vor und begann, im Dunkeln das Kleingeld aufzusammeln.

»Ich will dich hier nicht.«

»Ich bin gekommen, um dich mitzunehmen … dahin, wo es schön ist.«

»Ich will nichts davon hören. Ich will nichts davon wissen.«

»Ich habe Geld. Ich habe Geld für dich.« Sie griff in ihre Handtasche.

»Ich will es nicht. Was sollte ich damit anfangen?«

»Ich bin wegen dir hierhergekommen. Lass uns in deine … dorthin, wo du wohnst, gehen, damit wir in Ruhe reden können.« Sie blickte die Reihe von Baracken an, Schuppen, in denen Kerzen in der späten Dunkelheit ausbrannten. »Welche ist es?«

»Was auch immer gerade leer ist. Ich will dich hier nicht.« Sie zählte ihr Geld. »Irgendein reicher Mann, nehme ich an.«

»Ja. Er ist reich.«

»Hier drin.« Alice verschwand in einer leeren Baracke, nicht mehr als ein paar Bretter, die vor einer Wand aufgestellt waren. Catherine duckte sich und folgte ihr nach drinnen. Alice griff in ihre Tasche, holte eine Kerze für zwei Pennys heraus, die sie in einer Kirche gestohlen hatte, und zündete sie mit zitternder Hand an. »Da. Mein Zuhause.«

Im flackernden Licht sah Alice' Gesicht wieder mädchenhaft aus, weicher, golden. Die Haut über ihren Wangen saß so straff wie bei jemandem, der sterben wird. Es war egal, woran.

Catherine dachte an die süßen Kleider, die sie genäht hatte, die Smokearbeit, die Spitze und die langen Faltensäume. Sie dachte an die Hausaufgaben, an Alice' hübsche und sorgfältige Schönschrift, an die bezaubernden Zimmer in Philadelphia. Sie dachte an den kleinen Hund im Gramercy Park. Alles verloren. Man verlor so viel in dieser Welt.

»Ich besorge dir Ärzte. Ich nehme dich mit nach Hause und …«

»Oh. Ein Zuhause. Ich wette, du hast eine Menge Geld in der Handtasche.«

»Ich gebe dir was. Ich gebe dir alles, wenn du mit mir kommst.«

Alice lehnte sich an die Barackenwand und rollte sich eine Zigarette. Ihre Hände zitterten in der Kälte. Sie zündete sich die Zigarette an und sah Catherine ins Gesicht. »Weißt du, ich komme mir so faul vor. Ich arbeite die ganze Zeit so hart, und ich werde nicht müde, ich kann nachts nicht schlafen, aber ich komme mir faul vor. Als könnte man alles mit mir machen, und ich wäre nur zu faul, um mich drum zu scheren. Aber ich kann nicht mit dir mitkommen. Ich weiß nicht, wo das ist, aber ich weiß, es ist zu weit weg.«

»Ich nehme dich mit in den Zug.«

Ihr Gesicht verhärtete sich wieder. Es war nur ein Aufflackern, ihre Hoffnung, und dann erlosch sie wieder. Ihre Zigarette glühte in der Dunkelheit. »Catherine. Versuch doch mal, etwas zu verstehen. Ich habe dich nie gemocht. Ich habe es dir schon einmal gesagt. Ich sag's dir jetzt. Nie.«

»Ich …«

»Du könntest mich mitnehmen, mich nach Paris mitnehmen, in irgendeinen Kurort weit weg, und ich wäre immer noch schlecht.«

»Es gab nie einen Augenblick, in dem ich dich nicht geliebt habe.«

»Wie ein kleines Babypüppchen.«

»Du warst alles, was ich auf der Welt hatte. Alles, was ich geliebt habe. Ich wollte, dass die Dinge besser für dich sind. Schöner.«

Die Kerze ging flackernd aus. Abgesehen von Alice' glühender Zigarettenspitze saßen sie in völliger Dunkelheit. Catherine wollte die Hand nach ihr ausstrecken, tat es aber nicht. »Gibt es denn nichts, was ich für dich tun kann?«

Alice zögerte, dann griff sie nach Catherines Hand und streichelte Catherines seidige Haut mit ihren eigenen rauen, schmutzigen Fingern.

»Bleib sitzen. Es tut mir leid. Ich bin schlecht und krank und sage schlimme Dinge. Aber bleib einfach bei mir sitzen. Ich bin niemals allein, aber ich fühle mich immer so einsam. So weit entfernt von allen anderen. Keiner hält mich. Keiner berührt mich oder ruft meinen Namen, bleib bei mir sitzen, bis ich einschlafe. Das ist alles, was ich brauche, alles, was du tun sollst. Bitte.«

»Kann ich dich nicht irgendwo hinbringen? Hier weg? In ein Hotel? Ein heißes Bad? Saubere Laken?«

»Weißt du, es ist komisch. Selbst wenn es mir gut ginge und ich sauber wäre und einen Hut trüge und ein schönes Seidenkleid, ich würde hier nicht weg wollen. Das hier ist genau wie mein Leben. Ich habe schließlich den Ort gefunden, wo ich hingehöre.«

Catherine stand auf, zog ihren schönen Pelzmantel aus und legte ihn über ihre Schwester.

»Das ist lieb«, sagte Alice. »Du hast immer auf mich aufgepasst.«

»Ich habe es versucht.«

»Du warst so gut zu mir. Ich habe es nicht verdient.«

»Du warst alles, was ich hatte. Ich habe versucht, dich vor dem Elend zu bewahren.«

»Man kann niemanden retten. Das solltest du inzwischen wissen.«

Alice schloss die Augen und glättete das Fell vom Pelzmantel ihrer Schwester. »Ich erinnere mich an die Boote. Auf dem Fluss in Philadelphia. Die schönen Männer beim Rudern und die Sonne auf ihren kräftigen, braunen Schultern. Sie waren so schnell, eben noch hier und dann schon wieder weg. Du glaubst, ich hätte das vergessen, und ich hab's versucht, aber ich erinnere mich. Die schönen Kleider, die du genäht hast, sie müssen schön gewesen sein, alles, was du gemacht hast, war schön. Und die kleinen Schuhe, die Knopfstiefel. Wo sind sie jetzt? Was ist aus diesen Dingen geworden? Du warst gut zu mir. So gut und lieb.«

»Ich war nicht gut oder lieb. Was waren wir nur für ein Paar.«

»Wenn ich meine Augen schließe, wenn mein Kopf einigermaßen klar ist, dann denke ich, dass du dein Bestes getan hast, und ich habe dich gehasst und war abscheulich. Du warst das letzte Schöne, und ich werde dich vielleicht nicht wiedersehen, und deshalb sage ich ›Danke‹. Ich habe niemals zu irgendjemandem ›Danke‹ gesagt, egal für was, aber jetzt sage ich es zu dir.«

»Bitte.«

»Als wäre es je genug. Du solltest jetzt gehen. Es ist spät. Es kann ziemlich rau werden. Geh zurück in dein schönes Hotel und zu deinem reichen Mann. Du hast versucht, mich zu retten, und es hat nicht geklappt. Es war nicht dein Fehler.«

Sie saßen da, bis die Zigarette aufgeraucht und Alice eingeschlafen war, die Hand um ihre Münzen gekrallt. Sobald das Licht verschwunden war, liefen Ratten um sie herum, die Kälte drang herein, der Schnee begann, stärker zu fallen, und Catherine sah auf die schmale Silhouette des Gesichts ihrer Schwester, und sie dachte, es würde ihr das Herz brechen.

Dann sah sie es. Sie sah etwas, das sich herabsenkte, sie konnte es nur einen Engel nennen, Gnade, die sichtbar geworden war, wie ein Dunst, wie ein Nebelschleier. Mit goldenen Flügeln und weißem Haar und weißer Haut kam der Engel herabgesegelt, wie aus einem Bilderbuch für Kinder, wie aus einem Geschichtenbuch aus der Bibliothek, diese Kreatur aus Licht und Luft, die vom Himmel herabschwebte, so still und dunstig wie Atemluft. Sie kannte diesen Engel, dieses erhörte Gebet war zu ihr und zu Alice gekommen, und die Bretter würden sich auftun, und der Engel würde ihre Schwester in die Arme nehmen und mit ihr um die Welt fliegen, nach London und Rom und zu den Gebirgen Südamerikas, um die ganze strahlende, gnadenreiche, blaue, sich drehende Mutter Erde, und Alice sanft in ein sauberes weißes Bett mit sauberen weißen Laken legen, wo sie ganz in Sicherheit war und wieder völlig gesund wurde. Der Engel kam näher. Sie konnte das leise Schlagen der Flügel hören, und kein anderes Geräusch als das, das Flügelschlagen. Sie konnte die reinen, weißen, durchsichtigen Füße des Engels sehen, konnte seinen warmen Atem an ihrer gefrorenen Wange spüren.

Dann sah Catherine, wie der Engel, mit leeren Händen, wieder in den dunklen Nachthimmel aufstieg. Alice lag unerlöst da, so unbeweglich wie eine weggeworfene Puppe. Catherine wusste, dass es zu spät und dass alle Hoffnung vergebens war. Ihre Schwester konnte nicht gerettet werden.

Und sie wusste, dass sie Ralph Truitt nicht töten könnte. Sie wusste, sie könnte keiner lebenden Seele etwas antun. Nicht mehr.

Der Engel war fort, das Flattern war nur der eisige Wind, der vom dreckigen, zugefrorenen Fluss aufkam, sich erhob und durch Wild Cat Chute zog, wo Alice Land im Sterben lag.

Der Schnee fiel jetzt immer dichter. Die Kälte kroch durch Catherines Haut, durch Mark und Bein. Sie fröstelte. Sie öffnete ihrer Schwester die Hand und stopfte alles Geld, das sie dabeihatte, hinein, Dollar für Dollar, zerknüllte Scheine, Hurengeld, dreckiges Geld, und sie schloss die Hand ihrer Schwester wieder darum. Sie küsste sie auf die Stirn, die vom Schweiß der Krankheit, der Ausschweifung und der Verzweiflung nass war. Sie wischte ihr eine Haarsträhne aus den Augen. Sie sah zu, wie der Schnee durch das offene Dach und auf ihren schönen, neuen schwarzen Pelzmantel über dem Körper ihrer schlafenden Schwester fiel, und sie wusste, dass das Geld und der Pelz schon fort wären, bevor ihre Schwester wieder erwachte.

Das war das Leben, das sie zustande gebracht hatten, Alice und sie. Solche Dinge passierten einfach.

16. KAPITEL

Als sie schließlich begriffen hatte, dass Alice für immer fort war, dass sie in Reichweite gewesen und ihr wieder gen Verzweiflung und Tod entglitten war, legte sie sich auf ihr Bett im Hotel und weinte zwei Tage lang. Sie war völlig aufgelöst vor Kummer. Sie trug die schlichten, strengen Kleider, die sie aus Wisconsin mitgebracht hatte. Die Zimmermädchen brachten ihr Brühe und machten sich Sorgen um sie, fragten, ob sie krank sei, wechselten ihr die Laken, ließen nachmittags ein heißes Bad für sie ein und schüttelten ihre zerdrückten Kissen auf. Sie fütterten den Vogel.

Alice war ihr Kind gewesen, ihr Liebling. Sie hatte einen Teil ihres Lebens in der Hoffnung gelebt, dass die Dinge für sie anders sein würden, dass sie einen netten Mann und ein kleines Haus haben würde, etwas Normales, nichts Großartiges, und dass sie fleißig und mütterlich wäre. Sie war darauf vorbereitet gewesen, sie nicht mehr wiederzusehen, sie war darauf vorbereitet gewesen, dass ihre jeweiligen Leben auf eine nicht mehr umkehrbare Weise unterschiedlich sein würden, aber so hatte sie es sich nie vorgestellt.

Sie ging in die Kirche. Sie wusste nicht, wie man betet, und sie bat einen der Priester, ihr zu helfen. Sie kniete sich hin, ihr Gesicht war blass, und sie bat um Vergebung, sie bat um einen Grund, weiterzumachen, und es stellte sich keiner ein. Gott schwieg, wie er es immer getan hatte. Keine Engel kamen herab, kein kindlicher Jesus mit honiggelbem Haar, keine Stimmen trösteten sie, kein Wunder brachte sie ins Leben zurück. Sie war tot, so tot, wie Alice es bald sein würde.

Der Priester segnete sie, vergab ihr ihre Sünden und machte auf ihrer Stirn das Kreuzzeichen. Sie schämte sich, ihm sagen zu müssen, dass sie nicht verstand, was er da tat, dass diese Handlungen für sie bedeutungslos waren.

Manchmal schlief sie tagelang nicht. Manchmal schlief sie von morgens bis abends. Wenn sie zu Bett ging, wusste sie nie, ob es dunkel oder hell sein würde, wenn sie wieder aufwachte.

Wenn es dunkel war, ging sie zu Antonio. Wenn es hell war, saß sie in ihrem Zimmer, während die Zimmermädchen kamen und wieder gingen, las die Gedichte, die ihr Mann ihr mitgegeben hatte, dieses lange Liebesgedicht auf unseren ganzen Planeten, und träumte von dem Garten, den sie anlegen würde, wenn der Frühling kam.

Sie schrieb Truitt einen Brief und erklärte ihm, dass sie nach Hause käme, und sie blieb absichtlich im Vagen darüber, ob sie Antonio mitbringen würde. Sie schrieb ihm, sie hoffe, dass sein Sohn mit ihr käme und dass er sich ihrem Standpunkt immer mehr anzunähern schiene. Sie entschuldigte sich dafür, dass sie so lange fortgeblieben sei. Sie hoffte, er sei bei guter Gesundheit, und fragte nach Mrs. Larsen. Sie sagte, sie hätte in Saint Louis nichts gegessen, das auch nur halb so gut gewesen sei wie Mrs. Larsens Küche, was, jedenfalls in gewisser Weise, auch wirklich stimmte. Sie hatte das Gefühl, als würde ihr Leben, ihr altes Leben, vor ihren Augen in Flammen aufgehen. Dann schrieb sie an Truitt und bat ihn, den Eisenbahnwaggon loszuschicken.

Als der Waggon im Bahnhof wartete, machte sie ein letztes Mal ihren Gang durch die Dämmerung zu Tony Moretti. Die kalte Luft hatte das Schneidende eingebüßt. Dem Winter war das Rückgrat gebrochen.

Sie klopfte an Tonys Tür und entdeckte, dass sie zitterte, vor alter, vertrauter Wut zitterte. Wo blieb das Wunder? Warum war sie immer auf dem Drahtseil, warum hing sie immer in der Luft zwischen Anfang und Ende?

Er war geschmeidig wie ein Tiger, bereit für seine Nacht. Er verabscheute sie. Er bedauerte sie. Er brauchte sie. Er war von ihrer Ruhe beeindruckt, von der Schlichtheit ihrer Schönheit, die er so noch gar nicht bemerkt hatte. Aber sie sah aus, als wäre sie von etwas erfüllt, etwas Neuem.

»Ich bin gekommen, um dir etwas zu sagen. Dich um etwas zu bitten.«

»Komm besser rein. Wenigstens das.«

Es war so einfach, und sie wusste nicht, wie sie es ihm sagen sollte. Er war für sie in ihrem Leben am ehesten das, was man ihren Liebling nennen könnte, und sie verspürte immer noch die alte Zuneigung zu ihm. Sie erblickte den offenen Schrank, in dem immer noch ihre unnütze, prachtvolle Garderobe hing, die Hüte und Taschen, die extravaganten Kleider, und sie wirkten auf sie wie Dinge, die sie vor sehr, sehr langer Zeit einmal getragen hatte. In einem anderen Leben, das sie nun verloren hatte. Diese Kleider waren nur traurige Erinnerungen, wie die schmutzigen Teller nach einem Abendessen, das sie mit Genuss eingenommen hatte.

»Entbinde mich von meinem Versprechen. Ich kann es nicht einhalten. Ich werde es nicht können.«

»Du wirst was nicht können?« Er lehnte sich, schlank, muskulös und schön, in einer Chaiselongue zurück, seine Schuhe waren poliert und elegant.

»Ich werde Truitt nicht töten.«

Er lächelte. »Doch, das wirst du. Hör mir mal zu, Catherine. Du bedeutest mir eine Menge, aber nicht so viel, wie du glaubst. Es gab eine Zeit, da warst du mir der Mond und die Sterne. Weißt du noch? Wie wir im Morgengrauen nach Hause kamen, bis nachmittags schliefen und uns liebten, wenn die Sonne unterging? Mein Körper, dein Körper, im Glanz des Zwielichts und der chinesischen Laternen. Du hast mich in dieser Bar entdeckt, einen harten kleinen Jungen, und du hast mich gelehrt, mich anmutig und schön zu fühlen und vor Liebe platzend. Wir könnten das wieder haben. Wir könnten das für immer haben. Und das werden wir. Raus aus dieser schmutzigen Stadt, fort von diesen kalten und kaltschnäuzigen Menschen. Wir werden ein Leben voller Musik und Luxus und endloser Freuden führen. Du hast mir ein Versprechen gegeben. Für uns. Ich verlasse mich darauf, dass du es hältst.«

»Ich kann es nicht. Er ist ein guter Mensch, Tony.«

»Dann liebst du also jetzt ihn?«

»Nein. Ich weiß nicht, ob ich überhaupt jemanden liebe, aber wenn, dann liebe ich dich. Es kommt mir so vor, als hätte ich dich schon immer geliebt.«

»Warum dann also?«

»Er hat sich mit ehrlichem Herzen auf diese ganze Sache eingelassen, und er hat es nicht verdient. Komm nach Hause. Er wird gut zu dir sein. Er ist gut zu mir.«

»Das interessiert mich nicht. Das Haus und sein Geld sind so lange ohne Wert für mich, wie er am Leben ist. Ich werde nicht warten, bis er von selbst stirbt. Ich werde nicht warten, während du in seinem Bett schläfst. Er hat meine Mutter umgebracht. Man gibt sich nicht die Hände und vergisst das einfach. Das vergisst man nicht.«

»Wir haben unser Leben so gelebt, wie wir es uns geschaffen haben. Ich habe verloren. Du hast verloren. Diese Erinnerung, die du hast. Es war nur kurze Zeit so schön. Wir haben uns schlecht benommen. Gegeneinander. Und der Welt gegenüber. Es ist vorbei. Wir sind fertig damit. Es muss aufhören.«

»Das wird es auch. Es wird in dem Augenblick aufhören, in dem Truitt tot ist. In dem Augenblick, in dem du mir die Nachricht schickst, dass Truitt tot ist, ist dies alles hier vorbei. Ich werde lammfromm sein. Wir werden alles haben.«

»Ich habe alles. Ich habe mehr, als ich verdiene.«

Er sprang von der Chaiselongue auf. Er packte sie am Handgelenk und sah sie mit stählerner Wut an. »Es ist mir scheißegal, was du hast. Du kommst völlig zerknirscht hierher, vor Reue überfließend, verändert, wie du sagst, wie irgendein Bauerntrampel, der Jesu Antlitz in einer Kartoffel erblickt hat, und du glaubst, du kannst nach Wisconsin fahren und die kleine Ehefrau in einer Stadt sein, die man nach meinem Großvater benannt hat, und nichts von alledem hier wäre je geschehen. Du glaubst, du hast dir deine Freiheit erkauft. Aber so lange ich lebe, wirst du nie frei sein, und du wirst tun, was du versprochen hast. Du wirst tun, was ich dir sage. Und weißt du, warum?«

Sie wusste es. Sie wusste es genau, aber sie konnte es nicht ertragen, es auch noch zu hören. Sie zog ihr Handgelenk aus seinen schönen Händen, sie lief durchs Zimmer und befühlte wie ein Dummerchen ihre Kleider, den Stoff ihres alten Lebens, als wäre es eine Ausstellung im Japanischen Pavillon. Sie konnte ihn nicht ansehen.

»Weil ich ihm, wenn du das nicht tust, einen Brief schreiben werde. Mehr bedarf es gar nicht. Einen Brief. Glaubst du, er möchte das hören? Glaubst du, er möchte hören, dass seine Frau seinen Sohn gefickt hat? Glaubst du, er möchte hören, dass seine Frau eine gewöhnliche Hure ist, die, seit sie fünfzehn ist, immer und immer und immer wieder das Gleiche getan hat? Was wird dann aus seiner Güte, aus seiner Menschenfreundlichkeit?«

»Ich kann das nicht ertragen. Ich werde sterben.«

»Bislang bist du nicht gestorben. Du wirst auch jetzt nicht sterben. Du stirbst nicht vor Scham.«

»Ich werde hier bei dir bleiben. Ich fahre nie mehr dorthin zurück.«

»Und in diesem Dreck leben? In diesem dreckigen Leben? Ich will dich hier nicht haben. Jetzt nicht. Und niemals. Nein, Catherine. Du wirst wieder dorthin fahren, du wirst so tun, als wärst du alles Mögliche, was du nicht bist, eine Jungfrau, wenn es das ist, was er will, eine Herzogin, eine Gläubige, und du wirst Gift in sein Essen träufeln, genau wie du gesagt hast, und er wird tot sein. Ich kann warten. Ich habe schon mein ganzes Leben lang gewartet. Ich verachte dich, aber du wirst alles verlieren und in der Gosse enden.«

Sie kniete sich auf den Boden und zog ein Kleid aus dem Schrank hinter sich. »Ich flehe dich an.«

»Steig in deinen schicken Zug und fahr nach Hause zu deinem schicken Mann und werd ihn los. Töte ihn. Nur auf diese Art wird er mir irgendetwas bedeuten.«

»Ich flehe dich an.«

»Manche Versprechen kann man nicht brechen. Wir sind schon zu nahe dran, zu tief im Wasser. Steh wieder auf und hau ab. Ich will erst wieder von dir hören, wenn er tot ist.«

»Ich …«

»Kein Wort mehr, Catherine. Du hast dir das Recht, zu betteln und zu flehen, nicht verdient. Für dich gibt es keine Freiheit. Keinen Ort, wo du hinkannst. Du zerstörst alles, was du anfasst. Ich gehe jetzt. Ich will dich hier nicht mehr sehen, wenn ich zurückkomme. Ich will dich in ganz Saint Louis nicht mehr sehen.«

Sie erhob sich vom Fußboden. Er hatte natürlich Recht. Es gab keinen Ausweg.

Er drehte sich um, bevor er ging. Seine Stimme war beinahe wieder freundlich. »Es ist wahr. Ich habe dich geliebt. Ich könnte dich wieder lieben. Wir haben beide gewusst, worauf wir uns einlassen. Wir haben uns aus Liebe darauf eingelassen. Du wusstest es von Anfang an.«

Als er fort war, wanderte sie durch seine Zimmer. Ihr Verstand konnte sie nur mit den alten Gedanken quälen. Es gab den Tod durch Gift in ihrer großen Badewanne. Es gab Arsen, Laudanum, Salzsäure. Es gab die Seidenschnur an einem festen Balken. Es gab den langen Sturz aus dem Fenster ihres stillen Zimmers im Planter's Hotel, wie ein schwarzer Vogel. Sie würde den Vogel freilassen. Es gab den Tod unter den Rädern eines Bahnwaggons, den Tod durch die Spritze, die Rasierklinge und die Kugel.

Und dann gab es das Überleben. Es gab das Weitermachen, so wie sie immer weitergemacht hatte, ohne viel Freude, gegen ihren Willen, gegen ihre Instinkte, aber weiter und weiter und weiter, ohne Erleichterung, ohne Erlösung, ohne eine Hand, die sich nach ihr ausstreckte und ihr Herz berührte. Ohne Güte oder Trost. Aber immer weiter.

Angesichts der Armut, aus der sie kam, und der Verzweiflung, in der sie gefangen war, gab es nur eines, was sie ganz sicher tun konnte. Sie konnte überleben.

TEIL DREI

WISCONSIN. WINTER BIS FRÜHLING. 1908

17. KAPITEL

Wenn er sich abends schlafen legte, hatte er es gern, wenn ein Glas klares, kaltes Wasser an seinem Bett stand. Es war ein großes, gerades Glas, in dessen Wände Trauben geschliffen waren, Mrs. Larsen spülte es jeden Morgen aus, goss jeden Abend kaltes Wasser ein und stellte es ihm ans Bett. Es war ein wunderschönes Glas, das aus Italien stammte, und durch das Wasser und die milchigen Glaswände schien das Licht auf eine Weise hindurch, die ihm sehr gefiel. Wenn er, eine einsame Nacht nach der anderen, allein war, wenn er in diesen zwanzig Jahren allein in seinen makellosen Laken lag, schwang er manchmal die Beine aus dem Bett und nahm einen Schluck von dem klaren, kalten Wasser. Er setzte sich aufrecht hin, weil er Angst hatte, sich nachts allein in dem großen alten Haus, in dem niemand ihn hören würde, zu verschlucken.

Zwei Mal in der Woche wurden seine Laken gewechselt, und manchmal sah er traurig zur anderen Bettseite mit dem Kissen hinüber, auf das sich nie ein anderer Kopf bettete. Der Gedanke, dass Mrs. Larsen zwei Mal die Woche die Laken wechselte und sah, dass sie kaum benutzt waren, war ihm peinlich. Das war eine der Arten, auf die der Welt seine Einsamkeit offenkundig wurde, und er schämte sich dafür.

Das Glas Wasser tröstete ihn, und er hielt hartnäckig an dieser Gewohnheit fest. Dabei ging es gar nicht so sehr um das Wasser selbst. Er hatte selten Durst. Es ging um das Ritual, um diesen Augenblick, mit dem der Tag zur Neige ging, wenn er die Feuchtigkeit wie einen Kuss auf seinen Lippen spürte.

Er konnte seine sauberen weißen Hemden im Kleiderschrank riechen, nach Seife, Bläuen und Stärke. Er konnte seine Anziehsachen sehen, die sorgfältig gefaltet auf dem Stuhl lagen und darauf warteten, am Morgen von Mrs. Larsen angefeuchtet und frisch gebügelt zu werden. Alles, was ihm gehörte, war stets sauber. In der stillen Nachtluft konnte er Mrs. Larsens Fleiß riechen, die Wäsche, die Möbelpolitur, das Bohnerwachs, und er war ihr dankbar, dass sie so gut für ihn sorgte. Es tröstete ihn. Auch wenn er sie dafür bezahlte und sie und Mr. Larsen gut versorgte, war es trotzdem auch eine Form von Güte. Er bezahlte viele Menschen, und niemand hielt es für nötig, mehr als gebührend freundlich zu ihm zu sein.

Er hatte sie nie mit ihrem Vornamen angesprochen, den er einmal gekannt haben musste, aber schon seit langem vergessen hatte. Als er sie kennen lernte, war Mrs. Larsen noch ein Mädchen gewesen, Jane, Jeanette, irgend so etwas, unverheiratet, nicht hübsch. Jetzt war sie ins mittlere Alter gekommen, hatte sich seine Gewohnheiten eingeprägt und gelernt, ihm sein Leben bequem zu machen. Er vermutete, dass sie Emilia nie gemocht hatte. Als sie fort war, zeigte sie keinerlei Anzeichen von Trauer.

Er dachte an die endlose Zahl von Mahlzeiten, die sie für ihn zubereitet hatte. Er dachte an die Hemden und Hosen und die geputzten Schuhe und die Risse, die sie gestopft, und den Schmutz, den sie von den Stiefeln abgebürstet hatte, und ihrer Güte wegen liebte er sie. Um sein leibliches Wohl wurde sonst nur wenig Aufhebens gemacht, dieses Wohl hatte ihm aber, da es in seinem Leben keine Leidenschaft gab, alles bedeutet. Sie war zur Zeugin des Betrugs und seiner entsetzlichen Trauer geworden, und es war ihr gelungen, ihm das Gefühl zu geben, als sei sie im Herzen bei ihm und zugleich als wären die vergangenen Ereignisse überhaupt nicht geschehen. Sie wusste um seine furchtbare Einsamkeit und nahm sie doch nicht zur Kenntnis. Sie kochte jeden Abend so viel, dass es auch für vier oder sechs Personen gereicht hätte, da der Anblick dieser üppigen Mengen ihm gut tat, Larsen und sie aßen allerdings erst später, nachdem er fertiggegessen hatte und in sein Arbeitszimmer gegangen war. Er hatte es ihnen angeboten, aber sie hatten sich nie mit ihm zusammen zum Abendessen an den Tisch gesetzt. Es wäre nicht richtig gewesen. Sie hätten sich nicht wohlgefühlt.

Er hatte so vieles werden wollen. Er hatte Dichter werden wollen. Er hatte Kunstliebhaber und Kunstsammler werden wollen, einer, der junge Künstler fördert und sie um sich schart. Er hatte sein Leben einer Orgie der Sinne widmen wollen, gemäß den Regeln von körperlicher Anziehung und Verführung. Er hatte Vater werden und Kinder haben wollen, die seine Liebe zur Kunst und zum Fleisch erben sollten. Stattdessen hatte er seine heftigsten Leidenschaften eingebüßt. Eines Tages war er aufgewacht und hatte begriffen, dass sie fort waren, dass sie durch den Tod seines kleinen Mädchens und die Untreue seiner Frau so unübersehbar amputiert worden waren wie ein Arm, abgeschnitten durch seine hartnäckige Wut auf seinen Bastard-Sohn. Seine Gefühle und einst so mächtigen Neigungen wurden durch saubere Hemden und nur halb gebrauchte Laken, durch geputzte Stiefel und klare Suppen ersetzt. Die Welt des Körpers und seiner

Freuden war zugewachsen, so wie Schorf, der sich über einer Wunde bildet und sie bedeckt.

Catherine Land war aus dem Zug, der aus Saint Louis kam, gestiegen, ihr Gesicht weicher, wärmer und unerwartet schön, und die Wunde war wieder aufgegangen und hatte ihn mit Schmerz erfüllt. Antonio war nicht an ihrer Seite gewesen, und keiner von ihnen hatte auch nur ein Wort über ihn verloren.

Als er im Bahnhof stand, hatte er gespürt, dass etwas in ihm für immer zerbrechen würde, wenn er sie jetzt nicht berührte. Er hob die Hand und richtete ihr schüchtern den Mantelkragen. Das war alles. Das war genug. Er war, so wie in seinen ersten Tagen mit Emilia, verloren zwischen seinen Hoffnungen und Sehnsüchten. Catherine war alles. Sie war nicht bloß eine Frau. Sie war eine ganze Welt. Sie konnte ihn verletzen, sie konnte ihn belügen, und dennoch würde er alles tun, nur um ein liebes Wort von ihr zu hören und um zu spüren, wie sein Fleisch ihr Fleisch berührte, ohne dass es ihn erniedrigte. Er war bereit, das Risiko auf sich zu nehmen. Und all das, weil sie mit einem kleinen, scharlachroten Vogel in einem Käfig aus dem Zug gestiegen war, weil sie zu ihm nach Hause kam und dieses flatternde Leben mitbrachte. Schließlich wartete er jetzt auf jemanden, dessen Namen er kannte. Die Leute sahen, dass sie zu ihm nach Hause kam, die Leute in seiner Stadt. Sie lächelte ihn an, und da wusste er, dass er sogar für sie sterben würde.

Seine Haut war weich wie reines Fensterleder. Er war stark, er war schlank. Aber er war nicht mehr jung. So lange schon war sein Herz von Bitterkeit und Reue erfüllt gewesen, aber jetzt loderte die Leidenschaft seiner Sinne, die all die Zeit begraben gewesen war, wieder wild in ihm auf.

Sie sah ernst, beinahe mitgenommen aus. Der Vogel sang

lieblich. Sie küsste Ralph ernst auf die Wange, da war sie also. Sie war zu Hause.

Um sie herum lag immer noch überall der Schnee, als sie nach Hause fuhren, und keiner von beiden sagte ein Wort. Sein Herz klopfte in seiner Brust. Er wollte sie. Er wollte wissen, was mit seinem Sohn war, aber er konnte weder sprechen, noch irgendeine Geste machen. Er wollte etwas sagen, auf den Unterschied zwischen ihrer ersten Ankunft, die so chaotisch gewesen war, und ihrer zweiten, die ruhig und friedlich verlief, zu sprechen kommen. Er wollte gefühlvoll und vertraut klingen, aber er brachte keinen einzigen Satz heraus. Er betastete die blasse Narbe auf seiner Stirn und starrte vor sich hin.

Zu Hause saßen sie einander am Kamin gegenüber. Sie trug ein neues Kleid. Ihr Haar und ihr Gesicht waren weicher geworden. Bevor sie sie aussprach, wusste er schon, wie ihre Botschaft lauten würde, weil sie Antonio nicht mitgebracht hatte und weil er an ihrem Gesichtsausdruck ablesen konnte, dass sie es sich anders gewünscht hätte.

»Er ist nicht dein Sohn. Er schwört, dass er nicht dein Sohn ist.«

»Und was glaubst du?«

»Ich glaube, wir können uns letztlich nur an das halten, was er sagt. Alles andere … es gibt nichts anderes. Er sagt, dass er Moretti heißt. Er sagt, dass seine Eltern ein Restaurant in Philadelphia betreiben. Er sagt, dass er dich noch nie gesehen und noch nicht einmal von dir gehört hätte, und näher als bis nach Chicago sei er Wisconsin nie gekommen. Malloy und Fisk behaupten, er sei kein guter Mensch, ein Mensch ohne Skrupel, Moral oder Anstand. Ich … weiter bin ich auch nicht gekommen. Aber ich hab's versucht.«

»Wie sieht er denn aus?«

Sie war auf der Hut. »Er sieht italienisch aus. Exotisch. Er hat feine Züge, irgendwie aristokratisch.«

»Und wie lebt er?«

»Er spielt Klavier in … in einer Musikhalle, einem billigen Schuppen. Gewesen bin ich dort allerdings nie. Ihm gefällt es. Ich bin zu ihm gegangen, zu ihm in die Wohnung, und habe ihm alles Mögliche angeboten, wenn er nur nach Hause käme. Er sagte einfach nur, es wäre nicht sein Zuhause und er wüsste nicht, wovon ich rede. Seine Zimmer sehen aus wie ein Zirkuszelt. Er läuft herum wie ein Dandy. Wie ein Geck.«

»Wie hat sich denn seine Stimme angehört?«

»Malloy und Fisk sagen, dass er ein unnützer Schönling und zu nichts zu gebrauchen ist. Sie sind ihm monatelang gefolgt. Sie sagen, er sei es nicht wert, aufgespürt zu werden.«

»Und was glaubst du?«

»Ich glaube, dass er der Sohn deiner Frau und Morettis ist. Ich weiß es nicht. Er ist das, was man in ihm sehen will. Ich glaube, dass er lügt. Ich glaube, dass er dir nicht vergeben kann und nicht nach Hause kommen will. Jetzt nicht. Niemals. Ich glaube, bei ihm ist es vergebliche Liebesmüh. Ich wünschte …«

»Was wünschst du, Catherine?«

»Ich wünschte, ich hätte mehr erreicht. Ich hab es versucht. Ich bin zu ihm gegangen. Als er das erste Mal deinen Namen hörte, habe ich gesehen, wie seine Stirn zuckte, etwas, das ihn verraten hat. Das meine ich jedenfalls. Ich wusste, dass er log, und ich bin zu ihm gegangen und habe ihm Geld angeboten. Ich habe stundenlang auf ihn eingeredet. Ich habe ihm gesagt, wie sehr du alles bereust, wie leid es dir tut. Es ist ihm egal. Ich habe ihm meinen Ring gegeben. Deinen Ring. Er hat darum gebeten, und ich habe ihn ihm gern und ohne zu zögern gegeben, aber er hat nur gelacht und ihn mir wieder zurückgegeben. Er lässt sich nicht überzeugen. Selbst wenn …«

»Selbst wenn was?«

»Selbst wenn er dein Sohn wäre.«

»Und du sagst, er ist es.«

»Ich ja. Er nicht.«

»Andy.«

»Er nennt sich Tony.«

»Er hat um deinen Ring gebeten?«

»Ich habe ihn ihm gegeben. Er hat mich bloß ärgern wollen.«

Sie konnte auf seinem Gesicht sehen, wie sehr ihn das schmerzte. Er wollte unbedingt haben, was ihm gleichzeitig die größte Angst einjagte, und der Schmerz war schrecklich, schlimmer als die Wunde auf seiner Stirn, als sie sie ihm genäht hat. Sie hoffte, er würde ihr glauben. Sie zählte darauf.

»Wir werden ins große Haus einziehen. Wir ziehen nächste Woche um. Dieses Haus überlassen wir Larsen und seiner Frau.«

»Das müssen wir doch nicht. Es gibt keinen Grund dafür. Jetzt gibt es keinen Grund mehr dafür.«

»Es wartet seit Jahren auf ihn. Malloy schreibt, dass er gierig ist und nie einen Cent hat. Er wird kommen, wenn alle anderen Mittel versagt haben. Wir werden einziehen und abwarten.«

Sie dachte an ihren Garten und an die Freude, die er ihr bringen würde. Sie dachte an die hohen Räume, die Kristallkronleuchter und die Porträts der Menschen, die sie nicht kannte. Sie dachte an sich selbst, wie sie, während die Säume ihrer Kleider über den Boden schleiften, durch die großen Salons in den oberen Stockwerken ging, und sie wusste, dass es das war, was sie wollte, dass er es für sie tat, nachdem sich seine eigenen Hoffnungen zerschlagen hatten.

»Ich bin hier glücklich gewesen. Wir könnten so weiterleben.«

»Ich möchte ein Kind. Ich möchte nicht sterben, ohne ein Kind zu haben. Wenn du dazu bereit bist. Wenn Gott will und du dazu bereit wärst. Ich wäre dir so dankbar.«

»Aber natürlich.«

»Es ist ein Haus für Kinder. Ein Palast der Abenteuer und heimlichen Treppen und … ich war ein Kind, als ich es gebaut habe, ein verwöhntes, eigensinniges, dummes Kind. Wir werden so weiterleben, wie du sagst.«

Sie nahmen schweigend das Abendessen ein, und Mrs. Larsen brachte die Teller herein und räumte sie wieder ab. Sie aßen wenig. Selbst nach ihrer langen Zugfahrt respektierte Catherine Truitts Trauer, und ihr Appetit schien ihr unwichtig. Wie konnte sie, selbst wenn sie noch so verhärtet war, nicht mit ihm fühlen, da sie doch wusste, was sie wusste?

Er hatte keine Übung darin, über seine Trauer zu sprechen. Zwanzig Jahre lang hatte er keine einzige ungetrübte Freude erlebt, und jetzt hatte ihn echte Trauer ergriffen, ohne Vorwarnung oder Schutz, und er war einfach nur stumm. Sein verlorener Sohn. Es war der Traum seines Lebens gewesen, etwas aus diesem ganzen Schrecken zu erretten, und jetzt war selbst diese Hoffnung verflogen.

Und während der Kaffee kalt wurde, konnte sie doch nicht widerstehen, darüber zu sprechen, so sehr sie sonst auch mit ihm fühlte.

»Wir haben ihn gesehen. In einem Restaurant. Wir haben ihn spielen gehört.«

»Und wie klang es?«

»Liebenswert. Traurig. Ich kann es nicht beurteilen.«

»Du spielst sehr schön.«

»Ich kann es nicht beurteilen.«

Ich habe alles verloren, wollte er sagen. Ich habe mich verleugnet, mich gequält und alles getan, was man von mir erwartet hat, und es war alles umsonst. Meine Hemden sind sauber. Mein Verhalten ist über jeden Zweifel erhaben. Und all das bedeutet dennoch gar nichts. Es traf ihn dort, wo er am verwundbarsten war, als er ihr ins Gesicht sah und die aufkeimende Liebe zu ihr spürte, weil sie nach Hause gekommen war und er sich gefreut hatte, sie zu sehen, ein Vogel in seinem Käfig, der sang, und seine quälenden Erinnerungen an die Grausamkeiten, die er dem Jungen gegenüber an den Tag gelegt hatte, der jetzt seine Existenz verleugnete. Es war zuviel für ihn. Und er war mit Stummheit geschlagen.

Der Kaffee war kalt. Das Abendessen war vorüber, und es war spät. Als er die Treppe hochging, fragte er sie leise, ob sie in ihrem eigenen Zimmer schlafen wollte.

»Warum das denn?«

»Du musst müde von der Fahrt sein.«

»Du bist mein Mann.«

Sein Wasserglas stand am Bett, ein Betthupferl von Mrs. Larsen, während sie vor ihrem traurigen kalten Kaffee gesessen hatten. Er ging ins Badezimmer, um ihr Zeit zu geben, sich bettfertig zu machen, und kniete sich auf den Boden, legte die Stirn an den kalten Toilettenstuhl, bis sich sein Fieber wieder abgekühlt hatte. Als er zurück ins Schlafzimmer kam, zog er sich ordentlich aus und legte seine Sachen zusammen, damit Mrs. Larsen sich darum kümmern konnte, dann hob er die Bettdecke, schockiert, erregt und berührt davon, dass sie zum ersten Mal nackt im Bett lag und bereit für ihn war, dass sie nackt auf ihn wartete, weil sie wusste, was er brauchte.

Er liebte sie mit einer Wildheit, die ihn selbst überraschte, der Schweiß lief ihm in Bächen den Rücken und die Brust hinunter, sein Mund lag auf ihrem, seine Hand lag in der weichen Kurve ihres Schenkels, mit seinen Armen fing er den lustvollen Druck seines Gewichts auf, und seine Hände waren überall. Sie zu lieben, war wie in warmem Wasser zu baden. Sie überflutete ihn. Sie war nachgiebig und hilfsbereit, nicht forsch, aber hilfsbereit, und er war froh, dass er ihr Lust verschaffen konnte, selbst wenn er sich auf seine eigene Lust konzentrierte. Dass er die Bewegungen, die Leidenschaft und das Fleisch seines Körpers spürte, seinen eigenen Schweiß, seine Art, die Begierden einer Frau zu erwecken, ohne Worte, so dass er schließlich nur noch reine Bewegung und reine Begierde war, die seinen Körper, seine Arbeit, seinen schrecklichen Schmerz und sogar ihr Gesicht und ihren Körper auslöschten, bis nur noch sein eigener Körper, sein Drang und seine eigene stumme Trauer die einzigen Dinge auf der ganzen weiten Welt waren. Er hörte ihr leises lustvolles Stöhnen, und einen Augenblick lang, einen einzigen Augenblick lang, verspürte er Seelenfrieden, und sein Atem kam in langen, langsamen Stoßseufzern, seine Hände kamen zur Ruhe, seine Wut war vergessen und seine Leidenschaften verflogen. Er hielt sie in seinen Armen und lag nun mit seinem ganzen Gewicht auf ihr. Er strich ihr das zerzauste Haar aus der Stirn.

»Ich danke dir«, sagte er, und sie wandte den Kopf ab und blieb stumm, und da wusste er, dass er etwas Falsches gesagt hatte. So etwas hatte er vor langer Zeit zu hemmungslosen Frauen in Hotelzimmern gesagt. Es war überhaupt nicht das, was er hatte sagen wollen. Er hatte ihr sagen wollen, dass sein Herz am Ende doch zerbrochen war, irreparabel und ohne Erlösung, und dass ihn nur noch seine Trauer und seine Wut aufrecht erhielten. Aber Ralph Truitt konnte nicht über die Befindlichkeit seines Herzens sprechen, das war er nicht gewohnt. Also dankte er ihr und bereute es sofort wieder, bereute auch, dass er seinem Sohn keine Träne nachweinen konnte. Er wollte doch weinen. Aber da er all die Jahre schon keine Tränen vergossen hatte, hatte er jetzt auch keine Tränen. Nicht für sich selbst. Nicht für Antonio. Und nicht für seine Frau, die schließlich die schreckliche Last des Mannes würde tragen müssen, zu dem er werden würde. Und sie würde neben ihm schlafen, sie würde es verstehen und wäre doch hilflos, und schließlich würde er sie hassen, ihre Hilflosigkeit hassen.

Natürlich war der Schmerz wiedergekehrt, über den Jungen, der nicht einmal sein eigen Fleisch und Blut war, und, da er nun so viel so nahe hatte, diese Frau in seinen Armen und unter seinem Dach, fragte er sich, warum er Andy eigentlich so unbedingt zurückhaben wollte. Doch er hatte diesen Traum schon so lange gehegt, dass nichts ihn ersetzen, dass nichts an die Stelle seines Verlusts und seiner Sehnsucht nach Wiedergutmachung treten konnte. Dieses Jungen, dieses Kindes, das er betrogen hatte, das er vielleicht hätte lieben und dem er beim Erwachsenwerden hätte beistehen können, das als Erwachsener vielleicht rebelliert hätte und dann doch weggegangen, aber vielleicht auch zurückgekommen wäre. So wie Truitt selbst es getan hatte, um die Firma zu übernehmen und zu lernen, wie man die Produkte herstellte, die Buchhaltung führte und die Menschen, die für einen arbeiteten, immer neu motivierte, die Menschen mit ihren Geschichten, ihren Kümmernissen und ihren kleinen Triumphen. Antonio. Andy. Tony Moretti. Ein Fremder, der zu einem gut aussehenden, sorglosen Mann herangewachsen war, den er sich nun vorzustellen versuchte. Dieser Mann, den er nicht kannte, den er geschlagen hatte. Der Sohn seiner Frau. Sein eigener verlorener Sohn, für den die Türen weit offen gestanden hätten.

Catherine schlief neben ihm. Ihr tiefer Atem erfüllte die Luft mit Süße. Dunkelheit umgab sie beide, und sie schlief auf der Seite des Bettes, die zwanzig Jahre lang leer gewesen war. Mrs. Larsen würde die Spuren ihres Geschlechtsverkehrs sehen, die befleckten Laken, und wissen, dass er nicht mehr allein war. Sie würde lächeln. Der Gedanke machte ihn verlegen. Man konnte aus solch kleinen Details so viel ablesen.

Es hatte keinen Sinn. Er setzte sich auf und stellte die Füße auf den Boden. Sein nackter Körper zitterte in der Kälte. Auch wenn sein Körper noch stark und sein Fleisch noch fest war, er war nicht mehr jung. Er konnte seine Jugend nicht zurückbekommen, zuviel lag hinter ihm und zuwenig vor ihm. In diesem Moment hatte er das Gefühl, dass das Ende seines Lebens begonnen hatte. Er spürte es in seinem Herzen. Er spürte es in seinen Knochen. Er hörte es an seinem schweren Atem. Sein Blut schäumte vor Lust, und in seinen Gedanken beschäftigte ihn der Tod. Er würde bald neben seinen Eltern unter der Erde liegen. Er würde in die Hölle kommen und in alle Ewigkeit mit seiner Mutter zusammenleben, mit der Nadel, die durch das weiche Fleisch seiner Hand stach.

Nun, da Antonio unwiederbringlich verloren war, spürte er, dass etwas in ihm abgestorben war und die Hoffnung dahin, die ihn durch all die einsamen Jahre hindurch getragen hatte. Er verstand es nicht. Er hatte doch so viel, und er verstand nicht, warum er dieser einen Sache so viel Bedeutung beigemessen hatte. Die Anzeige und die Ehefrau, die nicht das war, was sie zu sein vorgab, die Detektive, das Geld und die Hoffnung und das Warten, alles aus einem einzigen Grund, dem Traum von Antonio, und jetzt wusste er endgültig, dass er nie wieder nach Hause kommen würde.

Das Mondlicht schien durchs Fenster. Das schwache, bläuliche Licht fiel auf das Wasserglas neben dem Bett, und plötzlich hatte er einen solchen Durst, dass er glaubte, sterben zu müssen. Er griff danach und hielt das Glas für einen langen Augenblick in der Hand. Er roch es schon und hielt inne, aber nur eine Sekunde lang. Dann trank er das Wasser, trank das ganze Wasser aus, und beim ersten Schluck wusste er schon, durch den feinen Geruch und den bitteren Nachgeschmack, dass das Wasser verunreinigt war. Er sah auf den Boden des wunderschönen italienischen Glases. Er sah auf seine bezaubernde Frau, die friedlich wie ein Kind im Mondlicht schlief. Er dachte an Florenz, an seine Tage des Müßiggangs. Er wusste, dass er vergiftet wurde.

Es war ihm egal. Ihm war alles nur noch egal.

18. KAPITEL

Es war überall. Arsen. »Erbschaftspulver« nannten es die Alten. Es war in seinem Essen, in seinem Wasser, auf seinen Kleidern. Es war in seiner Haarbürste, wenn er morgens sein Haar kämmte. Er roch es. Er schmeckte es auf der Zunge und in seiner Kehle. Nicht die ganze Zeit, nicht jeden Tag, aber es war immer da. Anfangs war die Wirkung belebend. Er fühlte sich großartig und stark. Seine Haut sah rosig und rein aus. Sein Herz schlug zuverlässig in seiner Brust. Sein Haar glänzte, und seine Augen waren blau und klar, sein Blick war durchdringend. Die Leute machten Bemerkungen über sein Aussehen, Leute, die sonst nie ein persönliches Wort an Ralph Truitt gerichtet hatten, sagten nun, er sähe zehn Jahre jünger aus. Sie fanden, dass ihm seine erneute Heirat guttat.

Er setzte, trotz seiner verzweifelten Trauer, sein Leben unverändert fort. Den Arbeitern begegnete er herzlich, anständig und unvoreingenommen, aber er starb, und er wusste, dass er starb, und für ihn schien es nur noch mitleidige Güte zu geben.

Catherine war äußerst zärtlich zu ihm. Wenn er sprach, hörte sie aufmerksam zu, und er sprach oft mit ihr, über seine Geschäfte und seine Expansionspläne. Er sprach nie mehr über Antonio, sagte ihr nie, wie schwer ihm ums Herz war, wie tot es sich anfühlte Er sagte ihr nie, dass er sterben wollte, aber Angst vorm Tod hätte, vor dem langen, schmerzhaften Prozess des Sterbens. Er wollte ihr sagen, dass alles so in Ordnung wäre, er wollte ihr sagen, dass sie alles bekommen würde, wenn es so weit war, dass er, während sie in Saint Louis gewesen war, ein Testament gemacht hatte, und dass er nicht glaubte, dass Antonio je kommen würde, um sein Erbe einzufordern. Aber er konnte es nicht. Natürlich war er schockiert über das, was sie tat. Dennoch konnte er nicht mit ihr darüber reden. Er spielte mit. Er war ihr einziger Komplize.

Ihre Stimme war wie Musik für ihn.

»Bis heute hatte ich keinen Augenblick des Friedens mehr«, sagte er. »Zwanzig Jahre lang. Keinen Augenblick des Glücks. Du hast mir dieses Gefühl wiedergegeben, und dafür bin ich dir dankbar. Du kannst dir gar nicht vorstellen, wie sehr.« Sie saßen am langen Esstisch, hatten ihr Abendessen zu sich genommen.

»Ich würde alles tun, um dich glücklich zu machen. Dir Sachen schenken. Dir sagen, was immer du hören willst. Das weißt du doch?« Er nahm ihre Hand.

Sie wusste, dass er die Wahrheit sagte. »Was sollte ich denn sonst noch wollen? Du bist genau das, worauf ich gewartet habe. Mehr will ich gar nicht. Ich hatte erwartet, dass ich enttäuscht wäre. Ich hatte gedacht, ich würde weglaufen wollen. Ich habe dafür vorausgeplant. Ich hatte ein bisschen billigen Schmuck. Ich habe ihn gleich am ersten Abend verloren, als das mit der Kutsche passierte. Er war für den Fall, dass ich weglaufen wollte. Ich wusste damals nicht, dass … wie konnte mir nur so etwas passieren? Wegen einer Zeitungsanzeige.« Sie lachte, und es war, als würde Wasser aus großer Höhe herabfallen. Er lachte, als er an seine eigene Narrheit dachte.

»Ich hätte jemand anders wählen können.«

»Ich hätte dir mein eigenes Photo schicken können und nicht das von India, und du hättest mich nicht ausgewählt. Gab es denn so viele?«

»Dutzende. Alle tugendhaft. Einige Witwen. Manche noch jung. Praktisch noch Kinder. Jünger als du. Ein paar Goldgräberinnen.«

»Warum dann ich?«

»›Ich bin eine einfache, ehrliche Frau.‹ Das hast du geschrieben. Ein schlichtes, ehrliches Gesicht. Ich wusste es sofort. Danach gab es keine andere mehr.«

»Es war aber nicht mein Gesicht.«

»Das hat sich dann herausgestellt, ja.«

»Bereust du es noch?«

»Nein, nicht mehr.«

»Was hast du mit den Briefen gemacht? Mit den anderen Briefen?«

»Ich habe sie im Garten verbrannt, es war ein großer Haufen.«

Sie zogen in den großen Palast hinterm Wald um. Truitt ließ, als Hochzeitsgeschenk für seine neue Frau, im ganzen Haus moderne Badezimmer einbauen. Er ließ überall im Haus elektrische Leitungen verlegen und Lampen aus Chicago kommen. Er ließ den Kronleuchter ans Stromnetz anschließen. Er ließ eine neue Küche für Mrs. Larsen einbauen, auch wenn sie sagte, sie brauche keine neue. Alles andere blieb so, wie es schon vorher gewesen war.

Die schönen Möbelstücke aus dem Farmhaus ließen sie auf Karren laden, den ganzen langen Weg zum großen goldenen Haus schleppen, wo sie die Sessel und Tische wieder an die Plätze stellten, die sie schon vor zwanzig Jahren eingenommen hatten. Truitt schenkte das Farmhaus Larsen und überschrieb es ihm.

Das große Haus erlebte eine Wiedergeburt, und sie saßen eng nebeneinander an einem Ende des langen Tisches im Esszimmer mit seinen Wandmalereien. Im Kamin brannte ein Feuer gegen die Kälte, während draußen der Wind heulte und sie mit leiser Stimme von der Liebe und von praktischen Dingen sprachen. Zum Abendessen zog sie sich um. Sie spielte Klavier für ihn. Sie las ihm im gelben Salon neben dem mächtigen Kamin, der so groß war, dass man ein ganzes Fuhrwerk hätte hineinschieben können, Whitman vor.

Sie luden Gäste zum Essen ein, gaben kleine Empfänge für Männer, die Truitts Einfluss brauchten. Ärzte, Anwälte und Richter mit ihren stummen Ehefrauen kamen zu Besuch. Der Gouverneur kam. Er wollte Geld von Truitt, und beim Abschied gab ihm Truitt etwas. Diese Abendessen waren kein Vergnügen. Das Essen war ausgezeichnet.

Ihr Schlafzimmer suchten sie sich sorgfältig aus. Es war nicht das größte, nicht das prunkvolle, das er mit Emilia geteilt hatte. Es war ein großes, schlichtes, blaues Zimmer mit einem Blick auf den umschlossenen Garten. Dort stellten sie das große Bett seines Vaters hinein, und abends legte er den Kopf auf das weiche Kissen, während ihr scharlachroter Vogel lieblich sang und sie auf der Bank am Fenster saß, bevor sie sich liebten.

Sie beschrieb ihm die Blumenpracht, die der Sommer mit sich bringen würde, die Rosen, die Clematis, die Calla-Lilien und die fröhlichen Gänseblümchen. Sie sagte die lateinischen Namen auf, die sie auswendig gelernt hatte. Sie beschrieb den schweren Duft, den die Nachtluft durchs offene Fenster hineintragen würde. Sie malte ihm die Farben jedes Blütenblatts und jedes Blumenkelchs aus, und er lag mit geschlossenen Augen da und fragte sich, ob er lang genug leben würde, um all das zu sehen. In ihrer Beschreibung war es wunderschön. Es war der Garten, den Emilia nie geschaffen hatte, weil ihr dazu die Geduld oder die Kenntnisse gefehlt hatten.

Sie hatte Larsen gebeten, den Schnee wegzuschaufeln und die Reste der Pflanzen freizulegen, um die man sich zwanzig Jahre lang nicht gekümmert hatte, und sie starrte ins kalte Mondlicht auf die verschlungenen nackten Weinreben und die umgestürzten Statuen, das leere Gewächshaus für die Zitronen und die Orangerie. Sie erzählte ihm von dem Leben, das sie mit ihren Händen in der Erde wieder sprießen lassen wollte. Sie erzählte ihm von ihren langen Tagen in der Bibliothek und von all dem, was sie dort gelernt hatte.

Das Haus schützte sie vor den späten Schneefällen. Das Mondlicht schien durchs Fenster. Sie war so lebendig neben ihm, und er konnte nicht glauben, dass er so große Lust verspürte, während das Gift sich in seinem Körper ausbreitete und seine Trauer um Antonio immer stärker und immer schrecklicher wurde.

Das Haus war zu viel und zu groß für Mrs. Larsen, und sie stellten zusätzlich zwei Mädchen aus dem Dorf und einen weiteren Mann ein, so dass alles immer sauber war und genügend Holz vorrätig, um am Abend in jedem Kamin ein Feuer in Gang halten zu können. So konnten sie sich nach dem Abendessen immer ein Zimmer ihrer Wahl aussuchen, um darin zu sitzen.

Ende Februar wurde Ralphs Buchhalter plötzlich wahnsinnig und ermordete ohne erkennbaren Grund seine Frau, mit der er achtundzwanzig Jahre zusammengelebt hatte. Mr. und Mrs. Truitt gingen zur Beerdigung, standen ernst in ihrer schwarzen Kleidung da, während die erwachsenen Kinder um den Verlust ihrer Mutter weinten.

»Warum tun sie diese Dinge? Diese schrecklichen Dinge?«, fragte Catherine, während sie in der Kutsche nach Hause fuhren.

»Sie hassen ihr Leben. Sie beginnen, einander zu hassen. Sie verlieren den Verstand, wollen Dinge, die sie nicht haben können.«

Ralph wohnte dem kurzen Prozess bei, sah zu, wie der Mann um den Verlust seiner Frau weinte und an seiner Kleidung herumzupfte. Die Kinder starrten hasserfüllt und ängstlich vor sich hin.

Aber Ralph verstand das. Er wusste, dass Menschen eines Tages plötzlich aufwachten und ihren Verstand verloren hatten, ihren ganzen Sinn für Richtig und Falsch, ihr Vertrauen in die eigenen Beweggründe. So etwas geschah. Der Winter war zu lang. Die Luft war zu trübe. Die Ursache war unergründlich, die Wirkung unvorhersehbar. Der Buchhalter wurde in ein Irrenhaus gebracht, wo er jeden Tag um seine geliebte Frau trauerte und fragte, ob sie ihn besuchen käme.

Ralph wollte glauben, dass Catherine ihm das Pulver verabreichte, um ihm Jugend und Kraft einzuflößen, so wie ein Pferdehändler einem Pferd Spritzen gab, um das Fell glänzender und die Augen feuriger erscheinen zu lassen und einen nichts ahnenden Käufer übers Ohr zu hauen. Er glaubte, dass sie das Gift aus Saint Louis, vielleicht aus Chinatown, mitgebracht hatte, dass sie es unter irgendeinem fadenscheinigen Vorwand gekauft und dass sie an den langen Tagen ohne ihn den Plan gefasst hatte, ihm das Gift in kleinen Dosen zu verabreichen, damit er wieder jung wäre. Jedenfalls für eine kurze Zeit. Eine kurze Zeit würde schon reichen. In Florenz hatte er manchmal solche Gifte benutzt, so dass er stundenlang ohne Pause Sex haben konnte, und einmal hatte er es auch als Heilmittel für eine Geschlechtskrankheit eingesetzt, die er sich eines Sommers zugezogen hatte. Danach ignorierte er es einfach. Er fühlte sich göttlich. Es gab Gründe. Es musste Gründe geben. Es war möglich.

Ihre Glut stand der seinen in nichts nach. Es kümmerte ihn nicht länger, dass ihr Kenntnisreichtum der sexuellen Spielarten weit über das hinausging, was sie ihm von ihrem früheren Leben, ihrem bescheidenen Missionarsleben, erzählt hatte. Sie wirkte geradezu wollüstig auf ihn, zu allem bereit, wie die Frauen, die er in seiner Jugend geliebt hatte. Er liebte sie, er begehrte sie, und sie war immer da. Sie war in ihren unscheinbaren Sachen schüchtern und distanziert nach Saint Louis abgereist und als eine ganz andere Person zurückgekehrt, weicher, entspannter um den Mund herum, in schönen schlichten Kleidern, die von ziemlich gutem Geschmack und altem Geld zeugten, wie jemand, von dem er gar nicht mehr erwartet hätte, dass er ihn jemals finden könnte. Sie war sein Traum.

Er musste jeden Abend darum ringen, das Abendessen hinter sich zu bringen, ohne sie anzufassen, und zu warten, bis es Zeit war, ins Bett zu gehen. Er musste darum ringen, mit normaler Stimme Konversation zu machen, ihren Blick zu meiden und ihrer süßen Stimme zu lauschen, während sie ihm vorlas, diese sanfte Qual, wenn sie Klavier spielte oder sie Karten spielten, während Mrs. Larsen den Tisch abräumte und das Geschirr abwusch.

Jede Nacht lag Catherine in seinen Armen, und jede Nacht sammelte sich der Schweiß, der seinen Rücken herunterrann, zwischen ihren Brüsten und tränkte sie beide. Sie holte dann ein frisches Handtuch und trocknete ihm vorsichtig seinen Rücken, seine Brust, seine Beine und Füße ab. Jede Nacht schlief sie neben ihm, jede Nacht trank er sein kristallklares

Wasser aus, und jeden Morgen war sie da, wenn er erwachte, steif von seinen verworrenen Träumen.

Gift. Es war das Gift der Lust, das Gift, von dem er wusste, dass es ihn töten würde. Seine Mutter hatte es auch gewusst. Er hatte immer noch die Narbe an seiner Hand, die ihn daran erinnerte. Dies war das Gift, das seine Mutter schon in seinen Pupillen gesehen hatte, bevor sein Blick zum ersten Mal auf den nackten Körper einer Frau gefallen war. Das war Schlechtigkeit, und sie war tödlich.

Er träumte von Frauen. In seinen Träumen kehrten seine sinnlichen Erfahrungen, die er vor langer Zeit gemacht hatte, detailliert und verführerisch wieder. Stimmen riefen nach ihm. Er lag nackt auf einer Wiese, der Wind zerzauste das Haar eines jungen Mädchens, das neben ihm lag, ihr Kleid war offen, und seine Hände umfassten ihre Brüste. Er lag in Innenhöfen, in Gärten, während das Wasser aus den Springbrunnen spielerisch über Marmorstatuen fiel und die Luft vom Duft der Gardenien, von Jasmin und Rosmarin schwer war. Frauen flüsterten ihm leise ins Ohr, während sie mit ihren Fingerspitzen an seiner Kleidung zupften. Während ihm ihre spitzen Fingernägel auf seinem Rücken ins Fleisch drangen. Im Traum gingen ihm hinter seinen Lidern die Augen über angesichts der üppigen Ausschweifungen.

Er träumte von Männern, die nicht er selbst waren, und Frauen, die er nie gekannt hatte. Er träumte von seiner Mutter und seinem Vater, die in der stummen, lieblosen Leidenschaft verloren waren, der er seine Existenz verdankte. Er träumte von den Männern und Frauen aus der Stadt, die so gläubig und so streng, heimlichtuerisch und fruchtbar waren. Er träumte von jungen Liebespaaren und vom ersten Kuss, vom ersten Bändchen, das mit zitternden, jugendlichen Fingern gelöst wurde, während man an einem Wasserfall stand, an einem kristallklaren Fluss, an einem Ort, den er kannte.

Er träumte von großen Festen. Sie waren fröhlich, es gab lauter gute Sachen zu essen und gut gekleidete Männer und Frauen aus einer Zeit, die zwanzig und vierzig Jahre zurücklag. In diesen Träumen war er ein Kind unter lauter Erwachsenen. Es wurde gelacht, man vergnügte sich, er erkannte die unausgesprochenen Zeichen erfüllter Begierde. Das waren alles keine Menschen, die er kannte. Das waren alles keine Häuser, die ihm vertraut waren. Diese Häuser waren riesig und besaßen viele Zimmer, die ineinander übergingen, so dass die Gäste beständig von einem Zimmer in das nächste, von einer Lust zur nächsten, von einem Partner zum nächsten gehen konnten. Sie hatten wunderschöne Haut und wohlklingende Stimmen, und er liebte sie, liebte es, unter ihnen zu sein.

In diesen Träumen, in denen er manchmal seine Mutter und seinen Vater glücklich sah, hatte er keinen Sex, aber alles roch so intensiv nach Lust, dass er selbst nur noch Körper war und kraftvoll und mit einem Stolz daherging, der ihm ganz unbekannt war.

Er träumte nie von Catherine. Er träumte nie von Emilia. Er träumte von Antonio und sah ihn mit einer Frau nach der anderen. Diese Träume waren ihm peinlich und erfüllten ihn mit Scham, aber auch mit Sehnsucht.

In seinen Träumen roch er Blumen. Er roch Mandeln. Er roch sein eigenes sterbendes Fleisch.

Diese Träume verschwanden im Morgengrauen, und er wachte ängstlich und verstört auf und erblickte Catherine, die schon wach war und die Hand nach ihm ausstreckte.

»Du hast sehr unruhig geschlafen. Ich habe gemerkt, wie du dich herumgewälzt hast.«

»Ich habe geträumt.«

»War ich auch da?«

»Nein.«

Es war ihm egal, dass ihr Haar verfilzt, ihr Atem schal war und ihr das Nachthemd zu den Knien hochgerutscht war. Es war ihm egal, wer sie war oder als was sie sich ausgegeben hatte. Es war ihm egal, was sie Grausames tat. Was sie ihm antat. Er streckte, aus seinem Traum erwachend, die Hand nach ihr aus und nahm sie in die Arme, er hatte mehr gewollt, als eine Frau ihm überhaupt geben konnte, und mehr bekommen, als er jemals erwartet hatte.

Er wusste, dass dieser Augenblick, dieses Gefühl des Wohlbehagens, diese wunderbaren Träume kruder Begierde und prompter Erfüllung etwas Flüchtiges waren. Die erotische Wirkung des Giftes würde bald vorbei sein, und der Schrecken würde einsetzen, wenn es das war, was sie wollte. Und diese Tatsache entsetzte ihn keineswegs so sehr, wie er angenommen hatte. Er würde sie nicht aufhalten. Er würde sich nicht retten. Er liebte sie. Er liebte sie, und sie wollte, dass er tot war, seinen Sohn hatte er für immer verloren, und so wäre auch das in Ordnung. Das war es, wohin sein Leben ihn geführt hatte. Dafür hatte er zwanzig Jahre in Einsamkeit gelebt, um jetzt zu sehen, was passieren und wie alles ausgehen würde.

»Mein Leben war schrecklich, bis du gekommen bist.«

»Du hast doch so viel.«

»Ich habe das, was noch übrig ist, nach all dem, was ich zerstört habe, meine Frau, mein Kind … meine Kinder.«

»Das war alles nicht deine Schuld. Deine Frau war schrecklich zu dir.«

»Sie hat das getan, was man ihr beigebracht hat. Sie hat mich ins Elend gestürzt, weil ich blind war, weil ich ins Elend gestürzt werden wollte. Es war nicht ihre Schuld. Ich habe einfach nicht aufgepasst.«

»Du warst sehr großzügig.«

»Ich habe beinahe meinen Sohn umgebracht. Meinen eigenen Jungen.«

»Er …«

»Er war der einzige Sohn, den ich hatte. Er war Sohn genug. Und er war unschuldig. Wie Franny. Unschuldig, lieb und dumm.«

»Der Junge in Saint Louis … Mr. Moretti.«

»Was?«

»Vielleicht ändert er seine Meinung. Vielleicht ist er dein Sohn. Ich glaube, dass er es ist.«

Ralph nahm ihre Hand in seine. Sie starrten sich auf dem schneeweißen Leinenlaken an.

»Dann ist er ein Lügner. Er wird nie seine Meinung ändern. Alles ist schiefgegangen. Es war alles umsonst.«

Er hatte so große Anstrengungen unternommen. Er hatte Detektive, Fremde, angeheuert, um seinen Sohn zu finden. Er hatte in Chicago, Saint Louis, Philadelphia und San Francisco eine Anzeige in die Zeitungen gesetzt, viele Briefe erhalten und beantwortet und seine Wahl getroffen. Sein Sohn hatte sich als Phantom erwiesen.

Sein illegitimer Sohn, dessen war er sich bewusst. Seine neue Frau hatte sich als die Person herausgestellt, auf die er, seit dem Tag, an dem er Emilia verjagt hatte, immer gewartet hatte. Gift. Das Leben, das er führte, war das Leben, das er zustande gebracht hatte, nicht mehr und nicht weniger, und er wollte nicht mehr kämpfen und nicht mehr versuchen, den Lauf der Dinge zu ändern.

»Was wirst du heute tun?«

»Ich fühle mich so träge wie eine Katze. Ich werde lesen. Ich werde nähen. Ich werde Mrs. Larsen fragen, ob sie Hilfe braucht, und sie wird nein sagen. Ich werde auf dich warten.«

»Und macht dich das glücklich?«

»Es ist alles, was ich brauche. Es ist alles, was ich jemals gewollt habe.«

Wenn sie im Bad war, suchte er nach dem Gift. Er schaute in ihren Nähkorb. Er durchsuchte die Taschen ihrer Kleider. Er musterte die wenigen Utensilien auf ihrem Toilettentisch. Nie entdeckte er irgendetwas. Für ihn war es ein aufregendes Spiel, wie Ostereiersuchen, und es war ihm im Grunde egal, ob er das Gift fand oder nicht. Er hatte das Gefühl, dass es seine Pflicht war, danach zu suchen. Er würde sie nie zur Rede stellen, ganz gleich, was er finden würde. Wenn er erwachte, war er aufgeregt, und dann wollte er etwas finden, irgendetwas, das beweisen konnte, was er ohnehin schon wusste. Dennoch wäre es bedeutungslos. Sie sollte tun, was sie tun wollte. Er nahm an, dass sie alles haben wollte, das Haus, das Geld, einfach alles, und er hätte es ihr auch gegeben, alles, wenn sie ihn darum gebeten hätte. Er würde allein und besitzlos leben, wenn sie das wollte. Und er würde sterben, wenn es das war, was sie von ihm verlangte.

Mrs. Larsen erzählte, dass Catherine tagsüber ruhelos war. Mrs. Larsen nahm an, dass sie sich langweilte, weil sie in diesem großen Haus eingesperrt war, in dem es nichts zu tun gab. Dabei hielt sie niemand zurück. Sie konnte jederzeit in die Stadt fahren, dies und das einkaufen und Damen besuchen, die sie vielleicht kennen gelernt hätte. Aber sie verließ nur selten das Haus, höchstens, um in den verschneiten Garten zu gehen. Manchmal ging sie auf der Straße spazieren, im spärlicher werdenden Schnee, und spähte hier und dort in die Wagenspuren, als versuchte sie, etwas wiederzufinden, aber immer kam sie mit leeren Händen wieder nach Hause.

Schließlich fand Larsen ihren Schmuck. Als er, mit ein paar

abgeschossenen Kaninchen auf der Schulter, auf dem Heimweg war, senkte er den Blick und entdeckte etwas, das im Schmutz glitzerte, hob ihre kleinen Schmuckstücke auf und rieb sie mit seinen Fingern sauber, bis sie in der Sonne funkelten. Er brachte sie mit nach Hause und lief damit direkt zu Catherine, die gerade Klavier spielte, wobei die toten Kaninchen immer noch über seine Schulter baumelten und seine schlammigen Stiefel den Teppich aus Frankreich beschmutzten. Er streckte ihr seine offene Hand hin, und sie nahm ihre Sachen.

»Das ist es doch, oder? Wonach Sie gesucht haben?«

»Das ist es, Mr. Larsen. Jetzt bedeuten sie mir nichts mehr. Aber ich danke Ihnen. Ich werde sie weglegen. Ich habe sie einmal getragen, an einem anderen Ort.«

Truitt erfuhr davon. Er hörte es vor Einbruch der Dunkelheit von Mrs. Larsen, aber er fragte sie nie danach, und er sah die wertlosen Schmuckstücke auch nie, die sie mitgebracht hatte. Frauensachen, Schmuck, Rubine oder Glas, es war alles gleich.

In der Stadt nahm eine Witwe Strychnin, das Gift brachte ihr Blut zum Kochen, Galle floss ihr aus dem Mund, als sie auf dem Küchenfußboden lag, während auf dem Küchentisch noch ein Kuchen auskühlte. Ein junger Mann warf seine eigene Tochter in einen Brunnen und rauchte eine Zigarette, während sie ertrank. Solche Dinge geschahen.

Ralph ging nicht zu den Beerdigungen oder zu den Gerichtsverhandlungen. Er konnte die Vorstellung, unter vielen Menschen zu sein, nicht mehr ertragen. Er konnte die Vorstellung nicht ertragen, angestarrt zu werden. Er hatte das Gefühl, der Winter würde nie zu Ende gehen, und er wartete jeden Tag darauf, dass er seine Arbeit im Büro endlich beenden konnte. Er dachte, er würde verrückt werden, bis er endlich wieder am langen Tisch saß und der beruhigenden Stimme seiner jungen Frau lauschen konnte.

Jeder Todesfall war der Tod Antonios. Jedes Verbrechen bedeutete das Verschwinden seines Sohnes. Tagsüber weinte er. Er weinte während der langen Fahrt von seinem Büro nach Hause. Er weinte jeden Morgen, wenn er erwachte. Und Catherine war das Einzige, was seine Trauer mildern konnte.

Solche Dinge geschahen, dachte er, als er nach Hause fuhr und die Straße vor ihm durch seinen Tränenschleier nur noch verschwommen wahrnahm. Die Winter waren lang, das Leben war hart, die Kinder starben, und die Religion war bloß Terror, und so weinte er um diese traurigen Menschen und gleichzeitig um seinen Antonio, sein eigenes Kind, das in den Brunnen gefallen war. Er weinte, weil es keinen Prozess gegeben hatte, keine Vergeltung, niemanden, der den Jungen vor der schrecklichen Wut seines Vaters geschützt oder in Sicherheit gebracht hätte. Er war ungestraft davongekommen, und Antonio war weggelaufen und hatte sich in der brutalen Welt verloren, während er in seiner adretten Kleidung nach Hause fuhr, um von seiner wunderschönen Ehefrau vergiftet zu werden.

Und so weinte er.

Sie stand mitten in der Nacht auf, um die Laken zu wechseln. Ihre Arme flatterten, und die Leinenlaken flogen wie große Vögel über das Bett. Sie strich die Laken glatt, stopfte die Kissen in ihre Bezüge und stapelte sie übereinander auf dem großen Bett.

Sie zog ihr Nachthemd an und legte sich unter die Bettdecke. Mrs. Larsen fand die durchnässten Laken im Schrank mit dem Bettzeug. Catherine tätschelte seine Bettseite, und er legte den Kopf auf das Kissen und blickte in ihr schönes, ruhiges Gesicht. Sie sah aus, als wäre sie weit entfernt. Sie war solch ein Schatz.

Ihm klopfte das Herz in der Brust. Er schlüpfte mit der Hand unter ihr Nachthemd und legte sie ihr auf den Oberschenkel.

»Ich weiß, was du tust. Ich weiß, was mit mir geschieht.«

»Ich …«

»Sag jetzt einfach gar nichts. Sprich nicht. Wir werden es nie wieder erwähnen. Ich wollte nur, dass du weißt, dass ich es weiß und dass es in Ordnung ist. Es ist mir egal. Ich verzeihe dir. Nur …«

Ihre Hände waren starr. Ihre Augen waren weit aufgerissen. Sie flüsterten miteinander.

»Ich weiß nicht, wovon du redest oder was du mir damit sagen willst.«

»Wenn es schlimmer wird, wenn es das ist, was du willst, dann mach es schnell. Ich habe so lange gewartet, um zu sehen, was passieren wird, und jetzt weiß ich es, und es ist in Ordnung, ich akzeptiere es, aber ich möchte, dass es schnell geht. Ich möchte nicht leiden.«

Er konnte spüren, wie das Blut durch die Ader in ihrem Bein pulsierte. Er konnte sehen, wie sich ihr Blick von ihm abwandte und sich aufs Mondlicht richtete. Sie streckte die Hand aus und schloss ihm die Augen. Sie ließ ihre kalte Hand auf seinen Lidern liegen, ihr Atem blies ihm beruhigend ins Ohr, so wie man vielleicht ein Kind zum Schlafen brachte, ein Kind, das von einem Alptraum aufgewacht war.

»Ich werde nie wieder davon reden. Du bist frei.«

»Das ergibt alles überhaupt keinen Sinn. Ich weiß nicht, wovon du redest. Ich liebe dich.«

Das hatte sie noch nie gesagt. Seit mehr als zwanzig Jahren hatte das niemand mehr zu ihm gesagt, und dennoch glaubte er ihr. Sie liebte ihn, und sie war diejenige, die ihm den Tod brachte, ein Ende seiner Qualen. Sie war der Engel seines Todes. Und er liebte sie von ganzem Herzen.

Sie wollte es gar nicht tun. Sie wollte ihm nicht beim Sterben zusehen. Sie verabscheute die Vorstellung zutiefst, dass er sich quälen oder kränker werden würde, was alles unvermeidlich auf ihn zukam. Aber sie wusste, dass jederzeit ein Brief eintreffen konnte, ein Brief, der alles beenden würde. Liebe und Geld – diese beiden Dinge hatte sie sich selbst versprochen, aber mehr und mehr wurde ihr klar, dass ein Mensch vielleicht nur eines davon bekommen konnte, aber sie wollte und konnte nicht mittellos dastehen. Sie würde in der Gosse enden, hatte Antonio zu ihr gesagt. Sie würde traurig und verhärmt sein, und schließlich würde sie sterben. Aber was auch immer geschah, sie konnte sich nur selbst retten.

Ein Mann aß ein ganzes Wörterbuch auf und starb. Larsen schlug sich, während Mrs. Larsen dabei zusah und schrie, die eigene verbrannte Hand mit einer Axt ab, weil er glaubte, dass die Verbrennung, die nicht heilen wollte, der Kuss des Teufels, das unauslöschliche Mal der Sünde war. Als Fünfzehnjähriger hatte er im Bürgerkrieg gekämpft und war ohne einen Kratzer wieder nach Hause gekommen. Jetzt lag er, ein sabbernder Idiot, der nur noch eine Hand hatte, in einem teuren katholischen Krankenhaus in Chicago, für das Mr. Truitt bezahlte, während Mrs. Larsen ihn nie wieder erwähnte. Solche Dinge geschahen.

Catherine Land, eine junge Ehefrau aus Truitt, Wisconsin, war dabei, den Mann, den Ehemann, der sie liebte und den sie selbst, zu ihrer eigenen Überraschung, auch liebte, den Mann, der sie vor einem Leben in Armut und Verzweiflung bewahrt hatte, zu vergiften, langsam mit Arsen zu vergiften.

Solche Dinge geschahen.

19. KAPITEL

Ich friere. Ich friere die ganze Zeit«, sagte Ralph Truitt, wenn er an den Abenden dasaß und zitterte.

Catherine kam ins Zaudern. Ihr schwand der Mut, wenn sie das Medizinfläschchen in der Hand hielt. Sie räumte das Gift wieder weg. Für eine Woche hörte sie damit auf. Er war ein guter Mensch, ehrlich, anständig, durch und durch gut, und so etwas verdiente er nicht. Sie wusste das, und in gewisser Weise fühlte sie zum ersten Mal, dass diese Dinge eine Bedeutung hatten. Die Vorstellung, dass jemand gut sein konnte, war ihr nie in den Sinn gekommen, und jetzt war sie auf einmal sehr real. Es gab einen Grund, warum Menschen bestimmte Dinge taten, es gab einen Grund, warum manche Leben gelangen und andere nicht. Sie hatte nie darüber nachgedacht. Als wäre gut zu sein so etwas wie das Himmelreich, bei dem sie, hätte sie je innegehalten, um darüber nachzudenken, stets nur hätte ermessen können, wie weit sie davon entfernt war. Jetzt verfolgten sie diese Gedanken.

Sie könnte es sich noch einmal anders überlegen, dachte sie, das müsste sie auch, aber der Gedanke an Antonio hing wie eine Schlinge über ihr. Es war keine leere Drohung. Er würde Ralph schreiben, und alles wäre vorbei. Antonio bedeutete die Liebe für sie, zumindest, bis Ralph kam, alles, was sie davon kennen gelernt hatte. Was Antonio von ihr wollte und was sie ihm versprochen hatte, würde auf irgendeine Weise erledigt werden müssen. Und so begann sie wieder aufs Neue damit.

Die Liebe, selbst eine schlechte Liebe, war so verlockend für sie, dass sie, selbst wenn sie nur kurz währte, ihre ganze Aufmerksamkeit beanspruchen konnte. Das Bild Antonios schwebte ihr vor den geblendeten Augen. Schließlich war es ja nur ein Tropfen, ein Tropfen in sein Wasser, in seine Suppe, ein Tropfen in seine Haarbürste. Es war klar, eisig und beinahe geruchlos. Sie wusste, wie schrecklich es für ihn werden würde. Sie wusste, auf welche Weise er sterben würde. Sie konnte jetzt nicht mehr damit aufhören.

Er sprach nie wieder davon, so wie er es versprochen hatte. Er bat sie niemals, damit aufzuhören, beklagte sich nie über die Veränderungen, die seinen Körper und sein Leben heimzusuchen begannen. Er wurde ängstlich. Die Träume, die seinen Schlaf verzaubert hatten, waren nun schrecklich, dennoch beklagte er sich nie.

Um zwei oder drei Uhr morgens wachte er, von Angstschweiß bedeckt, auf und wandte sich ihr zu, sie trocknete ihn ab und deckte ihn wieder zu, und er lag bis zum Morgengrauen, vor Kälte zitternd, da. Sie fühlte ihm die Stirn. Er verbrannte. Sie verspürte eine Zärtlichkeit, die sie noch nie für irgendeinen Mann empfunden hatte, eine Zärtlichkeit, die sogar über Liebe hinausging.

Er wirkte ausgezehrt. Seine Kleidung begann, sich in seine Haut zu brennen. Jeder Laut, jedes Geräusch begann, in seinem Ohr zu scheuern, bis er es nicht mehr ertragen konnte.

Eines Abends sprach er nach dem Abendessen mit leiser Stimme, rezitierte ein Gedicht.

Ich wandre die ganze Nacht in meinem Traumgesicht,
Schreite leichten Fußes, schreite rasch und geräuschlos
und halte inne,
Beuge mich mit offenen Augen über die geschlossenen
Augen der Schläfer,
Wandere und bin verwirrt, mir selbst verloren, durcheinander, widersprüchlich,
Halte inne, spähe, beuge mich nieder und verweile.

Sie wusste nicht, was er meinte. Sie wusste nicht, woher diese Worte stammten. In seiner Stimme lag kein Vorwurf. Sie vermutete, dass es der Beginn einer Demenz war, die wenigstens dazu führen würde, dass er vieles von dem, was mit ihm geschah, nicht mehr bemerkte.

Depression, Morbidität, gefolgt vom Tod. Das waren die Worte, die sie in der Bibliothek gelesen hatte. Sie wusste bereits, was alles auf ihn zukommen würde, die Schmerzen, die Flecken in seinem Sichtfeld, die die Welt gelb und grün färben würden, die eitrigen Pusteln, die verhärmten Augen, die dunklen Höhlen. Sie wusste es, aber sie hatte gedacht, sie wäre darauf vorbereitet.

»Es ist falsch«, sagte Mrs. Larsen. »Ich habe schon viele Krankheiten gesehen, bei Truitt, bei … überall, aber das hier ist eine Krankheit, wie ich sie noch nie gesehen habe.«

Mrs. Larsen begann, sie zu beobachten. Catherine setzte sich hin und redete mit ihr.

»Ich weiß nicht, was es ist. Wir werden einen Arzt rufen. Er wird uns sagen, was wir tun sollen.«

Ein Arzt würde sowieso nichts finden, würde keinen Verdacht hegen. Ein Mann in Truitts Alter konnte schon mal Ekzeme und Ausschläge bekommen. Ihm konnte das Haar ausfallen. Er konnte Wahnvorstellungen haben, ein überscharfes Gehör, einen Tinnitus, irgendetwas Unvorhersehbares. Das konnte jedem passieren. So etwas geschah. Truitt, der gewiss noch nicht alt war, war auch nicht mehr jung. Aber Truitt wollte keinen Arzt rufen. Das Gift war sein Treibstoff. Er war nicht unglücklich. Und er liebte seine Frau. Sie war die wunderschöne, tödliche, boshafte Spinne, auf die er sein ganzes Leben gewartet hatte. Sie war das letzte Messer, das in sein Herz drang. Er öffnete dankbar sein Hemd für sie.

Mrs. Larsen ließ Catherine keine Sekunde mehr aus den Augen. Truitt war ihr Leben, und sie fühlte, wie dieses Leben ihr, wie so vieles andere, das sie schon verloren hatte, grausam entglitt. Das im Wahnsinn, in einem unheilbaren Schrecken, geendet war. Und sie wusste, was sie schon vorher gewusst hatte: dass das hier nicht normal war.

Ralph konnte es nicht ertragen, berührt zu werden. Seine Haut war so gereizt, dass er nicht einmal das allerweichste Nachthemd ertragen konnte. Er schlief nackt, unter weichen Laken, die Mrs. Larsen nun jeden Tag wechselte.

Er konnte es nicht ertragen, Catherines Haut auf seiner Haut zu spüren, und dennoch war seine Lust auf sie unvermindert. Er zitterte, weil er ständig fror. Seine Haut fühlte sich wund an, in der Nacht waren die Laken wie eisige Nesseln. Die Angst, die er spürte, bevor er ins Bett ging, konnte nur durch Sex gelindert werden. Er führte sie sanft, lehrte sie, ihm Lust zu verschaffen, ohne ihn zu berühren.

Wenn er gekommen war, konnte er eine Weile schlafen, aber er erwachte wieder, von schrecklichen Träumen gepeinigt. Er saß dann am Bettrand, zitternd, und sein ganzer Körper brannte vom Juckreiz. Sie löste ihr Haar, ließ es ihm auf die Schultern fallen und seinen Rücken hinabgleiten, um seinen Juckreiz zu mildern. Sie machte das eine Stunde lang, schwenkte es hin und her, so leicht wie Atemzüge war ihr seidiges Haar, während er die Augen schloss und träumte. Er war ihr Kind. Sie war unglaublich sanft zu ihm.

Er verstand ihre Trauer nicht. Diese grässliche Sache passierte doch nicht ihr. Sie verursachte seinen Tod, und er wollte den Tod, also vergab er ihr. Er spürte ohne Bedauern, wie ihm sein Leben entglitt und damit auch seine Häuser, seine Firmen, die Menschen, die er gekannt, und die Erinnerungen, die er fünfzig Jahre lang gehegt hatte. Alles war ihm zu einer Last geworden. Als er nun alles verlor, fühlte er sich ganz leicht. Ohne Bedauern ließ er alles los. Nur das bittere Antlitz Antonios, jenes Gesicht, das er vielleicht erkannt hätte, weigerte sich zu verblassen. Aber er verspürte keine Trauer, jetzt nicht mehr, während sie großen Kummer zu empfinden schien. Dieser Kummer war tief, und sie hatte keine Möglichkeit, mit ihm darüber zu sprechen, und er hätte sie auch nie gefragt. Und sie pflegte ihn, trocknete ihn ab und führte ihn wie einen Blinden zum dunklen Bett, wo sie ihm die weichen Laken bis unters Kinn zog und im Mondlicht dasaß, während er schlief. Sie war seine Mörderin und seine Krankenschwester.

»Es gibt Eisen und Öl«, sagte er. »Es gibt Baumwollfelder und Baumwollspinnereien. Es gibt die Eisenbahn. Es gibt Weizenfelder, die bis nach Kansas reichen.« Er erklärte ihr das Wirtschaftsimperium, das bald ihres sein würde. Truitt verlor Geld, jeden Tag verlor er Geld, er, der sein ganzes Leben damit verbracht hatte, es zu horten, und es störte ihn nicht. Es war eine Menge Geld da.

»Ich liebe dich«, sagte er, und er streichelte ihre Brüste im Dunkeln. »Das sind die Dinge, die du wissen musst, auf die du achten musst. Du wirst auf so vieles ein Auge haben müssen. Ich danke dir«, sagte er, und jetzt hatte es eine andere Bedeutung.

Er saß im Dunkel der großen Halle und dachte daran, Menschen zu töten. Er träumte davon, Catherine zu töten. Er fürchtete, dass er Mrs. Larsen oder unschuldige Menschen in der Stadt töten konnte, obwohl er kaum noch in die Stadt fuhr.

»Ich habe Angst«, sagte er.

»Wovor?«

»Ich habe Angst, Antonio zu töten, wenn er herkommt.«

»Er kommt nicht«, sagte sie leise. »Er wird nie kommen.«

Mrs. Larsen war völlig außer sich vor Sorge und Misstrauen. Sie ließ Catherine nicht mehr in die Küche. Sie kochte ihm sein eigenes Essen, die Sachen, die er als kleiner Junge gemocht hatte. Er aß sie nicht. Sie bestand darauf, dass er einen Arzt holte. Sie hatte nie eine Träne um Larsen vergossen, nie seinen Namen erwähnt, aber sie konnte Truitts Hände, die voller Blasen waren, nicht ansehen, ohne zu weinen.

Es war nicht nötig, und Truitt wollte es nicht. Mrs. Larsen flehte ihn an. Catherine fuhr in die Stadt und bat den Arzt zu kommen. Sie log. Der Arzt kam. Krebs, sagte er. Blutkrebs, Knochenkrebs, Gehirntumor. Überall Krebs. Krebs, der davon verursacht worden war, dass Truitt die Dämpfe der Schmelzöfen eingeatmet hätte. Sehr arsenhaltig, sagte er. Es könnte das sein. Er hatte so viel faulendes Fleisch gesehen, so viele Blutvergiftungen, bei den Arbeitern in Truitts Gießereien, bei Männern, die mit fünfunddreißig gestorben waren und Witwen und Kinder hinterlassen hatten, und er war ungerührt. Stellen Sie sich darauf ein, sagte er. Stellen Sie sich darauf ein und warten Sie. Er gab Truitt Morphium gegen die Schmerzen.

»Es ist Krebs«, sagte Catherine zu Mrs. Larsen. »Wir müssen es ihm bequem machen. Wir müssen warten. Es gibt nichts, was wir tun können.«

»Ich glaube ihm nicht«, sagte Mrs. Larsen. »Irgendetwas

geschieht da. Irgendetwas, das nicht normal ist.« Die Liebenswürdigkeit, die sie sonst Catherine gegenüber an den Tag gelegt hatte, verwandelte sich in Misstrauen, und sie wurde halb wahnsinnig vor Elend. Sie konnte nichts tun. Truitt konnte nicht essen, was sie ihm zubereitete. Er konnte nicht am Tisch sitzen.

Truitt begann, in die Kirchen zu gehen, in eine nach der anderen. Er empfand eine tiefsitzende Angst vor anderen Menschen, davor, von ihnen berührt oder auch nur angeblickt zu werden, aber er ging hin. Catherine begleitete ihn, saß in schmucklosen Kleidern unter Calvinisten, Lutheranern, Swedenborgianern, Fanatikern und Apokalyptikern. Die Priester hörten beim Anblick von Truitts Beulen im Gesicht auf, über die Höllenfeuer zu predigen, sondern sprachen stattdessen von der heilenden Kraft der Liebe. Die Höllenfeuer waren heruntergebrannt, und jetzt gab es nur noch Gnade. Es fiel ihm schwer, aber Truitt saß kerzengerade da, mied die bohrenden Blicke und sprach nach den Gottesdiensten sanft mit seinen Nachbarn und Arbeitern. Niemand berührte ihn. Niemand sagte, dass er sehr schlecht aussähe. Die Rückfahrt, bei der die Kutsche in den Fahrspuren hin und her ruckte, war eine Qual. Truitt hatte Angst, dass die Pferde wieder scheuen könnten. Das hatten sie schließlich schon einmal getan.

Er wachte nachts auf, und das Zimmer hatte sich mit toten Menschen, all den Toten, die er je gekannt hatte, gefüllt. Mit seiner Mutter und seinem Vater, Emilia, der süßen Franny. Larsen mit seinem blutigen Handgelenk war da. Mitten unter ihnen stand glückselig Antonio, seine Augen weiß wie Marmor und sein Gesicht leer. Dann rief Truitt ihre Namen, als ob sie ihm ihre schrecklichen Geheimnisse verraten könnten.

Er hörte die Stimme des Dichters:

Mir scheint, jedes Ding in Licht und Luft sollte
glücklich sein,
Wer nicht im Sarg und finsteren Grab liegt, laßt ihn
wissen, er hat reichlich.

Catherine wachte dann auf. Sie ging im Zimmer umher, die Arme wie weiße Schwingen gehoben, ihr Nachthemd sich um ihre Füße bauschend, bis die Toten wieder fort waren und nur das fahle Mondlicht schien. Dann brachte sie ihn aufs Neue zur Ruhe, und er schlief eine Weile.

Jede Nacht trank er sein Wasser, während sie den Blick abwandte und weinte. Er verspürte eine gewaltige Trauer, ein besonderes Gefühl des Verlustes, aber er weinte nie mehr, und er sprach nie mehr davon.

An manchen Tagen sprach er gar nicht. Rastlos lief er von Zimmer zu Zimmer, durch die vielen Räume des prächtigen Palazzo, nahm kleine Gegenstände in die Hand, drehte sie im Licht hierhin und dorthin und versuchte sich daran zu erinnern, woher sie kamen und wozu sie dienten. Er fragte sie nach dem Namen der Dinge. Er fragte sie, woher sie stammten. Sie wusste es nicht. Aus Europa, sagte sie. Aus Italien. Aus Limoges.

Sie hörte auf. Sie fing wieder an. Sie wollte in den Wald gehen und das Arsen dort wegschütten, wo kein Lebewesen es je aufspüren würde. Aber sie warf es nicht weg. Sie behielt es, in seiner blauen Flasche mit dem chinesischen Etikett.

Sie wusste, dass es einen Punkt gab, an dem sie aufhören könnte und sich das Gift wieder abbauen würde. Er wäre geschwächt, verhärmt und vernarbt von den Beulen in seiner Haut. Er würde weiterleben, aber früher sterben. Aber er würde nicht sofort sterben. Er würde nicht unter ihren Händen sterben, während diese seine Haut pflegten. Er würde nicht qualvoll sterben. Es gab einen Punkt, an dem er weiterleben, und es gab einen Punkt, nach dem nichts mehr für ihn getan werden könnte. Sie wusste, dass sie sich diesem Punkt näherte, und ihre Qual wuchs jedes Mal, wenn er einen Namen vergaß oder sich plötzlich in seinem Stuhl aufsetzte und zu einem anderen Stuhl ging, jedes Mal, wenn sie ihn mit warmem Wasser badete, um sein Frösteln und seine Angst zu lindern.

Mrs. Larsen hatte einen Hass auf sie entwickelt, weil sie irgendwie spürte, dass Catherine die Ursache für das war, was Truitt tötete, was immer es auch war, dass sie ihn umbrachte, so wie Emilia versucht hatte, ihn umzubringen. Aber Truitt wusste, dass es seine Jugend war, die Ausschweifungen seiner Jugend, die ihn bis zu diesem Punkt gebracht hatten.

Luxe, calme et volupté, hatte der Dichter geschrieben, und Truitt hatte es so verstanden, dass es ein Leben endloser Ausschweifungen bedeutete, ein Leben, in dem Schönheit und Sinnenfreude alles waren, was zählte, ein Leben, in dem es keine Konsequenzen gab. Als Emilia ihn betrogen hatte, als Franny gestorben war, hatte er geschworen, dass die Tage der Ausschweifungen vorüber wären. Er hatte das Trinken aufgegeben. Er hatte ein Leben ohne Alkohol geführt. Aber er hatte seine Lektion nicht gelernt. Er liebte Catherine mit der Sinnenfreude der Jugend, er sehnte sich nach Antonio, wie er sich vielleicht nach einer Geliebten gesehnt hätte, und es brachte ihn um. Er hatte das Gift vergessen, hatte vergessen, dass ihm das angetan wurde. Er dachte, er hätte sich das selbst zugefügt, vor langer Zeit. Eine Krankheit, die er sich in seiner Jugend zugezogen hatte, die brandige sexuelle Infektion seiner Kindheit, von der wusste, dass sie tödlich war und dass sie nun, nach Jahren der Verleugnung, schließlich voller Rachedurst die Zähne fletschte.

Er betrachtete mit einer seltsamen Zärtlichkeit sein Leben, den Teil von ihm, der noch am Leben und einst ein Ganzes gewesen war. Er neigte ihm seinen Kopf zu, wie man vielleicht einem Baby den Kopf zuneigt, voller Angst, es zu halten, solch eine makellose Schönheit in den Arm zu nehmen. Er hatte sich einst wie andere Männer bewegt und geredet, hatte sich in seiner Kleidung wohlgefühlt und Frauen in seinen Armen gehalten. Er war Vater geworden. Sein Kind war schwachsinnig gewesen. Er war Ehemann geworden. Seine Frau war bezaubernd und eine Schönheit gewesen und hatte sein Leben ruiniert. Er konnte sich nicht mehr an ihr Gesicht erinnern. Er hatte Antonio seit zwölf Jahren nicht mehr gesehen, seit er vierzehn Jahre alt geworden war. Wo waren sie hin? Wie würde sein Gesicht jetzt aussehen? Den ganzen Tag lang drehten sich seine Gedanken – wie eine Pflanze sich dem Licht zudreht – um Fragen, auf die es keine Antworten gab.

Er zog bei Mrs. Larsen ein. Er zog in das Zimmer mit dem schmalen Eisenbett, dem Dachvorsprung und dem einen Giebelfenster, durch das man die Sterne sah, ein, das er als Junge bewohnt hatte. Im großen Haus hatte er Angst vor den Gespenstern. Er dachte, hier könnte er ihnen entkommen.

Jeden Morgen wachte er auf, sehnte sich ängstlich nach seiner Frau und lief den ganzen langen Weg zurück zu Catherine, brachte ihr seine Tage dar, damit sie ihm geduldig die Dinge erklären konnte, die er vergessen hatte, damit sie ihm Suppe einflößen und ihn in warmem Wasser baden konnte, was ihm für fünf Minuten das Frösteln nahm. Er lief zu ihr zurück, damit sie ihm Morphium spritzen und Gift ins Essen, auf seine Haarbürste und auf seine Kleidung träufeln konnte, die er nicht länger an seinem Körper zu ertragen vermochte.

In manchen klaren Momenten erinnerte er sich daran, wie es wirkte. Meistens hatte er vergessen, was es war, das ihm da angetan wurde. Er hatte ihr nie etwas vorzuwerfen.

Wenn er nach dem Abendessen und dem Vorlesen am Kamin zu Mrs. Larsen zurückgekehrt war, nachdem man ihn in Umhänge und Reisedecken eingewickelt hatte und Mrs. Larsen ihn, nach einem hasserfüllten Blick, der ihr das Herz durchbohrte, langsam davonkutschiert hatte, spazierte Catherine durchs Dunkel, lief den langen Weg über die dunklen Felder und die Treppe zum alten Farmhaus hoch und saß, bis der Morgen kam, vor seiner Tür. Wenn er erwachte, hielt sie seine Hand, rieb ihm die Stirn mit einem weichen, warmen Lappen ab und sagte die Namen der Toten und der Lebenden, die seine Nächte bevölkerten, für ihn auf. Jeden Morgen wickelte sie ihn, bevor die Sonne aufging, in ihren Mantel ein und lief den langen Weg nach Hause zurück, um eine Stunde zu schlafen, bevor er ins große Haus kam und nicht wusste, wo er hinsollte, nicht wusste, in welchen Sessel er sich setzen sollte, und an manchen Morgen auch nicht mehr wusste, wer sie war.

Schließlich war er so weit. Er wollte sterben. Aber sie brachte es immer noch nicht fertig. Und schließlich wusste sie, dass sie es einfach nicht tun konnte.

Er saß in einem Sessel im Musikzimmer. Sie hatte ihm Watte in die Ohren gestopft, weil ihn jedes Geräusch in den Wahnsinn trieb, und sie kam zu ihm und kniete sich vor ihn auf den Boden. Sie konnte sein Leiden und ihre eigene Bösartigkeit oder die Ergebenheit, mit der er geduldig ertrug, was mit ihm geschah, schließlich nicht mehr aushalten. Sie kniete sich hin, legte ihm den Kopf in den Schoß und sprach leise, wobei sie in sein müdes Gesicht aufblickte.

»Es ist vorbei«, sagte sie. »Ich kann es nicht.«

»Was kannst du nicht?«

»Ich kann es nicht. Ich kann dir das nicht antun. Du bist alles, was ich habe, alles, was ich je haben werde, und ich kann es einfach nicht. Ich liebe dich so sehr, dass ich mich schäme, wenn du mich ansiehst, wenn mich dein Blick trifft. Aber hier, nimm meine Hand. Es hört jetzt auf. Du wirst weiterleben. Ich werde dich wieder gesund pflegen.«

Er sah sie an, und sein Gesicht war voller Güte.

»Wenn du stirbst, werde ich mein ganzes Leben um dich trauern. Ich werde um dich trauern, wenn sie mich hängen, wenn sie mir die Schlinge um den Hals legen.«

»Ich wollte sterben. Es schien so, als würde ich das auch. Als werde ich es.«

»Nein, das wirst du nicht. Im Moment glaubst du das, aber du wirst nicht sterben.«

»Antonio …«

»Er wird kommen. Ich verspreche es dir. Er wird kommen. Bis er kommt, bin ich hier. Leb für mich weiter.«

Er streckte die Hand aus und berührte ihr Haar. Er bekam eine Strähne zu fassen und zwirbelte sie zwischen Daumen und Zeigefinger.

Er liebte sie. Er würde weiterleben.

Vielleicht sollte es am Ende doch etwas Licht geben. Vielleicht gab es schließlich doch einen Weg aus der Dunkelheit. Sie hoffte, dass es wahr wäre. Sie war so müde.

20. KAPITEL

Sie schickte Antonio ein Telegramm. Darin stand: »Komm sofort«, nicht mehr.

Sie pflegte Ralph so aufopferungsvoll, wie sie nur konnte. Weil seine Schmerzen so grässlich geworden waren, wickelte sie seine Hände und seinen Körper in Gaze ein, die sie mit Liniment bestrichen hatte. Es brannte und juckte ihn überall, und die Salbe schien seine Qualen zu lindern. Sie bedeckte sein Gesicht, von dem sich die Haut abschälte, mit Salbe und Gaze. Sie stopfte ihm die Ohren zu, bedeckte seine Augen mit Watte, setzte ihm ihre dunkle Brille auf. Geräusche und Licht bereiteten ihm stechende Schmerzen, der leiseste Fußtritt war eine Qual. Sie umwickelte ihre Schuhe mit Wolle, so dass ihre Schritte, wenn sie durch die Marmorhallen ging, kaum noch zu hören waren. Sie zog die Vorhänge zu, um das Licht und jegliches Geräusch auszusperren, und band ihn mit Samt- und Baumwollbändern an einen Sessel fest, wenn ihn seine Rastlosigkeit und Demenz nicht stillsitzen ließen. Sie zog die Vorhänge zu, und für eine Weile war die weiße Welt fort.

Sie verbrannte die Laken, seine Kleidung, die Schuhe und die Badehandtücher. Sie verbrannte und vergrub alles, was er berührt haben mochte, alles, was auch nur die kleinste Spur des weißen Pulvers aufweisen könnte. Sie warf sein Rasiermesser, das seines Vaters und die silberne Haarbürste aus Italien fort. Sie verbrannte den Teppich und die schweren, seidenen Bettvorhänge. Sie verbrannte ihre Nachthemden, und während sie das tat, war ihr bewusst, dass der Rauch voll des gleichen Giftes war, dass sie alles, was er berührt hatte, auch berührt hatte, dass er sein eisiges Wasser getrunken und sie auf den Mund geküsst hatte.

Sie trug die blaue Flasche in den Wald und goss das Gift, weit entfernt von jeglichem Gewässer und von den Stellen, wo die Schafe im Sommer grasten oder die Vögel ihre Nester bauten, über Felsen aus. Keinem Lebewesen würde mehr Schaden zugefügt werden.

Sie gab ihm nur warme Milch als Nahrung, damit er sich übergab und sein Schüttelfrost aufhörte. Sie gab ihm Kalkwasser, das das Gift aufsaugen sollte. Sie wickelte ihn in Felle und Decken ein und hielt ihm, während er sich darin erbrach, die Schüssel hin. Sie zuckte nie mit der Wimper.

Sie rief nach Mrs. Larsen. »Ich glaube dem Arzt nicht. Er war und er ist sehr krank. Wir können ihm helfen. Wir haben es schon einmal geschafft.«

»Was fehlt ihm denn?«

»Ich weiß es nicht. Ich weiß es nicht. Aber der Arzt weiß es auch nicht. Er irrt sich. Das ist kein Krebs. Mein Vater ist an Krebs gestorben, und das hier ist etwas anderes. Er begreift, was um ihn herum vorgeht. Mein Vater begriff gar nichts mehr. Er hat am Ende seinen Verstand verloren. Es ist nicht sein Gehirn. Ich weiß es nicht. Meine Schwester war einmal sehr krank. Wir gaben ihr Milch und Eiweiß, damit sie sich erbrach. Geben Sie ihm das. Er friert sehr. Halten Sie ihn warm. Was können wir noch tun?«

»Die Alten … es gibt auf den Feldern Kräuter gegen die Schmerzen. Um die Furunkel zu beseitigen.«

»Dann fragen wir sie. Wir besorgen, was wir bekommen können. Es ist immer noch Winter. Viel gibt es nicht. Passen Sie auf ihn auf. Ich werde nach Chicago fahren und zu einem Arzt gehen, einem richtigen Arzt. Ich werde ihn fragen, was man tun kann.«

Sie fuhr nach Chicago, um die arme India mit dem traurigen Gesicht zu besuchen. India, die auf dem Photo war. India, die der reiche Ralph Truitt eigentlich unter all den Frauen ausgewählt hatte, die eigentlich selbst Seidenkleider hätte tragen und durch die Marmorhallen hätte laufen sollen. Sie würde nie erfahren, wo ihr Photo hingekommen war. Sie würde nie erfahren, dass vielleicht sie als Hausherrin jener hohen Räume mit den Fresken geliebt und respektiert worden wäre. Und Truitt hätte mit ihr sein Glück gefunden, sein kleines Glück. Er läge jetzt nicht im Sterben, wenn es India gewesen wäre.

Catherine hatte India immer geliebt, ihre simple Schüchternheit und ihren Mangel an Möglichkeiten. Sie wollte ihr erzählen, dass Ralph Truitt sie geliebt hatte, wollte ihr sagen, dass er ihr Photo ausgewählt hatte und es liebte, weil sie anschließend vielleicht, im Wissen, dass sie geliebt wurde, auf eine andere Weise ein Zimmer betreten oder eine Straße entlanggehen könnte.

Es war leicht, sie anzulügen. Es war leicht gewesen, ihr zu erzählen, dass sie schon immer ein Photo von ihr gewollt hatte, als Souvenir, und so die schüchterne India zu überreden, sich vor eine photographische Platte zu setzen.

Jetzt war es genauso leicht, ihr so viel zu erzählen, wie sie zu wissen brauchte, und sie darüber anzulügen, wofür sie es brauchte. India hatte ihr Leben damit zugebracht, das Leben anderer Menschen zu betrachten, in Schaufenster zu schauen, das Leben durch das dünne Glas ihres eigenen unscheinbaren

Aussehens zu betrachten, und sie hatte alles registriert und in ihrem Geist verstaut, ihr einziger Schatz. Es war ihr einziges Rüstzeug, ihr Schutz vor der Einsamkeit, die sie nie verließ, vor den hässlichen Männern und einem traurigen, traurigen Leben.

India umarmte sie. India hielt ihr die Hand. India hörte ihr zu, nickte, und dann holte sie ihren Hut und Mantel und sagte die einzigen Worte, die sie während Catherines langer Lügengeschichte ausgesprochen hatte: »Lass uns in die Stadt gehen.«

Chicago übertraf Saint Louis noch an Lärm und Chaos. Sie liefen durch große und kleine Straßen, kamen nach Chinatown und zu einem kleinen Laden mit schmutzigen Fenstern. Drinnen verbeugte sich ein Chinese mit vollendeter Höflichkeit vor ihnen und lauschte Catherines Version der Geschichte. Bei dem Wort *Arsen* hörte die Luft im Raum für einen Augenblick auf, sich zu bewegen. Catherine dachte, sie würde in Tränen ausbrechen, sie würde vor Schuldgefühl und Angst aufheulen, aber sie fuhr fort, als wäre nichts geschehen. Die Luft begann, sich wieder zu bewegen. India atmete, und die Räder drehten sich weiter, die Uhr tickte wieder.

Der Chinese verbeugte sich noch einmal, lächelte breit und begann, hastig in seinem dunklen Laden hin und her zu laufen, holte Fläschchen mit Pulver von einem Regal, milchige Flüssigkeiten von einem anderen und suchte alte und geheime Gegenmittel zu schrecklichen, vernichtenden Substanzen zusammen. Hin und wieder hielt er inne und lächelte, als würde er einen Witz erzählen.

»Brandy«, sagte er. »Das wärmt ihm den Bauch.«

»Opium«, sagte er, »um den Magen zu beruhigen. Macht ihn glücklich. Schlechte Träume gehen weg.« Er schnitt Opium in winzige wächserne Kugeln.

»Jeden Tag eine, bis seine Träume klar und rein sind. Frische Träume.«

Als er fertig war, standen da acht Fläschchen, und sie kosteten ein Vermögen, und Catherine bezahlte und trug die Fläschchen und Gläser in einem schlichten braunen Beutel aus dem Laden. Sie vergrub ihn tief in einer großen schwarzen Tasche, die sie dabeihatte, und lud India zum Abendessen ein.

Sie dinierten in einem Grandhotel, und Catherine sagte India nicht, dass sie in einem der Hotelzimmer übernachten würde. India hatte einen Bärenhunger, ihre Augen waren weit aufgerissen, die gewaltige Speisekarte wie ein Schutzschild vor ihr. Sie aß Austern, Hummer, eine kalte Suppe und Perlhuhn. Sie trank eine Menge Wein. Catherine aß wenig und trank keinen Wein. Sie fand keinen Gefallen daran.

»Du siehst ganz anders aus«, sagte India, die darauf wartete, dass der zuvorkommende Kellner wieder erschien. »Du siehst wie eine feine Dame aus. Wie …«, sie nickte mit dem Kopf. »Wie eine von denen da.«

»Er mag es einfach. Es sind einfache Menschen dort oben, nicht so wie wir. Ich versuche, so zu sein, wie er mich haben möchte.«

»Und er gibt dir Geld?«

»Ja.«

»Eine Menge Geld.«

Catherine war es peinlich. »Ja.«

»Gib mir was ab. Du hast einen Schatz, einen Mann, um Himmels willen, er gibt dir Geld. Ich möchte auch Geld.«

»Nicht hier. Aber ja, natürlich, was immer du brauchst.«

»Ich brauche eine Menge. Ich möchte, dass sich ein achtundzwanzigjähriger Mann mit weißen Zähnen in mich verliebt.

Ich brauche einen Wintermantel und einen kleinen Schoßhund. Du hast doch bestimmt einen kleinen Hund.«

Catherine lächelte. »Nein. Aber ich habe einen Wintermantel. Du kannst ihn haben, wenn du möchtest. Ich kaufe mir einen neuen. Oder wir kaufen dir einen, der dir gefällt.«

Der Kellner kam mit dem Nachtisch, einem gewaltigen Berg Schlagsahne, Kuchen und Obst. »Du glaubst, das ist die Lösung? Du glaubst, das wird mich hübsch machen oder mir einen lieben Mann verschaffen? Damit könnte ich mir bloß in kalten Nächten einbilden, dass ich einen dieser Männer haben könnte, dass mein Gesicht so hübsch wäre wie deins, dass nicht alles so endlos, dumm und langweilig wäre. Geld. Das wird erst mal reichen.«

Catherine hatte so viel Zeit ihres Lebens auf der anderen Seite des Spiegels verbracht, auf der Seite von India, auf der Seite von Alice. Sie fand es unglaublich, dass nun sie diejenige war, die all die Dinge hatte, die die Menschen wollten. Und dabei wollte sie selbst jetzt nur noch eins, und das Mittel dazu befand sich in ihrer schwarzen Tasche.

Catherine brachte die unscheinbare India den ganzen langen Weg wieder nach Hause und versuchte, ihr den schwarzen Seehundfell-Mantel zu schenken, den sie trug, aber India lehnte ab und sagte, darin würde sie nur wie eine Närrin aussehen. Catherine gab ihr so viel Geld, wie sie konnte, und wusste, dass India es nicht für Drogen, Albernheiten oder Tand ausgeben würde.

Sie verbrachte die Nacht in ihrem schmalen Bett in dem schlichten Zimmer, das sie im Hotel gemietet hatte. Sie dachte an Truitt, an Mrs. Larsen, die die ganze Nacht bei ihm saß und ihm in seinem Kummer beistand. Mrs. Larsen, die nie einen Albtraum gehabt hatte, nicht einmal, nachdem sie zugesehen hatte, wie ihr Mann sich ohne jeden ersichtlichen Grund seine eigene Hand abgehackt hatte.

Catherine träumte von Antonio. Er war wie eine Spinne, überall gleichzeitig. Seine Haut war in ihrer Haut, seine Organe waren mit ihren verbunden. Ihr Herzschlag war sein Herzschlag, ihre Lider flatterten über seinen trüben, schrecklichen, stechenden schwarzen Augen. Er war ihre Leidenschaft und ihr Verbrechen, und plötzlich wachte sie auf.

Sie rauchte eins der Opiumkügelchen des Chinesen, schlief ein und war in der Glückseligkeit, in kühlem Wasser und in den Armen ihrer Mutter und den Tropfen, die im Haar ihrer Mutter zitterten, und dem blühenden Flieder im Mai. Sie begann, von ihrem Garten zu träumen, davon, wie er an Sommerabenden riechen würde, nach Jasmin, der in weißer Blüte stand, vom Koi, der im Teich dahinschoss, wenn sie sich darüberbeugte, um Brotkrumen aufs Wasser zu streuen, während Truitt in einem weißen Anzug auf einem weißen Stuhl da saß und mit einem Kind spielte.

Catherine wachte auf, und da wusste sie, dass sie schwanger war. Sie fühlte sich auf eine genüssliche Weise müde, obwohl sie wusste, dass sie geschlafen hatte.

Vor ihrem Spiegel kämmte sie sich das Haar stramm zurück, zog ihr einfaches Reisekleid an und setzte sich für Stunden in den Zug. Während sie ihr Mittagessen zu sich nahm, fragte sie sich, ob sie wohl noch die Reste ihres roten Reisekleids würde entdecken können. Sie starrte aus dem Fenster, aber da war nichts zu sehen. Als sie mit ihrem Mittagessen fertig war, erbrach sie sich im Bad ins Waschbecken, reinigte es dann mit einem Lappen und warf ihn anschließend aus dem Zug. Er flog steif davon wie ein schwerer, weißer Vogel. Sie fühlte sich aufgekratzt. Sie verspürte Dankbarkeit. Sie war sogar jenseits von Dankbarkeit, jenseits allen Verständnisses, und in einer Glückseligkeit verloren, die nicht vom Opium kommen konnte, sie hatte das Gefühl, am richtigen Ort zu sein, ein Gefühl, das sie bislang noch nie erlebt hatte. Schließlich gab es doch einen Stuhl, auf den sie sich setzen konnte, und Truitt würde überleben.

Zu Hause kam Mrs. Larsen an die Tür gelaufen.

»Jetzt ist er ruhig«, sagte sie. »Er hat eine schreckliche Nacht hinter sich. Hat vor Schmerz geschrien. Hat wegen all dem geschrien, was er im Schlaf gesehen hat. Ich wusste nicht mehr, wo ich war. Er hat den ganzen Morgen geschlafen. Ich musste ihn festbinden.« Mrs. Larsen sah furchtbar aus, alt, zittrig und hatte trübe Augen.

»Gehen Sie jetzt nach Hause, Mrs. Larsen. Gehen Sie nach Hause und schlafen Sie sich aus. Ich habe Medizin mitgebracht.«

Sie durchquerte den langen Wintergarten, die Glasveranda. Die ersten Rosen waren, mit Pappschildchen versehen, aus Saint Louis gekommen, Rosen und Apfelsinenbäumchen, Jasmin, Fuchsien und Orchideen, und warteten darauf, in die riesigen Terrakotta-Töpfe eingepflanzt zu werden, die die Eingangshalle säumten. Hier war es heiß, heiß und feucht, obwohl draußen immer noch Schnee lag, ein blendendes Tuch, allerdings nicht mehr ganz so rein, aber immer noch endlos.

Er saß still in einem Sessel mit hoher Lehne, auf seinen Beinen lag eine Reisedecke, er trug ihre Sonnenbrille. Seine Augen waren geschlossen.

Sie kniete sich neben ihn. Seine Hand strich ihr träge durchs Haar. »Hallo, Emilia«, sagte er leise. »Willkommen zu Hause.«

»Ich bin Catherine, Truitt«, sagte sie. »Catherine Land. Deine Frau. Du hast geträumt.«

»Natürlich. Catherine. Ich habe ...«

»Du hast geträumt.« Sie griff in ihre schwarze Tasche und gab ihm eine der Opiumkugeln. »Schluck das hinunter«, sagte sie. »Schluck das hinunter und träum noch ein bisschen weiter.«

Tagelang kümmerten sich die beiden Frauen um ihn, schliefen entweder abwechselnd oder überhaupt nicht. Zum zweiten Mal badeten sie ihn gemeinsam, hielten ihn im dampfenden Wasser, bis er nicht mehr fror, und rieben ihm endlos den Bauch, damit die schreckliche Kälte schwand. Er war betrunken vom Brandy und vom Opium narkotisiert, so dass er sich gut fühlte, und allmählich ging es ihm wieder besser.

In den Nächten saßen sie beisammen und sahen zu, wie er sich im Schlaf wälzte.

»Larsen hat sich die Hand abgeschnitten, weil ... weil ich ihn gebeten habe, es sein zu lassen.« Es war das erste Mal, dass sie seinen Namen aussprach.

»Was sein zu lassen?«

»Es einfach zu lassen. Vor zehn Jahren. Mich in Ruhe zu lassen. Aber er konnte es nicht ertragen.«

»Sie vermissen ihn.«

»Außer ihm hatte ich nie einen anderen. Ja, ich vermisse ihn.«

»Sie gehen ihn aber nie besuchen.«

»Ich kann's nicht. Es ist meine Schuld.«

Sie saßen die ganze Nacht schweigend beisammen. Mrs. Larsen hatte über ihren Mann das gesagt, was sie sagen musste. Auf ihre eigene stille Weise hatte sie ihren Mann ebenfalls in das ferne Reich des Wahnsinns und des Todes getrieben.

Catherine nahm Truitt die dunkle Brille ab. Seine Augen waren immer noch von einem kräftigen Blau, aber sie hatten tiefe Augenringe und sahen verschattet und verhärmt aus. Sie waren blicklos, und er verdrehte sie in ihren Höhlen. Die vielen Pusteln auf seiner Stirn begannen abzuheilen. Er würde Narben davontragen. Er sah zehn Jahre älter aus, als hätte er eine Grenze überschritten und würde nie wieder jung oder ganz gesund werden. Sie hatte ihm seine Jugend genommen und ihn, kraftlos und aller Ziele beraubt, dazu gebracht, sich an der Schwelle zum Alter abzukämpfen wie ein gestrandeter Wal.

Als sie ihm die Verbände von den Händen abwickelte, lagen sie still in seinem Schoß. Er war weder grausam noch gütig. Er wartete einfach nur auf das, was als Nächstes kommen würde. Er fror nicht mehr so stark, seine Träume wurden milder und weniger heftig, und häufiger tauchten Gestalten darin auf, die ihn umarmten. Morgens, wenn er aufwachte, beschrieb er ihr seine Träume, und sie hörte ihm geduldig zu, obwohl die Träume keinen Sinn ergaben, er die gleichen Träume aber wieder und wieder hatte. Sie waren Erinnerungen an Ereignisse, die er ihr noch nicht beschrieben hatte. Sie waren Ideen, die er gehabt, aber nie umgesetzt hatte. Eben Träume.

Er kratzte sich nicht mehr auf. Er hatte nicht länger das Gefühl, als würden seine Kleider brennen. Er trank die Suppe und aß die Kräuter. Die Frauen behandelten seine Wunden, und sie konnten spüren, wie er sich veränderte. Sie brachten ihn in sein Bett oben im blauen Schlafzimmer, saßen beieinander und nahmen die Mahlzeiten gemeinsam mit ihm ein. Nach all den Jahren war Mrs. Larsen schließlich bereit, zusammen mit Truitt zu essen.

Er wollte Austern, und sie ließen ein Fass Austern aus Chicago kommen. Mrs. Larsen rollte es in den kalten Keller und gab ihnen Salzlake und Maismehl, so dass Truitt jeden Abend ein Dutzend fette Austern essen und ein Glas Brandy trinken konnte. Truitt hatte jahrelang nichts getrunken und war jetzt überrascht, dass er diese Sachen wollte, überrascht, dass sie sie für ihn besorgt hatten. Die Frauen aßen keine Austern. Die Frauen tranken keinen Brandy.

Catherine konnte ihm nichts von dem Baby erzählen. Sie konnte es nicht ertragen, ihm davon zu erzählen, solange er so krank war. Sie hoffte, dass das Baby von ihm war. Sie empfand es so und hoffte, dass sie Recht hatte, denn sie konnte den Gedanken nicht ertragen, dass Truitt ihretwegen noch ein zweites Kind aufziehen müsste, das nicht von ihm war. Hatte er nicht, als sie das erste Mal nach Hause gekommen war, mit ihr geschlafen, als sie geblutet hatte? Sie glaubte es. Sie glaubte – so wie sie sich die Wahrheit nach ihren Wünschen zurechtlegte –, dass es keinen anderen Mann als Truitt gegeben und dass es auch die Tage in Saint Louis nicht gegeben hätte.

Er hatte mit ihr geschlafen, während sie geblutet hatte. Daran erinnerte sie sich jetzt. Es konnte nicht von Antonio sein, denn er ergoss sich nie in ihr, weil seine Angst vor den Folgen viel zu groß war. Es musste von Truitt sein. Er hatte sie neu geschaffen. Ihr Leben hatte noch einmal von vorn angefangen, als sie Saint Louis verlassen hatte, und aus jenem Leben konnte jetzt nichts mehr in ihr wachsen.

Sie war nie ein gütiger Mensch gewesen. In der Vergangenheit hatte sie andere stets nur als Mittel zum Zweck wahrgenommen, das zu bekommen, was sie haben wollte.

Truitt war anders, er hatte sie neu geschaffen, und sie konnte nie mehr in ihr altes Leben zurückkehren. Sie behandelte seine Blasen, rieb ihm die Füße ab, schmierte ihm Salbe auf die Stirn und zerrieb Rinde zu einer Paste, die sie ihm auf den Händen verstrich. Sein Haar fiel in Büscheln aus, als sie es bürstete, und sie trauerte darüber. Ihr Schuldgefühl war überwältigend.

Jetzt endlich konnte sie auch um sich selbst und um ihr rastloses, unstetes, vergeudetes Leben trauern. Sie lag auf einer Rattanliege im sonnigen Wintergarten, ihre neuen Rosen begannen, an den warmen, feuchten Nachmittagen erste Blätter zu treiben, und sie weinte um sich selbst, um ihren Vater und ihre Mutter, um ihre Schwester und um jeden Augenblick, der auf dem langen Weg von dort, wo sie hergekommen war, bis zu dem Platz, wo sie jetzt saß, verloren, vergessen und in lauter Einzelteile zerbrochen war. Ein Leben war eine äußerst zerbrechliche Angelegenheit, und sie hatte geglaubt, sie sei zäh genug, so dass es anders wäre. Jetzt ging sie mit allem viel zartfühlender um, wie mit einer frischen Wunde: mit ihren Erinnerungen an die dunklen Kais von Baltimore und die wohl geordnete Pracht vom Rittenhouse Square, an den Sex, an das Stehlen, die Lügen und den Engel, der vom Himmel herabgekommen war, den Engel, der Alice nicht zu den großen Hauptstädten der Welt getragen hatte, damit sie dort von den Herrlichkeiten hätte überwältigt werden können. Als wäre das alles, das Gute wie das Böse, eine einzige lange, endlose Narbe, die an ihren Armen entlang und über ihre Brust verlief, und als würde sie ihre eigene Haut mit Salben bestreichen, so wie sie jetzt Truitt pflegte.

Ihre Krankheit war eine seelische, aber sie war nicht unheilbar. Sie musste einfach glauben, dass sie sich tief in ihrem Inneren noch eine Unschuld bewahrt hatte, dass sie noch Hoffnung besaß und ein anderes Wesen, das auch ein ganz anderes Leben führen könnte als das, das sie bislang gehabt hatte. Die Narben, ihre Narben, würden nie mehr weggehen, das wusste sie. Sie würde nie ein Ganzes werden können, so wie Truitt nie wieder jung sein könnte. Aber über ihre Narben würde neue Haut wachsen, sie würden weißer werden und dann verblassen und für ein Kind anschließend kaum mehr wahrnehmbar sein.

Truitt hatte sie anders gesehen, auf eine neue Art. Seine Vorstellung von ihr hatte sie dazu gebracht, sich selbst anders zu sehen, und sie dazu angeregt, die Frau zu werden, die er sich wünschte. Weniger verdiente er auch nicht. Catherine hatte ein Leben geführt, in dem Güte weder erwartet noch gewährt wurde. Angeschlagen, wie sie war, kannte sie den Unterschied zwischen Glück und Angst gar nicht. Sie kannte den Unterschied zwischen Aufregung und Furcht auch nicht. Aber den ganzen Tag lang spürte sie einen Knoten im Magen und wusste gar nicht, wie sie dieses Gefühl eigentlich nennen sollte. Ihre Hände zitterten. Heimlich erbrach sie sich am Morgen, aber sie hatte auch das Gefühl, dass ein Ende ihres dauernden Drahtseilaktes in Sicht war, dass die zugeschlagenen Türen, der feindselige, käufliche Sex und die betäubten Nächte in den Opiumhöhlen nun hinter ihr lagen.

Was den Anfang und das Ende von etwas anbelangte, war sie sehr geschickt gewesen, aber jetzt erkannte sie, dass das, was das Leben an wahrer Freude zu bieten hatte, in der Mitte lag. Darin konnte sie nun auch etwas Seelenfrieden finden.

Dann war er eines Tages dazu in der Lage, zu sprechen, und seine Stimme war nicht länger ein raues und brennendes Krächzen. Dann war er dazu in der Lage, auch wieder zu gehen, er konnte sich ankleiden, wieder ein Gespräch führen, konnte sich vorstellen, wieder mit der Arbeit anzufangen, um sein Schicksal aufs Neue in die Hand zu nehmen und den ängstlichen Augen der Stadt zu begegnen, die ganz von seinem Wohlbefinden abhing. Natürlich war er verändert. Er hatte einen Gang wie ein alter Mann, als wäre jeder Schritt ein angelernter und quälender Akt. Sein Haar war völlig ergraut. Als er aus seinem Glas Brandy trank, machte er mit der Hand eine Reihe abgehackter Bewegungen, wie Photographien mit Blitzlicht, um sie an den Mund zu führen.

Sie saßen wieder am Esstisch. Er hatte um Rindfleisch, Kartoffeln und Pudding gebeten, das, was er als Schuljunge immer gegessen hatte. Während sie aßen, las er ihr die täglichen Katastrophenberichte aus der Zeitung vor.

Seine Gabel klirrte auf den Teller, als es an der großen Eingangstür klopfte. Es war ein recht langer Weg bis dorthin, und Catherine bot an, zu gehen, aber Ralph war bereits, ein wenig unsicher, auf den Füßen.

»Nein. Ich möchte gehen.«

Er lief den ganzen langen Weg bis zum Eingang, und beim Gehen knipste er alle Lichter an. Er öffnete eine der großen Flügeltüren, und im Dunkeln stand ein Mann auf der Terrasse und sah auf die Treppe und den Schnee. Er drehte sich um, und Ralph konnte seine Silhouette ausmachen, aber sein Gesicht kaum erkennen.

Der Mann streckte seine Hand aus. »Ich bin Tony Moretti«, sagte er. Und dann, nach einer Pause: »Ich bin dein Sohn.«

Und obwohl beide wussten, dass das, was der Mann gesagt hatte, eine Fiktion war, machte Ralph einen Schritt hinaus ins Dunkel und breitete die Arme aus.

21. KAPITEL

Söhne kehrten zu ihren Vätern nach Hause zurück, selbst zu Männern, die gar nicht ihre Väter waren, Männern, die sie besinnungslos geschlagen hatten. Söhne kehrten nach Hause zurück, zerfressen von Rachegefühlen. Nach Hause zu Vätern, die sich die Grausamkeiten, die sie begangen hatten, selbst nicht vergeben konnten. Solche Dinge passierten.

Er hatte seinen ganzen Besitz mitgebracht, die schicken Anzüge, die extravaganten Pariser Krawatten, die makellosen Hemden, den Spazierstock mit dem Silberknauf und die bernsteinfarbenen Parfüms aus London. Er besaß keinen Cent. Mit seinem langen Hals und seiner Nutzlosigkeit wirkte er wie ein Schwan, und jede seiner Gesten und jedes seiner Worte schien völlig fehl am Platz, zu exotisch und zu affektiert. Nach dem Abendessen spielte er Klavier, und selbst das wirkte übertrieben, als würde er für ein vornehmes Publikum in einem Rokoko-Konzertsaal spielen. Truitt bevorzugte Catherines schlichten Ausdruck, ihre fehlende Virtuosität.

Catherine und Truitt lagen in dem großen Bett in ihrem blauen Schlafzimmer. Antonio schlief weit entfernt von ihnen in einer Junggesellenwohnung, die er sich aus den alten Räumen seiner Mutter geschaffen hatte. Mit einem Ankleidezimmer. Einem prächtigen Wohnzimmer, für das er sich Möbel aus dem ganzen Haus zusammengesucht und für das Truitt außerdem ein Klavier aus Ebenholz bestellt hatte. Und mit einem Schlafzimmer, das groß, prachtvoll und voller Wandteppiche war.

Im Dunkeln spürten sie, wie seine Blicke auf ihnen ruhten. In die Art, wie sie miteinander umgingen, war eine neue Stille, eine neue Einfachheit hineingekommen. Es war Liebe, dachte Catherine. Es war das, was normale Leute miteinander hatten, wenn die Leidenschaft vorüber war. Nachdem sie sich geliebt hatten, sprachen sie leise miteinander. Sie sprachen über alltägliche Dinge, über seine Geschäfte, Mrs. Larsen und ihre stille Trauer, über den Ehemann, den sie nie wiedersehen würde und für dessen Pflege Truitt bezahlte. Über den Garten, für den täglich neue Pflanzen eintrafen. Nie sprachen sie über Truitts Krankheit, so als hätte es sie nie gegeben.

»Er erinnert mich so sehr an Emilia. An ihre Augen und ihren Mund, mit diesem dunklen Haar. Ein Italiener.«

Catherine setzte sich im Bett auf und starrte auf das fahle Licht des neuen Monds, das durch das Fenster fiel.

»Wie ist sie eigentlich gestorben?«

Sie konnte sein Schweigen neben sich fühlen. Er war immer noch schwach, und es gab immer noch Augenblicke, in denen er nicht wusste, wo er war, wer sie war oder wo sie wohnten. Sein Körper war mit Narben bedeckt, einer stillen Mahnung an ihre Missetaten, ihre Tröstungen und seine Vergebung.

»Ich habe sie umgebracht.«

Der Mond schien so weit entfernt zu sein. Der Winter war so lang gewesen, und sie konnte sich nicht mehr an eine Zeit erinnern, in der nicht Winter geherrscht hatte. Sie konnte sich nicht mehr an ihr Leben bis zu dem Moment, als sie aus dem Zug und ins Blickfeld von Ralph Truitt getreten war, erinnern. Sie konnte oder wollte sich nicht daran erinnern, außer durch die Anwesenheit von Antonio, der wie eine Katze durchs Haus schlich und sie Tag und Nacht beobachtete.

»Das kann ich nicht glauben. Das glaube ich nicht.«

Truitt setzte sich im Bett auf und ergriff ihre Hand. »Ich werde es dir nur einmal erzählen. Wenn ich damit fertig bin, wird ihr Name in diesem Haus nicht mehr genannt werden. Ich habe sie umgebracht. Ich habe sie sterben lassen.

Sie war mit Moretti nach Chicago gezogen. Sie war meine Frau. Es gab keine Scheidung, keine gerichtliche Regelung von Ansprüchen. Sie war Katholikin, und die taten so etwas nicht. Ich hatte ihr Kind, ihren Jungen, unter meinem Dach wohnen, und sie war meine Frau, und ich spürte jedes Mal einen Schmerz, wenn ich an sie dachte, aber ich wusste, wo sie war, und ich hörte die Geschichten. Jeder in der Stadt hörte die Geschichten, und ich schämte mich, aber ich machte einfach weiter, und natürlich redete niemand darüber, jedenfalls nicht mit mir.

Ich schickte ihr Geld. Sie war nicht mittellos. Ich schickte ihr Geld, und sie hatte einen Lebensstil, den ich abscheulich fand, aber ich schickte es ihr trotzdem weiterhin, weil sie meine Frau war, weil mir Franny nachging und weil ich ihren Jungen hatte und weil … weil ich nicht wollte, dass sie völlig verkam.

Dann verließ Moretti sie. Er verließ sie wegen einer reichen Witwe mit einem großen Haus, die blind für seine Untreue, seine Affektiertheit und seinen Mangel an Talent oder Charme war. Emilia …« Als er ihren Namen aussprach, konnte sie den Schmerz in seiner Stimme hören. »Emilia nahm sich eine Reihe von Liebhabern, alle waren jung und alle nutzlos, sie liefen in Chicago herum und erzählten, sie hätten eine Gräfin gehabt, eine echte Gräfin, und beschrieben dann in den Bierhallen, was sie alles bereitwillig mitgemacht hatte. Sie war ja immer noch schön.

Sie hat nie an Antonio geschrieben. Sie ist nie gekommen, um das Grab ihrer Tochter zu besuchen. Sie hätte etwas anderes wählen können. Sie hätte etwas anderes als diese Prozession von jungen Nichtsnutzen wählen können, etwas mit Güte, etwas mit Ehre, ein Haus führen können, in das sie vielleicht ihren Jungen hätte holen können, um ihn dort aufzuziehen. Sie hatte Geld. Sie war intelligent. Sie war kultiviert. Sie schlief, wie ich hörte, auch mit Frauen. Sie betrank sich in aller Öffentlichkeit. Sie wurde zwei Mal ausgeraubt. Von Männern, die sie kannte, Männern, die in ihrem Haus zu Gast gewesen waren.

Ich bin zu ihr gefahren. Mehrmals. Nicht, um sie zurückzuholen, das wollte ich gar nicht. Ich habe sie nur gebeten, es sein zu lassen. Es einfach sein zu lassen. Sie hat mir ins Gesicht gelacht. Sie hat ihren Wein nach mir geworfen. Sie hat mir gesagt, dass ich sie anekele.«

Er nahm ihre Hand und küsste sie. »Musst du auch noch den Rest erfahren?«

Das Mondlicht war so blass und kalt, dass sie eine Gänsehaut bekam. »Ja, ich muss es wissen.«

»Sie wurde krank. Schwindsucht, so nannte man das damals. Tuberkulose, nehme ich an. Ich habe Ärzte zu ihr geschickt. Ich wollte sie nicht besuchen. Sie war immer noch so jung. Sie hat Tuberkulose, sagten sie, sie hat Syphilis, sie ist davon wahnsinnig geworden, und kein Mann und keine Frau wollten sich ihr mehr nähern. Ihr Name war Gesprächsthema, wie man so sagt, in den Straßen von Chicago, und niemand kam, um sich um sie zu kümmern, nach all diesen

Abendessen, zu denen sie eingeladen hatte, nach all diesen Männern, denen sie einen Augenblick der Lust geschenkt hatte, und nach dem Geld, dem endlos vielen Geld, um die besondere Zuneigung der Gräfin Emilia zu demonstrieren. Sie sprach noch immer kaum Englisch. Die Ärzte konnten nichts für sie tun. Sie lebte allein, und es gab niemanden, der für sie kochte oder sauber machte, und sie hatte nie gelernt, auch nur die einfachsten Dinge für sich selbst zu erledigen.

Ich bin noch einmal hingefahren. Ich habe Antonio mitgenommen, damit er sie besuchen könnte, aber es war einfach zu schrecklich. Er hat sie gesehen, wie sie schon völlig heruntergekommen war, und dann habe ich ihn in der Kutsche warten lassen. Es gab da ein Zimmer … es gab da ein Zimmer in ihrem Haus, in das sie alles, was schmutzig war, hineingeworfen hatte, ihre Kleider, ihre Unterwäsche und ihre teuren Petticoats, zusammen mit Tellern, von denen sie einmal gegessen und die sie anschließend nicht abgewaschen hatte. Bestickte Tischdecken, die sie einmal benutzt hatte, Hüte, die sie gekauft und nie getragen hatte. Es reichte einem bis zur Hüfte. Schmuck, den sie nicht mehr tragen wollte. Stapelweise Briefe von Antonio, der ihr geschrieben und sie angefleht hatte, zu kommen und ihn zu retten. Einige der Briefe waren nicht einmal geöffnet. Die Vorhänge waren zugezogen, man musste durch dieses Chaos waten und sich fragen, was man davon retten sollte, was davon noch zu retten war, irgendein Gegenstand, den man dem Jungen als Zeichen dafür, dass wenigstens seine Mutter ihn liebte, hätte mitbringen können. Gott ist mein Zeuge dafür, dass ich es nicht konnte. Sie hat ihr Leben weggeschmissen, es in dieses stinkende, dunkle Zimmer im zweiten Stock ihres eleganten Stadthauses, für das ich bezahlte, hineingestopft.

Sie lag in ihrem Bett und war kaum bei Bewusstsein. Wahrscheinlich unter Drogen. Wahrscheinlich verrückt. Sie war immer noch schön. Sie hatte etwas Edles, selbst in ihrem Wahnsinn war sie noch eine Schönheit, die mir den Atem raubte. Sie brauchte Sonne. Sie brauchte Sonne und eine lange Genesungszeit, im Westen, in Europa. Sie hätte vielleicht überlebt, jedenfalls für eine Weile.

Sie hat mit mir gesprochen. Sie hat mir erklärt, was für ein Idiot ich sei, ein Idiot, Lügner und Hahnrei. Sie sagte mir, dass ich schwach und dumm sei und dass sie mich vom ersten Moment, in dem ihr Blick auf mich gefallen war, betrogen und benutzt hätte und dass sie froh darüber sei. Ich wusste es natürlich. Ich hatte es schon seit langem gewusst.

Ich habe sie sich selbst überlassen. Ich habe sie zum Sterben sich selbst überlassen. Keine Heilmittel, keine Kur. Keine Ärzte mehr. Kein Geld mehr. Sie wurde aus ihrem Haus geworfen, ihr Besitz wurde auf der Straße versteigert. Drei Monate später starb sie in einem Armenhospital, ihre Handgelenke waren ans Bett gefesselt, sie war blind geworden, die Haare waren ihr ausgefallen, sie war nur noch ein Mitleid erregendes Monster, das niemanden hatte, der ihm die Hand hielt, keinen Priester, der ein letztes Gebet für sie sprach, keine Erlösung, keine Vergebung durch einen Gott, der sie schließlich auch verlassen hatte, der sie ohne sein Wort, ohne Einladung in den Himmel, dem Sterben überlassen hatte.

Ich hätte sie retten können. Ich habe es nicht getan. Und ich bereue es auch nicht. Es kommt ein Moment, an dem man es einfach nicht mehr erträgt. Ich habe dieses Zimmer mit ihren weggeschmissenen Kleidern, den ungeöffneten Briefen und den unbezahlten Schneiderrechnungen gesehen, und mein Herz hat aufgehört, sich darum zu sorgen, ob sie nun überleben würde oder sterben.«

Es herrschte ein langes, dunkles Schweigen.

»Du hättest nichts mehr tun können. Niemand hätte von dir erwartet…«

»*Ich* habe es von mir erwartet. Ich. Sie war meine Frau. Einst. Dann war sie tot. Ich weiß nicht einmal, wo sie begraben ist. Es ist mir egal.«

»Du musst dir selbst vergeben.«

In einer heftigen Aufwallung wandte er sich ihr zu. »Was weißt du denn schon. Ich muss überhaupt nichts tun, verdammt noch mal. Ich werde so lange, wie ich es will, das tun und denken, was ich tun und denken werde. Du hast mich gefragt. Und ich habe es dir erzählt. Nenn von jetzt an nie wieder ihren Namen.«

Er ließ sich wieder auf die Laken sinken. Er zog sie an sich. Er hob die Bettdecke, und sofort konnte sie die Wärme seines Körpers an ihrem Körper spüren. »Was ich für sie empfunden habe, war gar nicht Liebe. Ich habe das bloß für Liebe gehalten. Aber das war es nicht. Es war eine Sucht, eine Art Wahnsinn. Ich wollte so sehr… etwas. Ich weiß nicht mehr, was. Rache. Meine Mutter. Die langen Jahre ihrer Wut. Ich wollte Rache, und sie war das Mittel dazu. Ich wollte, dass meine Mutter jeden Tag mit ihr leben müsste und sich dabei klein, nutzlos, hässlich und alt fühlte. Aber es hat nicht einen Augenblick lang irgendeine Bedeutung gehabt. Für sie. Es hat überhaupt nichts verändert. Ich habe meine Jugend damit verbracht, eine Frau zu lieben, die die ganze Mühe nicht wert war.«

Er war müde. »Ich hoffe von tiefstem Herzen, dass das Feuer verglommen ist. Es hat zu heiß gebrannt. Es tötet alles. Jetzt sprich deine Gebete und schlaf. Antonio ist zu Hause. Du bist hier. Wir werden dafür sorgen, dass es funktioniert. Das ist alles, was zählt. Und jetzt schlaf.«

Er drehte sich weg, und sie lag, stumm und ohne einen klaren Gedanken, im Dunkeln. Antonio hatte sie belogen, er hatte sie angelogen, er wollte sie etwas über Truitt glauben machen, das gar nicht stimmte, er hatte detailliert ein schreckliches, erschütterndes und mörderisches Ereignis beschrieben, das überhaupt nie stattgefunden hatte. Sie selbst hatte auch gelogen, aber jetzt schien es, dass die Lüge sich durch sie durchgebrannt und nur einen weißen Fleck hinterlassen hatte, weiß wie die Landschaft draußen vorm Fenster. In diesem Augenblick hörte etwas in ihr auf, und etwas Neues begann. Und sie lag wach, bis das dünne Licht durch die Fenster fiel, während sie dieses Neue zur Welt brachte.

Dann bewegte sich Truitt. Es war noch nicht ganz Morgen. Er öffnete die Augen, und sie küsste ihn, bevor er noch ganz erwacht war. Truitt würde ihr genügen. Er war nicht der, von dem sie geträumt hatte. Er war nicht der, den sie erwartet hatte. Aber er war ihr genug.

Antonio war überall. Seine Unverschämtheit und seine Langeweile erfüllten das ganze Haus. Truitt nahm die Heuchelei und die kleinen Beleidigungen einfach nicht zur Kenntnis. Er richtete ihm ein Konto ein, auf dem soviel Geld lag, dass es für Antonio auf Jahre reichen würde. Er versuchte, Antonio für seine Geschäfte zu interessieren, saß so lange mit ihm in seinem großen Arbeitszimmer zusammen, wie Antonio es aushalten konnte, und erklärte ihm, wie alles zusammenhing, wie man kaufte und verkaufte und wie man reich wurde. Er war kein Narr. Er konnte sehen, wie überheblich Antonio war, und es erinnerte ihn an seine eigene Jugend, an seinen eigenen Mangel an Interesse an allem, was nichts mit seinen Vergnügungen zu tun gehabt hatte.

Antonio konnte sich in der Stadt nicht amüsieren. Es gab nur ein Restaurant in einem kleinen traurigen Hotel, und

Frauen gab es auch nicht. Die Drogen, die er mitgebracht hatte, hatte er bald verbraucht, und nun verbrachte er seine Tage in einer Nüchternheit und Klarheit, die ungewohnt und unangenehm für ihn waren. Er rauchte am Tisch Zigaretten. Er redete endlos von Saint Louis und seinem Zauber.

Truitt öffnete für ihn seinen alten Weinkeller, und jeden Abend betrank sich Antonio mit den kostbaren Weinen, die man vor zwanzig Jahren dort eingelagert hatte, teure Lagen, die überaus selten waren. Clarets, Bordeaux und Burgunder, die man aus Europa hatte kommen lassen, als das Haus voller Freunde seiner Mutter gewesen war. Es war Antonio egal. Er wollte sich bloß betrinken und seinen Vater beleidigen.

»Das Haus ist kalt. Meine Zimmer sind kalt. Ich friere die ganze Zeit an meinen Füßen.«

»Das Haus ist alt und groß. Vielleicht sind deine Kleider …«

»Und was soll ich dann tragen? Der Trick, Vater, ist nicht, andere Kleidung zu tragen, um sich der Umgebung anzupassen, sondern die Umgebung zu verändern, damit sie zu den Kleidern passt. Du bist reich. Also tu etwas.«

»Bald kommt der Frühling.«

»Und dann wird es warm sein, und es wird trotzdem nichts zu tun geben.«

So ging es weiter und weiter, Truitt behielt seine Geduld, und Antonio hatte für alle Bemühungen seines Vaters, ihm seine Güte zu demonstrieren, nur Verachtung. Das Geld bedeutete ihm nichts. Jede Nacht im vergoldeten Bett seiner Mutter zu schlafen, bedeutete ihm nichts. Sein früheres Kinderzimmer wiederzusehen, in dem immer noch sein altes Spielzeug lag, bedeutete ihm nichts. Antonio hatte kein empfindsames Herz. Er wollte keine Rührung zeigen. Er war gekommen, um den Tod zu bringen.

»Leute, die ihre Tage mit so einer Arbeit verbringen, vergeuden bloß ihr Leben. Wir leben nur für die Kunst.«

»Ich habe das auch so empfunden. Ich empfinde es immer noch so. Ich habe mir das hier nicht ausgesucht. Es gab halt niemand anderen.«

»Und eines Tages wird dies alles meins sein? Ich werde es verkaufen und ein schönes Leben haben.«

»Es ist das, was diese Familie seit hundert Jahren macht. Es gibt keinen einzigen Menschen in der Stadt, der nicht auf die eine oder andere Art davon abhängen würde.«

»Das sind alles kleine Niemands.«

Sie hätten vielleicht über die Dinge sprechen können, die wirklich wichtig waren. Sie hätten vielleicht abends am Kamin zusammen sitzen und Ralph hätte vielleicht sagen können, was er auf dem Herzen hatte, nämlich, dass es ihm leid tat und dass Antonio von ihm aus tun konnte, was er wollte, die Firma verkaufen, das Haus abbrennen oder die Erde mit Salz düngen. Er wollte nur eins, die Vergebung seines Sohnes. Und die würde ihm Antonio niemals gewähren.

Er passte Catherine ab, als Ralph in der Stadt war.

»Er sollte längst tot sein. Aber er liegt nicht mal im Sterben. Du hast geschrieben, komm sofort.«

»Er hat dich hier gebraucht. Er musste das Gefühl haben, dass du kommst. Nur so konnte ich dich dazu bringen, hierherzukommen. Falls du geglaubt hast …«

»Dann hast du mich also belogen.«

»Ja.«

»Ich will nur eines. Ich will ihn tot sehen. Denk daran, ich kann es ihm jederzeit erzählen. Jeden Abend, wenn er sich mit mir unterhalten will, jeden Abend bin ich kurz davor, und dann tue ich es doch nicht. Das macht mir sogar irgendwie Spaß. Er sitzt da wie ein Affe, man kann ihm alles sagen, und er hält einem buchstäblich auch noch die andere Wange hin.«

»Er will deine Vergebung.«

»Er will nachts ruhig schlafen. Oder tut er das schon? Schlafen, meine ich. Du schläfst in seinem Bett. Du solltest es wissen.«

»Er ist ruhelos. Er wird erst ruhig sein, wenn du glücklich bist.«

Die Drohung stand immer im Raum. Sie stand immer im Raum, und sie war sehr real. Sie hatten einen Plan gemacht, und der Plan hatte vorausgesetzt, dass beide mitmachten. Jetzt sagte er, sie ekle ihn an. Wenn Ralph aus dem Weg geräumt war, würde er sie rausschmeißen, und es gäbe keinen Ort mehr, an den sie dann noch gehen könnte. Keinen anderen Ort, als zurückzukehren zu India und wieder die Frau zu sein, die sie nicht mehr war.

Catherine wusste nicht, was sie tun sollte. Sie erkannte, dass es zwar eine ganze Reihe von Menschen auf der Welt gab, die einiges über sie wussten, aber nicht einen einzigen, der alles über sie wusste. Sie hatte so viele Lügen erzählt und so viele Identitäten erfunden, immer wieder eine neue für jede neue Situation, in der sie sich gerade befand. Sie konnte sich an niemanden wenden, aber so wie die Lage jetzt war, konnte es auch nicht mehr lange weitergehen. Nicht einmal Truitts Geduld war endlos.

Antonios Wut wuchs in dem Maße, in dem Ralph kräftiger wurde. Auf seine aschfahlen Wangen war die Farbe zurückgekehrt. Ihm wurde nicht mehr schwindlig, wenn er die steile Treppe zum Haus hochstieg. Sein Schlaf wurde nicht mehr von den alten Ängsten gestört. Die Gespenster waren fort.

Abends las sie den beiden am Kamin Whitman und andere amerikanische Dichter vor.

»Mein Gott. Ist das langweilig. Hast du irgendeine Vorstellung, wie langweilig das ist?«

Nachts, während Ralph und sie sich im blauen Schlafzimmer liebten, dachte sie an Antonio, der in seinen Räumen, die fernab lagen, auf und ab ging, Brandy trank und Zigarren rauchte, und sie konnte seinen Zorn spüren und wusste, dass dieser Zorn zu etwas Schrecklichem führen würde, etwas, das sie sich weder vorstellen noch beschreiben könnte. Sie versuchte, Truitt zu warnen, aber er wollte nicht auf sie hören.

»Er wird alles zerstören. Er ist eine Gefahr für dich.«

»In seinem Alter war ich genauso. Ich war unruhig, gelangweilt und voller Hass. Vielleicht ist er das Kind seiner Mutter. Vielleicht wird er sich nie auf das hier einlassen. Vielleicht ist er aber auch mein Sohn. Ich wollte auch nie aufhören. Die Verachtung. Der ganze Hass. Ich muss es einfach versuchen.«

Ralph nahm Antonio mit zur Fabrik, erklärte ihm geduldig, wie das Erz geschmolzen wurde, zeigte ihm die verschiedenen Formen, zu denen man das glühend heiße, geschmolzene Eisen verarbeiten konnte. Antonio beleidigte die Arbeiter und lachte über ihre anstrengende Arbeit.

Das Einzige, wofür er sich wirklich interessierte, war Catherine, die er immer Mrs. Truitt nannte. Wenn Ralph fort war, wenn er sich schließlich aus dem Bett gewälzt hatte und sie schon beim Mittagessen saß oder mit Mrs. Larsen über das Abendessen sprach, schlich er wie eine Katze ins Zimmer und tauchte plötzlich neben ihr auf, stand ihr im Weg, nahm sie in Anspruch, wenn sie seine Anwesenheit fast schon vergessen hatte.

»Mrs. Truitt …«

»Nenn mich bitte nicht so.«

»Du bist die Frau meines Vaters. Wie soll ich dich denn sonst nennen?«

»Catherine.«

»Niemals. Mrs. Truitt, denk mal, was für einen Spaß wir haben könnten. Das ganze Geld. Es ist genug Wein für ein ganzes Jahr da. Diese ganzen Zimmer, wir könnten Leute einladen, die wir kennen, unsere Freunde …«

»Antonio. Es gibt kein ›wir‹. Nicht mehr. Das musst du endlich einsehen.«

»Und du musst endlich dafür sorgen, dass er stirbt.«

»Das mache ich nicht. Ich kann es auch gar nicht. Ich habe das Gift gar nicht mehr.«

»Davon gibt es genug. Ich werde nach Chicago fahren. Ich werde ihnen erzählen, dass es in dem Haus von Ratten wimmelt.«

Sie sah aus den Fenstern des Esszimmers und über die Weide bis zum Fluss hinunter. Das Eis war bereits brüchig. Die Kinder kamen nach der Schule nicht mehr zum Schlittschuhlaufen. Der Winter würde nicht mehr lange andauern.

»Ich werde es nicht tun. Ich habe es dir schon hundert Mal gesagt. Er ist mein Mann. Du hast jetzt schon alles, was du überhaupt nur wollen kannst.«

»Ich langweile mich.«

»Dann fahr nach Chicago. Spiel mit deinen Freunden.«

»Ich habe keine Freunde in Chicago.«

»Es sind die gleichen Leute, wie die, die du in Saint Louis kennst. Sie unterscheiden sich nicht im Geringsten voneinander. Sie schlafen den ganzen Tag und trinken die ganze Nacht und spielen und gehen zu Huren und rauchen Opium. Genau das, was du magst. Du könntest dir Kleidung kaufen. Du hast sehr viel Geld. Truitt hat einen ausgezeichneten Schneider. Du könntest wie der Prinz von Wales leben.«

»Das würde mir überhaupt keinen Spaß machen.«

»Geh nach Europa. Das hat er auch getan.«

»Und verschwinde für fünf Jahre?«

»Er würde dir schicken, was immer du an Geld brauchst.«

»Ich kann die Sprachen nicht. Ich mag keine Kirchen. Ich habe dir gesagt, was ich will.«

»Und ich habe dir gesagt, dass du das nicht bekommst. Heute nicht. Niemals. Du wirst dich daran gewöhnen müssen.«

»Du weißt, dass es nicht meine Sache ist, mich an irgendetwas zu gewöhnen.«

»Ich flehe dich an. Lass mich allein, eine Stunde, einen Nachmittag.«

Da ließ er sie dann allein, aber sie konnte seine Anwesenheit im Haus spüren. Stundenlang stand sie im Garten und starrte zu den Fenstern ihres Schlafzimmers hoch, hoffte auf den Frühling, wünschte, Antonio würde fortgehen, wünschte, sie hätte sich nie auf diesen katastrophalen Plan eingelassen, wünschte, sie hätte nie das Leuchten in Truitts Augen gesehen, wünschte, sie hätte nie die Verse des Dichters gehört: »Die, welche lieben, sollen unbesiegbar sein.« Sie fühlte sich nicht unbesiegbar. Sie fühlte sich wie eine offene Wunde, so ungeschützt und verletzlich. Wie hatte es dazu kommen können? Als sie in dem heruntergekommenen Garten stand, konnte sie sich kaum mehr daran erinnern, wie alles angefangen hatte, aber ihr war schwindelig vor Angst, dass sie all dem nicht mehr entrinnen könnte. Der Knoten in ihrem Magen sagte ihr, dass Antonio Recht hatte: Truitt würde es auf die eine oder andere Art doch herausfinden. Sie hatte ihr Leben verderben lassen, und dieses alte Leben war nun ein Geheimnis, das sie tief in sich selbst begraben hatte, wo es vor den anderen, bis auf Antonio, verborgen war.

Sie war in der Stadt beim Arzt gewesen. Sie hatte sich die zeitlichen Abläufe sehr sorgfältig überlegt. Das Kind war von

Truitt. Es lag in ihrem Bauch, so wie der Garten in ihrer Vorstellung dalag, unter der Erde und auf Fürsorge und Zuwendung wartend. Wenn Truitt wieder kräftiger wäre, würde sie es ihm erzählen. Wenn Antonio seiner Pläne müde wurde und begriff, dass alles, was Truitt gehörte, auch ihm gehörte, würde er wieder fortgehen und sein Geld ausgeben, bis er, ein alternder Geck, dem es zu langweilig geworden war, noch weiterzuleben, in Saint Louis oder London oder Paris sterben würde. Er würde von Stadt zu Stadt ziehen, wie er es immer schon getan hatte, Leute benutzen, sie wie schmutzige Wäsche in den Dreck ziehen und dann wieder verlassen, um neue Gesichter und neue Vergnügungen zu finden. Truitt hatte eine Person geliebt, die gar nicht existierte. Sicher würde er in dem Menschen, der bald auf die Welt kam, Trost und Hoffnung finden und ihn lieben.

22. KAPITEL

Obwohl er nicht reiten konnte, kaufte Antonio sich ein Araberpferd, und zwar, wie manche sagten, das beste im ganzen Bundesstaat. Er besorgte sich einen Lehrer, einen Bauernjungen, und nahm in der großen alten Scheune, in der Truitt den Boden ebnen und einen Parcours errichten ließ, Reitunterricht. Nach zwei Wochen war sein Interesse schon wieder abgeklungen, das Pferd stand müßig auf dem Hof und stocherte im dünnen, vereisten Schnee herum.

Antonio kaufte sich ein Automobil, das neuer, eleganter und weitaus teurer als das seines Vaters war. Es wurde mit dem Zug herbeigeschafft und versetzte die ganze Stadt in Erstaunen, aber Antonio konnte nicht fahren, und die Straßen waren ohnehin zu zerfurcht, also stellte er den Wagen in einer Garage in der Stadt ab.

Antonio fuhr für fünf Tage nach Chicago und kam mit glasigen Augen und einem erschöpften Gesichtsausdruck, einem Koffer voller neuer Kleider, einem Päckchen Arsen und einer Opiumkugel wieder nach Hause. Er kam mit einer Miss Carruthers nach Hause, Elsie Carruthers, einem Mädchen, das Catherine aus dem Theater und von ihren Nächten mit India kannte, und brachte sie in einem Nebenzimmer unter. Dort, in ihrem Zimmer, verbrachten sie die Nächte, tranken kostbaren Wein und zerrten sich die Kleider vom Leibe. Aber Miss Carruthers war dumm und langweilte sich bei den langen Abendessen und den Gedichten, und Antonio und sie gesellten sich nicht mehr am Abend zu ihnen. Ralph sagte, dass sich junge Männer nun mal so benahmen, dass er sich auch so benommen hätte, obwohl er fast fünftausend Kilometer ins Ausland gereist war, um das zu tun. Er hatte seine Verderbtheit nie unter dem elterlichen Dach ausgelebt, aber er sagte nie ein Wort zu Antonio. Es war eine Erleichterung für Catherine, dass er ihr nicht im Wege war, auch eine Erleichterung, zu merken, wie sehr sie ihre Zeit allein mit Truitt wieder genoss.

Antonio begann, sich mit Miss Carruthers zu langweilen, und Ralph gab ihr einen Haufen Geld, damit sie den Zug nahm und wieder nach Chicago zurückfuhr. Danach hatte Antonio nichts mehr zu tun. Einfach gar nichts.

»Mrs. Truitt, wir haben das Giftpulver. Du kennst den Plan. Ich habe dir gesagt, dass ich ihm sonst alles erzählen werde, und das werde ich auch.«

»Wenn du das unbedingt machen willst, brauchst du nicht mich dazu.«

»Der verlorene Sohn, der seinen Vater umbringt? Das wird nicht klappen. Ich bin ein Feigling. Aber du nicht. Nein, Mrs. Truitt, ich werde dich immer brauchen. Wenn ich das Knistern deines Rocksaums auf der Treppe höre, dann will ich dich wieder, immer wieder aufs Neue.«

»Die Vergangenheit ist tot.«

»Nein, das ist sie nicht. Sie ist nicht einmal vorbei.«

»Ich könnte es nicht tun.«

Er berührte sie da, wo ihr Puls schlug, am Hals. »Sag mir, dass du mich liebst.«

Sie schlug ihm ins Gesicht.

Er lächelte. »Siehst du?«

Antonio war es gewöhnt, angebetet und begehrt zu werden, und in seinem Herzen gab es keinen Platz für die komplexen Facetten der Liebe. Er wurde nie von dem Bedürfnis nach Zuneigung getrieben. Das Begehren hatte seine eigenen maßlosen und dramatischen Freuden. Die Liebe jedoch war letztlich, Stunde für Stunde, der immer gleiche, regelmäßige Herzschlag, und sie langweilte ihn in ihrer Ereignislosigkeit. Und weil es ihm möglich war, alles zu haben und immer zu tun, was er wollte, wurde er von einer lähmenden Tatenlosigkeit erfasst, von Verzweiflung und Wut, so dass er sich wie ein Tiger in einem Käfig fühlte. Er suchte nach dem neuen Gefühl und der neuen Eroberung, und er fand einfach nichts.

Ralph begriff, dass Antonio nie einen Ehering tragen würde. Die schlichten Freuden der Häuslichkeit bedeuteten ihm nichts, er würde sein Leben damit verbringen, von einer Frau zur nächsten zu ziehen, von Begierde zu Begierde, und zwar endlos, bis er nicht mehr so gut aussah, bis ihn seine Begierden im Stich ließen und er mit nichts zurückblieb. Liebe, die die Leidenschaft überlebte, war schwer zu fassen. Sie war der Gazeverband, mit dem man die Wunden des Herzens verband. Sie existierte außerhalb der Zeit, in einem Kontinuum, das man weder sehen, noch beschreiben konnte. Tagsüber dachte Ralph mit einer Mischung von Liebe und Angst an Catherine, aber er stellte fest, dass er froh war, dass sie da war, wenn der Abend kam.

Antonio würde das nie verstehen. Seine Mutter war an ihren sexuellen Eskapaden gestorben, hatte ihr Leben weggeworfen, und Antonio war das Produkt ihres Ruins. Das Primat des Sex nie aufzugeben, bedeutete, allein zu sterben, in einer Art von Armut. Es bedeutete auch, dass man das Tröstliche von Sex ohne Getriebenheit nie kennen lernen würde.

Ralph hatte seine Leidenschaft, die so lange unterdrückt gewesen war, wiederentdeckt. Er hatte sie ausgerechnet durch eine Frau wiederentdeckt, die log und betrog, die ihm etwas vormachte und noch Schlimmeres tat, aber er wachte jeden Morgen mit dem Gefühl auf, eine Nacht voll lüsterner Träume verbracht zu haben. Er hatte sich nach etwas Bestimmtem gesehnt und etwas anderes gefunden. Sie war das Werkzeug seines Todes. Und sie war die Einladung zu seinem neuen Leben. Er wusste, wo er stand.

Er wurde kräftiger, und er wurde noch reicher und noch mächtiger. Seine Geschäfte, die lange Zeit nur eine lästige Pflicht gewesen waren, ein Zeitvertreib und eine Art Wiedergutmachung, wurden nun von seiner Leidenschaft beflügelt, und er griff zu, die Hände voller Geld, um zu kaufen und zu zerstören, zu retten und aufzubauen und sich anzueignen, was ihm dazu verhelfen würde, seine Macht noch weiter zu vergrößern. Es war das, was aus ihm geworden war. Es war das, was Amerika ihm angeboten hatte. Es war das, zu dem Antonio vielleicht noch werden könnte.

»Es langweilt mich.«

»Es hat mich auch gelangweilt. Was es dann für mich interessant gemacht hat, war, dass ich es allmählich gut konnte. Das ist das Leben, Antonio. Arbeit. Das ist es, was die Leute nun mal machen.«

»Aber nicht mein Leben, das ist nicht das, was ich tue.«

»Dieses Land, dieses ganze Land, Antonio, baut und wächst. Es gibt so vieles, das man besitzen und beherrschen kann. Es gibt auf den Farmen und in der Stadt Menschen, die nicht wissen, wo sie hin gehören. Sie brauchen bloß ein Licht, und sie werden ihm folgen.«

»Dir. Sie können dir auch in die Hölle folgen, wenn's nach mir geht.«

Ralph machte dennoch weiter, mit unendlicher Geduld, mit uferloser, unerschöpflicher Liebe. Antonio war für ihn das Einzige, was er aus den Trümmern seines früheren Lebens noch gerettet hatte, und er würde alles tun und jede Beleidigung einstecken, damit er dablieb.

Er war bereit gewesen, zu sterben, aber jetzt war das Leben wieder in ihn zurückgekehrt, das Leben und die Kraft und die Leidenschaft, und er wollte nie wieder ungeliebt und allein in einer Menschenmenge auf einem Bahnsteig stehen. Er wollte nie wieder ein Objekt des Mitleids für die Männer, die für ihn arbeiteten, und für ihre Frauen und Kinder sein. Er wollte nie wieder ein bloßes Gerücht sein.

Um sie herum wurde der Haushalt größer. Mrs. Larsens Mitarbeiterstab war von zwei auf sechs Personen angewachsen, einschließlich einer Wäscherin, eines Zimmermädchens für Antonio und einer zusätzlichen Küchenhilfe. Catherine hatte aus Chicago einen Gärtner kommen lassen, der die Tropen in den Wintergarten und den Orangenbaum und den Jasmin in der heißen Nachmittagssonne zum Blühen brachte. Es war dort feucht, Singvögel flogen von Ast zu Ast und sangen. Ralphs Knochen wärmten sich, wenn er am Nachmittag dort saß. Der Schmerz verschwand.

Die schweren alten Damastvorhänge wurden abgenommen, und leichtere, die mehr Licht hereinließen, wurden aufgehängt. Die seidenen Bettvorhänge in ihren Schlafzimmern wurden durch Stoffe, die mit chinesischen Mustern verziert waren, Mustern aus einem anderen Jahrhundert, ersetzt. Ihre exotische Pracht trug Ralph und Catherine in ihr eigenes Xanadu davon, an einen Ort, der einzig und allein das Königreich ihrer Wünsche bildete.

Aus Chicago kamen Näherinnen, brachten Musterbücher und Ballen schwerer Stoffe mit, um Kleider für Catherine zu nähen, nichts Extravagantes. Sie machten für Ralph herrliche gestreifte Hemden mit weißen Manschetten und Krägen und goldenen Kragenknöpfen.

Sie waren reich, und auch wenn sie keinen Drang verspürten, ihren Reichtum zur Schau zu stellen, fanden sie es doch angenehm, so zu leben, wie reiche Leute eben leben. Ralph änderte seine Gewohnheiten nicht, und er hörte wieder auf zu trinken, nachdem er einmal genug Brandy gehabt hatte. Er aß nur so viel, wie er brauchte, und nicht so viel, wie er wollte. Das Essen war ausgezeichnet. Die Gesellschaft wuchs, je mehr Licht ins Haus kam.

Aber er kam nach wie vor nicht an Antonio heran. Er hatte so viele Jahre der Hoffnung, in denen er sich bemüht hatte, ihn zu finden und wieder nach Hause zu holen, durchlebt, und nun hasste Antonio dieses Haus, hasste die Firma, war grob zu Ralphs Frau und den Bediensteten. Aber Ralph hatte Zeit. Lange Jahre hatte er gar nichts anderes gehabt als Zeit, und das hatte ihn gelehrt, aufrecht zu stehen und sich nicht vor der Kälte zu krümmen.

Mit jedem Tag wurde der Winter schwächer. Auf den Feldern wuchsen wieder Stoppeln, am Nachmittag schien die Sonne länger. Das Eis bedeckte immer noch den schwarzen Fluss, aber es war, als öffneten sich die Gefängnistore, und die Leute warteten auf den ersten warmen Tag und auf den Tag, an dem die Mädchen endlich wieder in ihren Sommerkleidern erschienen. Es gab eine Zukunft.

Antonio lernte die Pferdekutsche zu lenken, und sofort fuhr er Abend für Abend über die schlammigen Straßen in die Stadt, wo er sich mit einer jungen Witwe, Mrs. Alverson, zusammentat, deren Mann vor zwei Jahren Selbstmord begangen hatte. Ihre sexuelle Verzweiflung war so groß wie seine, und ihre Rendezvous waren das Stadtgespräch. Es verletzte Ralph, dass sein Name wieder im Zusammenhang mit Klatsch auftauchte und von dieser Art von Skandal zu hören. Er machte einen Versuch, Antonios Benehmen zu zügeln.

»Ihr Mann war fünfundzwanzig. Sie hat ein Baby, das erst geboren wurde, nachdem ihr Mann schon tot war. Sie ist verletzlich.«

»Sie schätzt meine Gesellschaft.«

»Sie lebt von deiner Gnade. Natürlich schätzt sie deine Gesellschaft. Die Leute reden schon.«

»Dein Ruf ist mir völlig egal, wenn es das ist, worum du dich sorgst. Ich werde das tun, was ich will.«

»Vielleicht solltest du nach Europa reisen. Da drüben gibt es viele Mrs. Alversons, Frauen, die sich auf so ein Arrangement weitaus besser verstehen. Vielleicht wärst du dort glücklicher. Ich war glücklich. Es gibt Frauen …«

»Und dich und Mrs. Truitt und den ganzen Spaß, den wir haben, hinter mir lassen? Warum?«

»Antonio. Weil Mrs. Alverson … wie heißt sie noch?«

»Violet.«

»Weil Mrs. Alverson mehr als das verdient hat. Jede hat mehr verdient. Weil du dich nicht fürs Geschäft interessierst. Das Einzige, was ich dir sonst noch geben kann, ist Geld. Ich habe dir schon so viel gegeben, dass du damit um die Welt reisen könntest, wenn es das ist, was du willst. Du wirst dir die Hörner abstoßen. Du wirst zurechtkommen. Irgendwann erlischt das Feuer.«

Als er in Antonios Alter gewesen war, war Ralph gezwungen worden, sein ausschweifendes Leben zu beenden, nach Hause zu kommen und das Geschäft zu übernehmen. Er hatte allein durch die tägliche Praxis gelernt, erst schlecht, dann ging es besser und besser. Es war zu seinem Leben geworden, und Italien war nur noch eine verblasste Erinnerung. Antonio hatte ein Alter erreicht, in dem die Vorstellung, in ein fremdes Land zu reisen, in dem er niemanden kannte, die Sprache nicht verstand und keinen Ort hatte, an dem er leben konnte, ihn nicht reizte. Er hatte sein Leben in der Hand, und die Verlockung von etwas Neuem war nichts für ihn. Er hatte sein ganzes Leben nach Wisconsin verfrachtet, und jetzt gab es keinen Rückweg mehr. Es gab aber auch keinen Weg, um das zu erreichen, was er wollte, und seine Wut wuchs. Seine alten Freunde beneideten ihn, aber seine alten Freunde waren hier nicht willkommen. Hier waren es lauter Gouverneure und Senatoren und müde alte Geschäftsleute mit Zigarren und einer Wampe, die kamen, um Ralph Truitt die Stiefel zu lecken, in der Hoffnung, dass sie bei der nächsten großen Sache gleich von Anfang an mit dabei wären, der nächsten Finanzinvestition, die sie noch reicher machen würde.

Antonio zog sich zu seiner Witwe in der Stadt und in seine Zimmer in dem großen Haus zurück, und es kümmerte ihn nicht, dass er die Seele seines Vaters Stück für Stück zerstörte. Es konnte nicht mehr lange halten, dieses prekäre Gleichgewicht aus Hass und Gier. Es konnte nicht halten.

Violet Alverson kam zum Abendessen. Sie war schrecklich schüchtern und lieb und schien in Ehrfurcht vor dem prächtigen Essen und dem prächtigen Haus erstarrt. Catherine zeigte ihr alles, und sie wirkte ganz bezaubert von dem Wintergarten mit seinen Singvögeln und den tropischen Pflanzen. Sie wusste nicht, welchen Löffel oder welche Gabel sie benutzen sollte, aber Ralph sprach mit sanfter, freundlicher Stimme mit ihr über ihre Wünsche für die Zukunft, für ein besseres Leben, mit einem guten Jungen, der eine Ausbildung bekommen und aus dem etwas werden sollte, vielleicht etwas in der Wirtschaft.

Catherine bat sie, doch über Nacht zu bleiben, weil es ein paar Kilometer bis in die Stadt und die Straßen schon dunkel und schlammig waren, aber Violet lehnte ab und fuhr in ihrer geliehenen Pferdekutsche, die Peitsche in der Hand, wieder davon. Antonio und sie hatten kein Wort miteinander gewechselt. Sie fuhr in dem Glauben nach Hause, dass er sie darum bitten würde, sie zu heiraten.

Nach diesem Abendessen begann Antonio, Violet Alverson langweilig zu finden. Sie hatte ein Kind, und sie konnte nicht gut Konversation machen. Sie war nicht hübsch genug, um seine Eitelkeit zu erregen. Er schrieb an sie, dass er sie nicht mehr wiedersehen wolle. Er ist nicht einmal selbst zu ihr gegangen.

Sie erhängte sich am nächsten Tag an demselben Balken, den schon ihr Mann benutzt hatte, auf dem Dachboden ihres schäbigen Hauses mit seinem traurigen Doppelbett. Ihr Baby schlief auf einem Flickenteppich auf dem Fußboden. Sie hatte es, direkt bevor sie sich die Schlinge umlegte, noch gestillt. Ihr Kleid war immer noch aufgeknöpft, und ihre nackte Brust hing heraus. Das Weinen des Babys hatte die Nachbarn alarmiert. In der Lokalpresse stand, dass sie wegen ihrer anhaltenden Trauer über den Verlust ihres jungen Ehemanns gestorben war. Ralph und Catherine gingen zu der schlichten Beerdigung dieser Frau, die sie kaum kannten. Antonio blieb zu Hause und spielte Klavier.

23. KAPITEL

Der Wind wehte nun wärmer aus dem Süden. Die Nächte waren immer noch lang und frostig, aber inzwischen war die nackte Erde schon wieder zu sehen. Ralph verbrachte die Dämmerung jetzt immer in der Scheune, polierte sein Auto und brachte es zu neuem knatterndem und stotterndem Leben. Der Winter hatte viel zu lange angedauert. Truitt ließ Antonios Automobil aus der Stadt kommen und brachte Antonio auf der langen Einfahrt zum großen Haus das Autofahren bei. Es war die erste praktische Tätigkeit, bei der sich Antonio tatsächlich sehr geschickt anstellte. Sein Automobil, mit den Lederpolstern, dem geschwungenen Blech, den Kristallglaslampen und den Blumenvasen im Fonds, war ein Wunderwerk, und Ralph und er fuhren den langen, kurvenreichen Weg zum Haus hinauf und herunter. Der Wagen verschaffte ihnen ein gewisses Maß an Frieden miteinander. Sie versuchten, sich aufeinander einzustellen. Sie versuchten, miteinander zu reden.

»Es war schrecklich, ganz schrecklich, was ich mit dir gemacht habe.«

»Du warst wütend, nehme ich an.«

»Ja, ich war wütend. Ich war wütend, und deine Mutter war fort. Ich habe sie aus ganzem Herzen geliebt. Glaub mir das.

Das habe ich wirklich. Als sie fortgegangen ist, war alles nur noch schwarz.«

»Und ich blieb allein zurück.«

»Deine Schwester war tot. Deine Mutter war fort. Du bliebst allein zurück, und ich habe meinen ganzen Kummer und meine ganze Wut auf dich, einen kleinen Jungen, konzentriert, und ich werde mir das bis an mein Lebensende vorwerfen.«

»Ich habe das Gefühl, du hast das ziemlich gut vergessen können.«

»Ich habe zehn Jahre nach dir gesucht. Ich habe überall nach dir gesucht.«

»Das muss dich eine Menge Geld gekostet haben.«

»Das war mir egal. Nachdem du fort warst, nachdem du weggelaufen warst, wurde mir klar, dass ich etwas Schreckliches angerichtet hatte. Das ist mit noch so viel Geld nicht wiedergutzumachen. Dass du für etwas gequält worden bist, das du gar nicht getan hattest.«

Der langsame Tanz vom Vater und vom Sohn, das alte Lied von Reue und Vergeltung, zogen sich durch jedes ihrer Gespräche. Fanden die Gespräche erst spätabends statt, war Antonio gewöhnlich betrunken und Catherine oben im Bett.

»Du hast wieder geheiratet.«

»Ich wollte, dass du zurück nach Hause kommst. Ich dachte, es wäre vielleicht hilfreich. Und außerdem war ich einsam. Ich war einsam, fühlte mich ungeliebt und war Tag für Tag traurig. Du weißt gar nicht, was mit einem Leben ohne Liebe geschieht. Was es dem Herzen antut. Es verdorrt. Es weiß nicht mehr, wofür es da ist. Ich wollte nur das, was die anderen auch haben. Ich wollte eine Gefährtin, jemanden fürs Herz. Jemand anderen als ich selbst.«

»Und bist du glücklich geworden? Glücklich mit der jungen Mrs. Truitt? Was weißt du wirklich über sie?«

»Sie hat kein einfaches Leben gehabt. Ich mache es ihr gern etwas schöner. Und sie hat dich nach Hause geholt. Sie ist meine Frau. Ja. Ich bin glücklich.«

»Sie ist viel jünger.«

»Sie wird dir eine Freundin sein, wenn du sie lässt.«

»Ich habe schon Freunde, nur leben die nicht hier. Du hast mich geschlagen, bis ich vor lauter Blut in meinen Augen nicht mehr sehen konnte. Du hast mich in ein Zimmer eingesperrt. Du hast mich allein gelassen, ohne mir zu erklären, wo meine Mutter war oder warum deine Brutalität so immens und endlos war.«

»Es tut mir leid.«

»Man wird sehen, ob es reicht, dass es dir leid tut. Ich glaube nicht. Wenn du heute Abend sterben würdest, würde ich nicht zu deiner Beerdigung gehen.«

»Du wärst sehr reich.«

»Und um dich würde, bis auf die hinreißende Mrs. Truitt vielleicht, niemand trauern. Ich jedenfalls nicht. Und auch nicht all die anderen Leute, die in Angst vor dir leben.«

Trotz der beißenden Schärfe war es doch so etwas wie der Anfang eines Gespräches zwischen Vater und Sohn. Jeden Tag fuhr Ralph in der Hoffnung zur Arbeit, dass Antonio vielleicht vorbeikäme, dass er allmählich verzeihen und wieder lieben könnte. Er war ein ehrlicher Mensch, und er hatte ein so großes Verlangen danach, daran glauben zu können.

Für Antonio war er natürlich nur ein Fisch an der Angel. Antonio gab etwas Leine und hielt sich dann zurück, ließ den Haken im Mund seines Vaters. Das machte ihm Spaß.

Antonio wollte so viel. Er wünschte, der größte Teil seiner Kindheit wäre nie geschehen. Er wünschte, seine Mutter wäre treu, schön und tugendhaft gewesen. Er wünschte, sie hätte sich um ihn gekümmert. Er wünschte, sie hätte ihn mitgenommen, als sie davongelaufen war, hätte ihm mehr hinterlassen als die behinderte Schwester und den furchterregenden Vater, der gar nicht sein Vater war. Er wünschte, seine Tage als kleiner Junge wären ganz anders verlaufen. Mehr als alles andere wünschte er, seine Mutter wäre nicht in einer derartigen Verkommenheit gestorben, sondern hätte weitergelebt, wäre bei ihm geblieben und hätte verhindert, dass alles so traurig geworden und so grässlich falsch gelaufen ist. Die Prügel interessierten ihn gar nicht mehr. Sie hatten ihn widerstandsfähiger gemacht, als ein Vater, sein richtiger Vater, es je hätte tun können. Was ihn umtrieb, war, was er alles verloren hatte.

Jeden Abend saß er betrunken am Kamin, nachdem Ralph ins Bett gegangen war, wo die Tröstungen in den Armen von Antonios ehemaliger Geliebten ihn erwarteten. Und dann weinte er. Er weinte um seine Kindheit und ihre einfachen Freuden. Er saß in seinem alten Kinderzimmer und berührte sein ganzes Spielzeug, das Schaukelpferd, die Plüschtiere, die Holzschiffe und Zinnsoldaten, und er weinte um seine eigenen Verluste in der Schlacht.

Wenn er mit einer Flasche Brandy auf dem Fußboden in seinem Kinderzimmer saß, das nicht verändert worden war, weinte er nicht wegen der Prügel oder der Einsamkeit. Er weinte um die verlorene Zeit. Es war die Zeit, die man nicht wiederbekommen konnte. Ja, Ralph würde wirklich alles tun, und ja, die Zukunft würde ihm ein besseres Leben bringen. Aber die Tage und Stunden, in denen er sich vielleicht anders hätte fühlen können als bloß wütend, elend und voller Schmerz, würde er niemals wiederbekommen. Kein Geld der Welt könnte etwas daran ändern, und nichts, was Truitt sagte, konnte es wiedergutmachen.

In diesem bodenlosen Leid lag ein geradezu sinnlicher Genuss, ein Trost, den er sich selbst verschaffen konnte, indem er diesen Gefühlen einfach nachgab, eine Erlösung, die er zum ersten Mal nicht im Sex mit einer Frau fand, die er begehrte. Er wusste nicht, warum er sich so verhielt. Es war ihm egal. Kein anderer hatte schließlich sein Leben gelebt. Kein anderer konnte ihm daher sagen, wie er zu sein hatte.

Vielleicht, dachte er, hatte Ralph ja Recht. Vielleicht konnte er sich noch ändern. Es war ja nicht so, dass ihm sein Leben sonderlich viel Freude oder Seelenfrieden beschert hätte.

Vielleicht war das Weinen im Kinderzimmer sein erster ängstlicher und vorsichtiger Schritt, den er auf die Liebe zu machte. Er wusste nicht, was Liebe war, aber er wusste, dass er begonnen hatte, andere Gefühle für Ralph zu hegen, etwas zu empfinden, das nicht bloß blinder Hass war. Er war ein Kind, und er wollte seinen Vater und seine Mutter.

Er wachte morgens auf dem Fußboden in seinem alten Kinderzimmer auf, sein Kopf dröhnte, er hatte sich mit der Steppdecke zugedeckt, mit der er sich schon als Kind zugedeckt hatte, und er zitterte vor Kummer und manchmal auch vor Reue über sein eigenes Verhalten. Er wünschte, er könnte ein anderer Mensch sein.

Seit Truitt damit aufgehört hatte, ihn zu quälen, seit er stark genug geworden war, um wegzulaufen, hatte er nichts anderes getan, als sich selbst zu quälen. Wenn Truitt versucht hätte, ihn zu töten, dann hätte Antonio, bei all seiner Trauer, daher sein Bestes versucht, um die Sache zu Ende zu bringen. Die benommenen Tage und Nächte, die Frauen, die Ausschweifungen, das hatte alles immer noch nicht ausgereicht. Jetzt, da Truitts Liebe zurückgekehrt war, musste er seine Zerstörung selbst in die Hand nehmen.

Nie zuvor war ihm der Gedanke gekommen, dass er ein

wunderschönes Leben führen könnte. Dass er reich war, dass er nach Rom fahren und eine Prinzessin heiraten könnte, dass er in der Gesellschaft von jemandem, die ihn einfach liebte, kalten Champagner bei Sonnenaufgang auf dem Deck eines Dampfers trinken könnte, der die Südsee ansteuerte, dass er einfach alles tun könnte, was ihm Freude und ein schönes Leben bereitete: Dies waren Vorstellungen, die sich ihm einfach entzogen.

Die Liebe war für immer aus seinem Leben verschwunden, da draußen vorm Fenster, knapp außer Reichweite, wie eine Frucht auf einem Ast, der ein bisschen zu hoch war. Er ließ den Kopf hängen, kippte seinen Brandy herunter und trauerte um sein Leben, um die Stunden seiner Kindheit, um die Güte dieses Mannes, der ihm ein Vater sein wollte, um die verlorene Schönheit seiner Mutter. Er erkundete die prachtvollen Zimmer im Hause seines Vaters und erkannte, dass es für ihn nirgendwo ein Zuhause mehr gab. Es gab keinen Weg mehr dahin. Niemand wäre da, wenn er ankäme.

Er wollte nur noch in einem kleinen, dunklen, warmen Zimmer in einem unauffälligen Haus liegen, wo es weder Tag noch Nacht gab, und ungehemmten Sex mit einer Frau nach der anderen haben, bis er starb. Er wollte die Trunkenheit des Fleisches. Er wollte, dass das, was er auf der Welt am meisten liebte, die sanfte Berührung eines anderen Menschen, zu einer Qual wurde. Er wollte in einer sexuellen Umarmung, der letzten von Tausenden, sterben.

Und da war noch Catherine. Sie war wie eine Droge, das Gift, nach dem er sich sehnte. Sie war, da es hier nichts anderes gab, womit er sich ablenken konnte, immerhin eine Frau, deren Geheimnisse er kannte. Sie war immer zu Hause, nähte und las die Bücher, die sie sich aus Chicago schicken ließ. Sie hatte ihn fallen gelassen. Sie hatte ihn betrogen, ihr goldenes Versprechen nicht eingelöst.

Jede Nacht schlief sie im Bett seines Vaters. Sein Vater hatte Sex mit ihr und sagte ihr, dass er sie liebe, etwas, das Antonio nie gesagt hatte und auch nie so gemeint hätte. Es genügte ihm nicht, alle Frauen zu wollen, er wollte, dass Catherine alle diese Frauen für ihn war.

Sie mied ihn mit Absicht. Wenn Truitt weg war, schloss sie sich in ihr Zimmer ein und nähte. Sie saß wie eine Fremde am Tisch und redete mit ihm, als könnte sie sich nicht mehr an die Samtfesseln erinnern, mit denen er sie immer ans Bett gefesselt hatte, an das Feuer, das auf ihrer Haut gebrannt hatte. Seine Trauer war unendlich. Sein Verlangen war ein besonderes, und es war immens.

Truitt fuhr in die Stadt. Antonio spürte sie auf, folgte ihr, schüttete ihr sein Herz aus, erzählte ihr, wie ihn die Rückkehr in dieses Haus verändert hätte, wie sie eine Wunde wieder aufgerissen hätte, von der er geglaubt hatte, sie wäre für immer verheilt. Der Anblick von Truitt, des Mannes, der zu so viel Brutalität fähig gewesen war und jetzt in aller Ruhe und unbehelligt vor irgendwelchen Anschuldigungen dasaß, sicher trotz seiner Reue, machte ihm Angst, sagte er. Es mache ihm Angst zu denken, dass es anders ein könnte, dass sich die Dinge, von diesem Augenblick an, verändern könnten.

Sie riet ihm zur Geduld. Sie riet ihm dazu, den alten Wunden Zeit zu geben, damit sie heilen konnten. Über Truitts Tod wurde nicht mehr gesprochen. Er sagte ihr, er habe Arsen im Zimmer, das Arsen, das er aus Chicago mitgebracht hätte, und spätabends, wenn er sich mit Bordeaux betrunken habe und allein sei, während sein Vater mit seiner Geliebten, seinem Geschöpf, schlafe, nehme er es in die Hand, um daran zu riechen, um es einfach nur in der Hand zu halten und sich nach dem Tod zu sehnen. Er sagte ihr, wenn er einen Knopf am Bein hätte, den er drücken könne, um aus der Welt zu verschwinden, als hätte es ihn nie gegeben, dann würde er ihn drücken. Sie zeigte sich zutiefst erschrocken darüber, dass er über solche Dinge auch nur nachdachte. Sie sagte, er habe doch gelernt, Auto zu fahren. Er könne doch überall hinfahren. Sein Leben warte nur auf ihn. Sie verstand kein Wort von dem, was er sagte. Sie war nicht mehr die Frau, die stundenlang mit ihm über gar nichts gesprochen hatte, über süße Nichtigkeiten.

Die Stille hielt ihn umfangen und würgte ihn. Jeden Morgen war sein Rasiermesser eine Einladung. Jeden Abend war das Arsen ein Aphrodisiakum. Seine Einsamkeit war schrecklich, aber er fuhr nicht in die Stadt, fuhr nicht hin, um die netten jungen Frauen kennen zu lernen, die sein Vater aus Chicago eingeladen hatte, um mit ihren Bankiersvätern am Tisch zu sitzen, mit ihrem exquisiten Benehmen und ihrem musikalischen, unerotischen Lachen. In ihnen war nichts Dunkles. Licht nützte ihm nichts.

Er schrieb Abschiedsbriefe für den Fall seines Selbstmords und hob sie in einer Schublade auf. Er verfasste Briefe an seinen Vater, in denen er Catherines Vergangenheit in allen Einzelheiten beschrieb, Briefe, die mit einem einzigen Federstrich beider Leben für immer zerstört hätten. Er verbrannte diese Briefe.

Er war einsam, innerlich verloren. Er war erschöpft davon, ein Leben aufrechtzuerhalten, das er scheußlich fand, vor den Augen der anderen, die ihn verachteten, mit erhobenem Kopf herumzustolzieren, davon, den Narzissten zu spielen. Wieder und wieder sagte er sich die Worte selber vor, wobei ihm klar wurde, wie banal sie sich anhörten. Eines Abends hatte er Ralph gegenüber betrunken sein Herz ausgeschüttet.

»Ich will … ich wollte jemand anderes sein. Nachdem ich weggelaufen bin, wollte ich, dass sich alles änderte. Aber das hat es nicht.«

»Wir alle möchten jemand anderes sein. Mutiger, schöner oder klüger. Kinder wünschen sich das. Wenn man Glück hat, wächst man da heraus. Wenn nicht, dann quält man sich ein Leben lang damit ab. Ich wollte … was? Elegant sein, nicht so ein Hinterwäldler, geliebt werden, unbeschadet leben und das tun, was mir gefällt. Das hier wollte ich nie, ich wollte nie etwas mit dem Wirtschaftsleben zu tun haben.

Ich wollte eine Contessa heiraten und glücklich bis ans Ende meiner Tage leben. So läuft es aber nicht. Du musst das Blatt ausspielen, das du hast, Antonio, mehr erwartet man gar nicht von dir. Und du hast ziemlich gute Karten.«

»Ich habe Schmerzen, die ganze Zeit. Es tut weh.«

»Wenn es irgendetwas gibt …«

»Nein, nicht.«

»Ich weiß.«

Es war eine Straße ohne Ziel, ein Gespräch ohne Ergebnis. Wenn man seine Tage damit verbringt, mit jemandem zu reden, der eine Fremdsprache spricht, wie soll man sich jemals verständlich machen? Er konnte die Worte sagen, und sein Vater konnte ihm zuhören, aber die Worte hatten für keinen von beiden Gewicht. Es war eine Form des Zeitvertreibs, der trauernde Sohn und der mitleidige Vater.

Lass dich drauf ein, sagte sich Antonio eines Abends spät, als er auf dem Boden seines Kinderzimmers lag. Leb ein normales Leben, verkrüppelt, traurig, aber auf eine angenehme Weise gewöhnlich. Rede mit den Mädchen aus Chicago. Fahr dein Auto, so dass die ganze Stadt dich beneidet. Lerne die Regeln des Geschäftslebens und gib das dunkle Zimmer und die Tausenden von Frauen auf. Es war, als würde er in der

Ferne das Ufer sehen und wissen, dass er es nicht mehr erreichen könnte.

Catherine ging ihm nie aus dem Kopf. Als er sie kennen gelernt hatte, war er noch sehr jung gewesen, und sie war eine elegante Kurtisane, die ihre Chancen ausnutzte. Sie war ihm so glamourös erschienen. Sie hatte Manieren, und sie kannte sich in der Welt aus. Er wusste nichts, überhaupt nichts. Sie hatte ihm Hemden gekauft. Sie hatte ihm beigebracht, wie man sich kleidet, wie man im Restaurant isst, wie man mit gesenktem Blick spricht. Sie hatte ihm die Feinheiten seines eigenen Körpers gezeigt. Sie hatte einen Kokon um ihn gewoben und für eine Weile für seine Sicherheit gesorgt. Dann kehrten die Monster zurück und beanspruchten ihn wieder für sich, und er wurde selbst zum Monster – grausam, unnachgiebig, hinterhältig. Er war auf sie losgegangen, weil sie ihn in seiner ganzen unschuldigen Hoffnung gesehen hatte, weil sie etwas glaubte, und er hatte sie wieder und wieder verletzt, und sie hatte es zugelassen, und jetzt fühlte er eine Trauer darüber, die wie heißes Blei brannte.

An einem Morgen, an dem er zufällig nüchtern erwachte, fuhr er los und setzte sich zu Truitt ins Büro. Er hörte und sah zu, wie Truitt sein Vermögen vergrößerte, wie er sich die Klagen seiner Arbeiter anhörte und fair und einfühlsam mit ihnen umging. Es war, als würde er ein Gemälde betrachten. Es gab keine Bewegung, kein Geräusch war zu hören. Truitt dachte, sein Sohn hätte ein Interesse entwickelt. Truitt dachte, er hätte sich dazu durchgerungen, die Lage anzunehmen, eine Art Übereinkunft getroffen, so wie er selbst es vor so vielen Jahren getan hatte. Am nächsten Morgen konnte sich Antonio nicht mehr daran erinnern, überhaupt dort gewesen zu sein, konnte sich an kein einziges Wort mehr erinnern oder sich auch nur ein einziges Detail aus dem Büro vor Augen führen.

Sein Vater, sein richtiger Vater, hatte seine Mutter wegen einer reichen Witwe verlassen. Sein Vater war der Mann ohne Gesicht. Sein Vater war Klavierlehrer gewesen, hieß Moretti, hatte ihn gezeugt. Dieser Truitt war ein unnahbarer Fremder, dessen Tod das Einzige war, für das Antonio seit mehr als einem Dutzend Jahren gelebt hatte. Dieser Truitt, der kaufte, verkaufte und erledigte, der gütige Worte zu ihm sagte, die Antonio nicht hören konnte.

Nur Catherine war wirklich, und sie war jemand anderes geworden, jemand, den Antonio nicht kannte. Aber unter ihrer Kleidung war ihre Haut, und, so wie sich Antonio mit seiner Haut an jeden Schlag von Truitts Hand erinnerte, sich an jedes im Zorn gesprochene Wort erinnerte, so lebte in Catherines Haut auch immer noch die Erinnerung daran, wer und was sie gewesen war. Sie hatte für ihn die Welt bedeutet, und er konnte sie nicht gehen lassen. Jetzt nicht.

Niemals.

24. KAPITEL

Antonio fand sie im Wintergarten. Es war später Nachmittag, die Singvögel flogen zwitschernd von Ast zu Ast, der Jasmin verströmte seinen schweren Duft, und die Rosen hatten in der warmen Treibhausluft zu knospen begonnen. Das späte Licht fiel durch die Wedel von Riesenfarnen und Palmen, die sie in Saint Louis gekauft hatte. Die Fenster waren von der Feuchtigkeit beschlagen. Orchideen sprossen in chinesischen Töpfen. Sie nähte, und in ihrem Schoß lag die feine dunkelblaue, fast schwarze Wolle übereinandergeschichtet, so dass sie ihn fast bedeckte, und ergoss sich auf den roten Marmorfußboden.

Er saß ihr wie ein Hund zu Füßen, geduldig, fügsam, nach Liebe lechzend. Seine Bereitschaft, sich demütigen zu lassen, beschämte ihn selbst. Sie zeigte ihm auf einer Zeichnung, wie das fertige Kleid aussehen würde. Es war fast so weit, ein schlichtes Kleid von elegantem Schnitt, vom Saum bis zum Kragen geknöpft und mit weißer Gaze aus Seide an Ärmeln und am Kragen. Vorne hatte es Falten bis zur Taille, Ziernähte, so klein, dass man sie praktisch gar nicht sah, sorgten für den Halt der Falten. Die Wolle war dünn und teuer, wie Flüssigkeit in ihren Händen. Sie ließ den dunklen Stoff geschickt durch ihre schmalen weißen Finger gleiten, die Nadel stach blitzschnell hinein und fuhr wieder heraus, und man hörte das leise Klicken der Stahlnadel auf dem silbernen Fingerhut, den sie trug.

Geschickt drehte sie das Kleid um und zog die ellenlange Wolle zu sich heran, um weiter am Saum zu arbeiten. Antonios Knie streifte den Stoff, und er war elektrisiert. Unter dem Dunkelblau waren ihr Schuh, ihre weißen Strümpfe und darunter ihre elastische Haut, die Landkarte ihres ganzen Körpers. Und wiederum darunter waren ihre süßen Gerüche, waren ihre geheimen Stellen, zu denen er gelangt war und in denen er geschwelgt hatte.

»Hattie Reno«, sagte sie leise. »Du hast einen Brief von ihr bekommen. Ich habe die Handschrift erkannt.«

»Ich habe es ihnen erzählt. Ich musste ihnen etwas sagen. Ich habe den Brief verbrannt.«

»Es geht ihr gut.«

»Es geht ihnen allen gut. Sie vermissen dich. Sie schreibt, das Theater sei voller langweiliger Leute. Sie schreibt, seit du fort bist, ist das Bier schal geworden, es sprudelt nicht mehr. Du hast sie amüsiert. Sie vermisst dich.«

»Erzähl ihr nichts von mir. Das war ein anderes Leben.«

»War das so, Mrs. Truitt?«

»Menschen verändern sich, Antonio. Menschen entwickeln sich weiter.«

»Ich nicht. Ich entwickle mich nicht weiter.«

»Hattie Reno war meine beste Freundin. Jetzt denke ich kaum noch an sie. Nicht aus Herzenskälte, es ist nur so, dass sich alles so verändert hat.«

»Du tust doch nur so.«

Für einen Moment ließ sie ihre Handarbeit sinken. »Nein, das glaube ich nicht. Ich war es leid, so schrecklich zu sein, so schrecklich zu den Leuten.«

»Du warst nie schrecklich zu mir.«

»Wir waren schrecklich zueinander. Es waren andere Zeiten. Es war wie eine Art Wahn. Antonio, das ist jetzt vorbei. Du musst deinen Frieden damit machen. Du musst deinen Frieden mit deinem Vater machen.« Sie nahm ihre Näharbeit wieder auf, schnelle Stiche durch den Saum.

»Ich bin zu müde. Du kannst dir gar nicht vorstellen, wie müde ich bin.«

Sie sah ihn an. »Ich weiß, wie schwer es ist. Ich weiß, dass er dir Schreckliches angetan hat. Du musst ihm jetzt verzeihen. Wenn du es nicht tust, kann er sich selbst nicht verzeihen.«

»Du hast versucht, ihn zu töten.«

»Und dann habe ich damit aufgehört. Ich konnte es einfach nicht. Etwas in mir hat sich verändert. Ich könnte keiner Fliege mehr etwas zuleide tun.«

»Einst hättest du alles für mich getan. Du hast mir ein Versprechen gegeben.«

»Da war ich ein anderer Mensch. Dieses Versprechen hat dir ein anderer Mensch gegeben.«

»Und das war's dann also?«

Ihre Augen blitzten auf. »Was brauchst du denn noch, was du nicht längst schon hast? Du hast seine Liebe. Du hast sein Geld. Du hast seine Aufmerksamkeit. Mach was daraus. Mach daraus ein eigenes Leben.«

Er berührte den Saum ihres Kleides. In seinen Fingern und seinen Arm hoch brannte es wie Feuer. Er berührte ihren Schuh.

»Lass das sein.«

»Es bedeutet dir nichts? Rein gar nichts?«

»Es bedeutet mir nichts. Lass es sein.«

Er stand auf und ging weg, und seine Absätze hallten auf

dem Marmorfußboden. Er wusste nicht, wohin er lief oder was er tun würde.

Das konnte sie doch nicht meinen. So leicht konnte sie ihre lange Vergangenheit doch nicht von ihrer Gegenwart abspalten. Sie konnte doch nicht verleugnen, was sie füreinander gewesen waren, all die Sachen, die sie miteinander gemacht, all die Pläne, die sie gemeinsam geschmiedet hatten.

Er saß in seinem Zimmer und trank Brandy. Wenn er schon den Tod seines Vaters nicht erreichen konnte, dann wollte er wenigstens sein altes Leben zurück. So einfach konnte sie den Freuden des lasterhaften Lebens nicht den Rücken zukehren. Er wollte sie. Der Gedanke kam ihm wie ein Schuss ins Gehirn, und danach wusste er gar nichts mehr. Alles war nur noch Dunkelheit danach.

Er eilte zurück durch den Flur und die lange Treppe hinunter. Er lief unter den venezianischen Kronleuchtern entlang durch die große Halle in den Wintergarten. Sie saß immer noch da, aber sie wusste schon, dass er kam, sie musste es schon gewusst haben, weil sie ihr Nähzeug weggelegt hatte. Sie saß still und ruhig da, wartete auf ihn, ihre Augen waren riesig, die gemischten Gefühle, die sie empfand, standen ihr ins Gesicht geschrieben.

Er packte ihre Hände. Sie entzog sie ihm. Er packte ihre Arme und zog sie zu sich heran. Er presste sich mit der ganzen Länge seines Körpers an ihren Körper, presste seinen Mund auf ihren Mund, er legte die Arme um sie, ließ die Hände über ihre Schultern und unter den Stoff ihres Kleides gleiten. Sie zitterte.

Sie entzog sich ihm. »Antonio. Lass das sein. Ich flehe dich an.«

»Ich muss es einfach tun. Es tut mir leid. Ich muss es einfach tun.«

Er küsste sie noch einmal. Er strich ihr mit der Hand übers Gesicht, während er sie mit der anderen an sich zog. Er griff ihr unters Kleid, spürte ihre Haut, ihre warme, weiche Haut, in ihm brannte das Feuer, und er wusste, dass es kein Zurück mehr gab. Sie wollte es doch auch. Sie musste sich doch wieder erinnern, und dann musste sie es auch wollen. Das sagte er sich immer und immer wieder.

Dann konnte er nichts mehr denken, verlor die Fähigkeit zu denken, und war nur noch Bewegung, während sein Mund und seine Hände sie wieder zu den Tagen und Nächten in seinem Zimmer in Saint Louis zurückbrachten, zu den Tagen, als sie noch jemand anders gewesen war, jemand, der für seinen Körper und dessen Freuden lebte, jemand, der sich hingab, weil es völlig egal war, wer oder was sie war. Damals hatte sie gelacht, damals hatte sie die gewöhnliche Welt mit ihren gewöhnlichen moralischen Skrupeln verachtet, und er war ein Teil davon gewesen. In ihrer Lust waren sie wie Zwillinge gewesen, mit den Atemzügen des anderen gestiegen und gefallen, er hatte ihren Körper mit Küssen bedeckt, und es gab keinen Teil von ihr, der nicht auch ihm gehörte.

Sie war die Freude und die Qual seiner Jugend gewesen, und dennoch war es gar nicht um sie gegangen, das wurde ihm plötzlich klar. Sie war nur das Tor zu seinem Gefühl der Losgelöstheit gewesen, dem Gefühl, hoch über der Erde haltlos im Raum zu schweben, und dieses Gefühl wollte er wiederhaben. Näher konnte er dem Tode nicht kommen.

Sie war anders. Sie war eine Fremde. Es war, als ob sie sich ihm in Verkleidung genähert hätte, als wären das Kleid, die Haare und das reine Gesicht ihres neuen Lebens ein Kostüm, das sie angelegt hatte, um ihn zu amüsieren.

Sie wehrte sich gegen ihn. Sie kämpfte, und das trieb ihn noch zusätzlich an, ließ ihn völlig haltlos werden. Er konnte sie haben, auch wenn sie ihn nicht wollte. Er hatte das schon früher getan. Selbst wenn sie wütend auf ihn gewesen war, hatte er sie trotzdem haben können. Wenn er zu frech, zu betrunken gewesen oder zu spät nach Hause gekommen war, war sie trotzdem, während er schlief, in sein Zimmer geschlichen, hatte sich neben ihn gelegt und sich von ihm nehmen lassen, weil sie nirgendwo sonst hinkonnte, weil sie glaubte, dass ihr Leben in der Gosse war und er die Gosse war, in der sie lebte.

Er zerrte an seinem Hemd, und ihre Hände zerkratzten seinen Körper, sie riss seine Haut mit ihren Nägeln blutig, sie begann zu schreien und rief nach Mrs. Larsen. Er hielt ihr mit der Hand den Mund zu und hob ihren Rock, zog an ihren Strümpfen und an ihrer Unterwäsche herum, bis er mit seiner Hand an ihr Fleisch gelangt war. Da wurde auf einmal alles ruhiger. Er atmete nicht mehr so heftig. Eine Sekunde lang war, während sich seine Hand ihrem Geschlecht näherte, während er ihr den Mund zuhielt und sie keinen Laut von sich gab, außer dem Zwitschern der Vögel kein Geräusch zu hören.

Er ließ seine Hand wieder von ihrem Mund sinken und küsste sie, quälte ihren Mund mit seiner Zunge und biss ihr auf die Lippen, und sie gab trotzdem keinen Laut von sich, stand nur da und zuckte in seinen Armen, aber lautlos, und nur das Knistern ihres Rocks auf dem Fußboden, nur das Flattern der Flügel und das Rascheln der Palmwedel, wenn die Vögel aufflogen, waren zu hören. Er küsste sie auf die Augen, auf die Haut an ihrer Stirn. Er leckte ihr Gesicht ab und biss ihr in die Ohrläppchen. Er hatte das Gefühl, als würde er brennen.

Er brauchte einfach das Gefühl, dass sie ihn wollte Er brauchte das Gefühl, dass sie nie fortgegangen war, dass sie ihn nie mit diesem irrsinnigen Plan, den sie ausgeheckt hatten, fallen gelassen und dass sie nie mit seinem Vater geschlafen hatte. Sie war seine Geliebte. Seine. Sie war die Sehnsucht seiner Kindheit, die Frau in der Tram, das junge Mädchen im Restaurant, die Hure am Ende der dunklen Straße.

Er zerrte an ihrem Kleid, und es zerriss unter seinen Händen, zwei schnelle Bewegungen, und es war offen. Er zerrte an ihrem dünnen Mieder herum, bis er ihre Brüste, deren dunkle, volle Brustwarzen sich aufgerichtet hatten, sehen konnte. Er sank auf die Knie und zog sie zu sich herab, hatte ihre Brüste in den Mund genommen und biss in ihre Brustwarzen. Er wusste, dass er sie vergewaltigte. Er wusste, dass dies nicht ihr Wunsch war, nicht das, was sie wollte, und auch das fand er erotisch.

Er riss weiter am Stoff herum, und dann sah er das dunkle haarige Dreieck. Sie stand immer noch, ihre Hände lagen auf seinem Kopf. Sein Haar war zerwühlt und angeklatscht, die Anstrengung, das zu tun, was er gar nicht tun wollte, das zu tun, was er tun musste, um seinem Tod noch einen Schritt näher zu kommen, hatte ihn ins Schwitzen gebracht.

Sie weinte jetzt, und er konnte hören, wie sie atmete, während sie weinte, und er stand auf und leckte ihr die Tränen vom Gesicht, während er ihr die Unterhose herunterzog und gegen ihren Willen in sie eindrang, was ihm bewusst und vollkommen egal war. Sie war nicht mehr Catherine. Sie war jemand, den er nicht kannte, und es war ihm völlig egal, ob er sie verletzte, sie schändete oder sie beschämte. Sie war die Letzte, und dies war das letzte Mal. Er würde sie nie wiedersehen.

Sie stach zweimal auf ihn ein. Sie stach mit der Nähschere aus ihrem Nähkorb, der auf der Sessellehne stand, auf ihn ein. Sie stach ihm in den Rücken und dann in die Schulter, als er schockiert zurücktorkelte. Ihr Kleid war völlig zerrissen, und ihre Haut war entblößt. An ihrem nackten Bauch, der sich gerade erst zu runden begann, hing ihr Mieder in Fetzen. Ihr Körper bäumte sich auf, als sie vor Schmerz, Wut und Verzweiflung heulte.

»Warum?«, das war alles, was sie schrie. »Warum?« Wieder und wieder.

Nun begann er zu weinen. Von seiner Schulter und seinem Rücken tropfte das Blut, und er heulte vor Schmerz über alles, das verloren und jetzt für immer zerbrochen war, alles, das er nie wiederhaben könnte. Er hatte etwas gewollt, aber jetzt konnte er sich nicht mehr daran erinnern, was es gewesen war.

»Er hat meine Mutter umgebracht! Ich habe es gesehen!«

»Das hat er nicht, Antonio. Das ist nie geschehen.« Sie raffte ihr zerrissenes Kleid um sich, versuchte, es mit einer Hand zuzuhalten und sich mit der anderen das Haar aus dem Gesicht zu streichen. Ihre Augen waren jetzt wieder trocken, ihr Mund war hart und unnachgiebig, und auch ihre Stimme klang hart, sie war hart und von der Wahrheit durchdrungen.

»Er hat sie sterben lassen. Sie war krank, Antonio. Das hast du geträumt. Du hast dir soviel eingebildet, aus Hass, aus … ich weiß es nicht, aus irgendwelchen Gründen, und du dachtest, es sei wahr, aber das ist es nicht. Sie war krank. Sie war allein und lag im Sterben, und er hat dich mit zu ihr genommen, und sie wusste nicht einmal mehr deinen Namen, und da hat er ihr den Rücken zugekehrt und ist weggegangen, und auf diese Weise hat er sie getötet, ja, aber nicht so, wie du meinst.«

»Nein!«

»Doch. Und er hat es sein ganzes Leben lang bereut, er wünschte sich, er hätte anders gefühlt, aber das hat er nicht, er hat sie sterben gelassen, und du musst sie auch sterben lassen, du musst sie in Frieden sterben lassen und nicht mehr nach ihr suchen und dich nicht fragen, wo sie ist. Sie ist fort, das ist alles. Sie war immer schon fort. Lange vor ihrem Tod.«

Er blutete stark. Er hatte Schmerzen. Es war ihm egal. Er fiel auf die Knie, vergrub seinen Kopf in ihrem zerfetzten Rock und weinte, er weinte um sich selbst. Und dann hörten sie das Geräusch an der Tür. Sie hörten Truitts Schritte in der Eingangshalle, aber es war zu spät. Ihr Kleid war ruiniert, Antonios Blut tropfte auf den Marmorfußboden, und Truitt würde wissen, was passiert war, und er würde auch wissen, dass er schließlich über jedes erträgliche Maß hinaus betrogen worden war.

Dann stand er in der Tür. Und wusste alles.

Antonio drehte sich zu ihm um, seine Hände waren von seinem eigenen Blut befleckt, und sein Gesicht war eine Maske des Schmerzes. »Ja! Ich habe sie vergewaltigt. Ich war mit ihr zusammen, ich war tausend Mal in ihr. Weißt du eigentlich, was sie ist? Weißt du, wer sie ist?«

Aus Truitts Gesicht wich alle Farbe. Er stand stocksteif da. Er sah alles, jede Einzelheit wie eingefroren, das zerrissene Kleid, das Blut auf seinem Jungen, die Vögel, die Palmen. Er roch den Jasmin, die Orangenblüten, und er sah das Kleid und das Blut, und er verstand, und er wusste, dass er seinen Sohn töten würde.

Er machte einen Schritt vor und zog Antonio an den Schultern hoch, hielt ihn in den Armen. Das Blut des Sohnes befleckte das Hemd seines Vaters, und die Feuchtigkeit drang ihm bis auf die Haut.

Und dann kam Bewegung in Truitts Hände. Er schlug seinem Sohn mit der Faust auf den Kopf, so dass er sich krümmte. Während sein Vater ihm mit den Fäusten ins Gesicht und auf den Leib schlug, wehrte er sich nicht, er versuchte nicht, sich zu schützen. Es war wie ein Traum aus der Vergangenheit, die Erinnerung an seine Kindheit. Er dachte bloß und sagte es zu sich selbst, dies ist es, dies ist der Moment, und dann hast du Ruhe. Wenn wir nur erst einmal hiermit durch sind, dann kannst du endlich nach Hause gehen, zu Hause sein und dich ausruhen.

Schließlich rannte er davon. Er entwand sich dem Griff seines Vaters, wandte sich von Catherine ab, sah ihren Schrei, hörte ihn aber nicht, sah den letzten Ausdruck auf ihrem Gesicht, während sie schrie, weil sie ihn gleichzeitig liebte und hasste, sah, wie sie seinen Namen rief, hörte sie aber nicht, die Stimme, die er geliebt hatte, er rannte aus dem Wintergarten, und die winzigen Vögel flatterten in alle Richtungen davon, er rannte weg, und Ralph folgte ihm, und seine Fäuste schlugen immer noch auf den blutenden Rücken seines Sohnes ein.

Antonio rannte in den großen Flur, den Flur mit den venezianischen Spiegeln, den langen Korridor entlang, der sich stark absenkte und in dem er keinen Halt bekam, weil seine Schuhe von seinem eigenen Blut durchtränkt waren, er rannte zum Kamin und griff nach dem eisernen Schürhaken, und als Ralph zu ihm gelaufen kam, schlug er ihm mit dem Schürhaken ins Gesicht, so dass sein Blut zu fließen begann, sein Vater zurücktaumelte und dann mit dem Kopf auf den Steinfußboden krachte. Catherine kam in die Halle gelaufen, sie packte ihn und versuchte, ihn aufzuhalten, als er an ihr vorbei und durch die Tür in den Garten lief.

Catherine lief zu Ralph. Sie nahm seinen Kopf und hob ihn vorsichtig an. Sie sah, dass seine Augen vor Wut weit aufgerissen waren, und wusste, dass sie ihn nicht mehr aufhalten könnte, dass sich nun alles bis zum bitteren Ende, das sie nicht wollte und sich nicht hätte vorstellen können, abspulen würde. Ralph rappelte sich auf, Catherine flehte ihn an, aufzuhören, sofort aufzuhören, bevor es zu spät wäre, aber er hörte sie nicht oder wollte sie nicht hören, sondern folgte Antonio in den Garten und weiter, erwischte und schlug ihn. Antonio gab keinen einzigen Laut von sich. Er blieb stehen, rannte dann wieder weg, wurde von seinem Vater eingeholt und so geschlagen, wie er als Junge geschlagen worden war, nur dass er diesmal schuldig und verworfen und erfüllt von Schrecken war und dass beide es wussten.

Sie liefen miteinander kämpfend die ganze Wiese hinunter, Antonio griff nach allem, was er gerade zu fassen bekam, und schlug damit zurück – Stöcke, Steine – und verletzte Ralph, so dass der am Kopf zu bluten begann. Aber Ralph war jetzt nicht mehr zu bremsen, als er seine Fäuste einsetzte, um die Erinnerung an die Frau, die ihn ausgenutzt hatte, an das Kind, das weggelaufen war, an die Tage, die er triebhaft und zügellos vergeudet hatte, während sein Vater im Sterben lag, an die Mutter, die ihm die Nadel in die Hand getrieben hatte, mit seinen Schlägen auszumerzen. In diesem wilden Zorn ergoss sich die ganze Wut all dieser Jahre.

Catherine stand auf der breiten Steinterrasse und fürchtete sich davor, weiterzugehen, sie fürchtete sich davor, sich einzumischen, und wusste, dass, was auch immer jetzt geschähe, das Ende bereits feststand. Mrs. Larsen stand nun, lauter Mehl im Haar, neben ihr. Catherine konnte ganz genau sehen, was dort geschah und was auf der Wiese vor sich ging, den Araberhengst, der mit gesenktem Kopf im kurzen Gras stand und dann erschrocken den Kopf hob, als die beiden Männer schreiend und aufeinander einschlagend an ihm vorüberrannten.

Sie erreichten den Teich, Antonio schlitterte aufs Eis hinaus und stand dann da wie ein Bulle im Ring, verletzt und blutend, und die Tränen liefen ihm nach wie vor das Gesicht hinab. Er hatte keine Kraft mehr zu kämpfen. Er war am Ende seiner Kräfte, am Ende seines Hasses, am Ende seiner Reue, und er stand jetzt auf dem schwarzen Eis in der Mitte des Teichs und wartete darauf, getötet zu werden. Er dachte an die Tage im Himmel, er dachte an die Wiedervereinigung mit seiner Mutter, er dachte an den unvorstellbaren Schmerz des Sterbens, an den physischen Schmerz, den ein Körper aushalten konnte, bevor er aufgab, bis der unwiderrufliche Schlag gnädigerweise kam und damit die Dunkelheit.

Ralph blieb am Rande des Teiches stehen. Auch er blutete aus einem Schnitt am Kopf, seine Hände waren gebrochen, und der Schmerz schoss ihm bis in die Arme hoch. Auch er merkte, dass seine Wut verraucht war und dass er es, obwohl das Unverzeihliche immer noch unverzeihlich und der Schrecken immer noch schrecklich blieben, einfach nicht fertigbrachte. Er dachte an die Berichte in der Zeitung, an die Selbstmorde, die Morde und die Leichen, und er fand, dass die Lebenden schöner waren als die Toten und dass am Ende etwas gerettet werden musste, auch wenn das gleichbedeutend damit war, es auch ertragen zu müssen. Antonio würde gehen. Sie würden Antonio nie wiedersehen, und er würde mit seiner Schuld, seiner Scham und seinen Erinnerungen allein sterben, aber es würde keine Leiche geben, die man auf den Friedhof tragen müsste, heute nicht. In seinem Haus würde es kein totenbleiches Fleisch mehr geben, nie mehr. Er würde um seinen Verlust trauern, aber er würde seinen Sohn heimlich immer noch lieben und ihm Geld schicken, und wenn er starb, würde man nach dem Sohn schicken, und er würde am Grab des Vaters stehen und sich wieder an diesen Tag erinnern, als wäre der vor sehr langer Zeit jemand anderem widerfahren.

Dann hörten sie das Krachen. Eine weiße, gezackte Linie fuhr durch das schwarze Eis, und Antonio brach ein, tauchte ins eisige Wasser und unter das Eis. Unterm Eis kam er noch einmal hoch, bekam keine Luft, schlug mit dem Kopf an, und sein Blut vermischte sich mit dem schwarzen Wasser.

Antonio kämpfte, aber er fand den Ausweg nicht, er versank in Bewusstlosigkeit, versank in der friedlichen Kälte des schwarzen Wassers, und sein Körper war nur noch vage unter der vereisten Oberfläche zu sehen.

Ralph Truitt heulte vor Schmerz auf und versuchte, zu seinem Jungen zu gelangen, aber das Eis gab unter ihm nach, und er strampelte in dem eisigen Wasser herum. Er rannte zur Scheune, wo er eine Stange und ein Seil entdeckte, und raste zum Teich zurück, versuchte, ihn zu retten, versuchte, all die Jahre und Tage zu retten, begriff nicht oder wollte nicht begreifen, dass Antonio bereits tot und fort war. Unter dem Eis sah man Wolken von Blut, die seinen toten Körper umgaben, der mit ausgebreiteten Armen dahintrieb, als würde er fliegen, mit gesenktem Kopf, als würde er aus großer Höhe auf die kleine Erde unter sich blicken.

Die Stange und das Seil waren nutzlos, und während sein Sohn die ganze Nacht unterm Eis lag, war Ralph untröstlich. Er schlief allein. Er wollte nicht sprechen. Er aß nichts.

Catherine konnte nicht schlafen. Sie lief durch die Flure des riesigen Hauses, betrachtete die Bilder, strich mit der Hand über die Möbel, ging schließlich in Antonios Zimmer und packte seine Sachen in Koffer. Sie zog sein Bett ab, die Laken dünsteten noch den kräftigen Geruch ihres früheren Liebhabers aus, und sie weinte, bis sie keine Tränen mehr hatte. Dann ging sie schließlich in das perfekte Kinderzimmer, legte sich auf das schmale Bett und schlief ein.

Am nächsten Morgen mussten sie Männer aus der Stadt

kommen lassen, um Antonio aus dem Wasser zu ziehen, dessen makelloses Hemd immer noch erstaunlich weiß auf seiner Brust klebte. Er war groß, schmal und leicht wie ein kleiner Junge. Sein schwarzes Haar ergoss sich auf den Karren, als sie ihn wegbrachten, und im Morgenlicht und dem Wind fror es an seiner Kopfhaut fest.

Ralph hätte ihm verziehen. Er hätte seinen Sohn in die Arme genommen und gesagt, ist ja gut, ist ja gut jetzt, es ist jetzt vorbei. Mehr wird nicht mehr passieren, mehr kann nicht mehr passieren. Die Geschichte, diese alte Geschichte, ist zu Ende. Er hätte seinen Mund auf den seines Sohnes gepresst und geatmet und noch mal geatmet, bis sein warmer Atem dem Sohn die Lungen gefüllt, bis sein Sohn die Augen geöffnet, ihn angesehen und ihm vertraut hätte.

Aber es hatte keinen Sinn. Es war nutzlos. Es war bloß eine Geschichte. Es war bloß eine Geschichte von Menschen, von Ralph, Emilia, Antonio, Catherine und den Müttern und Vätern, die zu früh oder zu spät gestorben waren, von Menschen, die einander so sehr verletzt hatten, wie Menschen es überhaupt nur vermögen, die selbstsüchtig und unklug gewesen waren und sich im Gefängnis ihrer bitteren Erinnerungen, von denen sie wünschten, sie hätten sie nie gehabt, eingesperrt hatten.

Es war bloß eine Geschichte darüber, wie die eisige Kälte einem in die Knochen dringt und nie wieder rausgeht, darüber, wie die Erinnerungen sich einem ins Herz fressen und einen nie mehr loslassen, eine Geschichte über den Schmerz und die Bitterkeit über das, was einem widerfährt, wenn man klein ist und sich nicht wehren kann, aber dennoch das Böse erkennt, wenn es geschieht, über Geheimnisse über das Böse, die man niemandem anvertrauen kann, eine Geschichte über das Leben, das man im Geheimen führt, bei dem man den eigenen Schmerz und den der anderen erkennt, aber aus lauter Hilflosigkeit nur das tun kann, was man eben tut, und vom Ende, auf das das alles hinausläuft.

Es war eine Geschichte über einen Sohn, der fand, es sei sein einziges echtes und angestammtes Recht, seinen eigenen Vater zu töten. Es war die Geschichte des Vaters, der keine einzige Handlung seines Lebens mehr ungeschehen machen konnte, ganz gleich, was er im Herzen davon hielt. Es war eine Geschichte über Gift, über ein Gift, das einen dazu bringt, im Schlaf zu weinen, und das sich zuerst wie ein Vorgeschmack der Ekstase anfühlte. Es war eine Geschichte über Menschen, die das Leben nicht mehr liebten als den Tod, bis es zu spät dafür war, den Unterschied zu erkennen, Menschen, deren Güte vergessen und im Stich gelassen wurde, wie ein Spielzeug in einem staubigen Kinderzimmer, Menschen, die so vieles sahen, sich nur an eine Handvoll davon erinnerten und noch weniger davon lernten, Menschen, die sich selbst verletzten, ihr eigenes Leben ruinierten und dann damit fortfuhren, auch die Leben der anderen um sie herum zu ruinieren, Menschen, denen man nicht helfen konnte, die weder durch Liebe noch Güte, noch durch Glück oder Charme zu besänftigen waren, die die Güte vergaßen, die doch selbst das schlimmste und misslungenste Leben vor der Verzweiflung retten kann.

Es war bloß eine Geschichte über Verzweiflung.

25. KAPITEL

Die Trauergesellschaft bestand nur aus ihnen dreien, Truitt, Catherine und Mrs. Larsen. Truitt hatte das Grab selbst ausgehoben und einen langen Tag damit verbracht, die auftauende Erde mit der Schaufel aufzubrechen. Tränen wurden nicht vergossen. Aus einer der umliegenden Kirchen kam ein Priester, und Antonio wurde in der Nähe des alten Hauses und mit so wenigen Worten wie möglich neben seiner Schwester, Ralphs Mutter und seinem Vater begraben.

Catherine kam sein Sarg sehr groß vor. Man konnte gar nicht glauben, dass dieser wunderschöne Körper darin eingeschlossen war, für immer weggesperrt von Licht und Luft. »Mir scheint, ein jegliches Wesen in Licht und Luft sollte glücklich sein«, hatte der Dichter gesagt. »Wer nicht im Sarge und finstern Grabe liegt, wisse, dass er genug hat.« Sie hatte das Schwindel erregende Gefühl, lebendig in Gegenwart der Toten zu sein.

Zwei Tage waren vergangen. Jetzt stand sie in den Trümmern des Gartens, von dem sie gehofft hatte, ihn bepflanzen zu können. Die hohen Mauern versperrten ihr den Blick auf die übrige Welt. In den Ecken des Gartens lag immer noch Schnee, und die umgestürzten Statuen waren von Eis überzogen. Hier schien es zehn Grad kälter zu sein als im Rest der

Welt, obwohl die Rückseite des Hauses herrlich in der westlichen Sonne leuchtete. Sie konnte sich kaum noch daran erinnern, wie all das hier eigentlich begonnen hatte.

Sie hatte etwas gewollt und sich aufgemacht, es zu bekommen, das Ziel hatte klar vor ihren Augen gelegen, und sie war überzeugt von ihrer eigenen Handlungsweise gewesen. Aber dann war alles durcheinandergeraten, durch das Gewicht des gewöhnlichen Lebens, durch die Art, wie Menschen lebten, und die Art, wie das Herz die Dinge, die es wünscht, anzieht, und die, die es fürchtet, abstößt. Ihr eigenes Herz hatte Neigungen entwickelt, die sie sich niemals hätte vorstellen können, und ihre Hoffnungen hatten sich auf einmal an Dinge geheftet, die sie sich früher niemals gestattet hätte.

Sie trug das blaue Wollkleid, dass sie gerade fertig genäht hatte, als Antonio starb. Seine Hände hatten den Stoff an ihrem Körper betastet. Sie stand ernst und schlicht da, mitten im alten Garten auf der versteckten Rückseite des prächtigen Hauses. Antonio war tot. Ein ganzes Leben war für sie gestorben.

Sie hatte keine Ahnung, wie es weitergehen sollte, Truitt hatte seit dem Tod nicht mit ihr gesprochen, und sie hatte ihn in seinem tiefen Kummer auch nicht gestört. Sie aßen gemeinsam an dem langen Tisch, aber danach gab es keine Gespräche, kein Vorlesen von Gedichten nach dem Abendessen, kein opulentes Fest des Fleisches im Dunkeln. Sie hatte sich ein kleines, schlichtes Schlafzimmer ausgesucht und zog sich dahin zurück, um still und heimlich um alles zu weinen, das sie verloren hatte.

Sie hatte Angst. Sie hatte Angst um den Rest ihres Lebens. Wenn Truitt sie loswerden wollte, was sie vermutete, konnte sie nirgendwo mehr hin. Sie wollte nicht wie Emilia in einem völlig verdreckten Haus enden. Sie wollte nicht wie Alice enden, die in irgendeiner Gasse im Schnee erfror, und dabei noch einmal daran denken, wie schön es früher gewesen war, froh, dass die Last eines anstrengenden Lebens jetzt von einem genommen wurde, da man sogar von den Engeln verlassen war und den Tod auslachte, der einem mit kalten Fingern die Kehle zudrückte. Sie hatte niemanden auf der ganzen Welt. Ihre ganze Welt, das, was davon noch übrig war, lag hier, und es gab keine Möglichkeit mehr, dahin zurückzukehren, wo sie vorher gewesen war.

Die Erinnerung daran, was sie mit ihren Tagen und Nächten gemacht hatte, schien ihr jetzt unvorstellbar. Jene Tage und Nächte kamen zu ihr zurück wie die Seiten eines Kalenders, die von einem Kind umgeblättert werden, in einem Wirrwarr von Tagen und Monaten und Jahren. War sie im Theater gewesen? Hatte sie in ihrer Schönschrift kokette Briefe geschrieben, wobei die nach Lavendel duftende Tinte den Ärmel eines gerüschten Morgenmantels von Worth in Paris befleckt hatte? Hatte sie sich im Bett von Männern weggedreht, damit sie das Geld nicht sehen musste, das sie auf dem Nachttisch deponierten? Es war nicht möglich. Dennoch konnte sie es nicht verleugnen – jede schlimme Erinnerung, jeder Vertrauensverlust hatte sie den ganzen langen Weg von dort, wo sie gewesen war, dahin gebracht, wo sie jetzt war.

Offensichtlich war es mit Truitt aus, dafür hatte Antonio in seinem letzten Akt der Grausamkeit gesorgt. Sie konnte nicht beurteilen, wozu ihn seine tiefe Trauer jetzt treiben würde, und sie stand da, im Wissen, einen Fehler gemacht zu haben, aber unfähig, sich die Konsequenzen auszumalen. Er konnte nicht immer weiterschweigen. Die Wahrheit war zu offensichtlich, als dass er sie einfach hätte ignorieren können, und er hatte das schließlich schon einmal durchgemacht. Vielleicht war es einfach nur Truitts Erschöpfung gewesen, die ihn daran gehindert hatte, sie zu schlagen, als er vom zugefrorenen Teich, der stillen Weide, dem sich aufbäumenden Araberhengst und dem ertrunkenen Antonio zurückgekehrt war.

Es gab etwas, das sie ihm sagen wollte. Nicht über das Leben, das in ihr, jeden Tag ein Stück mehr, wuchs, sondern über die Tugenden seines Herzens, über die Jahre, die er in geduldiger Demut gewartet hatte, damit das Glück ihn fand. Darüber, dass er alles unternommen hatte, um sein kleines, bescheidenes Glück zu machen, und schrecklich betrogen worden war. Es gab keine Entschuldigung, die sie hätte vorbringen können. Sie hatte mehr gewusst als er, und sie hatte dieses Wissen eingesetzt, um sein Leben noch einmal zu zerstören, obwohl er sich doch so sorgfältig dagegen gewappnet hatte.

Sie wusste nicht, wo im Hause er sich aufhielt. Seit dem Mittagessen hatte sie ihn nicht mehr gesehen. Er zog sich in sein Arbeitszimmer oder in das blaue Schlafzimmer zurück, und sie hatte keine Möglichkeit herauszufinden, was er tat oder worüber er nachdachte. Sein Schweigen erstickte sie, sie ertrug seine Distanziertheit nicht.

Sie würde für ihn sterben, wenn er sich dann besser fühlen würde. Aber es würde zu gar nichts führen, sondern nur den schrecklichen Ereignissen, die er sich nie hätte vorstellen können, noch eines hinzufügen.

Nie zuvor, bis zu Truitt, hatte sie etwas gehabt, an das sie sich hätte halten können, nichts, was sie an einen bestimmten Ort oder an eine bestimmte Zeit gebunden hätte. Und dann hatte sie ihm, im Glauben, dass es ohnehin auf nichts ankam und dass kein Augenblick über diesen Augenblick hinaus Folgen hätte, echten Schaden zugefügt. Sie hatte zugestimmt, ihn zu töten, ohne sich klarzumachen, dass er tatsächlich sterben würde. Sie hatte zugestimmt, ihn zu heiraten, ohne sich klarzumachen, dass eine Heirat wirklich einfache Freuden mit sich brachte, dass man nun einen Gefährten hatte, dass man für jemand anderen sorgen und immer auch für jemand anderen mitdenken konnte. Sie nahm an, dass sie ihn nach diesem Tag nicht mehr wiedersehen würde, und merkte jetzt, dass dieser Gedanke sie unermesslich traurig machte.

Irgendwo gab es für die anderen Menschen, über die sie so oft nachdachte, das Tröstliche der Kontinuität, der Gewohnheit. Sie begriff durchaus, dass das nicht immer leicht war. Die Winter waren lang, und in dieser makellosen Luft blühten zugleich Tragik und Wahnsinn. Selbst auf dem Land verschonte der Wahnsinn dieser Zeiten die Menschen nicht. In ihrem Leben waren immer wieder Menschen gekommen und wieder gegangen, manche waren amüsant gewesen, die meisten nicht, aber ihr Gehen kam für sie so wenig überraschend wie ihr Kommen. Dann war Truitt gekommen, und ihn jetzt zu verlassen, bedeutete das Ende jeglichen Trostes für Catherine Land.

Sie wusste nicht, wo sie mit ihren Händen hinsollte. Noch fror sie nicht, und das Haus sah warm aus, als nun allmählich die Lichter angingen, während Mrs. Larsen langsam von Zimmer zu Zimmer ging. Mrs. Larsen hatte Antonio schon als Baby gekannt. Sie hatte zugesehen, wie er, neben seiner Schwester, in die Erde gesenkt wurde, und sich abgewandt, als wäre es das Natürlichste von der Welt. Für sie ging das Leben weiter, man bereitete die Abendessen zu, zündete die Lichter an und kam auf diese Weise von einem Tag zum nächsten. Die alltägliche Gewohnheit bewahrte sie vor dem Kummer, vor dem Schrecken über den plötzlichen Wahnsinn ihres eigenen Mannes, vor dem Schmerz, zu sehen, wie ein junger Mann, dessen Liebreiz die Welt schon lange vor seinem Körper verlassen hatte, einfach wegstarb.

Es war vier Uhr, und um sie herum stand alles vollkommen still. Der Wind war abgeflaut, und die Tiere auf den Feldern, selbst der Araberhengst, standen da und beobachteten, wie das Licht nun plötzlich schräger einfiel und der Abend hereinbrach. Die große Hausfassade mit ihren imposanten Fenstern und den klassischen Statuen, die den Dachrand säumten, leuchtete golden und dunstig auf. Es war die Stunde, in der sie angekommen war. Ihr weggeworfenes Kleid. Ihr verlorener Schmuck. Truitt, der auf dem Bahnsteig in einem schwarzen Mantel mit Pelzkragen im heulenden Schneesturm dagestanden hatte. Der aufgeschreckte Hirsch und die ausbrechenden Pferde. Genau in dem Moment, als alles bloß wartete – auf das Ende des Winters und den Anfang des Frühlings.

Sie bewegte ihren Fuß und schaute nach unten. Das Gras unter ihrem Schuh wurde noch im Zusehen grün, breitete sich um sie herum aus und wurde grüner, bis die ganze Stelle, auf der sie stand, grün und frisch gemäht im goldenen Licht leuchtete. Das grüne Wunder der Welt erfüllte ihren Garten und breitete sich überall, wo sie ging, unter ihren Füßen aus.

Es wuchs von dort, wo sie stand, weiter, und sie trat zurück. Überall da, wo sie ihren Fuß hinsetzte, wurde es grün und begann zu sprießen. Die Parterreanlage füllte sich mit dem Duft von Rosmarin und Salbei, die zu Kugeln geschnitten zwischen den verschlungenen Ästen des Buchsbaums und der Eibe und dem Lavendel standen, dessen lange Stängel mit den lila Blüten so unbewegt waren wie der Rest.

Die Beete entlang der alten Backsteinmauern lagen immer noch braun und verfilzt da, aber als sie auf sie zuging und aus dem Saum ihres Kleides lauter Grün verströmte, begannen sich die alten Rosenstöcke zu entwirren, und das dunkle wachsige Laub begann sich zu zeigen. An den Rändern der Beete begannen, weiß, gelb und lila, winzige Schneeglöckchen und Krokusse zu blühen, der Nieswurz und dann die Narzissen, die poetische *Acteon* und das kräftige und blasse Gelb *der King Alfred*. Die Blumen erschienen, und mit ihnen kamen ihr die Namen von ihren langen Nachmittagen in der Bibliothek, jenen Stunden der Erholung von ihren ausschweifenden Eskapaden mit Antonio, wieder ins Gedächtnis zurück.

Er war ein Dessert, das zu üppig war, aber sie war immer wieder zu ihm gerannt, seit der Zeit, da er kaum mehr als ein Junge gewesen war, mit dieser Mischung aus Schönheit und Arroganz, der Zartheit und dem Charme, die ihn so viel gekostet hatten und die jetzt, für immer zum Schweigen gebracht, unter der schwarzen Erde begraben lagen. Sie weinte bei dem Gedanken, wie kalt ihm nun sein musste. Es war nicht sein Fehler. Von dem, was geschah, war sehr wenig irgendjemandes Fehler.

Der Flieder blühte, blau und weiß, und die Luft wurde weich von seinem Duft, während die Blumen ihre schweren Blüten sanft wiegten, und die Iris blühten, mit ihren gemeißelten Köpfen, in Blau, Gelb, Indigo und Braun.

Die Tulpen, die asiatische Blume, die Blume des Wahns mit ihren vielen Farben und Formen, sprossen, manche mit gesprenkelten Blättern und scharf spitzigen, purpurroten Blütenblättern mit indigofarbenem Knospenansatz, manche gelb, manche weiß, manche blassrosa und grün, und manche in Varianten, die nur einmal erblühten und nie wieder erschienen.

Der Fingerhut begann zu wachsen, Spitzen schossen hoch, die sich zu vielen glockenförmigen Blüten öffneten, die am Stängel die Köpfe hängen ließen. Die Peonienbüsche begannen zu blühen, und dann kamen ihre prächtigen chinesischen Blüten, viele mit Blütenblättern von der Größe eines Kuchentellers und schwer von Feuchtigkeit, rosa und weiß.

Sie machte eine schwungvolle Handbewegung, über die Herzblattlilien, die Lilien-Funkie und den Duftsteinrich, die prächtigen chinesischen Lilien mit ihren herrlichen Farben, und plötzlich erfüllte sich die Luft mit einem atemberaubenden Duft, der die Sinne schwinden ließ.

Die Rosenstöcke entfalteten sich und gediehen, das glänzende Laub wich Knospe und Blüte, die alten Rosen mit den alten Namen. *Mme. Hardy*, die üppige, reine, weiße, moosige Rose, und die silbrig rosa *La Noblesse. Old Velvet*, in der Farbe von Blut, von Antonios Blut.

Kein Laut war zu hören. Das Licht veränderte sich nicht. Alles stand still.

Die Spaliere reckten sich, und die Kletterrosen waren in die Höhe gewachsen, wanden sich hoch und umeinander, vermischten ihre dornigen Stängel mit Clematis, lila und weiß.

Die Statuen, die klassischen Gestalten mit ihren geschmeidigen Kurven, vom Alter und vom Moos mit Patina überzogen, und die grotesken Figuren, die an den vier Ecken des Gartens hingen und Ein- und Ausgang bewachten, richteten sich auf.

Sie hatte noch nie etwas so Schönes gesehen. Der geheime Garten brachte sie angesichts der Schönheit all dessen, was lebte, zum Weinen. Es würde noch lange nach ihrem Tod weiter existieren. Hin und wieder würde eine der Rosen einen Blätterregen verursachen, und die Blütenblätter würden hübsch durch das goldene Licht zu Boden fallen, bis der Boden unter den Kletterpflanzen, die sich an der Wand gespreizt hatten, mit einem Teppich duftender Blütenblätter bedeckt war und der schwere süße und pfeffrige Geruch die

Luft erfüllte und selbst ihren Kleiderstoff mit seinem Duft durchtränkte.

Der Garten war perfekt. Der Garten war ihr ganzer Stolz. Er war aus nichts als Erde entstanden. Er wuchs, wo sie entlangging, er blühte unter ihrem Blick, wo immer sie auch hinsah. Er würde dem Haus eine Blumenvase nach der anderen bescheren, so dass ihre Tage voller Duft wären. Truitt würde sie nach den Namen fragen, und sie würde sie nennen und ihm all die Geschichten der Pflanzen erzählen. Von den Tulpen, die aus Kleinasien gekommen waren und die Nächte des Sultans erleuchtet hatten, von den juwelenbesetzten Ohrringen und den Schildkröten mit Kerzen auf dem Panzer. Sie würde Blumenbuketts binden und sie für die Mädchen, die heirateten, in die Stadt bringen, sie am Hochzeitsmorgen noch taunass vorbeibringen, die Stephanotislianen, die weißen Rosen und die Lilien.

Während das Licht sich von Gold zu Blassgelb, dann zu Graublau verfärbte, schienen die Blumen sogar noch mehr zu leuchten, je mehr das Licht schwand, als würde jedes Blütenblatt von innen leuchten, bis ihr kleines Plätzchen von so viel Licht und Duft und Freude erfüllt war, wie sie ganz Saint Louis nicht zu bieten hatte. Jede Rose, jede Blüte war ein perfektes Meisterwerk der Liebe.

Es war beinahe dunkel, und die dunkelsten Blumen verschwanden im Zwielicht, während die hellweißen und blassrosa Rosen sogar noch stärker zu duften schienen. Der erste Stern erschien über der Backsteinmauer.

Der Stern wurde heller, und weitere, blassere Sterne gesellten sich dazu, während sich das Dunkel zur Nacht verdichtete. Sie hörte ihren Namen und drehte sich zur goldenen Helligkeit des Hauses um.

»Catherine.«

Sie drehte sich um, und Truitt stand auf der Treppe. Er trug immer noch den schwarzen Anzug, den er zur Beerdigung angezogen hatte, und einen Trauerflor aus schwarzem Krepp um den Arm. Sie wandte sich ab, ihr langes Kleid fegte über den Boden, und der Garten war fort, war verschwunden, und seine Beete nur ein Matsch aus alten und sterbenden Pflanzen, die Äste waren nackt, die Rosen nur Dornen und die Lindenbäume und Eiben ein Gewirr toten Holzes. Der Garten wartete, so wie er schon seit zwanzig Jahren gewartet hatte.

Sie war nur eine einfache, ehrliche Frau, die in den Ruinen eines spätwinterlichen Gartens stand, der auf den Frühling wartete.

»Catherine.« Sie wandte sich ihm wieder zu und hatte zum ersten Mal Angst vor ihm, Angst vor seiner Wut, vor seinem Schmerz und seiner Zurückweisung, und Angst auch vor ihrer eigenen Scham. Ein vergeudetes Leben. Ein gescheiterter Plan. Antonio tot.

Solche Dinge geschahen.

»Ich wusste es.« Seine Stimme war in der Dunkelheit klar vernehmbar, sein Körper eine Silhouette, sein Gesicht im Schatten unsichtbar. »Ich wusste es schon die ganze Zeit.«

»Was wusstest du?«

»Ich wusste, was Antonio mir erzählt hat. Deine Geschichte. Was du früher gewesen bist. Die Lügen, die du mir erzählt hast. Wer du bist. Ich wusste es schon die ganze Zeit. Malloy und Fisk haben mir einen Brief geschrieben. Ich habe ihn verbrannt. Es geht mich nichts an, und es bedeutet gar nichts. Aber ich wusste es schon, bevor du aus Saint Louis zurückgekommen bist.«

Der Garten wartete. Wie konnte Truitt so viel verzeihen? Wie konnte er nur so geduldig sein? So vieles hing jetzt von ihr ab, von ihrer Antwort, und sie versuchte, so lange wie möglich damit zu warten, roch immer noch den süßen Duft der letzten alten Bourbonenrose.

»Ich bekomme ein Kind.«

Lange Zeit stand er nur so da, bis sie wegen der plötzlich einbrechenden Kälte erschauerte.

»Wir werden ein Kind haben.«

In der Dunkelheit konnte sie gerade noch so viel sehen, um die Reglosigkeit in seinem müden Gesicht zu erkennen. Er streckte den Arm nach ihr aus. Die Lichter im Haus hinter ihnen begannen, eins nach dem anderen anzugehen. »Also dann«, sagte er. »Also dann. Dann komm jetzt besser mal ins Haus.«

Sie warf einen letzten Blick auf den Garten. Die Luft hatte sich plötzlich abgekühlt, aber es war eine frühlingshafte Kälte, eine abendliche Kälte und ohne Drohung. Es war beinahe dunkel geworden. Die Dinge warten, dachte sie. Nicht alles stirbt. Das Leben braucht Zeit. Und sie ging auf das goldene Haus zu und nahm seine ausgestreckte Hand in ihre.

VERPFLICHTET

Die Bilder, die Sie hier sehen werden, sind von Menschen, die tatsächlich gelebt haben.« So beginnt es. Und es lässt nicht nach.

Ich habe im Jahr 1973 Feuer gefangen. Die Flamme in meinem Herzen und in meinem Hirn wurde beim ersten Lesen von Michael Lesys großartigem Buch »Wisconsin Death Trip« entzündet. Die Collage aus Text und Photographien zeichnet das faszinierende kinematographische Porträt einer Kleinstadt in Wisconsin gegen Ende des 19. Jahrhunderts. Wir stellen uns die Städte dieser Zeit voller moralischer Verderbtheit und industriellem Irrsinn vor, und das ländliche Amerika schlafend in einer Art blühender Unschuld, voller ehrbarer und fleißiger Menschen. Doch dem ist nicht so. Lesy öffnet die Büchse der Pandora, um uns die dunkle und verwüstete Seele des ländlichen Lebens zu zeigen.

Das Bild, das er zeichnet, hat mich nicht mehr losgelassen. Es hat die Entstehung und die Struktur von »Eine verlässliche Frau« stark beeinflusst. Ich habe den Roman in Lesys Landschaft angesiedelt, im eisigen, vor Frost starrenden Wisconsin mitten im Winter. Vor diesem Hintergrund habe ich die Lebensgeschichte dreier Menschen zu einem komplexen Netz versponnen.

Ich schulde Michael Lesy viel, seiner Auslotung des harten Lebens zwischen Technik und Irrsinn, das die meisten Menschen in dieser Zeit erdulden mussten. Lesen Sie Michael Lesys Buch. Es wird auch Sie nicht mehr loslassen. Es hat mein Leben verändert. Solche Dinge geschehen.

DANKSAGUNG

Mein besonderer Dank gilt Elaine Markson, erste Zuhörerin und große Gärtnerin; Doug Stewart, beharrlicher und kluger Agent; Chuck Adams, hervorragender und sorgfältiger Lektor; Michael Taekens und Brunson Hoole bei Algonquin; Bob Jones, der mich mehr als einmal gerettet hat – einer der Besten – ; und all denen, die dieses Buch in seinem langen Prozess der Entstehung gelesen und mir immer etwas gesagt haben, was mich bei der Stange gehalten hat: Dale Sessa, Nancy Axhelm, Dana Hoey, James Whiteside, Marybeth Hurt und Paul Schrader, der weit entfernten und liebenswerten Jodie Tillen – sie hat ein großes Herz und ein sehr gutes Auge –, Daphne Merkin, Jeb und Lexi Byers, Bob Balaban und Lynn Grossman, Everett Kane, Sally Mann und ihrer reizenden Tochter Virginia Mann, Alexandra Como Saghir, Lisa Tracy, Susanne Rice und Elizabeth Greenlee. So viele wunderbare Freunde! Und Nell Lancaster und Jim Waddell, denen ich mehr Dank schulde, als ich in Worten auszudrücken vermag.

Lesen Sie hier weiter >>

Der neue Roman von
ROBERT GOOLRICK

»Einfach brillant!«
Booklist

In dem Sommer, in dem Charlie Beale in die Stadt kam, prangte frisches Grün an den Bäumen, die Tage waren heiß und der Regen reichlich. Meistens beklagten sich die Leute über das Wetter, nur nicht, wenn es regnete, denn dann musste man zwar alle nützlichen Tätigkeiten unterbrechen, doch die Leute fanden, der Regen würde dringend gebraucht, auch wenn es erst drei Tage zuvor geregnet hatte.

Charlie Beale kam von nirgendwo her in die Stadt, und er kam in einem alten, ramponierten Pick-up. Auf dem Sitz neben ihm lagen zwei Koffer. Der eine war aus dünnem Karton, hatte schon allerhand mitgemacht und enthielt sämtliche Klamotten von Charlie Beale sowie einen Satz Metzgermesser, scharf wie Rasierklingen.

Der andere war aus Stahlblech und hatte ein Schloss, denn er war randvoll mit Geld. Einer Menge Geld. Den Schlüssel zu dem Schloss trug Charlie an einer Kette um seinen Hals.

Er bezahlte Russell Hostetter einen Dollar pro Nacht dafür, dass er seinen Pick-up drei Meilen außerhalb der Stadt auf einem Feld am Fluss parken durfte, und er schlief auf einer alten Steppdecke auf der Ladefläche des Pick-up, zugedeckt mit einer anderen, und wenn es dunkel war, wusch er sich am Fluss mit Seife und einem Handtuch, das er im Krämerladen gekauft hatte. Das sommerliche Mondlicht stahl sich durch die Äste der Weiden und warf Schatten auf seinen bleichen, glänzenden Rücken. Das schwarze, kühle Wasser glitzerte, wenn er seine nassen Haare ausschüttelte, die nicht mehr braun, sondern schwarz wie das Wasser und die sternenübersäte Nacht waren. Denn eines musste man Charlie Beale lassen: Er war immer sauber. Er rieb sich mit dem rauen Handtuch trocken und rubbelte solange, bis die Haut ganz rot war, als hätte ihm jemand eine Ohrfeige verpasst.

Jede Nacht, bevor er sich schlafen legte und die Kerosinlampe herunterdrehte, um noch eine Weile auf dem Rücken zu liegen und den Sternenhimmel zu betrachten, trank er ein Glas Whiskey und rauchte eine Lucky Strike, und dann schrieb er Tagebuch. Meistens handelte es sich nur um kurze Angaben wie die Temperatur, wie viel Regen gefallen war, lauter kleine Dinge. Heiß heute, schrieb er zum Beispiel. Schnee, fünfundzwanzig Zentimeter. Oder: Hab einen Adler gesehen. Ein poetischer Mensch war er nicht. Die neununddreißig Jahre, die er bereits auf dem Planeten Erde weilte, hatten ihm jede Poesie ausgetrieben. (…)

Jeden Tag jener ersten Woche spazierte er, scheinbar ohne Ziel und Vorhaben, durch die Straßen der Stadt. Wenn er an jemandem vorbeikam, nickte er ihm höflich zu, doch er sprach mit keiner Menschenseele. Nur die Geschäfte betrachtete er mit ruhigem, unauffälligem Blick: vom Kurzwarenladen bis zum Friseur mit seinem Wahrzeichen, einer gestreiften Stange, die sich immer drehte. Auch die Häuser mit ihren ordentlichen Lattenzäunen und den Gärten schaute er sich genau an. Er blickte in die Gesichter der Menschen, und die schauten verstohlen zurück, und wenn er dann später im Dunkeln am Fluss lag, sah er sie wieder vor sich, all diese Gesichter, und er fragte sich, ob das wohl Menschen seien, die er gerne kennen lernen wollte.

An manchen Tagen stieg er in seinen Pick-up und fuhr ziellos in der Gegend herum, die Koffer auf dem Beifahrersitz neben sich. Manchmal hielt er an und schaute in die Berge, über bewirtschaftete Felder, die jetzt im Sommer, nach Hitze und Trockenheit und dem zweiten Mähen, nur noch graugoldene Stoppelfelder waren. Er sah sich das Land einfach an. Er betrachtete es aus jedem Winkel.

Nichts, was er tat, blieb unbemerkt. Wonach suchte er bloß?, fragte man sich überall in der Stadt. Und was genau schaute er sich eigentlich an?

Man wartete. Man wartete darauf, dass er etwas tun würde, und bis er den ersten Schritt machte, würde niemand ihm die Hand reichen, und keiner würde seinen sanften Blick erwidern.

Er war einfach da, wie die Vogelscheuche im Garten.

Nach einer Woche kam endlich Bewegung in die Sache. Charlie Beale stand beim ersten Tageslicht auf, als noch immer eine bleiche Mondsichel am Himmel stand, und rasierte sich im Rückspiegel seines Pick-ups. Er zog sich ein frisches weißes Hemd an, fuhr in die Stadt, setzte sich zu Russell Hostetter an den Frühstückstisch und kaufte ihm die fünfzig Morgen Land ab, auf denen sein Pick-up geparkt war.

Er bezahlte mit tausend Dollar in bar.

»Wollen Sie bauen?«, fragte Russell.

»Ich glaube nicht«, antwortete Charlie. »Es ist ein friedliches Fleckchen. Ich möchte einfach nur meine Ruhe.«

»Nun, ruhig ist es da draußen«, sagte Russell. »Aber eins muss ich Ihnen sagen«, fügte er mit einem Blick auf das Bündel Hundertdollarscheine hinzu. »Zu mehr als Ruhe und Frieden taugt das Land nicht.«

»Mehr will ich auch nicht.«

»Ist feucht.«

»Ich will dort draußen nicht bauen.«

Man gab sich die Hand, und Charlie sagte, er werde das Land vermessen lassen und für einen Eintrag beim Katasteramt sorgen. Dann widmete sich Russell wieder seinem Frühstück, und Charlie kehrte zu seinem Pick-up zurück, dessen Ledersitze bereits warm von der Morgensonne waren, fuhr los und setzte sich an den Fluss, auf dem Land, das jetzt ihm gehörte, bis es später Morgen war. Er zog sein Hemd aus und ließ sich die Sonne auf die nackte Haut scheinen.

In ihm herrschte vollkommener Frieden, während er da saß und das Wasser vorbeiströmen sah, denn er wusste, wo auch immer er den Fuß hinsetzte, gehörte das Land ihm. Und wenn das Wasser stieg – und früher oder später würde es das –, dann würde es sein Land eben überfluten.

Zu Beginn seiner zweiten Woche in der Stadt holte er seine Messer aus dem Koffer und schliff sie. Dann fuhr er in die Stadt und parkte seinen Wagen vor Will Haisletts Metzgerei. Die Geschäfte schlossen bereits für die Mittagspause, und die Ladenbesitzer gingen zum Essen nach Hause.

Er stieg aus, schloss den Pick-up ab, ging hinüber zum Eingang der Metzgerei, zog an dem Türknauf, auf dem GWALTNEY'S HAM stand, und trat ein. Die Glocke über der Tür klingelte. Ein kleiner Junge stand mitten im Laden, in Shorts, T-Shirt und barfuß auf dem mit Sägespänen bestreuten Boden. Charlie Beale sah niemand anderen als dieses Kind. Das blonde Haar des Jungen war kurzgeschoren und schien in dem Lichtstrahl, der von der Straße hereinfiel, und der blendenden Reflexion von der Windschutzscheibe eines vorüberfahrenden Autos beinahe zu glühen. Staubflusen schwebten in der Luft rund um diesen ruhigen, goldenen Haarschopf.

Sie standen still da, ein erwachsener Mann und ein kleiner Junge. Alles kam einen Moment lang zum Stillstand, bis auf das Summen der Fliegen und die winzigen Staubpartikel in der Luft, und auf einmal fühlte sich der Mann unbeholfen, zeichnete mit dem Fuß Linien in die Sägespäne am Boden, und der Junge bannte ihn mit einem durchdringenden Blick, als würde er durch ihn hindurch auf eine Landschaft blicken und Charlie wäre gar nicht da. Ein winziges Stückchen Zeit in einer kleinen Stadt, vor vielen, vielen Jahren.

»Ich bin Charlie Beale.«

»Beebo«, war alles, was der kleine Junge sagte. Er schüttelte den Kopf und schaute weiter an Charlie vorbei auf jene andere Landschaft. Sein Gesicht war todernst.

»Ich weiß, wer Sie sind« sagte eine Stimme aus dem hinteren Teil des Ladens, und die schwere Tür des Kühlraums ging auf. »Jeder weiß, wer Sie sind. Niemand weiß, was Sie wollen, aber es gibt in der ganzen Stadt keinen einzigen Menschen, der nicht weiß, dass Sie Charlie Beale heißen. Wenigstens seit dem Tag, an dem Sie von Russell Land gekauft haben. Wir wissen, wie Sie heißen, wir wissen, was Sie dafür bezahlt haben. Die Frage ist, was wollen Sie damit machen? Warum sind Sie hier? Das ist die Frage, Mister Beale.«

»Ich bin Metzger, Mr. Haislett. Ein guter. Ich suche Arbeit. Das ist alles, was ich will. Arbeit.«

»Sehen Sie hier einen vollen Laden? Sehen Sie lauter Kundschaft, die vergeblich darauf wartet, bedient zu werden? Denn wenn es das ist, was Sie sehen, dann habe ich wahrlich bessere Augen als Sie.«

»Ein guter Metzger. Mit jeder Menge Erfahrung. Es gibt nichts, was ich nicht weiß.«

Der Junge ließ Charlie keine Sekunde aus den Augen, sondern ging nur zu dem Mann mit den weißen Haaren hinüber und hielt sich an seinem Hosenbein fest.

»Mann o Mann. Ich bin ein guter Metzger und führe einen netten, sauberen Laden. Die Leute kommen und gehen, keiner hat sich je beschwert. Seit über dreißig Jahren mache ich das jetzt, seit ich aus der Armee entlassen wurde, und ich hab es von meinem Vater gelernt, der es von seinem Vater gelernt hat.«

Der kleine Junge lachte. »Beebo«, sagte er fröhlich. »Beebo, Beebo.« Sein Vater blickte zu ihm hinab und strich ihm über den Kopf.

»Das hier, Mr. Beale, ist Sam Haislett. Er ist mein Sohn, er ist fünf Jahre alt, und er ist mein Ein und Alles. Gib Mr. Beale die Hand, mein Junge.«

»Beebo!«, lachte der Junge wieder, trat nach vorne und streckte ihm die Hand hin, sah zu, wie sie in Charlies breiter Faust verschwand. »Freut mich sehr, dich kennen zu lernen, Sam. Ist mir wirklich ein Vergnügen. Nenn mich Charlie.«

»Ich werde Sie Beebo nennen, Sir. Ist das okay?«

»Wie du willst, mein Sohn. Was dir am besten gefällt.«

Der Junge ging wieder zu seinem Vater und drückte sich an sein Bein. Will nahm ein Metzgermesser in die Hand und wischte es mit einem sauberen Tuch ab.

»Ich würde nichts für meine Arbeit verlangen.«

»Genau so viel ist die Arbeit dann auch wert – nichts.«

»Ich arbeite einen Monat umsonst für Sie. Dann entscheiden Sie, was Sie tun wollen. Ob Sie mich immer noch hier haben wollen. Ich bin es wert, das werden Sie sehen.«

»Warum würden Sie so etwas Dummes tun?«

»Ich möchte mich hier niederlassen, Mr. Haislett. Ich hab genug von der Welt gesehen. Ich will nur einfach ein kleines Eckchen davon für mich haben. Einen Ort, an dem ich mich zu Hause fühle.«

»Und wo ist zu ›Hause‹?«

»Mittlerweile nirgendwo mehr. Ich bin im Norden aufgewachsen. Geboren in Ohio.«

»Warum sind Sie dort weg?«

»Die alte Geschichte. Kam aus dem Krieg zurück. Daddy war tot. Mama hat bei Verwandten gewohnt. Die ganze Familie war in alle Winde verstreut. Und so bin ich rumgereist.

Hab mir das Land angeschaut, nach etwas gesucht, ich weiß nicht, was. Ja, doch, ich weiß es. Nach etwas Wundervollem. Irgendwas Besonderem. Ich hab mir Brownsburg angeschaut. Ich habe es mir eine Woche gut überlegt.«

»Lassen Sie sich von mir was sagen, mein Sohn. Wenn man jung ist und etwas Wundervolles erleben will, dann ist alles noch frisch und unverbraucht wie ein nagelneuer Penny. Doch auf dem Weg zu den Wundern dieser Welt kommt erst einmal das, was man als 'ganz okay' bezeichnen könnte, und wenn man dort angelangt ist, dann sollte man es sich ganz genau anschauen, weil man vielleicht gar nicht mehr weiter kommt. Brownsburg ist kein Paradies. Aber es ist vollkommen in Ordnung. Es ist ganz okay.«

»Ich habe vor zu bleiben. Ich habe niemanden und keinen Ort, an dem ich sonst sein möchte. Ich muss etwas mit meiner Zeit anfangen.«

»Und Geld bedeutet nichts?«

»Wie ich bereits gesagt habe, Sir, ich habe niemanden. Ich besitze das, was in meinen Koffern ist. Ich möchte ein Haus finden, möchte mir ein Zuhause schaffen, wo ich abends meinen Kopf hinlegen kann, und für all das braucht man Geld und Arbeit. Ich bin Metzger, das ist es, was ich kann.«

»Schlachten auch?«

»Alles. Ich kann eine Kuh so schnell schlachten, dass sie friedlich aussieht, als wäre sie im Schlaf gestorben. Es heißt, das Fleisch würde besser und zarter, wenn das Tier schnell und friedlich gestorben ist.«

»Ach, ich weiß nicht. Ich sag Ihnen was. Es ist fast Mittagessenszeit. Gehen Sie da in den Kühlraum, schneiden Sie uns vom Rind ein paar Steaks ab und kommen Sie mit uns nach Hause. Meine Frau Alma ist schlauer als ich. Sie ist Lehrerin. Sie wird wissen, was zu tun ist. Ich rufe sie jetzt an.«

Charlie trat in den Kühlraum und hörte, wie Will leise in das Telefon an der Wand sprach. Er suchte eine Rinderseite aus, nahm sie ab und schaffte es, sie auf den Metzgerblock zu wuchten, ohne sein Hemd schmutzig zu machen. Er öffnete seine Ledertasche und legte die Messer nebeneinander auf den Tresen.

»Ich hab meine eigenen Messer.«

»Das sehe ich.«

»Aus Deutschland.«

Charlie nahm ein Messer und prüfte die Klinge an seinem Daumen.

»T-Bone? Lende? Filet?«

»T-Bone. Für die Pfanne. Sie wissen schon.«

»Mit Knochen?«

»Ja. Aber dünn.«

»Wie viele?«

»Vier.«

Mit Hilfe eines Messers und einem Hackbeil für das Rückgrat schnitt Charlie vier Steaks zurecht, zog an der Rolle mit Wachspapier über seinem Kopf und wickelte die Steaks so ordentlich ein wie ein Weihnachtsgeschenk.

»Recht so?«

»Wunderbar. Gehen wir essen. Wir fragen meine Frau, was wir mit Ihnen machen. Sie wird es wissen. Sie weiß alles.«

(…)

Die Glocke über der Tür bimmelte, und alle drehten sich um, um zu schauen, wer da reinkam, so wie das immer der Fall war. Sie betrat die Metzgerei auf leisen Sohlen, und alle schauten sie an, doch anstatt sich wie sonst einfach wieder umzudrehen und das Gespräch fortzusetzen, starrten alle sie an, und keine der Frauen, keine Einzige, grüßte sie.

Charlie hatte sie noch nie gesehen, kein einziges Mal, und

dabei hatte er gedacht, alle in der Stadt zu kennen. Es war auf den ersten Blick zu erkennen, dass sie anders war als andere Frauen. Sie hatte das junge, frische Gesicht eines Mädchens vom Lande und war gerade mal zwanzig Jahre alt. Sie trug einen Ehering und einen Verlobungsring, so viel war klar, aber dabei sah sie aus, als käme sie aus einer anderen Welt direkt in diese Metzgerei, aus irgendeiner der Städte, durch die Charlie in der Zeit, die er unterwegs verbracht hatte, gekommen war.

Sie trug ein weißes Sommerkleid aus Leinen, obwohl der Sommer fast vorüber war – damals hatten solche Dinge noch eine Bedeutung –, ein weißes Kleid mit einem olivgrünen Gürtel um die schmale Taille und einem tiefen Dekolleté, das so elegant und modisch geschnitten war, dass das Kleid auf keinen Fall aus Brownsburg kommen konnte. Ihr Mund war ein purpurroter Strich, und ihre Haare türmten sich in schimmernden blonden Wellen auf ihrem Kopf, wo mehrere strassbesetzte Schildpattkämmchen sie an ihrem Platz hielten. Sie trug eine dunkle Sonnenbrille, etwas, das zu besitzen keiner Frau in der Stadt in den Sinn gekommen wäre, dazu Espandrilles, die mit Ripsband um ihre schmalen Fesseln gebunden waren.

Der einzige andere Schmuck, den sie trug, war ein kleines Goldkreuz an einer zarten Kette. Unter dem Arm hatte sie kleine grüne Ledertasche.

Sie trat rasch in die Mitte des Ladens, und keiner richtete das Wort an sie. Charlie hörte mit dem Schneiden der Koteletts für Helen Anderson auf, wischte die Klinge seines Messers mit einem sauberen Tuch ab. Es schimmerte im Licht, als er es leise auf den Tresen legte.

Will, der auf dem Stuhl saß, den Jungen auf dem Schoß, durchbrach endlich die Stille und das Schweigen. Er stand auf, stellte den Jungen auf den Boden und begrüßte sie. »Morgen, Sylvan. Wie geht's? Wie geht's Boaty?«

»Alles bestens«, sagte sie. »Uns geht's gut. Alles wie immer.«

Sie hatte eine hübsche, mädchenhafte Stimme. Als wäre sie fast noch ein Backfisch. Und sie klang nicht so, als käme sie aus der Nähe von Brownsburg, sondern hatte einen Akzent, als käme sie von weit her, wie eine Prinzessin oder Schauspielerin.

Sie nahm ganz langsam die dunkle Brille ab und beugte dafür mit großer Anmut den Kopf. Dann schaute sie kurz zu Will auf, nickte ihm zu und wandte schließlich den Blick zu Charlie Beale. Fünf Sekunden. Zehn vielleicht, nicht mehr, aber ihm kam es wie eine Ewigkeit vor.

Seine Hände lagen auf dem Tresen. Er verspürte den Drang, irgendetwas zu tun, den Metzgerblock abzuwischen, mit dem Münzgeld in seiner Tasche zu spielen, doch niemand rührte sich, und so tat er es auch nicht.

»Kann ich Ihnen helfen, Ma'am? Gibt es …«

»Nein. Nein, danke. Ich habe gerade keinen Hunger.« Das sagte sie mit dem gespielt englischen Akzent, den Charlie bisher nur im Kino gehört hatte, aus dem Munde dieser strahlend schönen Frauen mit glänzendem Haar und dunklen Lippen.

Fünf Sekunden.

»Im Moment jedenfalls. Habe ich keinen Hunger.«

Mit diesen Worten wandte sie sich um und ging zur Tür. Die Glocke bimmelte, als sie hinausging. Draußen war es so hell, dass sie einen kurzen Moment lang ihre Augen mit der Hand beschatten musste. Schließlich zog sie ihre Sonnenbrille wieder auf, stieg in einen schwarzen Cadillac ein, ließ den Motor an und fuhr davon.

Er wollte ihr so gerne hinterher schauen. Man sah genau,

wie er dieser Frau am liebsten mit den Augen gefolgt wäre, in denen kurz ein Licht aufblitzte, aber dann war es wieder erloschen, und er wandte sich der nächsten Kundin zu. Er zuckte zusammen, wie jemand, der aus einem tiefen Schlaf hochfährt und merkt, dass er viel zu spät dran ist. Seine Klinge fuhr in ein Kotelett, die Damen setzten ihre Plauderei fort und beobachteten, wie er sich bemühte, ihr nicht hinterher zu schauen.

»Diese Frau«, sagte Will, »hat einen Gang wie ein Bauer.«

»Wie meinen Sie das?«, erkundigte sich Charlie.

»Sie geht«, sagte Will und hielt kurz inne, »als hätte sie einen Ballen Heu auf der einen und ein Bündel Klee auf der anderen und müsste beim Gehen«, er hielt kurz inne, um seinen Worten Nachdruck zu verleihen, »all ihre Felder auf einmal bewirtschaften.« Alle Frauen lachten, obwohl man diesen Witz über alle flotten Mädchen in der Gegend machte, und auch Charlie lachte. Dabei fand er den Witz vulgär, denn ihm hätten schlicht und ergreifend die Worte gefehlt, um die Anmut und Eleganz zu umschreiben, mit der dieses Mädchen seine Hüften bewegte.

(…)

Aus dem Amerikanischen von Judith Schwaab

»Die ganze Sache mit der Liebe ist ein Wahnsinn«

Interview mit Robert Goolrick im *Publishers Weekly* zu seinem neuen Roman »Ein wildes Herz«

PW: Was hat Sie zu diesem Roman inspiriert?

Der Roman basiert auf einer wahren Geschichte, die mir vor mehr als fünfundzwanzig Jahren erzählt wurde. Ich fand, das war die beste Geschichte, die ich je gehört hatte. Sie geht zurück auf jemand, der wirklich existiert und den ich kannte. Außerdem spielt Countrymusik eine große Rolle. Ich bin mit Liedern wie „The Prisoner's Song" und „Knoxville Girls" aufgewachsen. Lieder, die die Geschichte von Männern erzählen, die die Frau umbringen, die sie lieben, ohne dass es dafür irgendeinen Grund zu geben scheint. Die Menschen fragen sich: Treibt die Liebe die Menschen in den Wahnsinn? Ich würde sagen: die ganze Sache mit der Liebe ist ein Wahnsinn, das ist das Einzige, worum es dabei geht.

Der Schauplatz spielt eine ganz besondere Rolle in dieser Geschichte.

Nichts passiert im luftleeren Raum. Mir gefällt die Idee, dass Leidenschaft und Gefühle mit einem speziellen Ort verbunden sind. Ich bin im Virginia Valley aufgewachsen. Was die Zeitepoche angeht: der Roman spielt im Jahr 1948, ebendem Jahr, in dem ich geboren wurde. Das ist totaler Zufall.

Und das Kino scheint auch eine wichtige Rolle zu spielen?

Ich habe eine Tante, die war einfach verrückt nach Filmen. Sie ging fast jeden Tag ins Kino. Ich glaube, die Szenen über das Kino sind eine Hommage an meine Tante. Charlie erfindet sich selbst, Sylvan erfindet sich selbst. Eine Frau, die sich einfach neu erfindet, das hat etwas Faszinierendes. Veränderungen haben mich immer fasziniert.

Auch der zeithistorische Hintergrund wird thematisiert.
Ich wurde am Vorabend der Bürgerrechtsbewegung geboren. Die Menschen im amerikanischen Süden in dieser Zeit trugen irgendwie permanent ein Gefühl der Schuld mit sich herum. Indem ich darüber schrieb, hatte ich die Möglichkeit, mich mit meinem eigenen Schuldgefühl auseinandersetzen und mich sozusagen freizuschreiben.

Es gibt einen großartigen Hund in der Geschichte. Haben Sie einen Hund?
Ich habe einen wunderbaren Hund namens Preacher, einen Sussex-Spaniel. Ich finde, ein Hund sollte zum Leben eines Jungen dazugehören. So ist also der Hund ins Spiel gekommen.

Arbeiten Sie gerade an etwas Neuem?
Je mehr ich darüber nachdenke, desto mehr glaube ich, dass ich eigentlich einen Roman schreiben sollte, der sich mit Charlies Vergangenheit befasst. Das Gefühl hatte ich nicht, als ich mit „Ein wildes Herz“ anfing, aber jetzt geht es mir so. Eines Tages werde ich das vielleicht auch tun. Zurzeit schreibe ich an einem neuen Roman, der im Jahr 1969 spielt. Im Zentrum steht ein kleines Mädchen, das in einer Kommune in Virginia lebt. Das Mädchen hat ein Geheimnis: es kann fliegen.